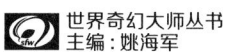
世界奇幻大师丛书

主编：姚海军

中局

[美] 塞南·麦奎尔 著

陈 捷 译

MIDDLEGAME

四川科学技术出版社

MIDDLEGAME by SEANAN MCGUIRE
Copyright: © 2019 by SEANAN MCGUIRE
This edition arranged with Books Crossing Borders, Inc.
through BIG APPLE AGENCY, LABUAN, MALAYSIA.
Simplified Chinese edition copyright:
2022 SCIENCE FICTION WORLD Co., Ltd.
All rights reserved.

图书在版编目（CIP）数据

中 局 /［美］塞南·麦奎尔 著；陈 捷 翻译 . -- 成都：四川科学技术出版社，2022.10
（世界奇幻大师丛书）

书名原文：Middlegame

ISBN 978-7-5727-0716-2

Ⅰ.①中… Ⅱ.①塞…②陈… Ⅲ.①长篇小说—美国—现代 Ⅳ.① I712.45

中国版本图书馆 CIP 数据核字（2022）第 195042 号

图进字 21-2021-347

世界奇幻大师丛书

中 局

SHIJIE QIHUAN DASHI CONGSHU
ZHONG JU

丛书主编　姚海军
著　　者　［美］塞南·麦奎尔
译　　者　陈 捷

出 品 人　程佳月
责任编辑　宋 齐 姚海军
特邀编辑　贺子恒
封面绘画　郭 建
封面设计　姚 佳
版面设计　姚 佳
责任出版　欧晓春
出　　版　四川科学技术出版社
　　　　　成都市锦江区三色路 238 号邮政编码 610023
　　　　　官方微博：http://e.weibo.com/sckjcbs
　　　　　官方微信公众号：sckjcbs
　　　　　传真：028-86361756
成品尺寸　160mm×228mm　　　　印　张　30
字　　数　374 千　　　　　　　　插　页　2
印　　刷　四川省南方印务有限公司
版　　次　2022 年 12 月成都第一版
印　　次　2022 年 12 月成都第一次印刷
定　　价　66.00 元
ISBN 978-7-5727-0716-2

邮购：成都市锦江区三色路 238 号新华之星 A 座 25 层邮政编码：610023
电话：028-86361770

目 录
MIDDLEGAME

卷七
结局

都说奇数赋有神性，

适合用来占卜生死与姻缘。

——威廉·莎士比亚，《温莎的风流娘儿们》

不管你有多聪明，不论你的理论多么完美无缺，只要与实验不符，那就是错的。

——理查德·费曼

失败

时间轴: 晚了5分钟

离世界末日还有30秒

血光冲天。

罗杰不知道人体内竟有这么多血——这些珍贵的东西本该流淌在血管里，现在却洒得到处都是。真是荒谬，不可思议。他站在这血色漫天的所在，觉得一切都错得离谱。

尽管失血严重，道奇却还没死。她的胸部微微起伏，肉眼几不可见。每次呼吸显然都是一次挣扎，但她依然为下一次呼吸奋斗着。继续呼吸，继续流血。

但不会太久了。她体内压根儿没那么多血——无意双关①。

而她停止呼吸之时，他也将不再呼吸。

如果道奇此时醒着，她定会兴致盎然地告诉他地上流着多少血。她只需环视四周，便能如呼吸般轻松地算出那一摊液体的表面积与体积，得出一个精确到四分之一盎司②的具体数字。

她会说出那个数字，还以为能安慰到他，尽管那个数字意味着"我将离你而去"。

尽管那个数字意味着"此去再无归途"。

尽管那个数字意味着永诀。

---

① 原句 "She doesn't have it in her" 另有"她根本没有能力如此"之意。——译者注，除非另作标注，下同。

② 重量单位，1盎司约为28.35克。

　　或许那个数字确实可以起到安慰作用，但仅仅于她而言。数学运算准确无误，她便满足了。罗杰能列出一大串词语来描绘眼前境况——放血、血容不足、大出血[①]——却无从感到安心。语汇无法像数字安抚道奇那样，给罗杰安抚。从来就没有过。只要弄懂运行规则，数字就会变得简单顺从；语汇却更加棘手，它们扭曲、咬人，需要高度的专注。他必须主动思考才能改变世界，而他的姐妹不费吹灰之力就能做到。

　　改变世界并非没有后果——所以他们才落得如此下场：躺在花园墙的远侧，躺在这"不可能之路"的尽头，一切的尽头。

　　他们没能抵达"不可能之城"，永远都不会抵达。"圣杯国王"再次胜出。

　　胜出的总是"圣杯国王"，不承认这一点的人都在撒谎。

　　外面的枪声比他预想的要响，却没那么夸张，像在锡罐中闷声放炮。杀伤力自然比放炮大得多，子弹打在混凝土墙上，将墙削得越来越薄，很快便抵挡不住"不可能之路"上拥入的人群。艾琳尽力了，她不可能永远拖住他们。

　　迷迷糊糊中，他忽地意识到自己其实并不希望她能一直拖住他们。倘若此地注定要成为他们其中一人的终点，还不如两人同葬于此。就让此处成为永远的终结点吧，没有人——包括他自己——能够独自走完这"不可能之路"。

　　他抓住道奇的肩膀，感受着她身躯的坚实，感受着她的生命力和她具体的实在，尽量轻微地摇动着她。"嘿，道奇，嘿。我需要你醒来，需要你帮我阻止这一切。"

　　她依旧双眼紧闭，胸部的起伏渐渐平息，呼吸正在逃离鼻腔。

　　血光冲天。

　　他知道那些词语：晕厥，死亡——残酷却又准确的死亡。她将再一次离

　　[①] 原文均为专业医学词汇。

他而去,只是这一次,是永远地离开。

"别这么对我。"他的伤不如她严重,战斗初期,他大腿上中了一枪,子弹没有击中主动脉。那时,道奇还足够清醒,给他包扎止血。若不及时医治,他仍有可能失去这条腿。可现在,这似乎不重要了。或许他自己也神志不清了吧,又或许这一切都是他应得的。"不准走,我不准你走。咱们都走了这么远了。你在听吗?不准走,我需要你。"

她依然双眼紧闭。

依然血色漫天。

还有一件事他可以做,或许是他现在唯一能做的了。或许他能做的本来就只有这一件事,而他们不辞辛劳一直朝这里进发就是为了做这一件事。这像是失败的滋味,像是又回到了来时的花园,而他毫不在意,只因她的胸部已经不再起伏,只因她倒在血泊之中。漫天血光之下,他全部的词汇都失去了意义。数字正在将她带走。没有她,他还怎么跟他们取得联系?

"我一个人应付不来。对不起,我应付不来。"

他俯下身去,直至嘴唇轻抚过她扇贝般的耳垂。她的头发里浸了血,黏稠结块,粘到他的皮肤上,他却没有把它们拂去。

"道奇,"他轻声道,"不准死。这是命令,是命令。我求求你了。你做什么都可以,想摧毁什么随便你,但别死。这是命令,这是——"

她的眼睛微微睁开了。灰色的虹膜里,瞳孔缩小成了黑色小点,看上去像服用了过量的麻醉剂。"不可能之城"在唤她回家,灰色的天空霎时闪出短暂而明亮的金光。他感到自己骨髓里的那一抹金色也蠢蠢欲动起来,渴望与道奇体内的金光融合,渴望着重聚。

枪声消失了,并非逐渐停息,而是戛然而止,像是世界被按下了静音键。

世界变为一片苍白。

末日来临。

我们弄错了我们弄错了我们弄错了我们弄错了我们……

在同一座普通小镇，同一条普通街道上，住着两个普通孩子。他们从未见过面。同样普通到令人悲哀的，是那条将在镇西小学上学的孩子与在镇东小学上学的孩子隔开的线。线穿过街区正中央，像一条将他们一分为二的隐形屏障。他们要长到一定年纪才能意识到这一点。

每天早晨，他们起床、穿衣，与父母道别，然后走入普通小镇的普通街道，朝着各自普通的相反方向而去。

两个孩子共同点颇多又截然不同。孩子嘛，总是如此的。其中一位的父母有着慵懒而古怪的世界观，给她取名"赫弗齐芭"[①]。随后，他们却发现她当不起"赫弗齐芭"这个名字，他们每天都在找寻她变得与名字愈发契合的蛛丝马迹，结果却总是失望。于是，他们索性就管她叫"齐布"。

"很快她就会当得起她的名字的，"他们承诺对方，"很快的。"

另一位的父母看待世界的方式精明而实际，给他取名"艾弗里"——心情好时叫他"艾弗里"，心情差时叫他"艾弗里·亚历山大·格雷"。小艾弗里没有乳名——只有名不副实的人，才需要取小名——而他的父母在给他取名字前早就把他上上下下、里里外外地打量了个遍。

"这名字我们取得可太好了，"两人相互鼓舞对方，"太好了。"

这就是我们的两位小主角。跟所有的孩子一样，他们平凡、普通，却又独一无二。我们的故事在一个普通得不能再普通的一天开始了。这一天普通又特别，以前从未发生过，以后在时间的无限长河中也不会再次发生……

——A.黛博拉·贝克，《飞跃伍德沃德墙》

[①] Hephzibah，有"快乐"之意。

……毕达哥拉斯提出的"宇宙原理"认为,某些乐器和调式可以影响逻各斯(理性行为)与帕索斯(情感思想)间的平衡。后来涌现出的炼金术士慢慢将其视为人类心脏两半球间的相互作用,更进一步,语言与数学间的平衡:人类一直用这两种方法不断地影响自然,对自然发号施令。因此,"宇宙原理"必须被当成炼金术最危险、也是最理想的化身。最先掌控"宇宙原理"者必将统领一切。

炼金术议会的女士们、先生们,你们知道我的能力,你们已经看过我的杰作,与他们对过话。如果你们愿意让我尝试,我相信我已做好了人格化"宇宙原理"的准备。

——1901年阿斯普戴尔·D.贝克在美国炼金术大会上的演讲

卷零
缘起

医学立足于四大支柱——哲学、天文学、炼金术和伦理学。

——帕拉采尔苏斯

时间乃构成我的物质。

——豪尔赫·路易斯·博尔赫斯

创世

时间轴: 1886 年 10 月 31 日

美国中部标准时间: 11:14

闪电撕裂天际, 浊重的空气里弥漫着臭氧和汞的味道, 以及万能溶剂燃烧后的气味。除非控制得当, 否则所遇之物, 这玩意儿都能将之吞噬净尽。制作它的过程异常复杂, 摧毁它则更为艰难。不过, 有时几滴溶液确实有益于使所谓的 "不可能变为可能", 似乎连克服死亡都不在话下。

那个自称 "阿斯普戴尔" 的女人围着桌子缓缓绕了一圈, 试图找出桌上作品的缺陷。作品完美无瑕, 她却如不休的鲨鱼般继续围着桌子转着, 不愿在完全确定之前开始任务的最后阶段。

确定性是她的专业性对她提出的要求, 那种深入骨髓、坚若磐石的确定——确定她的意志足够坚强, 她的意愿足够明确, 足以依照自己的形象重塑这个世界。

她还没能成为那个年代最伟大的炼金术士, 但那不过是迟早的事。对此, 她笃信无疑。就算她不得不拽着议会里的那些傻瓜, 就算他们在那儿大喊大叫、拳打脚踢, 她也会毫不犹豫地这么去做, 去开启在眼前逐渐展开的灿烂未来。如果他们不想追随她, 就该自觉地从她面前消失才对。

阿斯普戴尔·贝克今年二十一岁, 离那本将在世界各地孩子心中留下烙印的著作出版还有十三年, 距她的失踪与 "死亡" 还有二十三年。即便年轻如斯, 她也早已无法想象失败, 正如蝴蝶无法想象微积分。她将改变世界, 以比现在更好的形象重塑它。没有人能阻止她, 她的父母不能, 老师不能,炼金术议会自然也不能。

学生时代的她天赋异禀，凡是见识过她能力的人都不会否认这一点。否认她的能力不是鼠目寸光，就是对她怀揣恶意，老顽固们对那如蒸汽机般从背后飞驰而来的灿烂未来视而不见。这是她的时代，这里是她的领地。

这次，她终于逮到机会向他们证明自己了。

阿斯普戴尔不再围着桌子绕圈，转而伸手去拿那只备好的碗。碗里的东西金银相间、闪闪发光。她将手指浸入其中，开始在自己面前躺着的那具无瑕躯体的胸部写下如尼字符。那躯体袒胸露臂，赤裸躺在空气当中——一具俊美男性的躯体。她为他投入了充沛的时间与精力，还买通了几个看守停尸房的贪婪无耻之徒，这才共同铸就了他的俊美。他躯体的每个部位都按照她要求的规格严挑细选，因为有了万能溶剂，拼接成的躯体上连条疤都没留下。万能溶剂只要控制得当，就能发挥出无穷效用。

完工后，她后退一步，欣赏自己的作品。她的计划能否实现很大程度上取决于这件作品是否完美。但话说回来，什么又是完美呢？完美不就是赢吗？只要他能带领她取得胜利，他就是完美的，不管现在有什么缺陷。

"我漂亮的男孩啊，你将与我抗争。"她的声音听上去如同蜜糖和铁杉交织在一起，"你会将我打倒在地，并发誓亲眼见过我的尸骨。你将戴上我的王冠，坐上我的宝座，在新世纪里继续着我的事业，永不回头观望尾随身后的一切。你将成为我的左膀右臂，行善作恶。若你在完成我夙愿的过程中轰然倒下，也不会有任何怨言。我无法做到之事都将由你完成，你的双手与你的思想将永不动摇。你将爱我、恨我，并证明我是对的。最重要的就是，你将证明我是对的。"

她放下碗，拿起一只装满星能液的玻璃小瓶。珍珠母贝在瓶身上起舞、闪耀。她把碗举到他的嘴边，在他双唇间滴了一滴。

从死亡里被她拽回的男人倒抽了一口气，睁开眼睛，惊恐地瞪着她。

"你是谁？"他问。

"阿斯普戴尔，"她说，"我是你的老师。"

"我呢，我又是谁？"他问。

她笑了，"你叫詹姆斯，你是我最伟大的事业的开始。欢迎你，咱们还有很多事情要做。"

他坐起身来，仍然盯着她，"但是我不知道要做什么。"

"不用担心。"她的笑容如同一块敲门砖，开启了她未来称之为"不可能之路"的旅程。就在今天，现在，这一刻，他们开始向着"不可能之城"启程。

"我会告诉你的。"她说。一切就绪。

现在回头，为时已晚。

艾弗里与齐布四目相对，两人都不知道如何与自己看到的人打交道。

艾弗里看到的是一个与他年纪相仿的女孩。她裙子的下摆打满补丁，缝得参差不齐，有些地方几乎要再次裂开。她脚上穿着不同颜色的袜子，上衣也打满了补丁，头发乱蓬蓬的，就算她此刻从里面掏出一套银器、一个奶酪三明治和一只活青蛙来，他也不会感到惊讶。她的指甲下有泥，膝盖上留着结痂的痕迹。她绝不是他母亲允许他打交道的那种人。

齐布看到的是一个与她年纪相仿的男孩。他身上的衬衫洁白无瑕，裤子平整挺括。她能在他锃光瓦亮的皮鞋上看到自己睁大眼睛的倒影。他的袖口系扣，夹克衫一尘不染，看起来像个游荡到了错误的社区——那里活人太多，死者不足——的丧葬承办人。他的指甲精心修剪过，看上去像是一辈子都没骑过自行车的样子，也根本不是她父亲会让她交往的那种人。

"你在这里做什么？"异口同声地问出这个问题后，他俩都沉默了，凝视着对方，再也没说出一个字。

——A.黛博拉·贝克,《飞跃伍德沃德墙》

卷一
第二阶段

数学科学展现世界本质，亦是描绘事物间隐形联系的语言。

——阿达·洛芙莱斯

悲痛即知识。

——拜伦勋爵

百年之后

时间轴: 1986 年 7 月 1 日
美国中部标准时间: 23:58

对于一个有使命在身的人来说，一百年转瞬即逝。当然啦，能染指贤者之石，享用炼金术历经千年积累下来的成果自然是美事一桩，但真正重要的一直都是他的使命。詹姆斯·里德自诞生起就明白自己的使命，正是使命让他将主人葬于乱坟岗中。他勤勉钻研，将劳动成果紧攥在手中，一心只想攀上人类知识之巅。胆敢从中使绊的人都该死。

不管来者是谁。

他静候在大厅尽头，在精巧设计的华灯无法抵达的阑珊处，等待着时机。阿斯普戴尔将毕生所学都传授给了他：无论是炼金术的精致，还是诈骗术的钝猛，他都如吮吸母乳般一并笑纳。这不过是一场大戏，这些人——这些怯懦、高傲的人，自诩为商业大草原上的王者——在他面前不过是一个个土包子，等待着被他洗劫一空。

（炼金术议会不赞成他与凡人世界打交道的方式，认为他既冒进又傲慢。可他们懂什么，他们自己就是傲慢的代名词，清算他们的审判日会比料想中来得更早。很快，他们就会后悔冒犯了阿斯普戴尔·贝克，以及她的儿子、继承人和最伟大的创造。）

这是他准备的奇异杂耍，他收藏的一票怪胎，在嘉年华式的橱窗背后依次排开。不是为了引诱大众，而是为了取悦被选中的少数人。

廊厅足够宽，可并排容纳两个担架，玻璃幕罩后的灯泡发出昏黄不定的散光，无从辨别地板的颜色。光照在墙面上，看不出是纯白、米黄还是灰褐色。房间沿廊厅错落分布，里面的灯更亮些，透过房门的单向镜可以看到一张张隐在后面的脸，脸色僵硬冷峻，让他们从"孩童"变为了"猎奇对象"。这帮孩子年龄从两岁到十二岁不等，身着五颜六色的睡衣，衣服上绣着卡通熊、宇宙飞船或憨态可掬的恐龙；他们睡觉时裹身的毛毯上也绣着这之类的图案。但此刻，在强光的照射之下，他们看上去根本不像人类。

房间的角落里蜷缩着一个小女孩。她忽闪着警觉的大眼睛，双臂抱膝，盯着单向镜，仿佛能看见外面的男子。她的同伴睡在绣满卡通机器人的毯子里，面朝墙壁。门窗外的标签上写着二人的名字：艾琳、达伦，两人都是五岁，身上没有一块地方不是人为设计的。

但今天的重点在这些房间之外，在三名男子身上。他们身穿高档西装，脚踩精致皮鞋，大腹便便，顶着锃光瓦亮的脑门，一副要去参加董事会或股东大会的派头。但身处此间危险之所，他们却如同暴风雪遇到了火山口，不安地聚成一团。他们的贡献并不比别人少，给"i"点上点，给"t"画出勾，签发支票让一切成为可能的正是他们。这里的每一寸本该都属于他们。但是……

詹姆斯·里德微笑看着他们。他们的局促不安是他有意为之，权力制衡的一部分。投资者或许拥有目之所及的一切，但他才是创造者。在这里，他才是全能的上帝，统领宇内，从无到有创造一切。牢记这一点对他们这些思想狭隘、十指不沾阳春水的弱者没有坏处。是的，没有坏处。

一个房间内，一个混凝土色眼睛的男孩正来回摇摆着身子，眼神涣散。七个小时了，他一直在哼唱着一首曲子。他的房间里——不叫"牢房"，这里并非监狱，而是哺育未来的温床；在这里，语言的细节尤为重要——藏着微型麦克风，录下了那悠扬婉转的曲子的每一秒。在这里，没有东西会被浪费，也没有东西能够溜走。

（事后，这支曲子会被密码学家转化为数学公式；他们会发现他其实是在向他们展示一条化学公式，一个原子一个原子地搭建而成。根据该公式，人们可以用始料未及的原材料制造出一种非成瘾性新型止痛剂，缓解原本无药可救的病痛。光是专利申请与前期营销就会花去十二年的时间，但一旦上市，这款新药将会为负责制造的空壳公司带来数以十亿计的收入。正因为有这类事情的发生，实验室才一步步实现了自主发展。实验室本就硕大无朋，而且还在不断扩张之中，其实验项目更是昂贵到无以复加。毫无疑问，他们必须找到自主发展的方式。

假如炼金术议会为实验室的创立和维护掏过一分钱，他们的那笔投资现在应该涨到等同于那枚硬币十倍重量的黄金的价值了——当然这种事情是不可能发生的，尤其是现在，当"宇宙原理"眼看就要实现的时候。）

"先生们。"里德挑准时机，开始了他的演说。人未到声先至，他的声音先从阴暗处飘出，随后才显出他的身形。他缓步而行，每一步都显出自己与这群投资客的不同。他们戴着妻子买的袖扣，光秃秃的头顶收拾得如镜面般光滑。他则打扮得像从雷·布拉德伯里关于美国无尽暮色的故事中走出的角色一般：紧身黑色长裤，蓝宝石色有扣衬衫，袖口与下摆处绣着奇诡图文的燕尾服。刺绣是金色的，令人不禁想起将这些家伙引到他身边的那些承诺——就像飞蛾自然会扑向吞噬一切的火焰。

他从阿斯普戴尔——他的主人、导师、殉道者——那里学到了派头的重要性。他一向求知若渴，并对自己的听众了如指掌。在他们眼中，他不过是个漫不经心的花花公子，一个儿童故事里走出的角色，遭人鄙视、忍让。他们必须允许自己傲慢地将他视为一个提喻，用他微不足道的造作表演来完成一幅不甚准确的图景。

他们这些被公司宠坏了的生物忘了在大草原上既有掠食者,也有猎物。他们自诩狮子,可随便一个旁观者都能看清,他们不过是斑马罢了,数量众多,羸弱不堪,等待着被猎杀。

他的爪子此时隐匿在天鹅绒下,被他的表演掩盖。当爪子伸出时,其锋芒能屠尽整个世界。

"先生们。"他重复道,那混杂难辨的口音是他一个多世纪来苦心磨炼的结果;精心强调的爆破音与摩擦音令他听起来既充满异国情调,又没有陌生到像个"外国人"。大厅里展示的孩童之所以都面色煞白是有原因的,他们都由牛奶与白骨造就;而非像他的其他实验对象一样,由泥土、砾石或其他什么材料构成。在这几个贪心不足的家伙看来,白色孩童逼真到几乎能与真人媲美。在这消过毒的、阴冷的大厅内,在这科学与炼金术、理性与宗教相会的所在,外表的重要性几与言辞旗鼓相当。

神似真人的孩童令投资者们感到愧疚,愧疚感又敦促他们打开钱包。不过是简单得不能再简单的种族歧视与数学运算罢了,却让他对凡人的憎恶之螯愈加深了:正常人谁又能抵御"重组之人"带来的奇观呢?

"里德博士。"小团体中自命领袖的那位开了腔。他自视甚高,实则是不懂保护自己。另外两人后退了一步,他以为是出自崇敬,里德却将其解读为怯懦。"今日为何邀请我们来此地?你跟我们办公室说的是有重大突破要展示,而我们看到的还是那老一套。"

里德震惊的表情若放在其他任何人脸上,都会令人忍俊不禁。可他不一样,他从来都是例外。正如人们常说的:熟能生巧。"你眼前的这些样本能够跃迁至未来,像洗牌一样轻松改变历史的或然;他们的细胞再生之快,连我们的设备都无法追踪。而你却称他们为'老一套'?啊,史密斯先生,我为你的短视而感到羞愧。"

此人根本不叫史密斯,但他默默接受了这个毫无创意的名字,其他两人也没提出异议。既然要做这种法律之外的灰色生意,使用化名还是很有必要的。他挺直了腰板,眼睛眯成一条缝:他的话竟然没有被重视,这可不行。"你的确给我展示了奇观,里德,但这些奇观没法投向市场。要把全世界的铅都炼成金子,注定会毁掉我们试图控制的经济。所以,你到底能给我们提供什么?"

"你终于问对了问题。跟我来。"里德抽身离去,带着捕食动物般的轻盈。脚踩平底鞋的几位投资者别无选择,只能跟上,否则就会被留在原地,被那些他们花钱带到世上来的孩童用失神的眼睛死死凝望。

几个人毫不犹豫,纷纷跟上里德的步伐。

走廊如太妃糖般朝前延伸而去,两旁点缀着白色的房间,房间里面都是穿着睡衣的孩童。有些年纪较大,似乎接近十几岁的模样;他们知道自己随时有可能被监控,都背对着单面镜坐在桌边。其余的则是年纪尚幼的儿童,他们或玩着色彩鲜艳的积木,或蜷着身子、天真无邪地睡在手工缝制的被子里。据照顾他们的人说,手工缝制的棉被比工厂里造的要好,因为工业制造的过程会使最终产品染上某种味道,而孩子们在没有严格消毒过的产品里会睡得更香。哺育幼童本来就绝非易事,在这儿,情况更是复杂得多。

大厅尽头的门上赫然拴着三道锁,锁边有一个小键盘。里德逐一打开每一道锁,按键时丝毫没有试图遮挡,因为到次日清晨密码就会自动更换。如此严密的安保程序不只是作秀,更是警示,以便确保这些家伙明白他们应该认真对待自己即将看到的东西。任何试图挑战他的权威的人都将自食恶果。

门开了,里德让投资者们先进,自己跟在他们身后。当所有人都进去之后,砰的一声,门又关上了,好似一座阴森古墓突然被封了起来,让人插翅难逃。

"宇宙的运行是建立在几个基本原理之上的。"他毫无征兆地开了腔，然后一口气说了下去，"重力自然是其中之一，其次是概率。混乱与秩序。既然是宇宙的一分子，那我们所代表的东西与作用于我们身上的外界力量在神性上是同等重要的。毫无疑问，重力非常重要，没有人想要飘离地球。但爱、好奇心与领导力同样重要，否则它们也不会存在。大自然憎恨真空，万物皆有目的。"

房间内被黑暗笼罩，看不见任何出口；除非他再次打开门锁，否则绝无从这里逃出去的可能。投资者们无人吱声。若在平时没有受到威胁，这几位投资者还乐意小小地展示下自己的权威。但此时此刻，他们倍感弱势，羞恼不堪。这一切里德都看在眼里，乐在心中。

"如诸位所知，我们的研究目的就是要创造出能适应所谓'自然力量'的孩童。试想一下，如果能造出一个擅长物性转换的孩子，只需轻轻一碰就能将铅块变成金锭；或是即便昼夜流血也能存活下来的孩子，这将意味着什么？这类实验一旦成功，我们将掌握有史以来最强大的武器，强大到无以言表。诸位之所以选择投资我们，不仅因为你们财力丰厚，还因为诸位心怀天下，你们选择与我们为伍，就是选择了引领启蒙与认知的全新时代。"

他每次发表此类演说时都担心自己吹过了头，担心这次那吃奶长大的温和牛群里终会有一个忆起自己也曾是捕猎者的事实，然后张口撕咬试图喂它的那只手。可每次，他们都将他的话一字不漏地照单全收，一边笑容满面、心满意足地连连点头；这让他放下心来的同时又倍感失望。当然，新秩序的崛起是不可避免的，而他们站在风口浪尖也理所应当。既然付了钱，这就是他们应得的：所有利好，所有机遇，都任由他们享用，且仅为他们享用，旁人都无法染指。

没错，他们是傻瓜，却是富有的傻瓜。全靠他们的财富，这个项目不仅摆脱了议会里的那群懦夫进展到今天，还实现了自负盈亏。正是因为有了这笔钱，他们才不用跟面对着足以改变时代的奇迹却满眼只看到钱的商人打交道。过不了多久，他们便能彻底自由了，里德对此深信不疑。

他继续道："我们一切努力的核心是一个源自古希腊的观念，'宇宙原理'。所谓'宇宙原理'，指的是音乐可以从情感、心理甚至生理的层面影响个体。今天，我们知道每个个体都是宇宙万物的缩影，因此，在个体身上奏效的东西扩展到整个宇宙显然也能奏效。自古以来，一代又一代的炼金术士都在孜孜不倦地践行着这一观念。"

里德顿了顿，留出时间让他们消化。可令他吃惊的是，投资客中的一位竟然发表起了意见。

"九年前我来参观的时候，你就说已经成功了。我们为什么还在原地打转？"

"因为如果你九年前就来过，那你应该清楚初始阶段的成功在今天看来，很多方面都是失败的。"里德好不容易才控制住自己的表情。这个家伙胆敢这么跟他说话！这种性质的事业需要多少反反复复的实验才能成功，这也是他能懂的？他们在改变世界，而这个家伙只关心自己账簿上墨水的颜色。

几个投资客开始嘀嘀咕咕议论起来，眼看他就要失去对现场的控制。

"我们的首次尝试其实是成功的！"他赶在议论声变成赤裸裸的抗议前厉声喝道，"我们成功地将宇宙的一条指导原则与人类肉体进行了结合。虽然出现了一些……并发症，没错，并发症，但整个理论依然坚如磐石。"

并发症指的是，有这么一个男孩，他的脑子中多层现实交叉回响，导致除了闭眼后的所见之物，他无法跟任何其他事物产生互动。这个孩子一辈子都没说过话。三年前，他开始停止进食。靠着精密机械与导管喂食勉强维持生命的他已经十八个月没睁开过眼了。"宇宙原理"被牢牢地禁锢在他几乎散架的体内，无从提取，无从让世界随着他们的奇想而舞动，更别说遗弃这具旧的躯壳，另寻新家了。

"'宇宙原理'的问题在于其体积过大，放到脑子里，就没有留给人性的空间了。我们坚信，通过将其划分为两个组成部分——数学与语言——可以建立起某种形式的格式塔①。我们试图利用的这两个概念将体现在两个人身上。一旦分开，他们的能力都将受限，以确保其可塑性，并易于控制。"

"可塑性有多强？"一位投资客问道。

"足够强。在他们的成长过程中，我们一方面会促进他们濒危的人性繁荣生长，一方面还要教会他们取悦主人的重要性。一旦重聚，他们就不会想分开了。为了不被分开，我们让他们干什么，他们就得干什么。他们天性如此。我们完全可以把他们攥在手心里，控制他们对于一切事物的接触，包括彼此。"这些"宇宙原理"的"布谷鸟小孩"，只有在他认为他们可以团聚之时才得以团聚，这对他们来说将是多么甜蜜的折磨啊。"他们不会成为普通人——我们拒绝给他们这样的机会，同时这也是他们的荣耀——他们必将改变一切。"

"要等多久我们才能知道这不会又是一场失败？"史密斯先生问。

里德将牙齿咬得咯咯作响，"这就是我今天邀请你们过来的原因。"说着，他打了个响指，面前的那堵墙应声升起，露出后面三个白色的小房间。前两间里面有人，第一间里是一对快到两岁的小孩；第二间里有一对正在熟睡的、不到一岁的婴儿。第三间里没人，只摆着两个空荡荡的婴儿床。

投资客们纷纷瞪大了眼，瞠目结舌地盯着这些孩童，仿佛在看动物园里的动物。里德的嘴角露出邪魅一笑。

---

① 格式塔作为心理学术语，具有两种含义：一指事物的一般属性，即形式；一指事物的个别实体，即分离的整体，形式仅为其属性之一。

"我们已经成功了。"他说。第三间房间的里门打开了，里面走出两位护士，怀里各抱着一个婴儿。新生儿被小心翼翼地放置在床垫上后，护士们悄声离开。

三对孩童，三个年纪，各自相差一年，都是在夜黑风高之时趁机从他们可怜母亲的肚子里剖腹取出的。"宇宙原理"最初的那对化身在第三对定制孩童吸进其悲惨人生的第一口气时就逝去了。现在还活着的这六名都是不错的宿主。最终哪一对会脱颖而出，谁也说不准。

当然了，不管最终胜出的是哪一对，胜利的果实都属于他。

"先生们，眼前便是'宇宙原理'的化身。"他说，"其中一对婴孩将成功实现我们一直以来努力达到的一切。成功之时，便是我们统领宇内之日。"

我们，而非你们，他看着争相凑上前去观望的投资客，暗忖道，*你们这群自负短视之徒*。

婴孩们自顾自地沉睡着。

事后，投资客被领了出去。他们满脸兴奋地谈论着世界将如何改变，他们又将如何改变世界云云。里德博士耸了耸肩，脱下燕尾服，然后回到实验室里检查他的最新成果。门悄然滑开，值夜班的技术员与实验室助理们抬头看见他无不大惊失色，纷纷冲回自己的工作岗位。没人想在这时引起他的注意。

有时，他的脑子里会生出严明纪律的想法。有时，这些想法需要强力执行下去，而这种强力必定会留下伤疤。

里德昂首挺胸、阔步向前，他对事情的进展颇为满意。议会里的那帮傻瓜曾断言此项壮举不可能完成，他们说没人能将科学和炼金术完美地合二为一。为了证明他们是错的，阿斯普戴尔曾被逼到了超乎想象的地步。而现在，他——万物之王——硬是一点一点将旧方法拖进了新世界。化身之事自古有之，项目伊始，他曾这般论断道，而他要做的无非是控制好它们。或许阿斯普戴尔的想法给了他一个启示，但老天在上，剩下的可全是他自己努力的结果。

（夏王与雪后，绿杰克与玉米珍妮；他知道他们的名字，知道在世界的黑暗之所不断被低声讨论的他们的神秘故事。但他眼下不会觊觎这些自然化身的概念，它们迟早会杂沓而至。一旦掌握住"宇宙原理"，他便能随心所欲地控制因果，其他的一切也会理所应当地沦为他的囊中之物。他将统治整个宇宙，任何质疑他的人都会遭殃。）

"你在这儿啊。"角落里突然蹿出一个女人，像是开酒时弹出的软木塞——这是他的"私人精灵"[1]，身穿蓝色牛仔裤与法兰绒外套。莉是阿斯普戴尔死后他遇到的最棒的炼金术士，她行事风风火火，一头干练的短发，衣服上常有硫酸留下的破洞。她的脸很宽，神色坦诚，鼻梁上如星星般洒落着雀斑。她看上去如同桃子与奶油，如同在池塘边静听蛙声的周六下午，有着裹在可爱得令人吃惊的包袱里的天真与美国梦。当然，这些都是假象。里德执着于利用世界为自己牟利，她却很乐意将整个世界点燃，哪怕只是为了用余烬烤制棉花糖。

她虽缺陷明显，但却极为有用。等到终于能将她重新分解为创造她的零件的那天，他会很享受的。那个老家伙显然忘记了布洛德韦德[2]与弗兰肯斯坦的教训：永远不要创造出比你自己更聪明、更无情的生物。

不知怎的，这个想法令他困扰——他想起了阿斯普戴尔。那个女人虽然缺点不少，但绝对不傻。他从大脑中抹去这个念头，将注意力集中在莉身上，"分娩情况如何？"

---

① Djinn，阿拉伯神话中的精灵。
② 凯尔特神话中的"春与花之神"。

"顺当，顺遂，顺溜。就看你喜欢哪个词了。多余材料已被回收并处理。"她漫不经心地挥挥手，"没什么不寻常的。"

他知道，她口中的"多余材料"不仅仅是胎盘——因为人体模型特殊的制造方法，胎盘也拥有了明显的炼金术特质——还包括那位分娩的妇女，这对"小布谷鸟"的不知情代孕者。他不知道莉是在哪里找到她的，他也保持了足够的人性——若勉强有的话——没有过问。不错，他可以随意使唤这位"合成炼金术士"绝顶聪明的头脑，但他也得付出代价。她偶尔会做这样的事——因为长期待在实验对象周围，她的身体可能也会受到炼金术的影响。这种事情永远没法提前知晓。

"那个男孩呢？"

"死了，在你的私人实验室里放着呢。我知道你想亲自解剖他。"她不快地缩了缩嘴唇，露出两排门牙。她更喜欢自己来解剖。

里德对她的不快视而不见，"实验对象呢？"

"男婴先出来的，说明他可能是控制者；他很好，很健康，已经准备好要送去领养家庭了。不到两分钟后，女婴也出来了，小家伙尖叫了有半个多小时才消停下来。"

"是什么令她安定下来的？"

"那个男婴。当我们将他俩放到一块儿时，她就不哭了。"莉撇了撇嘴，"飞往她新家的旅途想来会很有趣吧？"

里德点点头，"其他人呢？"

"收养工作都已经安排好了。是按照'四体液说'①安排的：两对分别划分给了'火与水'，另一对划分给了'土与气'。"莉自信满满的外表第一次露出了裂痕，"你确定要将他们送出去？我是说，真的确定吗？换作是我，我会

---

① 古典医生希波克拉底提出的理论，认为人体中有四种性质不同的来自不同器官的液体。

将他们留下，在可控的环境里长大。"

"那个女孩——"

"我是说他们所有人。"莉摇了摇头，"这些孩子是不可替代的，世上从未出现过类似的存在。他们属于这里。在这里，他们可以被研究、被观测、被管理，放到野外完全是自讨苦吃。"

"这个计划是精心设计过的，可以最大限度地提高成功概率。"

"你管这叫'精心设计'？将每对分开，安排到不同的平民家庭里。这就是你口中的'精心设计'？至少每一对中得有一个人留在我们身边吧？就算那样都不够。我们不应该这样控制我们的投资。"

他们正在做什么，里德心里有数。毕竟，整个计划都是他自己设计的。

他费了好大劲才没有让愤怒显现在脸上。"我怎么不知道这是'我们的'投资呢？"他说。

莉面带不屑地挥了挥手，"你明白我的意思。"

"真的吗？我真的明白你的意思？这个话题我们谈过多少遍了。要想让孩子们真正开发出自己的能力，就必须引入一定的随机因素。我们已经证实了在严苛的实验室环境下成长是行不通的。更为重要的是，在非实验室的环境里长大，实验对象就不会学得过多、过快了。知识就是力量，对这帮'小布谷鸟'来说尤其如此。混沌无知才易于管教——这点于他们而言太重要了。"

"至少留一对下来吧，最小的那对。他们都还年轻，除了我们向他们展示的，他们什么都不会知道。我们可以在不同的盒子里抚养他们长大，严格管控他们的一切所见所闻。这种与世隔绝的方式我们之前虽然试过，但都放在一块儿的。分开抚养效果如何，我们还没试过。"

"没试过是因为分开抚养会毁了他们。"

她耸耸肩，"有些东西就是要经历毁灭才能重生。"

比如你，他一边想，一边出声喝道："莉，在这里，我的意志就是王法！"

"可——"

"我的意志，就是王法。"他猛地伸出手去，一把扼住她的喉咙。她的后背瞬间撞上了墙面，眼眸里却闪出诡异的喜悦。这是她渴求已久的警示：他才是那个高贵的捕猎者；在他俩之间的啄序中，他才是赢得了主动权的那个。他虽厌倦暴力，但依然理解采取暴力的必要性。"你听懂了吗？"

"是。"她轻声回道。

"还有？"

"是，先生。"

"这还差不多。"他收回掐住她喉咙的手，整了整衣领，"莉，你要相信我。我对你的要求就这一点儿。相信我，我必带你走向光明。"

"光将引导我们前行。"莉说着将头低了下去，直到下巴抵到胸前。

"我们正在正确的道路上前行。"里德边说边轻抚她的肩头。可没等他的手触到她的肌肤，警报就响了。

两人的身子陡然僵直，脑袋猛地抬起，眼睛开始四下扫射，寻找实验室里有可能出问题的迹象。四周一直刻意忽视两人争执的技术员们纷纷开始检查设备，审查化学读数。首先动起来的是里德，他抽回手，拔腿往私人实验室跑去。实验室的门紧闭着，他赶忙刷了下脖子上挂着的门卡，门应声而开。

房间内，一只不停旋转的星盘占据了实验室里一大半的空间。里德在门口站住了，随后赶来的莉也驻足在他身后。两人的目光齐刷刷地盯着那只星盘。

星盘上飞舞着的群星由大师亲手校准，旨在精准地反映天空的模样。阿斯普戴尔在这台令人叹为观止的机器上倾注了数年的光阴，一心想将其变成个人遗产中的关键组成——作为最后的决胜手段。在机器即将完成之时,她将它放置在了时间之外。这样一来,在未来的某一天,就能用它描绘"宇宙原理"的运转。在这之前,里德一直沾沾自喜地将其据为己有,为自己谋取私利。它简直就是炼金术界的奇迹——只有对自然力量可怕的滥用才能破坏这座由黄金、红铜与旋转着的珠宝组建而成的恢宏建筑……

可此时,它竟然在反向旋转。

里德的脸上慢慢露出了笑容。

"看见了吗?"他说,"不用再等以后了,我们已经成功了。所有那些自诩能统治世界的老顽固们——贝克、汉密尔顿、坡、吐温,包括那可怜兮兮的洛夫克拉夫特——他们都失败了,可我们成功了。那六个绝顶聪明的孩子中的两个刚刚重设了自己的个人时间轴。我们成功了!"他转身面向莉,满脸的笑容。

"我们就要统治世界了。"

莉点着头,一面顺着逻辑得出了自然而然的结论,"那是否就意味着我们不再需要那些银行家了?"

对于被皮带拴住的捕食者来说,给予他们足够的空间供其奔跑尤为重要。

里德点点头。"没错,"他说,"但要确保他们明白我们为什么要中止合作。明明白白的,总是更好些。"

莉的脸上突然展现出笑容,如同通往"不可能之路"的大门一般明朗宽绰。在那一刻,与其说美丽,不如说是可怖。里德搞不懂创造了她的炼金术士怎么会错过警告标识。

"今晚就能办妥。"她说。

"很好。今晚我要去议会办些事情。一切尽在掌握之中。"他侧脸看向玻璃窗户，发现自己脸上的笑容比莉更加收敛。"'不可能之城'迟早是我们的。"

在他身后，阿斯普戴尔·贝克的星盘继续平稳地朝反方向旋转着。所有这一切都似曾相识。

不可能之路

时间轴：1986 年 7 月 3 日

美国中部标准时间：02:13

寂静黑暗的房间里，名字并非史密斯先生的那个男人醒了过来，感觉到什么可怕的事情发生了。身旁的毯子里蜷缩着再熟悉不过的妻子的身形，空气中弥漫着一股铜锈与动物内脏混合的气味，浓烈而黏稠。

房间里还有其他人。

他模糊地意识到这件事的瞬间，一个身影就笼罩在了他的身上。来者咧嘴而笑，每一颗牙都显露无遗，它们均匀、洁白、完美无缺，但不知怎的，他总感觉它们是有问题的，是不相匹配的，感觉那排牙齿从来就不该长在同一块下颌骨上，凑成同一个可怕的微笑。

"晚上好，先生。"那个身影说。他认识这个声音——那个在里德面前卑躬屈膝，却完全不把他们放在眼里、任意打断他们开会的女人。她的名字叫莉。在这之前，他从未离她这么近过。她的双眼……她的双眼总令人感觉哪里不对劲，它们完美无瑕，就像她的笑容——却又带着说不出的怪异。

"别动。"莉说。作为回应，名字并非史密斯先生的男人试图往后缩，只可惜大脑发出的指令没能被四肢执行。他全身僵硬，无法活动，而她却在微笑。

"你们这些人类。"她说,"你们这些愚蠢的人类。你们只想统治世界,却从不停下来问一问那到底意味着什么,也从来不去探究炼金术的本质以及它的能耐——你们只关心它能给你们带来什么。好吧,我恭喜你,它将我带给了你。"

他突然辨出空气里弥漫的气味了,真不知道刚刚他怎么没能辨认出来,或许是因为他根本就不想辨认出来。不想辨认出鲜血的气味,不想问自己那血来自哪里。

妻子一动不动地躺在身边,他害怕自己知道那血来自哪里。

"里德把你交给了我。"莉说,"你瞧,我们已经到了不再需要投资者的阶段,但我觉得你还有最后一个贡献可以做。那就是听我给你讲个故事。语言就是力量。明白自己为何而死的你会对我们更有价值,就像⋯⋯拯救灵魂的顺势疗法药物。我今天所说的一切将化为记忆,深埋于你的肉身,便于未来的利用。你这个姿势舒服吗?"

他无法开口,无法回答,只能惊恐地翻动着眼珠。从她越发柔和的微笑来看,她早就知道问题的答案。

"很好。"她说着晃了晃手中的那把刀。她手里怎么会出现一把刀?

他甚至没看到她抽刀的动作。"这是一个想法层出不穷的女人以及她所创造的男人的故事。你听说过 A. 黛博拉·贝克,对吗?没有人不知道 A. 黛博拉·贝克。"

刀,刀,*上帝,她手上有刀*。他无法尖叫,不能动弹,只能眼睁睁看她举起手里的刀。妻子黏糊糊的血沿着刀刃滴下,落在他的皮肤上。接着,一阵彻骨的、覆盖一切的疼痛传来。她一刀一刀地在他的皮肤上刻着什么。究竟是什么,他无法扭头看到,或许在这个时刻,这是上帝给他的唯一的仁慈。

"她写过一系列儿童读物,都是关于一个名为'上下奇境'的地方。我知道你的孩子们读过,因为我在你女儿艾米莉房间的书架上看到过那些书。"

他从未像此刻这么想大声尖叫过。

"她死前完成了十四本书,六本被改编为电影,其中四部是在她逝世之后才开拍的。她的文化影响力遍布全球。A.黛博拉·贝克的大名和她创造的角色——甜美的艾弗里和勇敢的齐布——无人不知,无人不晓。但你知道吗,你自签下第一张支票那时起,就成了她的侍从?"

她的声音平静、舒缓、富有节奏,仿佛在给小孩子讲睡前故事。若不是因为那钻心剜骨的疼痛、身旁妻子的尸体和儿童房里孩子们的尸体(三个孩子啊,上帝,她肯定把她们都杀了,她这样的女人怎么会留下活口呢?他为什么动不了?),那声音几乎可以说是悦耳的。

"她的真名叫阿斯普戴尔——所以名字里有个字母A。她是美国最伟大的炼金术士。有这么难以置信吗?要将自己的教诲隐藏在最明显的地方,还有什么方式能比将其编纂进受全世界儿童喜爱的读物里更好的呢?就这样,她暗中影响了几代人的思维方式,并彻底改变了炼金术,将其变成魔法与科幻的中间地带。从此,炼金术也有了可重复的结果,但前提是人们必须对此满怀信念。阿斯普戴尔·贝克改变世界的方式是书写了一个新世界,她为一门垂死的学科注入了新的生命。炼金术议会里的那帮小喽啰对她恨之入骨,因为他们永远达不到她的高度。尽管她已不在人世,他们依然恨她。这帮蠢货,过不了多久,他们就会付出代价。"

彻骨的痛仿佛在吞噬整个世界。她一刀一刀割下他的肉,而他却无法反抗,只能任其宰割。更令人痛苦的是,他无法拯救自己的家人。

"里德就是她一手创造的。由此,她证明了生命可以一部分一部分地拼凑出来。她创造了他,又让他去继续自己未竟的事业。看吧——她逝去了,他却还活着。里德让我感谢你的支持，感谢你助他走到了今天。但我们不再需要你了，你在'不可能之路'上的旅程已经走到了尽头。"

刀子不停地移动着。意识从那个名字并非史密斯的男人身上慢慢流走，而生命也紧随其后离开了他的身体。

莉·巴罗蹲坐在死者床边，沐浴在一片血泊之中。不多一会儿，微笑从她脸上逝去了。她弓下身子，开始干活——真正的工作才刚刚开始。太多东西需要收割了，而现在离黎明只剩几个小时。

"不可能之路"蜿蜒前行，旅程由此继续。

不可能之城

时间轴：1986年7月3日

美国中部标准时间：10:22

里德有好些年没感觉这么棒过了。

莉安全返回了实验室，正在忙着处理那帮目光短浅的傻瓜——希望他们死后能比活着的时候更有用些吧。三组"小布谷鸟"已经被分开，送往各自的新家，他们将在那里被普通人抚养长大。

（那些所谓的"普通家庭"中有三家人都从属于他，身体与灵魂皆是。不过这一事实无关紧要。他们全是不合格的炼金术士，一群有志于炼金术、却在技巧方面有所欠缺的学者，因而无法直接侍奉他。他们将扮演恋人的角色——或许他们中的一些人真的会坠入爱河——倾心倾力地将他的实验对象抚养成人。他们都是科学家，面对这样的项目，只许成功，不许失败。一旦失败，他们的身体将任由温柔仁慈的莉处置。只要见过这个女人，就没有人敢冒这个险。他们就快成功了。"不可能之城"唾手可得。）

车停了下来。里德在开车门前整了整衣领: 宝石色的衣服与引人注目的如尼符文不见了,取而代之的是时髦的黑色高扣衬衫,给他的外表增添了几分神职人员的味道。与以前的投资者不同,议会成员不会受浮夸的派头影响。对付他们必须……更加温柔委婉。

（阿斯普戴尔的最后时刻:"凤凰"阿斯普戴尔,几近挫败,在爆发的边缘。"他们如此确信自己的判断,这只会限制了他们自己! "她咆哮道,这种咆哮他能听一辈子。只要她愿意,他会在她撼动世界根基的伟业中助她一臂之力。她是他唯一的爱,唯一的上司,也是他唯一的遗憾。因为他俩都知道自己接下来的故事会是如何,都知道那个持刀之人必须是他。）

不出所料,当他走进大厅时,所有人都在等他,鞋跟触地的声音在停滞的空气中回响。当地人以为这是一座教堂,尽管没人能说出它的名字,也没见过任何人来这里做过礼拜。不过,形状是没错的,星期天早上开车经过时,还总能看到有人站在草地上,身着素色衣袍。不是教堂,还能是什么?

有时候,藏身于光天化日之下才是最明智的选择。最危险的地方才是最安全的地方。

里德打量一番面前的四个人,嘴角带笑,心里却内藏杀机。"看来你们已经听说了,"他说,"我还以为我带来的消息会让丹尼尔斯大师大吃一惊呢。他在哪儿呢? "

"丹尼尔斯大师的时间十分宝贵,哪能都拿来跟你这种人打交道。"一位脸上几乎见不到眉毛的家伙干巴巴地低语道。

"我也是议会成员,不是吗? "里德的脸上继续挂着微笑,心里却在想这家伙是天生没长眉毛还是实验事故的结果。无论是哪种情况,简单涂些化妆品,他的外表问题就能得到解决。"我和你们中的任何人一样,有权出现在议会会长面前。"

"你涉足的是危险的领域。"另一个人说,他穿着深灰色西装,站立的姿势像是个商人,"原理容不得你肆意玷污。你主人的死难道就没教会你点儿什么吗?"

里德依旧笑着,丝毫不受干扰,"你没有资格谈论她,你伤透了她的心。你一边鄙视她做出的成果,一边忙不迭地对其加以利用。若没有她的长生不老药,你这男孩般的容颜是怎么来的?"

那人的脸红了,扭过头去。里德抬脚往前走。

"我要和丹尼尔斯大师好好谈谈。我要告诉他,原理的化身已然实现。我将再给议会一次机会,赋予我应得的权力与地位。如果被拒绝,我将退出议会。而最终,我对于世间决定性力量的统治将直接宣告议会的垮台。我说清楚了吗?"

"跟平常一样,你说得再清楚不过了,詹姆斯。"里德闻声转过身来。

阿斯普戴尔·贝克年轻时,丹尼尔斯大师就已衰老;尽管他的生命已经被延长,但她所有的成果加起来都不足以扭转时间。现在的他更老了,老得无以复加。他慢条斯理地缓步而行,走进这座形似教堂建筑的祭衣室,仿佛一个被匆忙飞奔的日子远远抛在身后的人。与那些西装革履的家伙不同,他身穿一袭红色长袍,看上去古老又永恒。

如果议会里有人像阿斯普戴尔那样理解派头的重要,那个人定是亚瑟·丹尼尔斯。里德看向这个人时,脸上的微笑是真诚的。他们也许站在分歧的两端,但至少丹尼尔斯带着风度。

(阿斯普戴尔的最后时刻:"忏悔者"阿斯普戴尔,低着头,双拳紧握,恳求主人明白自己倾其一生试图完成的事业;她眼中噙满泪水,恳求老糊涂听她说,恳求他忽略自己女性的形体与年轻的脸,听她说。如果炼金术不是用无数造物拼凑出一个更好的整体，那又是什么呢？拒绝让女性出任议会中的上层职位只会限制炼金术士自己，限制他们的能力。丹尼尔斯，那个老糊涂，却转身就走。）

"这么说，是真的？"他小心翼翼地朝里德走去，问道，"你做到了？"

"原理已然化身为人。"里德说，"它行走在我们中间，囚禁在可塑、年轻、愚蠢的躯体里。属于我的那一天终将来临，无论是作为你的盟友抑或敌人，它终将来临。"

"一股强大到足以重塑时间的力量，你觉得你能控制住它吗？"

"我觉得我已经控制住了。"星盘，旋转，回绕——哦，没错。他会控制住它的。

整个宇宙都将对他唯命是从。

丹尼尔斯默默看了他很久才点头表示承认，"那么，看起来我们必须欢迎你回家了，炼金术士。你有那么多东西要教我们。"

其他人看起来惊慌不已，不敢相信眼前正在发生的事情。里德微笑着，迅速穿过祭衣室，跪在老炼金术士面前。当丹尼尔斯的手抚摸他的头发时，就像被木乃伊的手指触摸：干薄、古老、散发着坟墓灯油的味道。

"相信我们的事业，我们就将带你走向光明。"丹尼尔斯说。

（阿斯普戴尔的最后时刻：躺在地板上流血的她奄奄一息，脸上却露出一种奇怪的满足，就像她一直就知道这将是她的结局；就像她一直在等待着这个结局一样；就像通过失败，她却赢了一样。她脸上的表情令他震怒，可一切都已太晚，她已然咽气，就此逝去。如果这能算是她的胜利，那她连这个胜利也一同带进了坟墓。）

"光明将领我回家。"里德应道。

他在失败中取得了胜利。

他知道，待到他们能理解其中深意的时候已经为时已晚；若不是因为这群心胸狭小之辈，阿斯普戴尔永远不会造出他——她的刽子手——来向他们复仇。

他现在要做的就是等待。很快，他的"小布谷鸟"们将会舒展双翼，而他也将统领宇内。

星盘

时间轴：1986年7月3日

美国中部标准时间：10:22

阿斯普戴尔的星盘仍在转动。行星在固定的轨道中运行，它们向前、向后运行，环绕着，旋转着；宝石般的恒星在天幕上绘出精确无误的线条，仿佛毫厘的误差便会让彼此撞上。如此错综复杂的系统似乎不可能在物理空间里存在，不受宇宙原理的束缚。若仔细探究其整个机制，几乎能看见时间本身一分一秒、逐日逐月地被构建起来，再以人类有限的感知为基础记录下来。

当其停止转动时，哪怕仅仅持续片刻，整个宇宙都会为之颤抖。它再次转动，时间也跟着继续下去。

萌芽与成长间相隔太久，早已过去了无数年月。星盘仍在转动，速度越来越快。转瞬间，七年已过，"宇宙原理"——此时已分化至六个身体内，六位潜在的宿主，他们两两一组，在地理空间允许的范围内被分隔得尽可能的远——已然足够成熟，可以向世界宣告自己的存在了。

"不可能之城"唾手可得。

女孩脸色苍白，头发里、脚趾间缠绕着水草；她光着双脚，全身上下闪着银色光泽，仿佛浑身被撒上了亮粉后才来到人世间。

"你是什么人？"齐布问道。在敬畏面前，她忘记了礼貌。艾弗里捅了捅她的胳膊肘，但已经晚了，问题已经问出去了。

"我叫尼娅姆，"女孩说，"来自一个湖底深处的城市，那里常年冰封，每一百年冰层才融化一次。"

"怎么会有人生活在湖底呢？"艾弗里问，"那里没有空气，只有水，你们怎么呼吸呢？"

"噢，你瞧，我们那儿的人是不用呼吸的。"尼娅姆笑了，露出珍珠般洁白的牙齿，"只有等到冰融时节，我们才会浮出水面，体验其他人类的生活方式。正当我在海边收集石头时，一场暴风雨倏然袭来，'冰水侍从'也随之而至，将我席卷至半空，带到'圣杯国王'面前。他是一个残忍的国王，一直将我囚禁到冰层再次冻结的时候才释放出来。现在的我就是一个无家可归的溺水少女，直到下一次寒冰融化。"

"一百年时间可不短啊。"艾弗里说，他努力不让自己去想眼前这个女孩浑身发光、并自称来自一个人不需要呼吸的地方这件事情。显然，她是在开玩笑。"那时候的你会不会太老了、游不动泳了？"

"完全不会。在老家，我不用呼吸；在这里，我不会变老。这样的话，只要我聪明一点，就肯定能找到回去的路了。"

齐布问了一个感觉更重要的问题，"谁是'冰水侍从'？"

尼娅姆脸上的表情顿时严肃起来，"她是'圣杯国王'的属民里最邪恶的一个。她对他又爱又恨，为了取悦他，她什么事都能做出来。她手下还有一帮对她马首是瞻的乌鸦，任何胆敢进入'上下奇境'的外来奇物都会被它们押送到'圣杯国王'的面前。你们要是不小心一点,也会被她捉走的。"

艾弗里与齐布互换了一个眼色,靠得更近了些。突然间,他们开始害怕这个发光的女孩,她的出现似乎意味着某种可怕的事情即将发生。

——A. 黛博拉·贝克,《飞跃伍德沃德墙》

卷二
原理成熟

我们必须谦卑地承认，创造并非无中生有，而是在混乱中制造秩序。

——玛丽·雪莱

语言是最庞大、最具包容性的艺术，是无数前赴后继、默默无闻的世代集体创造的结果。

——爱德华·萨丕尔

人物登场

时间: 1993年4月9日（具现化成功七年后）

美国东部标准时间: 16:22

"作业写完了吗?"

"还没。"罗杰抢在母亲看见之前把书藏到了桌子底下。她喜欢他读书的样子,喜欢他的聪明。他听过她当着朋友的面吹嘘自家的"小教授",说他有一天会改变世界。"你们就等着瞧吧"。但她不喜欢他在本该做作业的时间阅读。与老师进行过几次不成功的对话后,她开始没收他的书籍,特别是在她觉得他在用读书做幌子、逃避本该做的事情的时候。

从某种角度上来说,他确实是在逃避。这页习题本该在一个小时前完成,但他刚好读到了精彩处(书里全是精彩的地方),读下去似乎比做几道愚蠢的乘法运算更重要。数字不像文字,需要人赋予含义。没有人,文字就会变得毫无意义。数字却可以独立存在,其意义的产生和他这个人"毫无瓜葛"。"毫无瓜葛"是他最近新学到的词之一。

罗杰·米德尔顿今年七岁。他如此热爱语言,以至于他的世界里没有任何其他事物存在的空间。他不参加任何体育运动,也不去附近的丛林冒险;他不想养狗,也不想去朋友家里过周末。他一心只想着阅读,还有倾听,以加深对构成周遭宇宙的音节的理解。

（他的母亲本可以对他更加严格。当他忘了做数学作业之类事情的时候,她会没收他的书,但终究还是会还给他。她从来不会说什么东西对他来说太深奥了之类的话;相反,她让他沉浸在书的海洋中,他要多少她就买多少,似乎永远对他的学习速度感到欢欣鼓舞。她甚至还给他买了用其他语言写的书，如西班牙语、德语和汉语。他给她读这些书里的故事时，她笑得前仰后合！尽管听不懂他在说什么，她依然会笑。这样，他就知道她为自己感到骄傲了。有这样一个儿子，她当然感到骄傲。）

他看着她，露出期待的微笑，瞬间融化了她的心田。她总是这么仁慈。"好了，先生。"她假带嘲讽地说，"十五分钟后，我回来检查你的习题，你最好解决了至少一半的题目。不然所有书籍没收两天，包括你藏在抽屉里的那些。"

罗杰倒抽了口气，吓坏了。"好的，女士。"说完，他弯腰趴在习题前，拿起铅笔比画起来。为了保住阅读的特权，他不得不开始规规矩矩完成习题。

十分钟后，短暂迸发的生产力枯竭了。他再次茫然地盯着面前这片数字与符号组成的海洋，脑子里只想冒险将桌子底下的书拿出来瞄一眼。

"答案是十六。"一个女孩的声音响起。确切地说，声音并非来自他身旁，而是似乎来自他目前所占据的空间。但那声音也不是他自己在脑袋里假扮的声音——他时常假扮成正在写新书的著名作家，或者资深教师，正向热切听众解释新发现的单词。这是一种全新的声音，一种外在的、完全不是他自己创造出的声音。

罗杰怔住了，不知从何处传来的声音可不是件好事。聪明而又安静的罗杰常听母亲在朋友面前吹嘘，也常听见老师告诉母亲：这孩子不跟其他孩子一起玩耍。比起人的陪伴，他更喜欢书本——这太让人担心了。或许，这孩子……哪里有毛病。他们说出这句话的时候，总是轻声细语，小心翼翼，总以为他没在听，可偏偏他总是能听到。

他可不希望自己哪里出毛病，所以他什么都不说。只要他不吱声，大多数人都会自己离开。

　　女孩恼火地叹了口气，"你听到我说话了没？ 答案是十六，笨蛋。快写下来。"

　　罗杰下意识地照做了。答案躺在8、2和代表乘法运算的小"×"下面，看起来完美无缺。可他依旧一声不吭。

　　"你要是乐意，剩下的我可以都帮你做了。"

　　"真的？"他赶紧用手捂住嘴，一面惊慌地环顾四周，以防母亲不知何时溜进来，正好逮到他对着空气说话。

　　他压低声音，用更镇定的语调又问了一遍，"真的？"

　　"当然是真的啦。我这会儿无聊得很。要我帮你吗？"

　　"嗯，那好吧。"

　　答案一个个从她嘴里蹦出来，比他写的速度还快，有时会快出三四道题，然后不得不返回到他正在写答案的那道。她从不停下来解释，反正他也不是来学习的，他只是在誊写，在帮心痒难耐的她满足替别人做数学作业的愿望。他们把习题册上最后一道数学题也解开时——包括作业本下面的四道附加题，他以前从来都懒得做——他放下铅笔，默默地盯着纸上的铅笔字迹发呆。

　　"哇哦。"

　　"这有什么？ 这都是些最基础的玩意儿。无聊透顶。咱们应该找些微积分的题来做。"

　　罗杰再也受不了了。"你是谁？"他问道，"这是什么捉弄人的把戏吗？"

　　"不，傻瓜，这只是数学罢了。数学可不是什么把戏，数学从来不要把戏。有时，它会制造一些问题，但总是有解决办法的。不像愚蠢的语文。"女孩的声音沮丧起来，"青蛙不会穿衣服，更不会开车；如果你被龙卷风卷走，就会死掉，不会出现在另一个国度；路也不可能是奇异的。全是些大骗子编出来的愚蠢谎言，可他们还是让我们学。真不公平。"

这就聊到罗杰熟悉的话题了。"那不是谎言，"他得意扬扬地说，"那叫隐喻。"他将发音拖得特别长，听起来像发错了音，但他俩都没意识到这个细节。（多年以后，当发错音成为他人生中最严重的恐惧之一时，他会回想起这一刻，然后做个鬼脸。刚认识时就发错了一个音，这种情况下，真不知道他俩是怎么成为朋友的。）"是用不真实的事物来反映真实的事物。"

"既然不真实，那不就是谎言吗？"

"并不一定。"他没有足够的词汇可以解释，他只是知道有时候某些事物可以象征比自己大得多的东西，有时不真实恰恰才最真实。"我还不知道你是谁呢？"

"道奇·切斯维奇。"她的声音突然变得郑重起来。他听得出那种语气，他自己也曾那样自报家门：那是学校里最聪明的孩子被问到一个毫无意义的问题时所用的专属语气。"我们的名字挺押韵的，罗杰和道奇。"

罗杰怔住了。她怎么知道自己的名字？除非她真的来自自己的大脑，否则不可能知道。如果她真的来自自己的大脑，那他肯定脑子出了问题。他可不想自己脑子有问题。

可她还在说着，喋喋不休，这让他的担心烟消云散。她是真的，她肯定是真的。就凭他的想象力，不可能想象出这么一号人物。"或许名字押韵就是我能帮你做作业的原因吧，或许所有名字押韵的孩子都这样呢。你还有吗？"

"名字？"

"不是名字，傻瓜。作业。"

"今晚没有了。"意识到这是真的，他隐约觉得很高兴：他与他脑子里的声音共同完成了作业本上所有的题目。而且，这些题都是他自己写的，所以笔迹完全匹配。可马上，他就皱起了眉头，"这算作弊吗？"

"不算。"

"你怎么知道不算？"

"因为我跟老师经常讨论作弊的事情。他们从来没说过'脑子里有个不断输出答案的声音算作弊'。所以，这当然不能算是作弊啦。"

这个答案只催生出了更多的问题。罗杰开始觉得自己就像顺着雪崩奔跑一样，白费工夫。这个叫道奇的女孩——她不是真的，不可能是真的；脑子里的声音怎么可能是真的？——如果是假想好友，这也太耗人精力了。"我觉得我们不该这样做。"

"别啊，我现在太无聊了。"她听上去很沮丧，"愚蠢的杰西卡·纳尔森在课间休息时用红色弹跳球砸中了我的脸，所以现在我必须待在护士办公室，等妈妈来接我回家。我错过了数学课和舞蹈课，还没吃上布丁。"

这一切既不符合罗杰对假想好友的印象，也不符合他对产生幻听的人的印象。他只觉得她听上去真的……很伤心。再说她还帮他做完了作业。于是，他伸手拿起铅笔和一张干净的纸，说："我来教你隐喻吧。"

过了一会儿，母亲走进房间偷看时，罗杰正伏在那张纸上，一边自言自语，一边写着些什么。她看见做完的作业本放在一边，于是脸上露出了微笑。

或许，这孩子还是能学会听从教导的。

时间一秒一秒地流逝，午夜悄然溜进房间。罗杰正沉浸在一个舒适的梦中，梦里有火车，有泰迪熊，还有食品储藏室的门发出的奇怪声音。突然，一只手碰了下他的肩头。他猛地坐起，双目圆睁，寻找着入侵者。

房间里根本没有其他人。

"噢，太好了，"之前的声音响起，"你醒了。我都无聊死了。"

"你是谁？"他发疯般四下张望。

她叹了口气，"我是道奇啊，你忘了吗？哎，我的假想好友为什么非得是个不喜欢数学的傻小子呢？我想要更酷的东西，比如一头大象。"

罗杰躺回枕头上，瞪着眼睛盯着天花板。他睡了三个小时，黑色的天幕上原本闪闪发亮的星星大部分都不再闪耀，只有几颗还隐约可见，仿佛是深水池里反射出来的一般。"我不是大象。"

"我知道。你为什么在睡觉？"

"因为现在是半夜。"

"现在才不是半夜呢，明明才九点。我爸爸说我得早点上床睡觉，不然明早我就会变成个大瞌睡虫。"道奇的语气表明她对这个建议有多么的不以为然，"我总是在他喝完咖啡前就醒来，但那又不是我的错。你在干吗呢？"

"睡觉，"罗杰带着怒气低声道，"我不是你的假想好友。我明天还得上课。"

"我明天也有课。你肯定是我的假想好友。"

"为什么？"

"因为如果不是，那我就是在自言自语。"他从她的声音里听到了类似的恐惧：她也害怕自己脑子出问题。

罗杰让自己放松了一些。尽管这一切看起来都毫无道理，但或许这并非坏事，或许有个能倾诉的对象是件好事。

"你是怎么做到跟我说话的？"

"我也不知道啊。"他感到她耸了耸肩，"我一闭上眼，你就在那儿，就像接电话那么简单。只要我肯尝试，还能看见你看见的东西，就像做数学题的时候。你还有没做完的题吗？"

"没了。你等一下。"他下了床，一路上他的四肢都在抗议。他的大脑是清醒的，因为愉快的道奇一直叽叽喳喳，拒绝安静下来，但他的身体却知道此时应该去睡觉。当他确信自己走路不会摔倒时，才拖着腿走出房间，穿过客厅。屋子里一片寂静，楼下厨房里的摆钟嘀嗒响着；一根树枝刮擦着走廊的窗户；风吹着口哨穿过屋檐，一切都如梦幻一般，与平日里那个清醒的世界截然不同。

（他隐约意识到自己正经历着不可能发生的事情，而这种事情只能发生在现在。往回倒两年，他会很自然地接受脑袋里有声音帮着做作业这件事，他甚至会高高兴兴地告诉所有人，因为年少的他根本不知道有些事情最好保密。两年之后的他，又会觉得幻听的自己定然是疯了，会在身上抓出一道道血痕，竭力让那个声音停下。唯有现在，是这件事情发生的最完美时机，是和那个声音接触且不会给他带来创伤与伤害的唯一时间点。他确信时间轴朝任意方向移动两年，一切都会改变；至于如此确信的原因，他不知道。他只知道自己已经七岁了，可以坚定不移地接受自己的想法了。）

通往父母房间的门紧闭着。他是唯一一个还醒着的人。当然啦，道奇也还醒着——但她不算数，不是吗？她住在另一间房子里，在一个完全不同的地方——如果她真的存在的话。

他边走边伸手抚墙，摩挲着墙纸上的破碎与斑驳。夜复一夜，他用手指轻抚着它们。小的时候，他常伸手去摸那墙纸。那时候，他得把手伸到跟耳根齐平的位置才能够着墙纸。可随着他越长越高，手的位置降到了肩头；现在更是降到了腰间，但墙上手指划过的轨迹依然没变。有时，他会在清晨盯着墙纸上的那条细线，思考它的意义；思考着还要多久，他就得弯下腰来摸它，思考着自己其实每天都在成长，而万事万物无不处在不停的变化当中。

他认识的大多数孩子都在急不可耐地迈向成年。他们双手前伸，竭力试图抓住那个不可预知的未来。罗杰却希望自己能停下脚步、驻足片刻——时间不需要很长，一会儿就好，够他能仔细地看一眼未来就好——然后再踏上前行的旅途。

他摸索着来到浴室门前，轻手轻脚地开门，进去后又将身后的门悄然关上。

他能听到脑海中道奇的呼吸声，急促而兴奋。这个不明就里却毫不犹豫想要弄清楚一切的女孩，她不会放慢脚步的。这一点他非常肯定。她只会跑得更快，朝着金色终点线一路飞奔过去，奔向那童年结束、成年开始的地方，那片心想事成的乐土。

"蒙上眼睛。"说着，他也眯起自己的双眼，这才开了灯。灯光明亮，透过他紧闭的眼睑依然让他略感刺痛。他等待刺痛退去，然后小心翼翼地睁开双眼，扭头面向镜子。

罗杰·米德尔顿身形瘦削，身高就同龄人来说偏高。虽然母亲平日里时常叮嘱，叫他好好梳头，但他那一头棕色长发却总是乱糟糟的。他皮肤白皙，因为很少出门，每次出门都会涂上防晒霜。有时他甚至想体验体验被晒伤的感觉。他的脸对称、端正、普通。只要衣着、态度低调，他就能快速消失在人群里。

他的眼睛是灰色的，在注视着镜子的时候不自觉地睁大。他感到一阵讶异——道奇的讶异——涌过全身。在他自己看来如此合乎逻辑的一步，却让道奇惊讶不已。

"这是你？"她问。透过镜子，他能看见身后的一切，因而确定浴室里只有自己一人。镜子里的他穿着大黄熊睡衣，睡衣的右袖口被扯破了。他嘴唇没有动过。

至少直到他开口说话前没动过。"这就是我，"他回道，"你在哪儿呢？"

"我在床上。我爸妈还没睡，我要是这时候下床，他们会听见的。"她的声音里带着真诚的遗憾，仿佛她等不及想效仿他的行为，"你的眼睛还挺像我的。你住在哪儿？"

"剑桥。"他本不该把自家地址透露给陌生人，但剑桥只是个小镇的名字，并非详细地址。再说了，自己脑袋里的声音算是陌生人吗？如果她不是真的，那就不作数。就算她是（根本不可能，她顶多是一场异常逼真的梦），告诉她城市的名字又怎样，她也不可能真找上门来。"你住哪儿？"

"帕洛阿尔托。"她的父母显然没有警告过她陌生人的危险。她轻快地继续道，"在加利福尼亚州，所以我这里的时间才比你那里早那么多。剑桥在马萨诸塞州，没错吧？咱俩离得太远了，已经属于不同时区了。"

"时区是什么东西？"

他能听到她的声音变得振奋起来，"你往游泳池里扔过橘子吗？"

"呃，啥？"

"橘子丢进池子，不会立刻整个变湿。不管扔的速度多快，总是有一部分先接触到水，一部分后接触到水。"她听上去权威极了。显然，没有东西是用橘子解释不了的。"光就像水，地球则是那个橘子。整个世界的白天不是同时到来的，所以你那里的时间跟我这里不一样。不然，有些人就得半夜起床，还假装是早晨了，这样可行不通。"

就在那一刻，罗杰彻底明白了两件事：一，道奇是真实存在的；二，他想跟她做朋友。想到这里，他兴奋地咧嘴笑了。镜子里的自己也笑着，露出了牙缝，尽管时间已是半夜。

"这就差不多是个比喻。"

"啥？"道奇像被吓到了。他虽不知道她长啥样，却能想象出她此时的表情，沮丧而又愤怒。"不，不是的！你快收回这句话！"

"这就是。地球可不是橘子，也不能扔到池子里。你就是打了比喻嘛。你瞧，语言也并不全是谎言。"

"我——你——那个——"她怒气冲冲,语无伦次,过了好几秒才终于冒出一句,"你要我!"

罗杰不禁笑出声来,尽管他知道这样可能会惊醒父母。醒就醒吧,值了。"你就是打了个比喻嘛!而且完全是你自己想出来的!"

"唉,我干吗要跟你这种傻子说话呢?去睡你的吧。"就这样,那种浴室里还有别人的感觉顿时消失了,只有一个身穿睡衣的男孩,孤身一人对着镜子里的自己傻笑。意识到这一点后,他止住了笑,面容逐渐恢复平静。

"道奇?"

没有回应。

"嘿,你不至于吧。我不过是闹着玩儿的。"

仍然没回应。当睡眼惺忪、恼怒不已的母亲走进洗手间,揪着他要他回房时,他因为太过困惑,没有抗争一番就服从了。

待到次日清晨,他会如往常一样按时起床,穿好衣服出门上学。他会上交家庭作业,包括那本写得满满的数学作业本。自从学完加减法以来,他将第一次拿到满分。但这一切都发生在未来,在夜晚寂静海洋的另一边。而此时此地,罗杰·米德尔顿还在默默酣睡。

加法

时间轴:1993年4月10日(第二天)

美国东部标准时间:13:08

"我本来还担心这里面有些题对你而言太难了。"刘易斯小姐说。她是世界上最美丽的女人,所以每个人都听她的话,就连平常都趴在桌子下看漫画的马蒂·丹尼尔斯也不例外。刘易斯小姐有深棕色的皮肤、深棕色的头发，一双眼眸好似街灯熄灭后的夜空，已近漆黑，将一切其他颜色都深埋其后。

罗杰深深地爱着她。就算她知道，他觉得她也不会介意。刘易斯小姐如此美丽动人，肯定知道几乎所有人都深爱着她的事实。她从来都走在人群的爱与艳羡当中，对每一个擦身而过的人报以亲切的微笑。微笑之外的任何举动都可以说是残忍，而她绝非残忍的人。她是全宇宙最好的二年级教师，能被她教导着实幸运。为了进入先修班的所有那些测试都是值得的，他最终进到了刘易斯小姐授课的班级。

可当他看到她手里握着的东西时却畏缩了。午餐十分钟前才刚刚结束。她怎么这么快就改完了数学作业？

这下完了，他惹麻烦了，接下来的一周将不允许他读书，而且——

作业本的顶端用闪亮的黑墨水写着一个大大的"100"，旁边还画着一张笑脸。这是刘易斯小姐诸多珍宝中最为珍贵的，只奖励给展示出巨大进步或卓越表现的学生。这种笑脸，他以前并非没见过，但仅限于拼写本和作文本上。数学作业拿到笑脸，于他而言还是第一次。

"但你却让我大吃一惊，"刘易斯小姐继续朝他微笑，"本周的作业你完成得太棒了。我甚至觉得这些题目你比我理解得更深刻！"

学生居然还能比老师理解得更深刻，旁边几个孩子不禁吃吃笑了起来，罗杰却没有。他不敢看刘易斯小姐，双眼只直勾勾地盯着那分数，感觉胃里炸开了个洞。

他得了满分。

在道奇的帮助下，他得了满分。

因为道奇的帮助，他得了满分。可她却走了。或者可以说，她没走，她一直都在那里，在加利福尼亚州某个离他很远的地方，远得像那愚蠢的月亮。他不知道她的家庭住址或电话号码，也不知道她在哪儿上学，因此没法给她打电话，向她道歉，告诉她自己不该取笑她，更没办法让她知道自己多想跟她做朋友，多么需要她在数学方面的帮助。他所能做的只是盯着作业本上的满分，感觉自己是个骗子，是个不称职的坏朋友。

一滴泪从他的脸颊滑落，落在作业本上。他模糊地意识到自己在哭，于是擦了擦脸颊，举起手。

刘易斯小姐不再说话，看着他，"怎么了，罗杰？"

"刘易斯小姐，我可以……嗯……"他顿了一下，感觉脸上火辣辣地发烫。说出自己的需求对他而言从来不是一件简单的事，尤其是在班上其他同学都扭头看着他、一边咯咯傻笑的时候。怎么，这帮家伙都不用上洗手间的吗？莫非他们的身体已经超越了这种基本的生理需求？他见过男孩在洗手间里比赛谁尿得更远，还大声争论谁放的屁更响。这种傻事，女孩应该不会干的吧。或许她们也会呢，谁知道。反正此刻，她们也跟着男生一道傻笑。"我可以去洗手间吗？"

"可以。"刘易斯小姐动了恻隐之心。若在平时，她准会先瞄一眼时钟，确认时间才过一点一刻，然后善意地提醒他，有些事情应该在午休时就完成，别打断课堂。但罗杰一直是个安静的男孩，与同龄人不同，他一直腼腆地躲在角落里。他的数学作业从没完成得这么出色过。如果他需要时间来消化这次的满分，她会给他时间。她自觉能为敏感的孩子做的不多，所以一有机会，都乐于满足他们。

罗杰钻出座位，跌跌撞撞地走到门边，极力佯装没有因为一双双注视的眼睛而显得难堪。他本可以等到放学后回到安全的卧室里再尝试联系道奇，手里再端上一盘刚烤好的曲奇饼，以庆祝这个意料之外的满分。妈妈烤的曲奇饼美味无双。有那么一会儿，一想到刚出烤箱的巧克力曲奇饼，他就感觉好受了一些。

但等待是不对的——这一点，他深信不疑，尽管他还没掌握所有可以替代"等待"的词汇。"拖延"是其中一个，还有一个叫"装病逃避"。(这个词是他去年夏天从爸爸那儿学来的。那时，父母在他面前说话时，开始尽量使用复杂词汇，为的是避免他听懂，可结果却事与愿违。罗杰觉得成年人的麻烦莫过于此。他们越想规定孩子们该做什么、该想什么、该成为什么，孩子们就越反其道而行。)他能得到那个笑脸，全拜道奇所赐，是她帮了他——不，那不叫帮，那些题就是道奇做的——而他倒好，竟反过来嘲笑人家。

他必须道歉。他得让人家知道自己并非有意惹她不高兴。于是，他冲过大厅，冲过教室(有几间的门敞开着，里面的孩子纷纷扭头看着他经过，露出不怀好意的笑，笑他傻乎乎的，不知道在午饭时去洗手间，这样就没人会对他指指点点)，冲过洗手间，一直跑到门房的门前。门开着，似是在向他发出邀请。

孩子本不该出现在这种地方，他知道，但保罗先生不会介意("拖走廊的保罗先生"，保罗先生是这样向他们这些小孩子作自我介绍的，同时还会快速跳一个爵士舞步，好让他这样一个满是文身的彪形大汉跟孩子们拉近一些距离)，只要他不去碰不该碰的东西就行。保罗先生跟刘易斯小姐一样，对罗杰的敏感心性了然于胸——甚至比罗杰自己都更加清楚。保罗先生还知道，如若没有大人的介入与保护，什么样的事情会找上这样的孩子。将门房的小房间提供给孩子们当作藏身之所，装作什么也不知道，并不能让操场上的欺凌与流血的鼻头消失；但只要能让情况变得好一点点，他都乐意提供帮助。只要罗杰不在里面喝漂白剂，那就问题不大。

罗杰溜了进去，钻进飘浮着柑橘香气的凉爽空气里。保罗先生现在应该在打扫自助餐厅，至少十五分钟之内不会回来——十五分钟太长了，就算他回到教室时告诉刘易斯小姐自己是去上大号了，也不可能花这么多时间。（这个想法太恐怖了，以至于他一想到就觉得恶心至极。但没办法，他得道歉，他必须道歉。）

"道奇？"罗杰闭上眼睛。他不知道自己为什么要这么做，只隐约记得漫画里与虚构人物对话时都得闭眼。不是闭眼，就是双手合十、虔诚祈祷，但那样做会"渎神"——他最爱的单词之一 ——他可不想在道歉的时候得罪耶稣。"你能听见我说话吗？"

接下来发生的事情令他既惊喜又松了口气。世界的边缘倏然变柔软了，他发现自己正盯着一本单词拼写的习题册，视野中还有一只握着黄色铅笔的手，手指修长，指甲都被咬到了根部，既没涂指甲油，也没戴首饰或其他饰品。只有白皙皮肤上零零散散的雀斑，如同洒落地板的圆珠。

"别圈那个，那是错误答案。"他看见铅笔开始移动，赶紧提醒道，"你得选第二个。S–U–B–T–L–E。"

她的手停了下来，旋即向下移动，圈出了正确答案。道奇什么也没说——可能因为她还在教室里——但她的手却不停地移动着，伴随着他说出答案的声音，一个接一个地圈出答案。其中有两个是错的，两个都是极其简单的字母错位。罗杰意识到她在拼写上肯定比他的数学还差，如果拿了满分定会招致作弊的怀疑。故意选错两个，看上去就变成了她刻苦用功的结果。

"天哪，你真聪明，"他赞赏地说，"我怎么就没想到呢。"

道奇举起了手，笔直地举着，她甚至降低另一边的肩膀，使这只手看起来更高。那位没有刘易斯小姐漂亮、看上去脾气也不太好的老师叹了口气。

"又怎么了，切斯维奇小姐？"

"我做完了可以走了吗？我必须得走了。"道奇毫不犹豫地一口气吐出了这么些单词，一点尴尬的迹象都没有。周围有些孩子开始捂着嘴笑。罗杰被惊得目瞪口呆,他自己的双眼依然紧闭着,从她的视角观察着教室。他无法想象自己像她这样勇敢。

道奇的老师带着将信将疑的表情走到她的桌子前,拿起习题册,越浏览眼睛越是睁大。最后,她放下本子,看着道奇,"很好,切斯维奇小姐。你的表现令人惊叹。"

"我真的很努力地学习过了,求求你了我能去洗手间吗?"道奇扭动着身子,摆出一副坐卧不宁的样子。

"可以,"老师说,"上完就回来,不要磨磨蹭蹭,不要在喷泉旁停留。我不想每十五分钟重述一遍。"

"谢谢巴特勒太太。"道奇依然火急火燎地说,像是对逗号有私人偏见。没等老师改变主意,她便跳出座位,快步走出了房间——她虽走得很快,但还算不上跑,所以没有违反课堂纪律。

跟罗杰一样,她直接从厕所前面穿过;与罗杰不同的是,她没有在门房的房间前停留,而是继续朝前走,一直走进图书馆。图书管理员抬起头,看见是她,露出了同情的表情。她什么也没说,只看着道奇朝大厅里端走去,那里空气凉爽、书香弥漫。

道奇在地板上坐下,环抱大腿,头抵在双膝上,用自己的身体创造了一个小小的私人空间。"你干什么?"她质问道,"我在学校呢。"

"我知道。"他说,虽然他对自己离开教室的时间并不确定,"你那边现在几点了?"

"十点,"她说,"我的一天才刚刚开始,现在我连一次去洗手间的机会也没有了。巴特勒太太在这方面真的非常严格。"她听起来非常生气,就像被别人告知什么时候可以、什么时候不可以小便是一种违反自然的犯罪行为一样。

罗杰感觉道奇是那种不喜欢被他人要求该怎么做的人。"对不起,"他说,"我不知道现在几点了,我只是想跟你道歉。"

道奇沉默了一会儿,然后才小心翼翼地问:"为什么道歉?"

"因为我取笑你了。我可以看出你很难过,我不想让你难过。所以,抱歉。"

"就因为这个?"道奇疑惑地问,"总是有人笑我,可从来没人跟我说过对不起。"

"他们中有多少能这样在你的脑子里说话?"罗杰咧嘴一笑。妈妈总是说别人能从你的声音中听到你的笑,而他此刻想让道奇听到他的笑。"如果他们也可以的话,我敢打赌他们也会道歉的。"

"也许吧。"她说。她的疑惑正在消失,取而代之的是谨慎,"你真的觉得抱歉?你不会再取笑我了?"

"我真的很抱歉。我可能还会笑你吧。朋友之们不就是要互相嘲笑吗?"

"我不知道。"她改变了话题,"谢谢你帮我做拼写题。我讨厌拼写,那些题目愚蠢又毫无意义,但我不得不做。"

"我喜欢拼写,"罗杰说,"有时,调换一两个字母的顺序就能让一个词变成另一个。我会尽我所能地帮你,只要你愿意在数学上帮我。"

"就这么定了。"道奇说。

"故意选错一两个答案真是个好主意,我就没想过这么做。"

道奇耸耸肩,"人们不相信太完美的东西。"

这句话里饱含深意。一段时间后这句话还会在罗杰的脑子里盘旋,让他翻来覆去地咂摸,试图找出其中的谬误。可当下,他知道对于他俩来说,时间都很紧迫,于是他继续问道:"你是怎么知道可以与我对话的?"

"我爸。"

这个答案没有任何道理。罗杰犹豫了一会儿才说:"我不明白。"

"他和我妈吵了一架,内容是我为什么交不到朋友,我是不是哪里不正常,该不该把我送到能和其他'天赋异禀'——他们不想说'怪胎'时就会用这个词——的孩子一块儿学习的地方之类。我妈说我只是需要一些时间,他马上回了一句'她那个假想好友是唯一一个来家里过夜的朋友'。等到我后来问他啥意思的时候,他支支吾吾了一会儿才告诉我。原来我小时候总是跟一个幻想出来的叫'罗杰'的男孩聊天,但后来突然停了下来。我就是这么知道你的名字的。如果我能和罗杰聊天的事是真的,而我现在又在和你对话,那你可不就是那个罗杰吗?"

剩下的事情,她无须多言。因为罗杰也是个聪明孩子,至少跟她一样聪明,能读出她故事里的弦外之音。他俩……很熟悉。她很孤独,她平时表现出的粗野莽撞实则是为了掩盖这个事实。就像他的羞怯一样,可以掩盖,但无法改变。她很孤独。他虽不记得自己小时候是否跟她聊过天,但他对她接受得非常快,不是吗?当她开始帮自己做作业时,他感到的不是害怕,而是吃惊。仿佛他俩以前确实聊过天。这个以前足够久,让故事听起来像是编造的,但又没那么久,他心底的某处一直都记得她这个朋友。

她是孤独的,但她却将这种孤独变成了一种无畏的推动力,迫使她以越来越快的速度前进,找寻着避免孤独的办法。当父亲提到她曾有一个假想好友,一个有名字的朋友,一个曾与她维持了长时间聊天的朋友时,她就去找了,就像他需要道歉时就去道歉了一样。最终,她找到了他,就像他找到了她一样。

"道奇?"

道奇抬起头。罗杰透过她的眼睛看见图书管理员走了过来。这女人年纪很大,可能比他妈妈还大,但她看起来依旧很漂亮;眉头带着愁纹,抹着柔和的粉色口红，令她即使在图书馆里嘘那些大声喧哗的人时看上去也没那么狰恶。

"你还好吧？"

道奇默不作声地点点头。

"你是借口去厕所才跑出来的吧？"问题很温和。道奇以前就干过这种事，跑到一个没人期望她变得勇敢、大胆的地方待上几分钟。在那里，她可以理直气壮地做一个渺小、胆怯的七岁女孩。

道奇又点了点头。

"如果你现在不回去，他们会认为你病了，等会儿老师去厕所找不到你时，我可不想看你有麻烦。"口吻依然那么温柔、小心。罗杰猜，全世界的人在与聪明孩子对话时用的都是这种语气，仿佛他们是爆炸边缘的炸弹，而非智力超群的神童。

"好吧。"道奇站起来，原本紧缩的身子一下子就打直了，"对不起。"

"不用对不起，没事的。如果不舒服，你就告诉我，好吗？"

当然不好。虽然认识道奇只有一天——或许不止一天，如果她父亲没撒谎，如果他俩以前确实是朋友，只是后来失去了联络的话——罗杰已经可以断定，除非万不得已，这个女孩绝不会向任何人倾诉。严守秘密是她这种聪明而又纤弱的女孩在这个世界上的生存之道。

"好的，麦克尼尔女士。"道奇顺从地说。

"那就好。现在回教室去吧。如果有人问起，我就说根本没见过你。"图书管理员露出微笑。道奇也微笑着回应，动身朝教室快步走去。罗杰敢打包票，这个女孩去任何地方都这么匆匆忙忙。

她在教室门口停下脚步，对罗杰悄声说道："现在是十点，我下午三点放学，你可以在六个小时后联系我。"说罢，她推开门，迎着一双双评头论足的明亮眼睛,昂首走进教室。

那是禁锢道奇的监狱,而非禁锢罗杰的。从道奇的脑中撤出后,罗杰收回了思绪,睁眼看到昏暗的门房小房间。他站起身来(顿时感觉双腿针扎般难受),拂去牛仔裤上的灰尘(这样就没人知道他去哪儿了),然后走了出去。

六个小时似乎从没这么难熬过。罗杰眼巴巴地看着时钟,一分一秒地数着时间。他甚至觉得自己的一分钟能抵得上道奇的十分钟了。晚餐七点半开始,这意味着下楼告诉父母自己一天的经历前,他还有半个小时可以待在房间里。除了数学,他做完了所有家庭作业。今天的数学题更难了。更糟糕的是,因为上次做得好,这次他们一定会期待他做得更好,至少得一样好吧,但是……

那些词他都认识。作弊、剽窃、撒谎、骗子。他虽不确定"剽窃"这个词是否适用于数学问题,还是仅限于文字,但他不想知道答案。他不想看到刘易斯小姐失望、甚至是厌恶的眼神。他需要在数学上做得更好才能避免那种眼神。这意味着他需要那个遥远的女孩,那个名字与他的名字押韵的女孩。而且他认为她也需要他,因为他可以帮她学习拼写和语文。他们可以互相帮助,让彼此变得更好。

时钟嘀嘀嗒嗒响过七点。罗杰·米德尔顿闭上眼睛。"道奇?"他唤道。

有那么一瞬间,没有任何回应。不知为何,他并不觉得惊讶。这件事自开始那一刻起,他内心的某个部分就在等着它结束,以糟糕的结局收场,证实他的脑子确实有问题,证实母亲的担心不无道理。

就在这时,遥远的另一个房间里,另一个人的眼睛睁开了。透过那双眼,他看到了一面镜子,镜子里的女孩满脸雀斑。跟他一样,她的双眸里也闪着低调的灰色。她穿一件正面绣满蝴蝶图案的衬衫,笑得嘴快咧到了耳根,脸上同时露出松了口气、高兴与惊讶的表情。

她顶着一头赤发，与亮黄色衬衫相得益彰，这种令人惊叹的色彩组合令他看花了眼，不敢相信她的世界究竟有多亮。

"噔噔！"道奇说。罗杰先是一惊，随后笑了，因为这个小技巧她是从他那儿学到的。他们已经教会了对方那么多东西。"我觉得你应该会想看看我。"

"你这头发梳过吗？"

道奇皱了皱鼻头，"能不梳就不梳咯。我之所以留长头发就是因为爸爸说女孩就该留长头发，可我不喜欢。如果他们允许，我会把头发都剪掉，它们太容易缠到东西上了。"

"东西？"

"树啊、黑莓灌木丛啊、别人的手指之类的。"她的脸暗淡了下来，仿佛有朵乌云笼罩在上面。罗杰早已学会低调做人，避免招致来自他人的迫害。罗杰并非那个顶着一头闪亮红发的女孩——这世上怎会有这般热烈的红色？这种色彩他以前从未见过——同样没有见过的还有她对数学的热情。不被人注意，于她而言从来就不是个选项，这点他心知肚明。她因此走向了他的反面，变得活泼善变，从不在同一个地方停留过久，否则很容易被人抓住。

可就算如此……"有人扯你头发？"这个想法有点令人害怕。谁会去扯女孩子的头发？若被人推搡，你堂堂正正推回去，无可厚非。扯人头发未免显得心胸狭隘、尖酸刻薄，实在不该发生。

"你要是个女的，他们也会薅你头发的。"她不带感情地说，"同样是书呆子，女生比男生活得更艰难，所有人都不承认我们的存在。就算我们存在，那也是为了吸引书呆子男生的注意。我才不喜欢我们学校里的那些书呆子男生，我比他们都聪明，所以他们都对我很刻薄，跟其他人没两样。"

罗杰郑重地点点头。他没有意识到自己在马萨诸塞州，而她在加利福尼亚州,根本看不到自己表示同意的动作。但她所说的一切,他都经历过。聪明孩子被老师与家长捧在高台之上,班里剩下的孩子则聚在四周,朝他们扔石头,试图将他们打倒。那些口口声声喊着"棍棒石头可能会打断我的骨头,闲言碎语却永远伤不到我"的人不明白言语也能变成锐利坚硬的石头,威力比真正的石头更大。如果有人在操场上向你扔了一块真正的石头,它会留下瘀伤。伤口最终会愈合。瘀伤还会给扔石头的人带来麻烦;他们会被拘留,因为恼怒的父母会闯进校长的私人办公室,满脸严肃地谈论霸凌与不良行为。

言语几乎从来不会造成这种后果。它会在乘人不备之时发起袭击,快如子弹,在留下血迹与瘀伤前便消失得无影无踪。所以,言语才如此重要又让人生畏。

见道奇转过身去,他才意识到镜子是挂在衣柜门内侧的——这是他俩房间的第一个实实在在的区别。墙被涂成了活泼的黄色,几乎要赶上她的衬衫了。他家的墙壁是白的。两个房间的硬木地板上都铺着地毯,但他的地毯是纯灰色,而她的则绘着一群群蝴蝶和一簇簇花朵,色彩艳丽,看上一会儿眼睛就会刺得生疼。这些颜色中的大多数他从未见过,如果房间里有这样一块地毯,他肯定会一整夜都盯着它看。

(几个小时后他才意识到,房间里有太多的颜色自己从未见过,并开始思考这意味着什么。)

他卧室的墙边,书架层层叠叠,里面塞满了他能弄到的每一本书、每一张纸。她墙边的书架则更高更深,里面装满了毛绒玩具、洋娃娃和其他象征着无忧无虑的童年的东西。他想知道,她生活中的成年人——她生活中肯定有成年人,因为她提到过父母,既然有父母,通常就会有姑姑、叔叔、祖父母之类的亲戚——是否有人注意到那些玩具沾染了多少灰尘,特别是与那些精心保存的积木、拼接玩具与几何木块相比。房间的角落里矗立着一座积木搭建的塔，亮蓝色的积木堆得很高，他觉得甚至比重力允许的高度还高。

道奇微笑着看着积木塔，得意扬扬，"我找到了让地基获得最大稳定性的方法，"她说，"我觉得在它倒下前还能再加个六到七层。这周末我就要完成它，完事后我会联系你的，这样你就能看到了。"

"好吧。"罗杰的声音里充满了敬畏。要是他也能做到的话……"对了，我的数学作业拿了满分。"

"你告诉过我了。"

"我不想让我的老师觉得我作弊。"

"你没有作弊。"道奇一板一眼地说。她走到床前坐下，一只脚垫在身下，另一只脚在床边晃来晃去。在这具身体里，罗杰只是"乘客"，而非"司机"，但道奇所做的每一个动作，他都能痛苦地感受到，就像有人将她的每个动作都用文字记录了下来，然后读给他听了一样，只是读得稍微有些延迟。"我查了，规则里没有禁止大脑里的声音告知正确答案这一项。"

"我觉得规则会将大脑中的声音都判定为你自己的吧。"

道奇耸耸肩，"规则做不到面面俱到又不是我的错。"

"确实不是，"罗杰顿了顿，又接着说，"既然不算作弊，那你能继续帮帮我的数学吗？不仅是完成它。我的意思是：你能帮我完成作业，我当然高兴，但你能不能也教教我？我得学会自己做。"

"如果你能教我阅读和拼写的话，"道奇皱了皱鼻头，"我讨厌拼写。那玩意儿根本没有道理。"

"一旦你通晓规则，就不会这么认为了。"罗杰说。他彻彻底底地松了口气，自由的感觉几乎令他晕厥。这样，一切就都容易多了，如果她说的没错——如果这不算作弊——那他们以后就可以这么办了。他们可以互相帮助，互补缺陷。他的脑海中冒出了一连串单词：合作、共生、互惠。这么多词，他将一个个地教给她，而她就会继续做自己的朋友了。

"好，"道奇的声音中突然带着一丝害羞，"就这么定了。"

"好，"罗杰说，"我得走了，到晚饭时间了。我们晚点再聊？"

"好。"道奇又说了这么一句。

在他马萨诸塞州的房间里，罗杰睁开了双眼，正好赶上妈妈喊他去吃饭。他一手抓起数学作业本，然后跑下楼去和她分享自己的一天。

罗杰从脑海中抽离出去的感觉仿佛一团棉球从耳蜗里被抽出，那是一种突如其来的空洞感，留下的空间迅速被奔涌而入的世界填满。道奇靠倒在床上，闭上双眼，强忍冲动不去呼唤他的名字，不想像他一直所做的那样，强行进入对方的生活。虽然非常艰难，但她还是忍住了。如果说还有一件事是她所擅长的，那就是应对独处了。

如果真有人问起，她的父母绝不会说她是孤独的。没错，她的确常常独来独往，但她是有朋友的，这一点，他们毫不怀疑。倘若道奇哪天告诉他们其实他们错了，他们一定会吓坏的。

或许，如果她是罗杰，精通于书本、词汇与拼写之类的东西，她还有可能会交到朋友。显然，女孩子喜欢读书没什么问题，喜欢很多事情都没问题，但数学并不是其中之一。精通数学的只能是口袋里塞着笔、脑子里充斥着科学公式的戴眼镜的瘦弱男孩。书上是这么写的，电视上也是这么演的。她的同学平时也以一千种不同的不显眼的方式诉说着这个事实，尤其是在她先于每一个人学完数学课本的时候。就连精通数学的男孩都不喜欢她，因为她比他们都聪明。有些事情，他们真的无法忍受。

她学会了装作满不在乎的样子。她并非班上的小丑，不擅长插科打诨；

与此同时她还性情暴躁，不仅说话刺耳还口无遮拦。她因为上课乱动与大声喧哗被送去校长办公室的次数比她认识的男生里的一半都多，甚至因此还赢得了某种不情不愿的尊重。尽管如此，每天午餐时，她依然是一个人。老师不喜欢她，因为她是个不稳定因素。学校的图书管理员却偏爱她，在她需要的时候，任由她躲藏在阴凉黑暗的藏书室里。她能挺过去的，她心里非常笃定。不仅能挺过去，还会面带着微笑挺过去，因为罗杰回来了。罗杰是真实存在的，他回来了，自己再也不是一个人了。

卧室的门开了。她坐起身子，扭过头来，看见母亲出现在门口，手里攥着一张纸。她挥了挥那张纸，"你知道这是什么吗？"

道奇僵住了。"那是我的，"她说，"而且我把它放在书包里的。"

"是你不小心又把书包落在楼梯上了，"母亲说，"我捡起来的时候，这张纸掉了出来。你得了九十分？真的吗？"

"我用心学过。"谎言信手拈来，必要的时候，总是如此。（接下来的好几年内，她会喋喋不休地向罗杰解释自己对隐喻的厌恶，就连他俩努力学习这个词的正确发音时都不例外，为的就是要让他明白谎言应该留给生死攸关的时刻。若是没有谎言，他俩就会变得异常羸弱，无从自救。她总是比他更会撒谎，而他总是能更好地理解隐喻。有些东西是根深蒂固的，无论你多想改变，都没有办法。）

"你用心学过？真的？"母亲的眼神扫描着她的脸，道奇则一脸天真无邪，直面她的质疑，内心十分笃定自己不会被戳穿。有时，她甚至觉得被收养是世界上最好的事情了，因为这让她更会在父母面前撒谎了。她认识的所有小孩都觉得对父母撒谎很难，因为父母会说出"你跟你妈妈的眼睛一模一样，她撒谎时总是眯着眼"，或"看，你脸红了，这意味着你没告诉我真相"之类的话。道奇的眼睛除了她自己之外谁都不像，或许跟罗杰的眼睛……

不过是一厢情愿罢了。除了自己,她的眼睛跟谁都不像。而现在,她睁得大大的眼睛里写满了无辜,眼里除了对自己取得好成绩的喜悦,没有其他任何东西。

最终,母亲还是屈服了。虽然希瑟·切斯维奇的零售工作只是兼职,从她把道奇送上校车开始,在女儿回到家的半小时前结束,但这份工作仍然让她心力交瘁。现在的她没有精力继续这场审讯了。

"我告诉过你,只要肯全心投入,你就可以做到。我说得没错吧?"

"你确实说过,"道奇郑重地同意道,"一直说,直到我听进去为止。"她并没有在讽刺母亲。讽刺的本领,她在被这个世界伤害得更深之后才会练就。

"你父亲会很高兴的。"

道奇振奋起来,"他今晚要回来吃饭吗?"

母亲看着小女孩脸上洋溢着的希望,顿时觉得自己的内心深处又枯萎了一些——只在最深的深处,阳光永远不会到达的地方。

"我想他今晚不会回来吃饭了,亲爱的,他有课。"希瑟说,道奇的脸顿时垮了下来。希瑟强挤出一个微笑,"现在,为什么不把你的拼写习题册拿出来给我瞧瞧呢?"

道奇掏出习题册。

时间继续向前。

紫色星辰

时间轴:1995年2月9日(两年后)

太平洋标准时间:17:02

"你确定加利福尼亚州有二月？"罗杰问。道奇从旁边的路堤上一路溜下来，没入她家房子后面的灌木丛中。她的脚长得飞快，尽管他俩的父母给他们买的是同品牌的鞋子，但她鞋子的报废速度是他的五倍。女孩发育得又早又快，几个月前，他俩还穿着相同尺码的鞋子；现在，她的母亲已经开始在运动鞋专区转悠了，寻思着那儿的鞋子说不准能坚持半个月以上。

"日历上说有，日历总不会说谎的。"道奇答。她往下滑的时候，伸手抓了下树枝，蹭掉了手掌上一小块皮。虽然没有感受到疼痛，但罗杰还是感同身受般缩了一下身子。之前有过一段短暂的时间，他俩出现了生理感官同步的现象。那时，她拍自己肩膀时，他能感受到她的触碰；而他头痛时，她也会头痛。现在，这种感官共享已然消逝不见。对此他颇为感恩。有些事情本就不该被共享。

道奇的肤色比他更白——他俩都不喜欢待在太阳底下，避免阳光于她而言已然成了一场比赛。当太阳从乌云背后露出来时，罗杰只会叹口气，以示遗憾——所以她身上的瘀青任何时候都比他的更抢眼。有时，她看起来像朵花，白紫相间、暖人心扉的黄色点缀其间。想到这些颜色只在加利福尼亚州存在，就更令人惊异了。他叫她照顾好自己时，她总是一笑而过。就算她把自己的皮给剥了，也不会有人关心的，照顾好自己有什么必要呢？

他识字很多，能描绘的东西也多。他的词汇量增长得飞快，实则是与这个女孩共享脑子带来的附加成果。随着他的数学成绩提高，老师才对他多了些宽容。全面发展的天才显然比偏科的更令人放心。过去两年，只要能保证其余科目的成绩，他就能阅读任何他想读的东西。他还学了德语、法语与标准汉语。通过学习语言，他接触到了许多新鲜概念，并用字词将它们牢牢钉在了自己的灵魂表面，永不消逝，经久不变。若没有了语言，有些东西就会从指间溜走，无法被描述，也无从把握。

他不知道该如何告诉道奇照顾好自己。她是他最好的朋友,这一点她也知道。但他不知道如何让她明白,当她伤害自己的时候,她也顺带伤害了他。他无法用词汇来描述自己的恐惧。于是,他有时便什么也不说。在他俩之间,沉默并非一种常态。对于将语言珍视为生命的他来说尤其罕见,让他无法忍受。

道奇已经滑到了路堤的底部。她从黑莓荆棘丛中的空隙里钻了过去。若在一年前,甚至六个月前,这于她而言简直易如反掌。可就在那之后,她的身材开始发生变化:她的臀部愈加丰满(刚开始时还不明显,直到她提起裤子时愈加艰难),衬衣在胸前被撑起了别样的形状。她准备脱衣服上床就寝前,远方的罗杰会扭过头去。从一开始,他就明白她是个女孩。假若她也生活在马萨诸塞州,暗恋或早恋的情况或许会在他们之间发展出来。问题是,他对她根本没有那种感觉。她对他也一样。他对此如此确定,犹如对她头发的颜色以及自己的笔迹一般确定。但没有那种感觉并不代表他就可以看她。

"你还在吗?"她问,尽管她知道答案。他俩对对方在或不在的感知,已经变得驾轻就熟。他每天晚上几乎都等到她的睡觉时间到来才上床,这样他俩就能一起入眠。翌日凌晨,他一醒来,她也跟着醒来。俩人就这么过着各自的生活,无时无刻地隐约感受着对方的存在。有时,为了与对方分开,他们甚至得专门花费心思。尽管连接如此紧密,有时她还是需要确认,才会放心。

"我在。"罗杰说。他定好了闹钟:半个小时后,他要下楼去和家人一起玩游戏。今晚的指定游戏是《大富翁》。若让道奇出马,他铁定会大获全胜,但他不会那么做,因为那不公平。脑子里住着位导师是一回事,派她出马在游戏中击败母亲则完全是另一回事。

(梅琳达·米德尔顿对棋盘游戏十分重视。她玩《糖果世界》时简直跟某些扑克牌玩家一样，纸牌贴身，双唇紧抿，眉头紧蹙。罗杰觉得这很有趣，甚至有点儿可怕。）

"好吧。"道奇盘腿坐在地上，腿上搁着背包。她拉开拉链，取出笔记本翻开，盯着本子像是在阅读。事实是，她没在读，她是在让他看。

纸上写满了潦草的字迹，都是数学符号以及数量令人生畏的字母。数字却不很多。这是道奇的独特之处：她好像认为数字在数学中无关紧要。更可怕的是她的这种观点好像是对的。她依然辅导他数学，她自己的数学水平则已经达到了大学甚至更高水平。她的床底下塞着当地图书馆一半以上参考书目的影印本，这几乎花光了她每周为数不多的零花钱。躺在这些影印本旁边的是他的当地图书馆里半数以上参考书的手抄本，她在加利福尼亚州将它们手抄下来，他则在马萨诸塞州囫囵吞枣地读。

"我看不懂。"他说。

"没关系。本来就没指望你能看懂。"道奇用手轻轻敲了敲纸张顶部的区域，那里写着一条方程式。她最近开始使用彩色中性笔写东西，数字、符号及令人困惑的运算结果如彩虹般在笔记本上炸开。"这是一个名叫门罗的人提出的数学题，很出名。解开它的人能获得奖励，好大一笔钱呢。但六十年过去了，至今还没人能解开它。"

"而你做到了？"

"而我做到了。"道奇笑了。此刻她稳坐着，宁静而又淡然。有时候，罗杰觉得自己是唯一能看到她这一面的人。他明白自己何其幸运，但同时又希望她能如此信任的不止他一人。他毕竟住得太远了，他们可能永远不会见面，甚至可能不在同一个世界里。"我有个朋友，她总是在我的脑子里说话，我很确定她真实存在，因为她知道很多我不知道的东西，我猜这就是真实"，这样的说辞简直跟"我觉得她生活在另一个维度"没什么两样。她受到伤害时，他除了袖手旁观什么也做不了。他想象着给警局打去电话,试图解释他真实的假想朋友摔断了腿的场景。他会立马被抓去疯人院的,鞋子都来不及穿,就跟漫画里一样。

"你能告诉我答案吗?"

"不行。"她的回答中没有怨恨:她知道他不会懂,就像他知道如果解释起他俩正在使用的单词的词源,她也不会懂一样。他俩能完美互补的前提是知道对方的缺陷所在。"但如果我提交,我是说把解题方法寄给他们……"她的手指如同池塘表面跃过的飞虫般在纸上弹跳着,一停一顿地,很独特。

"他们会给你钱?"

道奇淡定地笑着,他能感觉到。"他们必须这样做。我解开了那道题,而且规则说了任何人都能参加,只要能解开题,任何人都能参与。罗杰,奖金数目不小呢。"

"多少?"

"一万美元。"

罗杰被这个数字惊住了,沉默了一会儿。一万美元能买很多书,能印很多影印本;那是一笔很多成年人都梦寐以求的钱。对道奇来说,这可能意味着她将拥有一台家用计算机,最好的那种,运算速度比计算器更快,甚至比她还快。这可能还意味着她将拥有那些向他展示过的科学工具,凭借这些工具,她可以解开宇宙的奥秘。

"我在想,如果我提交了解题方案,他们把钱给了我……我可以跟他们说你是我的笔友,就说咱们是去年在象棋夏令营上认识的。你要是给我写几封信,我就能顺理成章地知道你的地址了,你明白的吧?"她突然害羞起来,像是不相信自己正在说的话。"一万美金可不是笔小数目。我敢打赌我父母会愿意将其中一部分花在购买机票上,那样的话,我就能来拜访一位朋友了。我们可以去剑桥市度假。我跟爸妈一起。爸爸总是说他一直想去领略一下东海岸的历史，他喜欢的东西妈妈总是也很喜欢。那样的话，我就能见到你了，你也能见到我。在现实中见到，而不是现在这样。"

罗杰沉默了，他觉得天旋地转起来。一切都发生得太快了，要是他寄的信永远到达不了怎么办？这种可能性他们之前就探讨过——他俩压根儿就生活在不同的维度，是通过虫洞或某种宇宙误差沟通的。他们还探讨过试图建立联系可能会斩断两人间的联系，从此各自过活的可能——毕竟，透过两人的精神连接传递一个电话号码或是地址是如此容易。

过去两年，罗杰的交友能力有所上升。他知道他们想从他嘴里听到什么，也不再那么惧怕被拒绝了，因为不管怎样，道奇永远在那里；就算班上的孩子不跟他玩，他也不会孤单一人。如果失去了她，他不确定自己是否还能有那份自信。至于道奇……

他俩并非无时无刻都连在一起。上课、洗澡之类的时候，两人就会分开；有时，他们也不得不独自行走。可至少在他们精神相连的时候，他从未见她跟其他任何人说过话，或有过其他任何朋友。每当他提起这个话题，她都不愿回答。好像除了他，她就没有朋友了。这挺可怕。

"罗杰？"她轻声道。

"你确定？"他晃了晃头。她听不到，但此时的他需要动弹一下。睁开眼睛意味着断开两人间的联系。闭上眼睛能做的事情，他可练习得不少。"要是……还记得咱们聊过的虫洞之类的话题吗？要是那是真的，那怎么办？"

"我不觉得寄一封信就能打破量子纠缠。"她说，"你寄了，我没收到，就说明我们不在同一个时空，以后不再寄就是。你难道不想见见真实的我吗？"

他不想。他俩之间的关系神奇又脆弱，是他的世界里最好的东西，同时又诡异可怖。说白了就是，不正常。道奇好像不在乎人们对她的看法，罗杰却很在乎。他喜欢人们像对待其他人一样对待他，只是个聪明的孩子，而不是什么马戏团里的怪胎。如果见面会终结两人间的联系，让他瞬间变回一个偏科的天才，上着数学补习班，还因动词时态问题与大学教授争论，那可怎么办？或者，跟《星际迷航》里演的一样，接触到读心术者会让情况变得更糟糕，他俩思维之间的联系永远都无法断开了可怎么办？

他沉默了太长时间。道奇的视界中闪过一只手，她在擦拭眼睛——她哭了。没能等来他的回答，她哭了。"道奇——"

"算了吧。"她猛地合上笔记本，将内页压得起了皱。封面上画着闪闪发光的星星，银紫相间的墨水画出的潦草星座图从一侧延伸到另一侧。这些细节无不提醒着他，当他不在的时候，她是一个真实存在的人，而非幻想出来的呼之即来、挥之即去的朋友。这让他更为难过。"那是个愚蠢的提议，行了吧？我会拿那笔钱去迪士尼乐园玩一趟什么的。过山车跟数学一样刺激。"

"对不起。"

"罗杰，你该走了。今晚是家庭游戏之夜，不是吗？"她又擦了擦眼睛，然后站起来，"也许，我能让爸爸跟我下盘棋。你不会想看的。"

罗杰什么也没说。他已经学会了看脸色辨认道奇的心情：她这么难过的时候是没法跟她讲道理的。或许这也不是什么坏事，至少给他赢得了点时间，好去想想怎么哄她开心，不再哭泣。这不代表他对她漠不关心——他爱她，像一个弟弟爱姐姐那样爱她——但有时，强行改变现状并非正确的选择。有时，改变现状只会打破世界的一致性。

"听到了吗？"她态度强硬地说道。

"我会在睡前回来。"他睁开双眼，看到了自己卧室的天花板。加利福尼亚州的下午已然消逝不见，映入眼帘的是窗外的积雪和母亲上一次重新装修时他亲自挑选的灰褐色墙纸。

罗杰小心翼翼地坐起身来,感受着自己的身体有无刺痛与麻木感。当他拜访道奇时,他并没有灵魂出窍,但他与身体的联系确实低于常态。两人交流的时间过长,他甚至会将身体情况抛在脑后。有时当他忽然回过神时,才发现自己靠在手臂上躺了一个小时,全身上下都在复苏的过程中酸麻不已。不止一次,他不得不咬紧嘴唇才避免了啜泣,不引起父母的注意。母亲已经担心他可能有发作性睡眠症。罗杰不得不恳求母亲不要带他去做检查,坚称那不过是间歇性的头痛罢了。

(这种说法并非完全错误:他的确会间歇性地头痛,而学校护士早已见怪不怪,很乐意地向他父母解释:不,他没出任何问题。小孩子用脑过度就会头痛,只要不出现比大白天在昏暗的屋子里睡个懒觉更严重的后果,就没什么值得担心的。罗杰不喜欢她看自己的眼神——充满了怜悯,好像他已然病入膏肓,好像她正在通过阻止他去看医生,尝试着保护他的童年遗留下来的部分——但这让父母没再深究下去,所以他觉得自己应该对她心存感激。)

他依然坐在床上,一只手揉着另一只的手肘。门开了,父亲出现在门后,穿着卡其色休闲裤和白衬衫,像是五分钟前刚从办公室回来。"罗杰?"他说,"想玩场游戏吗,小子?"

"想,爸爸。"他咧嘴笑了,笑容延伸到了耳根。他从床上滑下,几乎已经忘记了同道奇的争吵。过不了多久,他又会记起的,但有时这种大脑工作方式才是最好的:一边继续具体的生活,一边在脑子里酝酿着解决问题的办法。总会没事的,向来如此。他跟道奇以前也吵过架,最后总是言归于好。这次又怎会不同呢?

道奇坐在厨房饭桌前,桌上放着那本笔记本。她试图解释本子上的内容给父母听。她耳尖泛红,两颊绯红,沮丧之情溢于言表;无论如何解释,总有令她词穷的概念，那些她不知如何表达清楚的想法。要是罗杰在就好了，他能将她需要的词汇喂给她。她讨厌这个想法，讨厌自己软弱不堪，所以需要他。他还不在，这让她更加恼火。

父亲皱着眉头拿起笔记本。他已经有好几年没过问她的"独立学习"了；尽管和别的为孩子感到骄傲的父母一样，他也喜欢把她的作业贴在冰箱门上，但他意识到眼前的东西已经超越了数学，是用一种他不懂的语言写就的诗。不知怎的，本子上的内容令他感到自己渺小又无用，就像她独自去解开了宇宙的密码，没有叫上他。

"你确定这不是从图书馆里的某本书上抄下来的？"这是他第三遍问这个问题了，"我不会生气的。摘抄书本上的东西拿来用没什么不对，但假装是自己的成果就有问题了。"

道奇想到自己床下塞满了的影印本书籍，坐直了身体，摇了摇头，"不是，爸爸，"她说，"我没抄，除了最上面紫色墨水写的那条公式。那是门罗先生的研究机构一直试图解决的难题，被我解决了。真的，是我自己解开的。你要是愿意，我可以去学校在数学教授面前把这个题再解一遍。"她并不理解老师与教授间的区别，除了教授比老师懂得多得多。教授就像巫师：他们创造宇宙，由他们中的一员来评判她的答案算不上是对她的羞辱。不像布莱克默先生，他觉得女孩不可能擅长数学，就算看到她的成果，也会坚信是她作了弊。教授可不会这么认为，不，他们想都不会这么想。教授肯定是没有偏见的。

（老实说，在内心深处的某个地方，她一直藏着一个幻想。若真有教授看到了她的成果，他一定会大惊失色，大叫道："这个女孩是个天才！"他定会将她从小学里拽出来，直接送她去上大学。在那里，她想学数学就学，不会再有人在背后说她坏话，午饭或课间休息时也不会再有人"不小心"朝她扔东西，或是取笑她的名字，对她说女孩应该喜欢洋娃娃，而不是数学。只需找个办法进到大学课堂里，她的人生之路就将展开。）

"你说有奖金？"对皮特·切斯维奇来说，有奖金的学术挑战并非什么新鲜事。他自己就没有离开过学术圈，也经历过一两次天上掉馅饼的事，一般都是翻译所得，或作为成功解开某个古老谜团的报酬。他从来没想过数学也能挣钱。当然啦，数学并非他的专长。女儿笔记本上的潦草字迹（还是用紫色墨水写的）很有可能是楔形文字。

但是。

但是他明白女儿比自己聪明得多，尤其在数学领域。他们生活还算舒适——他在学校代课，希瑟在店里上班，并不缺钱——但"舒适"并不意味着"富裕"，她的这笔奖金可能会给他们的生活带来巨大变化。

道奇忙不迭地点起了头，动作之大像是要将头摇掉下来。"一万美金，"她说，然后忽然害羞了，她继续道，"我在想可以全家一起去剑桥度假来着。"

"为啥要去剑桥？"希瑟问。

"我有个笔友住在那儿，"道奇口气真诚，她依然是家里最会撒谎的，"去跟他见个面应该挺好玩的。"

希瑟和彼得互瞄了一眼对方。他们九岁的女儿想飞越整个国家去见一个男孩儿，但他们只感觉松了口气。这个世界上终于有道奇想见的人了，还不是某位知名数学家或少儿科学节目主持人。可是……

"你这位笔友多大年纪？"彼得问。他们对她的日常活动监管甚严，但只要她想，她也能搞出些小动作。她完全可能是在跟某位哈佛退休数学家通信，试图欺骗她的父母带她去见他。道奇年纪还小，小到他不担心人们会用占年轻女孩便宜的方式对待她——尽管他知道她是个漂亮的孩子，并且总有一天他将把这一层忧虑纳入他对女儿的担心之中——但这并不意味着他同意她未经允许就跟某个未婚的成年人长期通信。

"九岁,"她说,"跟我同岁。"她和罗杰甚至是同一天出生的,眼眸也生得一样。就拿数学打个比方吧,他俩就像是同一个等式的两半,互相补足,天生一对。她这么想着,却没说出口。有些话说出来立竿见影,有些则败事有余。她常常倾向于后者,但好歹她在吸取教训。是的,吸取教训。

"我准备请位同事看看你的成果,要真有资格拿奖金,我们再讨论后续的事。"彼得终于开口道,"要是真赢了奖金,大部分钱还是要存到你的大学基金中去。"这样,她去上斯坦福的学费就能解决了。除了学费,还有其他各种费用,书本、论文。这类东西都得花钱,更别提住宿费了。当他还是个梦想组建自己家庭的年轻人时,完全不会想到养一个聪明孩子会这么费钱。

但聪明孩子有聪明孩子的好。道奇笑了,如日出般温暖,"我能跟教授一起谈论数学了? 真的吗?"

"如果我能安排好的话。"彼得的大脑已经飞速运转起来,一个个名字冒出来,又被他否决了。他要找到一个能认真对待道奇的人,一个不因她年龄尚小就忽视她的成果的人,一个不会让自己对一个九岁女孩的成见影响判断的人。他合起道奇的笔记本,"我能把这个本子拿走吗?"

道奇想说不行,想说有了这本笔记本在身边她才能睡着觉。但她只咬着嘴唇,点了点头。

彼得笑了,"宝贝女儿,就算你没有拿下大奖,我也会为你而骄傲的。想下盘棋吗?"

"我去摆棋盘。"话未说完,她已经从椅子上跳了下来,朝着棋盘飞奔而去,也朝着一个被教授与大奖填满的未来飞奔而去。她终将与罗杰会面。那时候,他就会明白,他俩注定就是一辈子的朋友。

这天夜里,她刚躺上床就坠入了梦乡,根本没听到试图与她联系的罗杰。

隔绝

时间轴：1995年2月11日（两天后）

太平洋时间：09:35

现在是早上九点半。道奇本该在学校上学，但父亲带着一封请假条还有一个道歉将她从学校弄了出来。现在，她跟在父亲身边走着，像走进了一个陌生世界。她身穿浆洗的棉质短裙，淡紫色毛衣。这不是她的风格。她平时既不会这么穿，也不会这么站。她平时只穿牛仔裤、无袖上衣、帆布鞋和T恤。现在这一身她只有在感恩节奶奶带她去教堂的时候才会穿，就连顶脚的漆皮鞋也不例外。这穿起来就像是一套戏服，让她感觉像是正在被展览。

奇怪的是，她对这种不舒适反而很感激，正是这种不舒适掩盖住了自己的敬畏之情。此刻，父亲抓着她的手，领着她穿过斯坦福大学的层层大楼。她来过这里，打小她就常来爸爸工作的地方。这些厅堂、这片校园她如数家珍，像是自家花园一般，但她从来没有因为公事来过这里。她来这里是为了将自己的成果展示给一位真正的数学家，这简直比展示给蝙蝠侠更令人激动。所以，虽然她很讨厌穿正装，讨厌为了证明她像自己认为的那么厉害，她不能穿成自己喜欢的样子，但这身不舒服的衣服分散了她的注意力，让她的双手不至于颤抖得那么厉害。

"道奇，你千万记住我跟你说的。"父亲说，"他问什么，你就答什么，没问的千万别答。也别不停地说些他不关心的东西。"

"好的，爸爸。"

"他有可能会让你在黑板上解一些数学题。他要是问了,你大可以放心去做,他只是想确认咱们不是在耍他罢了。"

如果弗农教授真让她在大学黑板上解数学题,她可能会当场去世吧。他们埋葬她时会看到她脸上的笑容,也许人们会为她这样死去而感到欣慰。至少,他们知道她是幸福地死去的。"好的,爸爸。"

"千万别回嘴。他要是没提,千万别主动问他的工作。"

"好的,爸爸,"说着,他们已经到了,真的到了。教室门边站着一位看上去像她爷爷的老头,正在等她,脸上挂着成年人脸上特有的宽容微笑,仿佛已经准备好见证孩子令人惊叹的表现。突然间,她觉得自己双腿像灌满了铅一般,但她强行让双腿带着她往前走,走进教室,走进属于她的未来。

"怎么样?"彼得问。

弗农教授摇了摇头。他瘦高瘦高的,像只鸵鸟,四肢对于他的身体来说过于修长。他在自己的课堂里见过各式各样的人,有天才也有傻子,有对数学毫无感觉的人,也有热爱数学、将其当成世界上唯一一种语言的人。不管面对怎样的人,他都倾尽全力,给予他们所需的支持。但他从未见过这样的孩子。

"题她确实都答对了,"他说,"没有作弊,也没被她还没学到的知识点阻碍。我觉得第三题可能答错了,但我不得不说:我也得参考教材之后才能确认。如果你说这是她自己对门罗等式问题的解答,我完全相信。她确实解开了这个难题。"他摇了摇头,"我从未想过这一天会到来。你这女儿,得进高级班学习才对。"

"她已经在高级班了。"

"那就把她弄到更高级的班里去。她需要导师、书本……彼得,她是个天才。这种天才一代人里都不一定能出一个。奖金的事情也是她自己发现的?"

"她先解开了难题,然后才告诉我们奖金的事情。"彼得说,"她说自己拿到奖金后唯一想做的事情是去剑桥市见一个笔友。还好她没有让我们给她买一匹小矮马。"

弗农教授沉默了一会儿,才又开口,"剑桥市?真的?"

"嗯,这个嘛,她说是去年在象棋夏令营上认识的。我们准备答应她的请求。道奇很难在同龄人中交到朋友。对她来说,这可能是件好事。"彼得没说——其实他根本无须说出口——能和她交上朋友的笔友很可能也有着相同的毛病。让这样的两个孩子见一面有百利而无一害。

道奇这时做完了弗农教授出的数学题,转过身来,手里还捏着粉笔头,鼻头落着粉笔灰,双颊绯红,骄傲之情溢于言表。"您要检查一下吗?"她问。

"我想我应该检查一下。"弗农教授说着走到她写下的那些数字面前。黑板上绘出了一片完美的永恒。

彼得带着女儿走后,弗农教授还久久地站在黑板前,不愿离去。这女孩超出了他对她这个年龄的期待。多年以来,他一直在苦苦等待着这一刻的来临——等待着道奇完成某项超出自己年纪的成就——却万万没想到那项成就会是如此重大,来得又这般偶然。假如彼得没有说漏嘴,提到那位笔友的话……

还好,他提到了那个男孩。弗农教授不需要名字就已经知道与道奇保持联系的人是谁了。他还知道他俩之间的联系无须通过信件。"原理"总能找到彼此,过去每一代皆是如此,就连那些失败了、被除名的案例也不例外。男孩米德尔顿与那个姓切斯维奇的女孩很早前就试图联系过彼此,当时只有忠于里德的保姆在场,在一切太晚之前加以了阻止。

炼金术议会在观望,它永远都在观望着。他们知道里德的计划还未成型,还很松散,还在野蛮生长之中。只要机会允许,他们就会抢占其成果,据为己有。这帮孩子还太年轻,不适合卷入这些纷争。孩子们需要时间成熟,需要慢慢了解自己对那个创造了他们的人有几多亏欠。

这个女孩全身心专注于自己所选择的道路,她不是那个薄弱环节。他必须承认自己不想让她成为薄弱环节。她的智力无与伦比。在被里德召回"不可能之城",成为他膝下一只宠物前,他想让她在"安全港湾"中再多待一阵。这是为了她好。他成为炼金术士是为了权力,成为数学家则是出于热爱。这女孩将来一定会成为一代数学大师,能与她并肩研学是一件非常有诱惑力的事。至于那个男孩……

字典人人都会背。在目前这个阶段,作为"原理"的另一半,他的天赋无非就是超强的记忆力以及对文字的热爱。他是可以被利用的,可以被用作在一切失去控制前的刹车片,在他俩找到对方前。没错,就这么定了。

弗农教授是在保护那个姓切斯维奇的女孩。在这个关键的阶段,与男孩米德尔顿见面只会限制她的发展,将她拉回到他的水平线。她需要自由翱翔的空间。

定好行动策略并使之合理化后,弗农教授扭过头去。是时候打个电话了。

电话线

时间轴: 1995年2月11日
美国中部标准时间: 13:51

"知道了,"里德说,"是的,我感受到了你的忠诚;是的,我会考虑让你做她的导师。感谢你的付出。"

他没等电话线另一端的男人唠唠叨叨地表达完对他的感谢和畏惧,就挂了电话。弗农没想到里德会亲自接电话，他还以为拿起电话接听自己糟糕发现的会是某个学徒，或者运气好点儿的话，会是某个炼金术士。里德之所以坚持竭尽所能地亲自接电话，就是为了创造这样的时刻。对于下面的这些走卒来说，没什么比直接面对能伤害他们的人更可怕的了。

里德怒不可遏，太阳穴青筋暴起，不知缘由的恐惧如雷鸣滚过胸口。他低着头，紧紧抓住桌沿，让自己冷静下来。

忽然，他的眼角余光捕捉到一丝异动。他抬起头来，眼前站着一个孩子，不比他的"小布谷鸟"们大多少。没错，几乎差不多大。过不了多久，她就会悄无声息地混入他们之中。

那孩子身穿一件形状古怪的印花棉袍，头发是香槟金色，这种颜色只应该出现在香槟瓶里，而不是头上。她瞪着一双受到惊吓的大眼睛看着他。他知道自己吓到这个孩子了，光这一点就足以让他冷静下来，至少不那么慌乱。他吓到了她，她却依旧站在那里，等待着。

"怎么了？"他问。

"有东西坏掉了，"女孩的声音像只受伤的小动物，错愕惊慌，"有东西不对劲。"

这个女孩来自莉的小项目，源自一股简单可控的力量。她不是第一个肩负起那个重任的人，他猜也不会是最后一个。"孩子，什么东西坏了？"他问。

她举起发抖的手，指向墙上。他蹙起眉头——看清墙上的东西后又舒展开来。

星盘调转了个方向。

"它总是转呀转呀转，可就是转不到正确的方向上去，"她说，"这真令人抓狂。情况不该是这样的。"

"的确，不该这样。"他赞同道，随后又小心翼翼地问，"那你知道怎么修好它吗？"

女孩张了张口，又闭上了。终于，她摇着头说："它太大了，我找不到裂痕的尽头。"

"但还是能修好的。"

这一次，女孩点了点头。

里德笑了，"过来，孩子。"他伸出一只手。

女孩的恐惧如同灯塔射出的一道强光般刺眼。但她依旧顺从地走到他的身边，握住那只手。"我们要去哪儿？"她问。

"去见你的创造者，我有任务要交给她。"

他走出实验室，女孩默默跟在他身边，光脚踩在地板上，没有半点声响。她虽带着股子野性，但依旧是个迷人的小家伙——莉缺乏抚育孩子所必需的简单社交礼仪，而且极易被新近掌握的技术和发生的混乱吸引走注意力。到现在，或许他应该在这些幼年"原理化身"们的生活中承担起更重要的角色。让秩序的"活化身"亦步亦趋地走在身边的确令人高兴，但那要等到她长大一些，等到她的创造者认为她再无用处的时候。让莉亲自设计自己的继承者，这个想法既令人愉悦又充满诗意。

的确，这件事情值得考虑。

莉此刻正在她的实验室里，将万能溶剂倒进一支钨烧瓶。瓶子由一个面无表情的黑发男孩拿着，他的每一个动作看上去都像逃跑的先兆。女孩看到他时，立刻从里德的手中抽出自己的手，穿过房间，静静地站到他身边，看着那珍贵炽热的液体一滴一滴地从一支容器滴到另一支中。里德默不作声。世间万物皆有等级，但万能溶剂可不在乎谁是管事的，谁是打杂的。管你有无价值，弄得不好，都会被它吞噬。

莉注意到了里德的出现，只肩部微微抽动了一下，便恢复了正常。她有条不紊地完成着手上的工作，将装有万能溶剂的容器小心翼翼地放回架子上，然后从男孩手中拿走了烧瓶。

"艾琳，达伦，你俩都出去。"她说。他俩的名字不完全押韵，离押韵就差一点。这样的设计也是有意为之："混乱"无法容忍完美无缺。终于，她瞥了里德一眼。"我还有工作要做，孩子们只会捣乱。"

那个女孩——艾琳——抓起男孩的手，两人就这么跑远了。他们用尽小小身体里的每一丝力气和自我保护的意识，迅速从危险的成年人身旁逃走。

里德抬了抬眉头，"你这是不想让我接触他们吗？"

"他们还没成熟呢。艾琳是能派上用场了，但达伦……他会反抗。有生命危险的任务倒是能派给他，因为他害怕离开她。但任何其他任务，他总是搞得一团糟。"莉将烧瓶放回托架中，"您有何贵干？"

"小布谷鸟"们的事情极其重要。但在谈到那件事情之前，他还有一个问题要问："他俩配了对，但还没有建立起联系，对吧？"

"他俩是截然不同的'化身'。秩序也能和混乱共存，只是不会很愉快。"她眯起双眼，"为什么这么问？"

"若将男孩移除，女孩是否会成熟得快些？"

莉犹豫了片刻，开口说道："可能吧。为什么这么问？"

"我想让她尽快派上用场，尽快。"

"包在我身上。现在，能告诉我您此行的目的了吗？"

"第三对'布谷鸟'再次建立了联系。"里德举起一只手，打断了要开口抗议的莉，"确认了，是弗农教授上报的。这些年来，他一直在等待那个女孩展示潜能，所以情报不会错。"

莉怒气冲冲地看着他，"你想让我怎么办？"

"搞定这件事。在议会发现他俩隔着整个大陆纠缠在一块儿之前，在那些爱管闲事的老傻瓜抢先一步将这对天才带走之前，搞定这件事。"

"早晚你都得对付他们。"

她说的是"小布谷鸟"还是议会并不重要，因为对两者都适用。"没错，我会对付他们。但现在，我需要你打破他俩之间的联系，断得干净、彻底，打消两人再度尝试见面的念头，直到我们准备就绪。"

"我能直接毁了他们吗？"

将两人分开，说不准就会毁了他们。里德做好了冒这个风险的准备。"只在万不得已的时候。先从米德尔顿男孩那边下手。一旦他的父母了解有可能失去什么，他们就会让他乖乖听话的。实在不行，再去找那个女孩。"

"如您所愿。"莉点了点头。

"回来后，我想跟你谈谈——他的名字叫达伦？"

她不厌其烦地点了点头。

"很好。他可以准备退休了。"那个不用观测就能测出星盘移动方位的女孩——该让她做好准备了。

他将对她委以重任。

对于手握重权、目的明确的人来说，为了达到目的他不惜毁灭世界。旅行变得非常迅速，俄亥俄到马萨诸塞的旅程本该耗费更多时间，但不到两个小时过后，当罗杰放学回到家里时，他发现父母双双满脸愁容地坐在客厅里，手里捧着咖啡杯。浓郁的咖啡味差点将他击垮。（多年以后，当他的牙齿也被咖啡染变了色，手中没有咖啡杯就感觉少了点什么的时候，他会记起一切就是从这里开始的。这一刻，咖啡变成了成年与权威的象征，他要将其征服，据为己有。可那时离现在这个局促不安、瑟瑟发抖的当下还远得很。）

客厅里还有一个陌生人，她一头短发向后梳着，美得不可方物，看上去与其说像一名心地善良的图书管理员，更像一名辅导员。她的工作就是跟你解释为什么你不能得到自己想要的东西——答案是：因为，你其实根本就不想要。她身着朴实无华的套装，不聒噪的珍珠项链与之相得益彰。罗杰从未这么害怕一个陌生人过。

"罗杰。"母亲正要站起来，又被父亲的手按回了沙发。她脸色苍白、面容憔悴，像是哭过。

罗杰的心揪紧了。他还很年轻，尚未品尝过恐慌的滋味。恐惧并不陌生，但恐慌本该是几年后才该学的课程，到那时，他应该已经失去了思想的弹性。"是爷爷出事了吗？"他颤抖着声音问，"他又中风了吗？"罗杰很爱爷爷奶奶，他们住在遥远的佛罗里达州（并非迪士尼乐园所在的地区，这令他觉得爷爷奶奶身在佛罗里达州简直是一种浪费），一年只能见他们两次。他爱他们，那是一种明亮的、毫无杂质的爱，那种爱若不加控制，能吞没整个世界。

"不，儿子。"说话的是父亲，他指向房间里剩下的那个空椅子——而非沙发上没人的位置。罗杰本可以在那里依偎在母亲身侧，没有任何东西可以伤害到他。"坐下。"

罗杰的内心又拧作了一团，开始眩晕起来。或许这就是死亡的感觉吧，或许他才是中风的那个；或许当他瘫倒在地，嘴唇发紫，停止呼吸时，他们才会意识到自己唯一的儿子已不在人世，才会痛心地意识到不该这么吓他。

他迈着麻木的双腿穿过房间，在椅子上坐下。突然间，他不知道怎么摆放自己的双手了，它们显得如此笨拙，在手臂的尽头占据了太多空间。最终，他握住双手，平放于大腿上，挨个看着他们的脸，等待有人开口告诉他究竟发生了什么。

"罗杰，这位是巴罗博士。"母亲瞟了一眼这位发型朴实的女子，不易察觉地撇了撇嘴，张口介绍道。巴罗博士很可能没注意到那个鬼脸，毕竟她不像罗杰那样了解梅琳达·米德尔顿——他一辈子都在观察母亲的那张脸,无论上面掠过的是恶心还是恐惧,都逃不过他的双眼。"巴罗博士今天过来是因为接到了你们学校护士的电话。我们跟……孤儿院签订的收养协议里有规定,只要你出现任何情况,她就有权过来与我们商量。"

"为了你的安全。"巴罗博士的声音听上去像是黄油与氰化物的综合体(他认识这个声音,在某个比记忆更深的地方,他开始害怕起来。)她扭头看向罗杰,带着一丝关切的微笑,眼神却依旧冷峻,"你好,罗杰。很高兴见到你。"

"你好。"礼貌压过了困惑,罗杰机械地回道。他小心翼翼地端详着她,等待谜底揭晓。现在能肯定的是,他的父母都被吓到了。他的母亲很勇敢,而父亲更是他所知的最勇敢的男人。连他俩都吓成了这样,肯定是出了大事。

"罗杰,你知道自己是领养的吗?"

"知道。"

"你父母跟你谈起过领养的情况吗?"

"没有。"

"别担心,我此行的目的不是要把你带回到生母那里——这件事永远不会发生。但当初我们同意收养的时候,是定了一些条件的。其中之一就是,一旦我们发现你的精神健康出现问题,我们有权将你带走,寻找一个新的收养家庭。"巴罗博士捧着咖啡杯,脸上带着虚假的同情看着他。罗杰的父母紧贴在一起,肉眼可见地颤抖着。"罗杰,我们接到了一个非常令人担忧的电话。学校的护士告诉我们,你经常自言自语,像是在跟自己对话。不是假装和自己对话——所有孩子都会这么做——而是真的在自说自话,像是在跟一个不在场的人对话一样。你愿意跟我们说说吗?"

恐惧感压顶而至,瞬间将他完全吞没了。他不想被带走,甚至根本不知道这种事情可能发生。他在这里很幸福,有自己的家人,自己的小玩意儿,自己熟悉的小世界。如果他说谎,定会被她抓住把柄。肯定有人在学校看到他与道奇对话了。谎言只会证明这个女人所言非虚,并令他的家庭陷入危险。唯一剩下的只有那个让他抗拒的选项。

"我不是在跟自己对话,"他看见父亲放松了一些,就一些,但足以令他确信自己在做正确的事情了。他将注意力集中到巴罗博士的身上,自信满满地继续说了下去,"我是在跟我的朋友道奇对话。她住在加利福尼亚州,我们通过量子纠缠相互沟通,所以我一说话,她的大脑就有感应,她说话也一样。"

母亲大惊失色,将头埋进了父亲的肩头。巴罗博士的脸上换上了一副善解人意的表情,令人可怕的是,还带着一丝怜悯。

"哦,罗杰,亲爱的,"她说,"真希望你能早点告诉我们,这样或许就能有人分享你的困惑。要记住,你生命里出现的成年人,他们只是想好好照顾你呀。"

"求求您了,"母亲抬起头来,哀号道,"我们根本不知道啊,一点迹象都没有,求求您了。我们会带他去治疗的,这种事情绝不会再发生了,只要不把我们的孩子带走,求求您了。"

"妈妈?"罗杰的声音细若蚊鸣。

"我们将对他进行各种测试,"巴罗博士说,"短暂的住院也必不可少。如果可能,要尽量避免长期服药。像他这么聪明的脑袋瓜子可别让抗精神病药物的副作用给毁了。"

又是一阵哀号。令罗杰不敢相信并略感失望的是,这次竟然来自父亲。

"如果罗杰愿意配合我们、放弃幻想的话,我倒觉得不把他带走比较好。"巴罗博士扭头看向罗杰,眼眸中闪着锐利的光,"所以,罗杰,哪一个对你而言更重要呢？那个不存在的女孩，还是你的家人？"

"我不想走！"他可能不会记得自己动了，但他确实动了；像一只离弦的箭穿过房间，一头钻进父母怀抱里，狠狠地依偎在他们身上。这才是他的归属，他的家。不错，他爱道奇，她是他最好的朋友，但好朋友也比不上家人。她会明白并理解他的。

他扭过头去，满脸泪痕地对着巴罗博士说："我的家人。他们比世界上任何东西都更重要。无论你让我做什么，我都愿意。她不是真的，她不过是一个自娱自乐的游——游戏罢了。对不起，我再也不跟她说话了。对不起，请不要带我走。"

巴罗博士的脸上露出了笑容。

拒绝

时间轴：1995年2月11日（几个小时后）

太平洋标准时间：23:17

莉回来时，里德已经在等她了。她依旧穿着那可笑的套装，但就是穿着这身打扮，她将上帝的恐惧——也就是他的恐惧——灌输到了那个男孩米德尔顿的心中。"怎么样？"他问道。

"搞定了，"她在楼道中停下，看着他说，"看他被吓成那个样子，再也不会联系她了。我们应该把他从那个家庭里带走的，带回这里，毁了他。他俩作为一对还是很有潜能的——事实上是潜能无限。毕竟他们在没有任何指导的情况下找到了'不可能之路'——只是他们还需要被引导，被控制。"

"你是在质疑我吗？莉，你知道质疑我的后果是什么吧。"

莉对他怒目而视，愤怒中夹杂着沮丧，"里德，他们还是孩子，难应付的、不可预测的孩子，需要管教，才能乖乖就范。"她自己从未经历过童年，组成她的那些个体女人们经历过，但她们的童年现在不过是模糊的记忆的幽灵罢了，于她而言无关紧要。"你想支配我的孩子们，我为什么就不能有点发言权？"

"我允许你有什么，你就有什么，莉。一点不多，一点也不少。"里德的声音冷酷无情，"那些孩子只是名义上是你的。"

"我——"莉后退了一步，她知道自己不小心陷入了危险的境地，"我的错，是我说错话了。"

"这才是好女孩，"里德的笑一闪而过，快如刀锋，"现在让我们来说说我的那些'小布谷鸟'们：它们太真实了。我们需要让它们突破真实的边界，变得虚幻，超越自我。唯有这样，它们才能找到'不可能之路'，领着我们通往'不可能之城'。你难道不想去'不可能之城'吗？"

莉像是受到伤害一般，"当然想去。"

"'不可能之城'只有重塑贝克的定义时才会再现，"里德的语调不急不缓，眼神却满是急切，"在贝克锋芒最胜之时没人敢忤逆她，她用炼金术的概念为这片国度立下了准则，搅得整个议会都与她为敌。鲍姆、洛夫克拉夫特、马克·吐温等人逆势而上，成功改写了她立下的准则。我们难以再在他们的基础上改写准则，除非我们找到更有力的杠杆，否则不可能改变世界。"

"为了达成这个目的，我们不一定非要——"

"不。"这个单词如同一堵墙，堵住了她接下来的话。里德朝她走去，"没有'不可能之城'，我们将一无所成。这是关键中的关键，我们必须将其攻陷，并据为己有。否则，即便占领了整个国度，我们也心知肚明这里有一个峡谷般大的弱点。我们必须拿下这座城，否则一切皆为徒劳。而要拿下它，我们必须改写规则。我们必须掌控'宇宙原理',其余一切都是次要的……我们将腰缠万贯,权倾宇内,可没有'不可能之城',我们永远不可能成为神。难道你不想成神?"

莉·巴罗——她或许是最不该拥有神权、最不配为现实立下规则的人——叹了口气,回道:"想。"

"那就随他们去吧。相信我。"

"我得毁掉些什么东西才能让心里痛快些。"

里德点了点头,"那就去毁掉些什么吧。"

莉笑了。

将军

时间轴: 2000年6月19日,(两人分隔后的第五年)

美国东部标准时间: 16:35

对于"学业十项全能比赛"团队来说,能拿到国际象棋大师赛的门票本该是件大好事。该赛事被描绘为聪明人才能参与的比赛项目,一场不容错过的盛会。罗杰根本就不喜欢象棋——太多数字,需要识别太多图形模式——可他喜欢自己的队友们,尤其是艾莉森·奥尼尔。艾莉森喜欢科学与象棋,她有时会低着头冲他微笑,像是怀揣着一个秘密。自从指导老师说他们有可能会去观看比赛时起,艾莉森就开始兴奋不已。既然艾莉森这么激动,他应该也能从中找到一丝热情吧。

罗杰·米德尔顿十四岁了——事实上两周之后才是,但也大差不差了——在过去的十八个月里,女孩们突然变了个样。或许,是他变了。他知道代表这些变化的名词：青春期、荷尔蒙、生理变化等等，但这些词不能表达出他被艾莉森触碰到手背时，或闻到她身上洗发水的香味时感受到的纯粹的激动。突然间，一切都处在了变化之中，而他并不介意这些变化。

他们的位子在一块专门为当地初、高中天才学生预留出来的靠前区域里——这些孩子可能会从观看几个小时的棋盘行子的体验中获得激励与启发。那是一个圆形会场，形如足球场，只是没有那么大。主办方很聪明地将会场划为四片区域，这样四场比赛就能同时进行了，每场比赛都配有各自的讲解员。他们坐下的时候，面前的那场比赛刚好结束。

比赛双方分别是一名中国男子和一名拉丁裔男孩。那名男子移动了一颗棋子，讲解员喊了声"将军"，然后两人就握了握手，从座位里站起身来离开了，留下凌乱的棋盘等着工作人员复原。

"哇哦，"罗杰说，"来得真不是时候。"

艾莉森朝他皱了皱鼻头，"你是在开玩笑吧？咱们可以观看一整场全新的比赛呢，也太幸运了吧！"

说着，她挽上了罗杰的手臂。这么一来，彻底打消了罗杰任何想要反对的念头。

工作人员重新摆好棋盘后就消失了。没过多久，下一对选手出现在眼前。一边是一名白人男子，年纪与他们老师相仿，穿着灯芯绒裤子，打着红色领结，举止笨拙。他直接走到黑子的那边坐下。显然，出子顺序在比赛前就决定了。

他的对手是一名女孩，肤色如瓷器般皙白，留着波波头，头发盖住了整张面庞，但没有遮住眼睛。她看上去有一整年没见过太阳了，穿着一套似是不知名私立学校的校服：灰色褶子短裙、白色上衣、蓝色短领带，脚上蹬着一双漆皮鞋，走起路来咯吱作响。

罗杰意识到自己在盯着那个女孩看。他明白不该这么做，但却忍不住。他认识她。他看着道奇——那个五年前他不再理睬的女孩——在白子的那一侧坐下；看着她按下计时钟，走出第一步。比赛就这么开始了。

他知道艾莉森正在说话，但他一个字都没听进去。这是自从他意识到艾莉森的美丽以来的第一次。他全部的注意力都集中在那个女孩身上。她出手迅速，令人目不暇接。他俩若此时站在一起的话，他应该比她高一两英寸[①]（这种情形什么时候发生过呢，他的思绪飞跃到以前，从她的视角观看世界时的眩晕感充盈了他的大脑。接着，一个令人绝望的想法冒了出来：他很想念那种感觉）。他的肩膀比她的更宽一些。尽管如此，他俩依旧长得惊人的相似。他们有着相同的眼睛。他对象棋并不是很懂，但足以知道她很厉害，非常厉害：参加巡回赛的都是大师级的棋手，而她正将年龄是她两倍的对手打得毫无招架之力。她出棋时冷酷无情，面不改色，仿佛这局棋的胜负关系到她的生命。她的脸上从未出现过笑意，就连赢得了比赛之后也一样。

他们这一局花了不到其他三场一半的时间便结束了。对手认输，起身伸出手。道奇与他握手，双眼却一直死盯着棋盘，像是在寻找必定存在的错误，能让她下次赢得更快、更干净利落、更完美无缺。至于观众，她一眼都没看过。

艾莉森的手突然攀上了他的手肘。他扭过头去，只见她正盯着道奇，眼里像是要喷射出冰冷的毒液。

"喜欢这场比赛吗？"

"嗯。"他努力挤出一个微笑，希望她相信是真的，毕竟他也不知道还能怎么办。道奇并不存在，从来就不存在。他坚信这一点，就像他坚信不这么想就会毁了一切。"你想教我下象棋吗？"

---

① 1英寸等于2.54厘米。

艾莉森立刻满脸笑意，两人和好如初。

当他扭回头去再次看向会场时，道奇已经不见了。

这样最好不过，无论如何，是时候继续自己的生活了。

当夸尔茨挥手示意他们停下时，他们已经跋涉了很长一段路程。艾弗里的鞋尖已经磨破，齐布三次从树上摔下。水晶人平日里乐呵呵的脸上爬上了阴云。

"你们，"他问，"以为自己在干吗？"

"我们在步行前往'不可能之城'，这样'权杖皇后'就能送我们回家了。"说完，艾弗里皱了皱眉，因为她意识到这句话根本就毫无意义。

"不，不，"夸尔茨回道，"要去'不可能之城'，必须先走上'不可能之路'。"

"可我们就在'不可能之路'上啊！"齐布反抗道。

"你们不在，"夸尔茨回道，"你们所做的一切都是白费功夫。想要踏上'不可能之路'，你们得先真正找到它才行。"

艾弗里与齐布交换了一下眼神，看来这比他们想象的更难……

——A.黛博拉·贝克，《飞跃伍德沃德墙》

卷七
终结

等你一声令下,我就含笑上刑场,从此恨散愁消,随着西逝的残阳。

——威廉·莎士比亚,《错误的喜剧》

棋如人生。

——鲍比·费舍

契约

时间轴: 晚了5分钟

离世界末日仅剩30秒

血光冲天。

道奇已经有一分钟没动了, 她的手向外伸着, 像是要继续用自己的血在摇摇欲坠的墙砖上画数字一般, 脸色平静而又显得无可奈何。她还在呼吸, 只是频率越来越慢, 气息也越来越虚弱。渐渐的, 那呼吸变得不再那么真实, 更像是想象出来的一样。

他本该完成她倒下前正在写的方程式, 然后展示她的成果, 终结眼前这一切, 但他做不到。九岁那年, 因为空洞的、根本不可能成为现实的威胁与谎言, 他不再搭理她, 而她也因此不再向他解释数学。他自己也是一个天才, 所有单词都了然于心——他是名通晓多种语言、浑然天成的奇才——但他俩的天赋毕竟不在同一领域。那些从她一动不动的指尖上螺旋而下的符号于他而言无异于天书。

他们输了。他们甚至不知道自己在一场游戏之中, 但依然输了。他们输掉了本可以共同度过的童年, 输掉了本能够为对方提供的平衡。现在, 他们还将输掉自己的生命。而这一切都是因为他不知道如何写完包围着他们的数字。鲜血凝结为棕色, 道奇胸部的起伏渐趋平和, 朝永恒的停止无限靠近。他独自一人无法走完这条 "不可能之路"。不, 他俩中的任何一个都不行。

当她停止呼吸时, 他的心脏也会跟着坠入黑暗。对于这一点, 他确认无疑, 就像确信神话与奇迹、传奇与谎言之间的差别一样。这一切很快就要结束了。

外面的枪战还在继续。声音不像电影里那样大，也没有那么戏剧化，反倒像是雷雨中的低语，但却是足以杀死他们的低语。一片喧嚣中不时传来艾琳的枪声，要么是她的消音器没那么好用，要么她根本就没用，因为她开的每一枪都能听得清清楚楚。

因此，枪声停止时，他也听得清清楚楚。

所以，就这样了：这就是结局了。他们输了，一切都结束了。艾琳死了，道奇失血过多，也即将死去，而他既到不了"不可能之城"，也回不了家。他们只能止步于此。他摸索着找到妹妹的身体，将她抱在怀里，毫不在意在将她拉近的过程中会造成多大伤害。他又不会杀了她。她已经死了，只是她自己还不知道而已。

"道奇，醒醒，道奇。我需要你醒过来，帮我停止这一切流血与纷争。"

她的眼睛依旧紧闭，唯有胸部的轻微起伏暴露了气息尚在的事实。

血光冲天。

"道奇，你醒醒。现在可不是比赛谁离开得更快的时候，你没必要这么报复我吧。"他的伤没她严重。只是一颗流弹从脑袋侧边飞过，切掉了一大块耳朵。虽然血流如注，所幸没有伤到动脉。要不是感觉到她即将到来的死亡如同阴影般笼罩着他，他可能还会期待耳朵痊愈。现实却是，再也不会痊愈了。"不行，你不能就这么走了。我刚把你找回来呢。你在听吗？你不能走，我需要你。"

她双眼依旧紧闭，依旧血光冲天。

"要是赢不了比赛，就把棋盘打翻。"他记不得这是谁说的了。或许是他的第一任女友艾莉森，她热爱象棋，也同样喜欢为了鸡毛蒜皮的小事而吵闹。或许是别人。但这都不重要了，他们从一开始都一直在为此而努力，可结果呢？只有这唯一的办法了。她的胸脯几乎停止了起伏，血光冲天，漫天的鲜血，而他此时就算通晓再多门语言也毫无用武之地。将她带走的恰恰是言词。

"我一个人做不到。抱歉，我做不到。"

他俯下身来，嘴唇几乎碰到了从她那被鲜血浸透的短发里露出的耳朵，却没有足够近到把她的血弄到脸上。就算要死，也得有个人尽量死得干净些。

"道奇，"他低语道，"别死。我命令你不许死。这是命令。我求求你了。该做什么就做什么，该毁掉什么就毁掉什么。就是别死。这是命令。这是——"

她的眼睑颤动着，却没有力气睁开，血与泪组成的黏稠混合物和睫毛一起，粘在脸颊上。

外面的枪声突然沉寂，并非逐渐消退，而是陡然间消停下来，像是全世界被按下了静音键。

世界正走向白寂。

一切终结。

我们想错了我们想错了我们想错了我们想错了我们……

猫头鹰看着艾弗里与齐布，艾弗里与齐布回看着那只猫头鹰。很难不注意那猫头鹰的爪子有多长，嘴有多尖，橙黄色的眼睛有多大。与它对视像是在万圣节进行瞪眼比赛。

艾弗里私下猜测这只猫头鹰不会在万圣夜送人甘草或糖苹果，送死白鼬或是史迪奇的可能性倒是更大。

"你们太吵了，"终于，猫头鹰说话了，"如果你们非得整天在树下吵来吵去，能不能另选一棵树？"猫头鹰的声音轻柔悦耳，像个保姆。齐布与艾弗里同时眨了眨眼，脸上挂着疑惑。

"我还不知道猫头鹰会说话呢。"齐布说。

"我们当然会说话,"那只猫头鹰说,"万物皆会说话。问题在于你懂不懂得倾听。"

——A.黛博拉·贝克,《飞跃伍德沃德墙》

卷二
重启

没有一个关于局部隐藏变量的物理理论能够再现量子力学的全部预测。

——贝尔定理

电话是从房子里面打来的。

——都市传说(传统版)

将军

时间轴: 2000 年 6 月 19 日（两人分隔后的第五年）

美国东部标准时间: 16:52

道奇下起棋来又快又猛，就像小时候从屋背后的路堤上滑下去一样，好像稍微慢一点点就会输掉比赛。不碰棋子时，她一动不动地坐着，几乎没有呼吸，像只伺机而动的掠食动物，与真正的平静相去甚远。她简直就是一座伪装为女孩的大理石雕像，只在游戏规则允许的情况下才被注入生命。

对手每走一步，她都应对得迅速坚决，像一位辩论大师在论证某个本无法被证明的观点。她根本不在乎观众，（事实上，她的教练曾要求她——实际上是恳求她——放慢速度，将每一步都适度延长，好给观众席里的土包子提供一些看头。但每次提起这个话题，她都会抛出这么一句，"想看花哨的东西，干吗不去水族馆啊？"这种坚定不移、完全以结果为导向的说话风格与她下棋的风格毫无二致。或许，她永远不会成为象棋界的摇滚巨星，但至少她能双手各拿着一座奖杯，渐渐消逝在人们的视野中。对她来说，这就足够了。）胜利是唯一重要的事情。

也是无须任何人的帮助，她就能独自完成的事情。

最后一步，对手的国王翻倒在棋盘上，宣告她的胜利。她终于抬眼看向对手，一边敷衍地伸出手来例行握手。就在此时，人群中的某个人——在那如同无面野兽般的巨大人群之中——变了个姿势。不知怎的，她的注意力一下子被吸引住了。

多年训练形成的习惯令她暂时收回了注意力：她握住对手的手，她的手指冰凉无力。然后，她做了件不可思议的事情。道奇·切斯维奇，那个曾在三场背对背赛事中因食物中毒中途离场呕吐却坚持完成了比赛的她；那个连续六周在这个可以毫不夸张地被称为"天才游行"的系列巡回赛中除了棋盘什么都不关心的她；那个接下来还有一场比赛要准备的她，此刻竟抽回自己的手，扭身直接走了。

当她突然跑起来时，也没什么好惊讶的了。毕竟，她已经打破了"剧本"，再多偏离一些又能如何呢？

她跑了起来，眼睛直盯着前面一个十几岁的男孩。那男孩的棕色头发有些过长了，脸上淡褐色的皮肤覆着一层雀斑，那眼镜对他的脸来说太大了，让他看起来像只困惑的卡通猫头鹰，又或是突然闯入某集电视剧试图发表见解后来又被赶走的某个家伙。他穿着印着莎士比亚语录的T恤衫，蓝色牛仔裤。身边的金发女孩充满占有欲地用手挽着他，像在宣布主权："离他远点，他是我的。"若道奇是能言善辩的那一个，她定会找到办法解释：她不想要他，不是那种想要，不，永远不会。但她永远都无法变得能言善辩。她的脑子里只有数字、概率、无数的可能性——而这些运算无一不在告诉她：是他的可能性为百万分之一。

那不是他，绝不可能是他。只是一个长得像他的人，或者说长得像她想象中的他的人——经历漫长的、停止与她交流的五年后，他大概应该是这个模样。她知道那不是他，却没有慢下脚步，直到撞上场地边缘，撞得差点喘不过气来。她赶忙伸手握住防护栏。这种低矮的栏杆是为了防止孩子落入场地而设的。这里每周都有演出，有时是溜冰，有时是马戏团杂技表演，象棋比赛只是少数。

他站住，并朝她走了一步。

她张开嘴，想说出他的名字。不，是大声叫出他的名字。五年了，无数个不眠之夜，五年来，无论什么事情她都执拗地要做到最好；因为她认为，他的沉默是自己的不够完美造成的。可是此刻，不论怎么努力，她都说不出话来，甚至连一个音都发不出。她只能盯着他，希望他能看到自己沉默背后无声的呐喊。

"道奇。"他像是窒息了一般，好像言语对他的伤害和沉默对她的伤害一样大。身边的金发女孩依旧挽着他的手肘，当他耸肩示意其松手时，她没有不满，只微微皱了皱眉，像在赌气。道奇不认识她，但很了解这样的女孩。她是那种全是聪明男孩的班上唯一的聪明女孩——当然啦，不是说女孩没有男孩聪明，只是人们更鼓励女孩藏起自己的聪明——社交能力和男孩们一样差，当另一个女孩侵入自己的领地时，不知道如何应对。这样的女孩道奇见过无数次，她没有变成其中的一员，仅仅是因为她向来对谁能赢得男孩的心提不起兴趣。数学占据了她的大部分世界，她根本没有时间去关心这类事情。

她紧抓着栏杆，盯着那个喊出她的名字的男孩。他当然知道我的名字，她默默地在心里责备自己，*每场比赛开始的时候，主办方不都会宣读我的名字吗，我真是个笨蛋——*

"道奇。"他又喊了一声，接着一脚迈进过道。他的双腿在颤抖，脸色变得煞白，好像马上就要晕倒。

栏杆对于道奇来说高了一点。但她依然踮起脚尖，试图够到栏杆顶端，翻越栏杆，进到里面的露天看台。她的手下败将还站在身后看着她，越来越多的棋手开始在他身边聚集，目瞪口呆地看着那个不苟言笑的女孩——道奇·切斯维奇为了追上一个相貌平平的男孩不惜伤害自己，而那个男孩看上去像是撞了鬼。

她开始发出一阵阵尖锐的哭号，像豺狗被夹子夹住了后腿。那声音足以令人牙齿打战，但她自己似乎根本没有听到。

显然，罗杰听到了。"道奇！"他终于喊了出来，拔腿朝她跑去。跑动时，他的四肢极不协调，像浑身骨头已经崩坏一般——任何十三到三十岁的男孩都有过的噩梦。他跑到栏杆跟前，见道奇依然在试图攀爬，立马越过栏杆抓住了她的双手。动作如此之快，两人都没有时间考虑。他紧紧握住她的双手，而她抬头看着他，睁大的双眼里写满了惊愕与孤独——那种孤独不应该出现在任何人眼中。在心灵的法庭上，这种孤独将被判有罪，无辜者与有罪者将一同受罚。

"真的是你。"她叹了口气，终于张嘴吐出一句。她继续说道，声音越来越大，"是你，罗杰，是你。你在这里干吗？你知道是我吗？你是专门来看我的吗？对不起不管我做了什么，对不起我不是有意的，我不会再那样了只要你不——"

"停。"他的声音里痛苦与抱歉各自参半，她马上停了下来，只睁着可怜的大眼睛抬头望着他。明天早上，她的脚趾上定会布满瘀青，毕竟脚上的那双鞋子可不是为了遭这种罪而设计的。可在此时，她一点儿也不介意，没有什么东西能让她在此时介意。

罗杰不安地笑了笑。"哇，"他说，"你长高了好多。"

道奇眨了眨眼睛，不知从何处挤出一个笑容，"你现在比我还高了，"她说，"终于超过我了。"

"有时就会这样。"

金发女孩已经从震惊中恢复过来，她快步走下台阶，从罗杰肩膀后面探出头来打量道奇，评估着眼前的竞争对手。罗杰丝毫没有注意到眼前的形势，显然，他看不懂女孩之间传递的暗语。有时候道奇会想，男孩之间是否也有一套属于他们自己的神秘语言，一套她从未见识过、或许永远都不会接触到的语言。

既然是语言,他就能学会。她一生中从未有过比这更为真实的想法。

"嗨,"金发女孩强行加入到两人的对话中,"我是艾莉森。你跟罗杰是怎么认识的?"说着,她又挽上了他的胳膊,手轻轻放在他的手腕上。即使她现在还算不上他的女友,但明天肯定就是了。

道奇想为她感到高兴,也为罗杰高兴:他会享受拥有女朋友的感觉的。她还记得每次谈论起女生时他困惑的口吻,像某个极度渴望某样东西却无法解释背后理由的家伙。她还记得这曾令他恼火,即便在那时,他就喜欢给一切事物下定义了。现在,至少他知道自己渴望女友,而眼前恰巧就有一个女孩自愿充当那个角色。也许只有当另一个女孩出现的时候——所谓的"竞争对手",虽然道奇压根儿就不是——她才会意识到两人之间的关系,可这改变不了她能让他快乐的事实。罗杰太聪明了,不会让他快乐的女孩他是不会喜欢的。

"我们小时候是笔友。"这个谎撒得过于容易,就跟真的一样,毕竟他俩之间的关系也没有什么词能够概括。他是她脑海中的声音,是教会她体悟阅读的深意的人,是她最好的朋友,也是让她保持理智的人。

也是第一个令她心碎的人,那是一堂重要的人生课程。罗杰教会了她世界的残酷,那时的她真的非常需要了解这一点。

"没错。"罗杰就着她的话茬说了下去,这是他的拿手好戏。这是她第一次当面观察他:当他决定好干什么的时候,鼻孔会微微张开;撒谎前,肩膀会轻轻一动。他就像一本摊开的书,用一种极少有人能看懂的语言写就。她为自己能看懂而感到骄傲。可此时,她只感到疲倦。"我们,嗯,曾是笔友,互相通信了好多年,直到后来我们……失去了联系,我想是这样。"

她想对他怒吼,提醒他多年前是他突然不再说话了,将她一个人丢弃在这个喧闹、刻薄、不近人情的世界里。她克制住自己,站了起来,同时从他的手里抽回自己的手。两人的手脱离对方时,没有感受到任何冲击,正如刚握住时一样。握住又分开,就这么简单。线性的时间可以是很多东西,但它对这样的情况毫无同情。

"你是专程来看我的吗?"她问。

罗杰摇了摇头,"不,不是。我们班上正好有票,还能获得额外学分。对了,艾莉森也下象棋。"听到这个答案,道奇既羞愧又开心。(也对,她凭什么觉得人家是专门来看她的,怎么可能嘛。可另一方面,他既然不是专程来看她的,她就有理由继续生气了:数学告诉她只要乐意,她就可以继续生气。)

"是吗。"道奇将注意力转移到金发女孩艾莉森身上,并允许自己放纵一秒钟的时间,用她看自己的残酷眼神回看了她一眼。她们是竞争对手,是自出生时起就被社会培养起来的竞争对手,哪怕她俩对这场竞争都没兴趣。

艾莉森看上去像个棋风保守的人,不愿弃小卒而就大局。十步以内就能将她的军,不值得花时间去羞辱她。这个想法真够冷酷的,虽然只从脑海中一闪而过,道奇还是觉得羞愧难当。

她笑了,一个不好不坏的笑,与她平时的笑容并无二致。她从未深究过这个问题:为什么自己的假笑与真笑一模一样。"哇,那我们真是太幸运了。很高兴认识你,艾莉森。"

"我也很高兴认识你,"艾莉森不情愿地回应道,一边乘机将罗杰挽得更紧,进一步宣布主权,"我好像还没听过有谁叫'道奇'这个名字的。"

"我老爸是教美国历史的。"道奇耸了耸肩。每当有人评论自己的名字而她又不知如何应对时,她都会这样耸耸肩,到现在已经变得相当熟练。事实上她的名字并非源自于此,而是当初领养的条件之一,由她从未见过也很少想到的生母所取。那个女人给了她生命然后又抛弃了她。在道奇看来,这种事情每个人只允许做一次。

而罗杰已经对她做过了。

她挺了挺腰，脸上依然挂着训练过的假笑，"很高兴见到你，罗杰。希望你有享受到比赛，也祝你俩收获许多学分。一小时后还有一场比赛，所以我现在要去准备了。"

罗杰无助地看着她转过身，昂着头离开。他又要失去她了，他对此一清二楚，却不知如何阻止她。他不想在艾莉森面前说出一些令他往好了看是个疯子，往坏了看是个古怪前男友的话。疯子还是古怪前男友，他都不想当。

但他也不想让道奇就这么走掉。

于是他闭上眼睛，开始在黑暗中摸索，直到他找到了那扇门——那扇自从家人受到威胁，他就未曾寻找过的门。他现在十四岁了，不再是那个九岁的小孩子；比起之前，他对于这个世界的运行方式有了更多的了解。这些年来，他大量阅读关于领养法与领养合同的书籍，不仅因为这影响到自己的生活，还因为他确实想了解相关知识。这些书籍令他意识到无论他的父母当初签订了怎样的领养合同，这个世界上都没有任何人可以把自言自语视作罪行、将他带走。况且道奇此时就站在他的面前，她是真实的，真得不能再真了。这就意味着与她对话的自己并不是疯子，而既然自己没疯，那么承认她的存在也就没什么错。

他"敲门"，她拒绝"开门"。她不想让他进去。于是他用力推"门"，想把"门"推开。

不知是不是量子纠缠的缘故，"门"在他探求的精神之手的摸索下被打开，整个世界倏地五彩缤纷起来，场馆以与几乎地板齐平的视角呈现。道奇低头下棋时的视角本来就够低的了，现在更加令他不适应。他感到愈加愧疚了。如果当时没有断了联系，他现在应该习惯了这个视角才对，就像更小时他习惯用比自己身高更高一些的视角看世界一样。

（他患有严重的色盲症，他还小的时候并不了解，如果没有道奇，他可能永远都意识不到：当他透过她的眼睛看世界时，无数之前他看不到的色彩出现在眼前。他一边在心里对她有些小怨恨——凭什么她能看到这些颜色，而他不能——一边迫不及待地将这些色彩与它们的学名一一对应。在这之前，这些名字不过是在现实世界里找不到对应物的空洞名词。）

"求求你，别走。"他悄声说，声音尽可能地温柔，但在她的脑海中，那声音一如既往的清晰洪亮。

道奇打了个趔趄，没有跌倒。这股冲击足够影响到她，但不会完全击垮她。她停下脚步，依旧背对着观众席，问道："为什么不？当年你就是这么走的。现在轮到我了。"

"对不起，我不该那么做的。求求你，别走。"

"我必须走，还有一场比赛等着我呢。咱们现在同处一个时区，晚上九点钟再呼叫我吧。"说完她继续朝前走去，速度比之前更快，像在逃避一个可能尾随的阴影。

罗杰不想成为尾随她的那个阴影。他抽离了回来，睁开双眼，以他熟悉的视角看着她消失在场馆后门里。艾莉森拽了拽他的胳膊，他扭过头来，这才意识到她看自己的表情发生了变化。另一个女孩的加入使她看自己的表情变成了自己一直以来看她的模样。这一方面让他欣喜若狂，一方面又让他困惑不已，不知如何应对周围快速变化的一切。

"想去喝苏打水吗？"他问。回应他的是她如花般绽放的笑容。或许一切也没有那么复杂。

道奇那天又下了三场比赛，全都赢了，尽管其中两场赢得比较艰难。第三场结束后，他们还在收拾东西时，主办方走过来感谢她让比赛变得对观众来说更有趣了。道奇什么也没说。她能看见每一步的无数可能性在眼前铺开，每次拿起一颗棋子时手中都像是拿着一张地图。主办方要求她与对手做戏，她做不到；每次坐下来下棋时思绪被杂事干扰，她也做不到。这不公平，于自己于对手都不公平。当她坐在棋盘边上时，需要对手毫无保留地与之拼杀，哪怕少一丁点儿都是一种对棋手的残忍。

（这是她第一次参加巡回象棋比赛。当初决定报名一方面是为了拿学分，另一方面是因为父亲给她许下了承诺：只要这学期她完成一些课外活动，就让她去旁听弗农教授的课程。她很喜欢弗农教授。他已经成了她的良师益友。如果没有教授的帮助，失去罗杰可能会伤她更深。这也是她最后一次参加巡回象棋比赛。对于喜欢这类赛事的人来说，她或许能变成他们的宠儿——那个击溃对手时从不笑的女孩。但对于她自己来说，如果这样的话这件事将变得毫无乐趣，而没有了乐趣，她就觉没有参加的必要了。象棋本该是神圣的，而不是拿来取悦观众的把戏，否则象棋比赛将变得跟海狮顶球没什么区别。）

夜幕降临，她回到酒店里。作为年纪最小的选手，她拥有一间独立房间，与巡回赛监护人的房间一门相隔。在赛事的前几站比赛中，她被要求将门开着，这样监护人就能确保她是在床上睡觉，而没有跑出去惹是生非。过了几站后，监护人发现她根本就没有在宵禁后出门的意愿，再加上她抱怨开门睡不好，就给予了她几项特权，其中最重要的就是那扇门终于可以关上了。就这样，她才获得了自己想要的隐私。

她小心翼翼地脱下表演服，换上法兰绒睡裤和一件褪了色的《侏罗纪公园》周边T恤。她对恐龙没什么感觉，她想纪念的是伊恩·马尔科姆博士。这个虚构的数学家兼摇滚巨星好几次出现在她令人困惑的青春期梦境里。这件T恤她穿了太多次，衣角都被磨破了。它不够好看，不是邀请男孩进她房间时穿着的首选，更别提邀请男孩进入她大脑了。但是它很舒服，令人安心。此时此地,这才是最重要的。

她想大发雷霆,想拉上枪栓,喂他吃两管枪子儿,就像她老爹常说的那样。她想让他明白自己被伤得有多深,让他知道自己不是那种一道歉马上就原谅对方的女孩。可这些她都做不到。虽然他伤害了她,虽然她现在依然感受得到伤痛,但她对他的思念要比伤痛还要多一倍。这种感觉,她无法用词语来表达——曾几何时,每当她不知道用什么词语表达自己的时候,都会求助罗杰,而他总能说出她要找的那个词。过去五年,她独自一人胡乱应付着这种境况。他也一样。但数学比语言更容易绕开。语言无处不在,语言刺痛着她。

她小心翼翼地躺上床,闭上双眼,双手放在小腹上。她感觉像是在为自己丈量棺材需要的尺寸。这个想法本该令她不舒服,但此时此地,一组简单的参数倒是能令一切好起来。六英尺①乘三英尺乘两英尺:世界的参数。呼气,吸气,填满那个世界,让其他的一切都消失无踪。

她躺了好一会儿(十七分钟,三十一秒),世界突然变换,她的双眼背后出现了一副新的灵魂。

“你迟到了。”她说。没有“你好”,只有这么一句“你迟到了”,因为这才是她此时唯一的感受:他迟到了。他迟到了五年十七分钟,而她单独一人的日子实在是太过漫长。

“为了解释为什么今天上床的时间比以前早,我不得不撒了个谎,说头痛。”罗杰的声音里带着歉意。

道奇松了口气,但她恨自己这样。她很想生他的气,但她唯一能感觉到的,是该死的轻松感。她感觉自己很幸运,因为罗杰选择了回来,虽然他是当初选择离开的那个人。她想大叫,想发火,想把他拒之门外,让他也尝尝

———————————
① 度量单位,1英尺≈0.3米。

112

这个滋味。但这些事情她都不会去做。从数学角度来说,它们都不可取,只会造成令她的心脏无法承受的方程。

"我说的不只是今晚。"她轻声呢喃,声音里藏着一丝愤怒,让她听上去卑微、迷惘、孤独。

罗杰叹了口气,"对不起。"

"你当初为什么要离开我?"

"他们说……那天我家来了一位心理学家,说在学校有人看见我自言自语,还说我要是出了什么问题,根据我父母签订的领养合同,她有权将我带走,带去另一个家庭。"

道奇皱了皱眉,"你还真信她了?罗杰,这太蠢了。从来没听说过领养还有这种规定的。再说了,他们为什么要把有问题的孩子再带回去呢?为没问题的孤儿找到领养的家庭就够不容易的了。"

她听见他又叹了口气。他说话的时候,声音非常沮丧,她这才第一次意识到原来这五年来自己不是唯一觉得孤苦伶仃的人。"我现在当然知道了。我后来读了很多法律方面的书籍,才明白那种合同就算是真的也不可能有效力。我父母似乎相信真有这种合同。当然啦,是他们搞错了,可为人父母的有时也会被这种不靠谱的东西唬到,他们当时可真被那女人吓到了。道奇,一切都是我的错;因为我,她才能闯入我家,把我父母吓成那样。可我那时才九岁。我做了错误的决定。对不起。"

"我三个月没睡。"

就这么几个单词,如此简单。可罗杰却不得不停下,反复咂摸它们,寻找打开这个句子意义大门的钥匙。他没有找到那把钥匙。他不习惯单词组合成没有意义的句子,"什么意思?"

"就是字面意思。我连续三个月没睡,因为我一直在等你消气,等你又愿意沟通。我不想错过你的呼唤。"道奇的声音变得遥远起来，"我不敢上床，因为怕自己会不小心睡着，于是我就坐在桌边，拿大头钉扎拇指，用这种办法保持清醒。一个月后我开始出现幻觉时被父母发现了。他们恳求我睡觉，最后不得不带我去看医生，医生给我开了一些药片。又过了一个月，他们发现药片都被我吐掉了，最后再过了一个月，他们才想办法让我不再为了醒着而伤害自己。其实到那时，我已经不再需要拿大头针扎自己就能醒着了，我已经忘记了睡觉是什么滋味。因为在内心深处，我觉得你的离开肯定是因为我做错了什么，我觉得一切都是我咎由自取。"

"道奇，对不起。那不是……我没有……他们威胁我的家人。"罗杰已经不会再小声地自言自语了，他费了好大力气才改掉说话时的坏习惯，并且不再每个句子的最后一个单词都音调上扬。"他们说要把我带走。你是我最好的朋友，一直都是。但如果他们打你家人的主意，你也会做出同样的决定的。你必须这么做。"

"不，我不会，"她说，"我会撒谎。我会说，'哦，那不过是个游戏，我不知道会让你们担心'，然后我会保证再也不这么做了。我会加倍小心，会对他们说一切都结束了，但我会继续和你联系，因为你对我很重要。我也应该对你很重要的，你不是总这么说吗？所以，为了你，我会撒谎，因为撒谎总比丢下你一个人要强。"

罗杰沉默不语。

"可你呢，你却抛弃了我。从此我就孤身一人，再也没人向我……解释事物，再也没告诉我一切都会好起来。你曾说我们永远是朋友，我相信了你。我不相信任何人、任何事，可我选择相信你。你呢，你却抛弃了我。你替我下了一个决断，那就是我不配做你的朋友。或许生你的气很自私，因为你担心家人的安危，因为我们当时都还小，因为你觉得我没那么脆弱。我不知道，我也不在乎。你抛弃了我，我无法原谅你，不管你多么想让我原谅，不管我自己多想原谅你。"

道奇停了下来，热泪从她的双眼涌出，模糊了她的视线。透过她的双眼，罗杰看到的房间开始变得浑浊不清，像一幅劣质水彩画。一切都显得极不真实。他曾以为大脑中的这个声音属于某位并不存在的女孩；或许现在感觉不真实才是对的，或许这才是事情本来的模样。

"对不起，"他说，"除了这三个字，我真的不知道该说些什么了。我做了自己当时认为非做不可的事，我现在知道错了，可我没法找回失去的那些年，毕竟时间不是这么运转的。"

道奇隐约觉得时间其实可以那样运转，只要能找到修改几个关键参数的办法。她越来越觉得时间是个复杂的迷箱，而钥匙则藏在呼吸与心跳之间的某处，就像血液、骨骼与骨髓一样，是她身体的一部分。她什么也没说，轮到她沉默不语，看看罗杰会说什么了。她已经说完了自己要说的话，现在感到精疲力竭。言语从来都不是——也永远都不会成为——她的强项。

"可当我关上那扇门的时候，受伤的不止你一个，受到惩罚的也不止你一个。我抛弃你的同时也抛弃了我自己。我们都落得孤身一人的下场。"

道奇知道这不是真的，她都看到证据了：那个眼神狐疑、紧紧抓着罗杰胳膊的女孩，像是一松手就会失去他似的。可现在提起她没什么意思。如果现在承认世界上从来没有人像那女孩看他那样看过自己，并向他解释自己花了多长时间独自一人，困在生活的边缘颤抖，听起来只会是充满自怜。

这些都不重要了。他都已经说了对不起了，行使了道歉的非凡魔力了。道奇闭上眼睛，让两人都没入黑暗中。

"好吧，"她说，"但不要再这样了。"

城市的另一侧，罗杰笑了。"我拿我的性命发誓。"他说道。一切都将好起来的。

校准

时间轴: 2000年6月20日（第二天）

美国中部标准时间: 12:01

"丹尼尔斯大师，什么风把您给吹来了？真是个令人愉快的惊喜啊。"

才不是什么令人愉快的惊喜，而是一场危机，一场绝对的灾难。里德挺直了腰板，一动不动，尽可能地用他那瘦小的身躯挡住院子的入口。他常常幻想阿斯普戴尔花时间给自己打造了一副更有分量的躯体——又高又瘦，是个魅力十足的型男；但这些在其他男人面前却毫无用处，不能让他受到认真对待。只要丹尼尔斯大师的随从炼金术士想把他挪开，他将毫无办法。

（莉能阻止他们。她虽身材矮小，却动作敏捷，在里德需要的时候，可以立刻变成一把最致命的手术刀，就像她的创造者当初将她拼接起来时所用的那把一样。可此时莉在实验室深处，确保不该打开的门不被打开，确保这些人不该看到的实验能顺利进行。他们不该来的，他们压根儿就不该找到这个地方才对。）

"是吗，詹姆斯？"丹尼尔斯大师的声音温柔而疲倦。他讨厌这里，讨厌这片俄亥俄州的玉米地，讨厌在碧蓝色的天空下，被这绿宝石色的丰收景象包围。他是属于深褐色房间的生物，那里发生的事情如此重要，压在他的肩上。"在我看来，你像是一直在这僻静之所保守着什么秘密。在我看来，这是我们的疏忽。我们应该密切地关注你的一举一动，不该让你伤害了自己。为此，我要真诚地向你道歉。我们有责任更好地对待你，这是我们欠你的，也是我们欠阿斯普戴尔的。"

"是贝克大师。"

丹尼尔斯大师第一次显出困惑的表情,"你说什么?"

"在你的唇间,从你的嘴里说出来,她的名字应该是贝克大师。她是她那个时代最伟大的炼金术士,在她之后再也没人能与她并肩。"

丹尼尔斯大师的随从们——里德不知道也不想知道他们的名字;他们在自己的伟大计划中毫无用处——看上去像是先被逗乐了,然后才感到冒犯。其中一位朝前迈了一步。

"搞清楚你自己的位置,"这个人厉声喝道,"我们允许你回到我们之中来,但不代表你可以说谎!"

"我不会说谎,我所说的是如黄金般的至诚真理。你捣鼓了这么久,无非就是想颠倒事实,将黄金变成卑劣的铅快。"里德看向丹尼尔斯的眼神里带着杀意,"如果一定要提到她,请给予她应得的尊重。"

"詹姆斯,从我们的品级来看,她从来都算不上什么大师。"丹尼尔斯温和地说。

"那是因为你否认了她的身份。因为你,以及像你这样的人,宁愿竭尽所能地废除她的伟大设计,也不愿意承认一个女人在你们的领域打败了你们。因为你们——"

"杀她的人可是你。"丹尼尔斯说。

里德沉默了。

"如果在这件事上我们有任何责任,如果对于她的死我们该受到任何惩罚,那也是因为当初她造你的时候,我们没有阻拦。让死人变成活人从来都是女性更容易做到。她造出了你又能证明什么呢?什么都证明不了,到头来只能说明一直以来我们对她的看法都是对的。不错,她确实天资聪慧、天赋异禀。但同时，她也是一个浅尝辄止的半吊子，从来就没有游出海岸，又怎能了解到深水区的危险呢。"丹尼尔斯笑了。或许他觉得自己很仁慈，或许他觉得自己这番话是在某种形式上为他赦罪吧。**你杀害了自己的创造者与导师，但别担心，你本来就比她优秀，留下她只会拖你的后腿。**

里德咬牙切齿，直咬到臼齿生疼，脑子里只有一个念头：丹尼尔斯死讯传出去的时候不知会是怎样的情景。

"你就是杀死她的那把尖刀，是她亲手塑造了你。所以虽然怪异，但依然可以说这是一场精心设计的自杀。她们这种人净犯这种错误。"

"哪种人？"里德的声音听上去像是锈迹斑斑的锯子正在锯骨头。

"弱者。低能儿。"丹尼尔斯大师的眼睛闪了闪，"但无论你怎么想引我们上钩，我们今天来这儿的目的不是为了讨论贝克女士。我们是来讨论你的事的。里德，你是不是藏着什么秘密？"

"我不是跟你说了吗，'宇宙原理'已经具现化了，现在它需要时间成熟。"

"可你却不让我们对它进行例行检查。这是为什么呢？"

"要让它真正的成熟，各方面条件都——"

"这种工作的精密程度我们都懂。从某种意义上来说，我们自己也是科学人士，你完全可以放心大胆地让我们参观你的那些实验嘛。"

丹尼尔斯大师朝前迈了一步，两侧的随从紧随而上。

"让我们进去，里德，我们都是朝着启蒙之境前行的同路人啊。"

他们根本就不是什么同路人。很久以前，里德已经将通往"启蒙之境"的那条路抛在了身后。"不可能之路"却不一样，"不可能之城"也绝非启蒙之境，其意义重要得多。"启蒙之人"对权力无欲无求，"不可能之城"则是权力的化身，掌握该城就可以统领世界。

"我没有邀请你们来我的密室。"他说，"现在离开，我就对这次擅闯既往不咎。"

"孩子,我不能走。"丹尼尔斯大师说。

"那就别怪我不客气了。"里德举手示意,玉米地里走出一位男孩。

那男孩身材消瘦,一头乌发,眼神警惕,胳膊笨拙地垂于身体两侧,看上去最多不过十四岁。

"这是怎么回事?"丹尼尔斯大师一脸狐疑地问,"我没听说你还收了学徒啊。"

"达伦,"里德的声音平静如水,"把他们都杀了。"

男孩点点头,朝前猛扑过去。

接下来发生的事情若非严肃得可怕,倒是挺滑稽可笑的。第一位炼金术士从外衣里掏出一只烟雾袅袅的小瓶,朝男孩扔过去。但不知怎的,男孩已经不在原来的位置,而是跳到了一边,手里抓着小瓶,以迅雷不及掩耳之势掷了回来。瓶身在击中男子胸部的一刹那破裂,顿时烟雾四散,吞噬着那男子的肉身,响起了撕心裂肺的哭号——

第二位炼金术士惊恐地看着他的同袍:他跪倒在地,双手捂着正在塌缩的脸。空气停顿了几秒钟时间,但几秒钟已经足够了。达伦"唰唰"两步抢到跟前,手中不知何时多了把匕首;顿时,炼金术士的喉咙如一本摊开的书,缺口大开,里面的内容纷纷洒落地面。

里德一动不动,丹尼尔斯大师也一动不动。

达伦转过身来,高举匕首,朝丹尼尔斯大师扑去,准备结束这一切。老家伙从口袋里掏出一把灰,扔向男孩。达伦大叫一声,捂着双眼倒下,再也没有站起来。

"你让我感到羞耻。"丹尼尔斯转身对里德说。

里德却已经不见了踪影。

一把坚硬的银刺从背后穿透了老者的心脏，丹尼尔斯脸上露出短暂的顿悟与无可奈何之情。他干瘪的身躯倏地没了生机，一头栽倒下去，静静地与地上的其他几具尸体倒在一起。此时只留里德一人还站立着，微微喘着气，手上沾满鲜血。

他看着达伦，眼里带着一丝惋惜。这样的结局不是他乐意看到的。向莉道歉是少不了的；这孩子的配对者也得找理由安抚安抚。所以嘛，女孩被造出来是为了迎接更美好的生活，而男孩从来都是做杀手的料。

"你的手下里对我忠心耿耿的人多得超出你的想象。"他对着拒绝赋予他与生俱来的权利的那具尸体说，"载你回家的飞机将在半途坠毁，诡秘谲奇，可嗟可叹。没人知道你葬身何处，你的名字也将慢慢被人遗忘。"

没有比这更恶毒的诅咒了。他心满意足地转身走进一座小屋，从那里下行至自己的属地。

地下的空气更加凉爽，清洁产品的香气替代了玉米的味道。里德放松下来。这里是他的王国，密密麻麻的实验室、小隔间与古怪的炼金祭坛充斥着这个"兔子窝"。在这里，他不战自胜。

"所以呢？"莉的身影从一片漆黑的门口闪出，如一场噩梦，"干掉他们了吗？我需要达伦，艾琳发病了，只有达伦能让她平静下来。"

多年的练习使他可以毫不畏缩地看着她。跟莉这样的人打交道时最好不要表现出恐惧。她能感觉到对方的恐惧，并对此毫不宽容。只要她认为可以，她会毫不犹豫地将他吞噬，像一条吞掉太阳的蛇。她是独属于他的芬莉斯[①]，随时准备带来世界末日，而他对她的爱与恐惧不相上下。

没有她，他不可能走到这一步，他俩都深知这一点。阿斯普戴尔给了他教育与成长的指引，但他缺乏莉·巴罗这种人的天生神力——她被造出来就

---

① 芬莉斯（Fenris）是北欧神话中的一只巨狼，是火神洛基（Loki）的儿子。

是为了接引恒星的超凡神力的。

她静静地看着他，脸上乌云密布，就像暴风雨来临前的天空。"他在哪里？"

"他生前是一件优秀的作品，"他说，"你应该感到骄傲。"

她的脸更黑了。"你毁掉了他。"她指责道。

"在被丹尼尔斯干掉之前，他杀死了对方两名接近大师水平的随从。即使在死的那一刻，他也不忘为我创造一个击杀的机会。着实令人刮目相看。"

莉犹豫着，在愤怒——他总是这样滥用她的财产——与骄傲之间纠结挣扎，可最终只是脸色阴沉地说道："你的'布谷鸟'们有了些新进展。一天之内收到关于两对的情报。如果这都不能算作协同效应，我不知道还有什么能算了。"

里德心中一紧，就在他前进道路上的绊脚石倒下的今天，"布谷鸟计划"终于有眉目了。"哪两对？"

"中间那对，塞斯与贝丝；还有最年轻的那对，罗杰与道奇。"她说出他们的名字时皱了皱鼻子。莉有她自己的怪癖：对给这些孩子取的半押韵名字的厌烦，只是其中最不起眼的一个。

"中间那对怎么了？"

"发生了一场意外。"她的声音波澜不惊，眼里却燃着熊熊怒火。"贝丝——那个主导者——说服家人带她去迪士尼乐园度假。当然啦，这不过是她假借的一个由头。"

"当然。"里德同意道。这一对叫"土与气之子"。贝丝被安置在萨斯喀彻温省①的一个家庭里；塞斯则被安置在了基韦斯特②。女方之所以说服自己

①　Saskatchewan，被誉为加拿大的"产粮之篮"，以牧场和麦田而闻名。
②　Key West，美国本土最南端城市，在佛罗里达群岛西南端的小珊瑚岛上。

的养父母带她去佛罗里达，肯定是因为两人发生了灵魂上的接触，在想办法见面。

"看上去确实是场意外。开车的是她父亲，长途飞行后疲劳不堪，直接失去对租来车子的控制。在离世界上最幸福的地方不到半英里①的地方车身翻了好几圈，撞得粉碎。"莉的脸上掠过一抹讥笑，似是愉悦，又似是冷酷，还夹着一丝义愤。"贝丝被当场撞死。而在另一边，塞斯在面对学校的学术委员会答辩时动脉瘤并发症发作。可怜的孩子被控剽窃，人还没倒地就死了。"

"他们的尸体呢？"

这个问题尖锐到连莉都注意到了，她尽力让自己平静下来。

"正在送来的路上。"她的声音放软了些，"女孩撞了个稀巴烂，但我们还是能提取足够的组织做分析用。男孩的身体完好无损，除了脑子里溢血。这件事至少证明了，一对'布谷鸟'中的一只死了，另一只很有可能也会死掉。这将让我们狙击手几年后的工作变得容易得多。"她顿了顿，又继续道，"这么说来，艾琳目前的情况还不是那么难办。她跟达伦的联系没那么紧密，应该能活下来。"

"你还提到了年纪最小的那一对？"

"没错，罗杰·米德尔顿和道奇·切斯维奇。他们重新建立了联系。"

沉默降临。不是那种朋友间轻松愉悦的沉默，也绝非敌人相见时剑拔弩张的沉默。这是一种带着獠牙与利爪的沉默，随时会发起攻击，撕裂猎物。这种沉默令人痛苦。

终于，里德打破沉默，一字一顿地问道："什么叫'他们重新建立了联系'？"

"切斯维奇参加了一个象棋巡回赛，其中一站就在波士顿，米德尔顿去

---

① 长度单位，1英里约为 1.6 千米。

观赛的时候遇见了她。有人看见他俩在赛后交谈，她看上去很不开心。"

"他呢？"

"他看上去……你见过那种表情吗？孩子看到自己的宠物狗在高速公路上被轧成炖牛肉形状时的表情？像是不知道如何消化正在发生的事情一样，完全吓昏了头或悲伤到极致，直到有人告诉他们应该如何反应。他当时脸上就挂着那种表情，彻头彻尾的不知所措。"莉摇了摇头，"他还是他们这一对儿当中的主导者。连这种突发事件都应付不了，看来应该把他俩都抹杀掉，再弄几个更坚决果断的，在实验室条件下生长起来的，比如我的那几个——"

"他们根本不在讨论范围之内。"里德尖锐地指出，"说完了？他们后来还见过面吗？有人看到他们后来又见面了吗？"

"没有。女孩离开后，男孩跟着另一个女孩走了—— 一个小美女，还是纯天然、未经过改造的；如果需要，我们可以现在开始改造她——那女孩显然不喜欢他跟切斯维奇小姐的对话。青少年时期的男孩就是那副德性，问题应该可以自行解决。"

"我们正在谈论的，可是唯一——对在没有实际接触的情况下自行建立起联系的同巢伙伴。"里德说，"他们完全是在寂寞与孤独的驱使下找到对方的。你知道这是多么大的进步吗？"

"进步有多大我并不关心，"莉说，"我只知道这不符合项目的计划，不安全，不正确，对'宇宙原理'的成功化身来说也并非必要。我们当初的计划可不是这样的，我们应该控制他们。他们应该被当成失败品，他们的这次相遇应被全力斥责。"

"全力斥责"代表着什么是无须赘言的。对于莉来说，从来就没有折中可言。在里德允许之下，她会将这些幼年"布谷鸟"摧毁，分解至原子，再在其中寻找可以点石成金的地方，化腐朽为神奇，将平凡的肉体升华为"宇宙原理"。里德冷冷地看着她。他不会对她说"不"，因为莉说的话很少完全错误。这项计划的深层逻辑除了他之外很少有人理解，莉就是其中之一，她那锐利的双眼从不会被人类的软弱与仁慈蒙蔽。

但他不会照她的去做。为了缩短时间，他们已经花费了太多时间，投入了太多资源。如今离目标如此之近了，除非有明显的危险，计划必须继续下去。通往"不可能之城"的道路从不拒绝意料之外的旅行者。有时他甚至觉得意料之外才是抵达终点的唯一途径。

"他俩的特性发展得如何了？"

莉面带愠色地看着他，一言不发。

里德叹了口气。悲哀的是，有时她需要被提醒才能弄清自己的位置：自己是谁，他又是谁，她的使命是什么。"莉，你是可替换的。虽然于我而言会是惨重的损失，我也会怀念你，但请你记住，你是可替换的。"

"男孩现在会说七门语言，还在嚷嚷着要上更多的语言课。"莉眼中的仇恨还在燃烧，"他的软腭异常灵活，好像没有他发不出的声音。他自己还没意识到这有多不寻常，或者这让他成了什么样的怪物。或许在他有生之年都不会意识到，这就要看他到底能活多久了。女孩的象棋水平已经达到了大师级别，完全可以走上职业道路并以此为生。但她对象棋不够上心，一心只想做纯数学研究。一旦她父母不再逼迫她过平凡生活，她就很可能走上学术道路，不过这种事情发生的概率很低。"莉说这些的时候，声音里藏着完全无法解释的恶毒，深沉、冷酷而又残忍的恶毒。

里德什么也没说，只静静地看着她，等待着。

莉很快打破了沉默。"他们根本就不行。"她终于还是爆炸了，"都到这地步了，那男孩本应达到王者级别，打个响指就能呼风唤雨才对。可你看看他，还在参加什么学术十项全能，跟小女朋友卿卿我我，最要命的是在学习语言的死胡同里一去不复返。我们培养的是工具，不是连自己的影子都怕的学究。再看看那女孩！整个就是一个社会适应不良的典型。平日里沉默寡言、精神恍惚，自从上次强行把他俩拆开后她就再也没笑过。所以我才说把他俩这一代刷掉，重新来过。"

"当初要把他俩拆开可是你的主意，莉。是你用伽利略的行星图证实了过早地轨道相交对他们的发展不利。我听取了你的建议，因为你之前确实正确过。现在你却告诉我切断联系可能伤害了他们，还要因此把他们刷掉。所以，到底应该怎样说？我们解开他俩间的纠缠究竟是促进了'宇宙原理'的成熟，还是给它造成了无法弥补的伤害？"

"我只说将两人隔开，没说把他们送到外面的世界。就算阻碍了'宇宙原理'的成熟，那也是因为他们制作粗糙。"莉说，"如果花瓶在制造的冷却过程中破碎，不代表不该冷却。既然是烧制的，就得冷却。可有的时候，制作过程中出现瑕疵会导致陶土无法完全黏合。他俩就是这种劣质陶土，在烧制过程中无法完全融合又不是我的错。"

"或许不是，但就这么将他们贬为粗糙的造物，未免有些操之过急。"里德说。他终于明白了莉反对的理由，而她自己永远都看不清楚。莉之所以如此热衷于破坏，热衷于打破一件事物，好为下一件让路，是因为她真正的热情在于追求完美，追求无可改进的境界。在她看来，那些"布谷鸟"组成了不断上升、越来越优雅的螺旋，但离完美还太远。

"你这么快就视他们为完美，才是操之过急。"

"那你要我怎么办？"

"重新开始。我们现在知道得更多，不管是形状还是角度，都有了更好的想法。我们可以把他们造得更好。"

她说的没错。他必须做出妥协。"我同意你创造新一代'布谷鸟'用以追求'宇宙原理'的具现化。但你必须同意放弃毁掉这一对。我倒想看看如果任由他们自生自灭,这两个小家伙能取得怎样的成就。他们将成长为新事物,而具现化后的'宇宙原理'也将是新事物。"同时,它也是世界上最古老的音符。当它在没有阻碍或操纵的情况下奏响时,将创造新的现实。这对"布谷鸟"是否行走在将原理具现化的道路上,目前还无从得知,因为他们身处的是未知水域,没有地图,没有指南针,只有一个永恒不变的向前行进的计划。

这是大师们都只能梦想的炼金术。从巴拉赛尔苏斯到毕达哥拉斯再到贝克——他们中没有一人达到过这样的高度,也没有一人如此接近这个他们想要完全实现的梦想。

莉看了他一会儿,然后低下头同意道:"那我就放过他们。"

"很好。"他俯身向前,吻了吻她的前额,想象着自己能听到组成她全身骨骼的象牙壳体里发出的枯叶与羽毛沙沙作响的声音。她是危险的——这个由死去的女人与活着的虫豸组成的怪物。总有一天,只要他放松警惕,就会被她杀死。"要对预兆有信心。"

"我一直如此。"

"现在带上你的人,在我的飞机起飞前把楼上那堆乱七八糟的东西收拾干净。"说完,他转身离去。

莉·巴罗一直拥有着坚韧的美德。她生于寂静,终将死于动荡。生死两点之间唯有紧绷的螺旋弹簧、屏住的呼吸与即将出鞘的刀剑。当里德——由一张不完美的人皮包裹着的他,是她的守护者、情人、主人与对手——离开她时,她保持着应有的耐心与冷静。

直到他从拐角处消失,莉才行动起来。她猛然转身,将潜能转化为行动,平衡着脚上的机械结构，如猫一般悄无声息地穿过幽暗的过道。她连灯都没开，就算她的夜视能力不如现在这么好也无所谓，这座大厅里的每个角落她都了如指掌。日复一日，年复一年，她在这些走道里穿行着，根本不需要任何标识提醒她该往哪儿走，要是真有了标识她倒可能反而不知道如何应对。

莉明白存在于自己身上的矛盾之处。她算是人类，还是一名科学家，脑子能记得半打博士项目资料，外加半打基于这些项目的学科知识。她的骨骼是从十三位杰出女性的坟墓与病榻上偷来的——如果这些女性是早已过世的炼金术士的造物而非自然选择造就的，那么她对她们就毫无同情可言。她们不死，她何以生。她是一个具有多重意义的女孩，一个被召入了光怪陆离的现代社会的"上下奇境"的居民。那些组成她的身体的女人如果不想死，就该更加小心才对。她们应该拴上门，锁好窗，而不是轻易地让一道双手持刀、心怀叵测的黑影在夜里如小偷一般溜进来。她们应该珍视自己所拥有的比金子更珍贵、比铅更变幻莫测的智慧。她们应该意识到预防措施是多么必要。

对她来说，她将生命奉献给了实验室，实验室就是她的生命。她在这里醒来，在这里困惑，这里充斥着无数逝去灵魂的尖叫。乌鸦的翅膀在她的胸腔里拍打，永久地禁锢在她的心脏里。有时她都能感受到它们的羽毛轻拂着自己的骨头，这些骨头是由人体、山羊骨与鲸须雕刻而成的。她的骨头被雕刻得如此精美，有时她会觉得皮肤将其遮掩住了很是可惜。不然的话，她会更有魅力，像一个行走着的幽灵，展露着肌腱与骨骼，向世界展示由她主人创造的这件艺术品。

实验室的这一片区域是她的地盘，就连里德来到这里都得小心翼翼。没人知道在她的私密房间里究竟进行着怎样可怕的实验。如果有人能将这些不可告人的秘密公之于众，人们会有怎样的反应也不得而知。里德是她的主人，她当然不会公然违抗他的命令。那两只拥有可爱名字和牛犊般眼眸的小"布谷鸟"将会活下去，是的，他们将继续过自己可怜的小日子。至少目前如此，至少在里德明白按她的方式行事才是正确的之前。

总有一天，他会明白她为什么如此痛恨他们，这糟糕的一代——在实验室外，在无情太阳的全视之眼的注视下成长起来的那一代。总有一天，他会明白她一直以来都是对的。到了那时……

她打开私人实验室的门，门后露出白色的房间，天花板上挂着明亮的灯。艾琳被绑在椅子上，扭着身子号啕大哭。几名技术员站在她周围，面带严肃，正做着笔记。

"出去！"莉厉声喝道，"里德把门口弄得一团糟。快去清理干净。"

技术员们一声没吭就都出去了。他们很清楚自己的位置。

莉快速走到女孩面前，跪了下来，伸手摸了摸她的脸。艾琳僵住了。尽管身处无与伦比的痛苦中，她也能感受到危险近在眼前。

"你好，亲爱的，"莉微笑着说，"是时候了。"

崩溃

时间轴：2003 年 9 月 5 日（三年后）

美国东部标准时间：08:15

九月的剑桥市美不胜收。天气并不总是这么舒适——某些年份里，雨似乎会从月初一直下到月末。有时候，人行道甚至会迫不及待地结上初冰——但都挡不住这座城市在秋日里的光彩照人。罗杰斜倚在校园一角的一棵老枫树旁，边抽烟边看着挤在门口的低年级学生。上课铃响起，他露出了得意的笑。作为高四学生同时又是学校里最聪明的那群人总会带来一些好处，其中之一就是他每天早晨都有一段自由学习时间。只要他人在校园，甭管他在清晨的第一个小时里做什么，都既不算逃学也不算迟到。

他班上的大多数同学都选择将放学前的一个小时作为自由时间，这样就能尽早离校。他理解他们的选择，可他自己在早上有无法挪开的重要事情要做，所以选在了早晨。此外，他第七学期美国历史课和艾莉森在同一个班上——她给自己的高四学年选了满满当当的课程——这样他们在课上就能见面了。他们在考虑报考不同的大学，双方都知道彼此间的关系令人满意，但不会维持到高中毕业之后。他们不爱对方，就算两人之间曾有过爱，也早已变成了友情与肉体的吸引。对他们来说，这已经足够了。

罗杰抽了最后一口烟，将烟蒂扔到地上，用鞋跟碾灭。然后，他平静地闭上了眼睛。现在是八点二十分，加利福尼亚州那边应该是五点二十分，道奇马上就要起床了，还有三秒……两秒……

"早上好，浑蛋。"道奇的声音听上去迷迷糊糊的，她醒来的时候总是这样。他俩都不擅长在适当的时间上床睡觉，但他至少会保证每天五个小时的睡眠，哪怕只是为了确保能正确使用动词的不规则变形。他有一次发现道奇每天最多只有三小时的睡眠，他不确定她这样能坚持多久。他能确定的是不管自己怎么劝，她都不会听的。

他们现在比小时候吵得更多了，部分原因是因为他俩压根儿就不是一类人。两人渐渐成年，也变得更为固执，更不愿意因为别人的三言两语就认定某事的合理性与不可避免性。还有一部分原因是对于切断联系这件事情，她从未真正原谅过他。虽然嘴上说原谅了，但他知道她在说谎，她也知道他知道，两人就这么僵持着，都不知道该怎么办。他俩的关系表面上看起来很好，但解决不了实质性问题。毕竟不是心灵感应，他无法读取她的所思所想，再用最正确的话语让她明白自己非常后悔，且将永远后悔下去，如果可以回到过去，自己绝不会再做那样的决定。而她也无法得知他的这些想法。他们能做的无外乎挤进对方的大脑，就像世界上最无法解释的两条电话线。

（至少现在他们可以拴上精神的门闩，锁上心里的锁，将对方挡在门外，享受一些隐私了。小时候的他们无法做到这一点。即便是现在，他们也无法轻易做到这一点。必须努力并坚定地排斥对方才有可能成功，可那样又太容易让人精疲力竭。他们也不能像以前那样感知对方了。他感觉不到她的疲倦，她也感觉不到他在点头。在两人漫长的分离期间，有些东西就此失去了，而他自己也不清楚是否想要将这些东西找回来。）

如果两人可以在同一个地方度过一段时光，那就不一样了。他很确信这一点。她仍然是他最好的朋友。如果两人可以同处一室，就这么坐着，不用说话，不用做任何事情，他们就可以解决这些问题。他知道他们可以。

"早上好。"他回答，"昨晚是不是又忘了睡啊？"

"我那不叫忘了睡，"道奇说，"我是有其他事情要做。"

"比如……？"

"电视上在播《猛鬼街》系列。"

罗杰叹了口气，"你说你不读书因为不喜欢被书本骗，那你为什么又沉迷于那些糟糕的恐怖片呢？你是为了惩罚我吗？"

"当然，"道奇开玩笑地说，"不过说真的，你又看不到我的噩梦，就算我想惩罚你，也没法得逞啊。我好不容易喜欢点东西，你就为我高兴高兴吧。"

"等到你累到不行的时候，得忍受你的还不是我。"

"有道理。"她打着哈欠说，"所以，我们俩现在谁才是老大？"

"你是。我已经在学校了。"

"你这幸运的浑蛋，还有自由时间。"她睁开眼睛，天花板在罗杰眼前一览无余地展开。童年时代的塑料卡通星星不见了，取而代之的是深蓝色的墙面，上面用夜光漆绘着宇宙星图，很漂亮。难以入眠时，他会请她关掉灯，然后数那涂在天花板上的星星，每次还没数完就昏睡过去。

"你也可以有自由时间啊，谁叫你要去斯坦福大学旁听的。"

"那可是弗农教授啊。试想一下在他培育明天的天才时，你就在旁边？简直是人间天堂。换作是你，你会放弃这样的机会？"说着，道奇滑下床，在地上随意乱扔的衣服里翻了起来，她的视野也随之发生着变化，"当然啦，那种东西应该也不会吸引到你。"

"确实不会，但他们那儿的语言课程会吸引我的。我明白你为什么会这么做，我只是希望你在这样做的同时能睡得更多一些。"

"您说得太对了，'老妈'。"自从再次开始说话以来——并发誓除非发生昏迷、死亡或考试前临时抱佛脚等情况，否则永不切断对方信号——他俩都习惯了穿衣服时不看自己的身体。他们的卧室也都没有镜子。罗杰知道上大学后这会成为一个问题。宿舍里的柜子门上肯定装着镜子，室友们肯定也会把乱七八糟的东西挂到墙上。对他们来说，那又将是一座很难跨过的桥梁。当然前提是先安全度过高中的最后一年。这似乎非常容易，但同时又完全不可能。

对于在盒子里生活了大半辈子的猫来说，盒子就是唯一的现实，再无法被领养。罗杰觉得高中就像那只盒子。的确，在学校就得学习，他同意，他也感激致力于将知识塞进他厚实的头骨的成年人所付出的时间精力与关心。他知道，他们也不容易，尤其是在每天都有各种各样的必修课要教授给学生的情况下。如果没有体育课成绩拖后腿，他可能会成为毕业生代表；虽然这不至于对名次产生太大影响，但还是有两个同学超过了他。其中之一是艾莉森，这反倒让他心里好受了些。

　　道奇比他轻松一些。熬过了入学一年级，加利福尼亚州的体育课程里就有"健美操"或"游泳"可选了，这样她就避开了令她恐惧的团队运动和耐力跑。她在"总统体能测试"中成绩一般，可谁又会在这种项目中表现优异呢？只有那些肌肉发达、头脑简单的家伙。对于那些撑起钟形曲线的人，她不会感到气愤，毕竟自己也有半数的课程表现平平，但终究还是有些不忿。

　　"今天有什么计划？"罗杰想再抽一支烟，每当他和道奇交流的时候抽烟，她都会发飙。她说强行让别人体验他的坏习惯很不礼貌，虽然那烟味她既闻不到也尝不到。他可以再等五分钟，等他们的"早间通话"结束后再抽。这已经成为他生活中的常态，比烟瘾来得更早，他也希望能持续得更久。希望能在他发现不能过分依赖尼古丁、下决心戒掉烟瘾之后，他俩的"早间通话"依然是自己生活中的一部分。

　　"上学，还是上学，做作业，然后去Y下棋。"说着道奇离开房间，穿过熟悉的短廊，走进了卫生间。她的父母早已习惯她平常这样喃喃自语了。每当他们问起时，她总是满不在乎地笑笑，告诉他们她正在试图解一些很难缠的方程式。要是父母坚持再问，她就开始滔滔不绝地搬出各种数字和数学概念，直到他们放弃。类似的剧情以前常常发生，每次罗杰都后悔没准备好爆米花。"那里有几个中学孩子想学象棋，我在给他们上课。到时候放在大学申请表上面也好看。"

　　"我还以为你要去斯坦福呢。"

　　她耸耸肩，伸手去拿发刷时，脸在水槽上方的镜子中露了出来。她依旧留着他第一次看她下棋时留着的波波头，长短刚好，既容易护理，又提醒着别人她女孩的身份。倒不是她需要通过发型来提醒别人她是个女孩。罗杰永远都不会故意偷看、侵犯她的隐私，但她毕竟现在已经是成年女性了，就像他自己是成年男性一样。她可以穿任何不成形的T恤和破洞牛仔裤，但身处青春期的一些基本事实总是不会变的。

"如果去斯坦福，我永远只会被看成切斯维奇教授的女儿。"道奇用近乎暴力的方式梳着头发，身处远方的罗杰虽然不能切身感受她的痛苦，但依然带着同情蹙紧了眉头。"不仅如此，我还会是那个不愿跳过高中后半段的天才少女。这里可没人会对这类事情抱有同情，你懂吗？不管说多少遍'我需要和同龄人待在一起才能发展社交能力'都掩盖不了我本该已经完成了一半以上的学业、向着学位证发起冲刺的事实。"

"抱歉。"罗杰说。

"可别，"道奇将梳子丢进篮子里，拿起牙刷，涂上薄荷牙膏，"你父母不让你提前高中毕业，我理解他们的良苦用心。我俩都需要更多时间。再说了，你那时跟艾莉森还在热恋呢，就这样被断然拆开，你会想死她的。我要刷牙了，跟我说说你今天的安排。"

还没等罗杰反驳，道奇已经把牙刷塞进了嘴里。轮到他说话了，他却不知如何开口。

因为他自己心里明白，她说的没错。如果现在和艾莉森分手，他不会哭泣，但若是一年前，他会哭；若是之前，分手就是世界末日。而现在，一切都变了。

"就是上课呗，"他说，"作业应该不多，五点前可以完成，不对，五点前必须完成。我爸要带我去看球赛。"道奇含着牙刷闷闷不乐地哼了一声，罗杰笑了。

"波士顿红袜队对纽约巨人队，"他说，"我的家乡队对你的家乡队。到底谁更强终于能弄清楚了，对吧，'加州女孩'？等我们把你们虐得体无完肤的时候，我一定送花致歉。"

她吐出嘴里的泡沫，漱了漱口，一本正经地说："你连我的住处都不知道咋送花？想威胁我，还是另想其他招数吧。"

罗杰顿了顿，"其实，你可以告诉我你的住址啊。"

"不了，"道奇说，"再试试别的招数吧。"

自象棋巡回赛以来，两个人的关系和小时候相比像是颠倒了过来。罗杰将自己的家庭住址、电话号码都告诉了道奇，还用苦苦节省下来的午餐钱租了个邮箱，目的就是为了给她提供一种不用在脑海里私语、不用通过对方眼睛窥视就能联系的方式。他对她家房子的里里外外都了如指掌——从后门的插销到电脑房里松松垮垮的踢脚板，那里面藏着她不想让父母看到的东西：从当地药店里买来的剃须刀片、脏兮兮的杂志、咖啡因药丸、精心卷起来的袋子（看上去装的似乎是牛至①，其实不然）——但如果真的到了帕洛阿尔托，他却不知道怎么才能找到她家。每次走上自家门口的人行道，只要是在与他交谈，她都会全程注视草地或天空，就是不给他机会看到路标，泄露地址。

她还在躲着他，这件事情的恐怖程度超出了语言可描绘的范围——这同样令人害怕，因为于他而言，语言应该是可以描绘一切的。道奇有事瞒着他，而具体是什么事，他既不知道，也不认为自己能够知道。

"如果不去斯坦福，那你想去哪儿？"他问。

"不知道。剑桥一直在邀请我去参观，麻省理工也一样。这两所不行的话，不还有耶鲁吗。当然把耶鲁作为备选学校确实有点过分——那毕竟是耶鲁啊——可他们的数学系确实没那么令人惊艳。或许我还会去布朗大学看看。或许我会让所有人都大跌眼镜，最后选择了牛津呢。大部分的英国菜我都喜欢，吃的时候嚼都不用嚼。"她顺了顺头发，对着镜子中的自己苛责地看了一眼，"好吧，收拾得差不多了。我得赶紧出门了，晚上看完球再聊？"

---

① Oregano，叶子可用于调味。

"行，"罗杰说，"祝你今天愉快，好吗？"

她嘴角微微向上勾起，只有多年交情的他才能看出来那是个微笑。"没问题，"她说，"一切听你的。"

罗杰睁开双眼。天空正在变成深灰，要下雨了，这个想法促使他从树边走开，朝学校正门而去。远方的朋友以及与她之间貌似不可能的联系从脑海中被驱赶出去。

后来，他会意识到自己没听出她的语调，普普通通的对话中夹杂着的静静的临别之意。后来，他会感到自责，他知道这一切都是自己的错。后来，他会意识到她的内心是多么支离破碎。但这一切都是后来才发生的。时间真有趣，我们看不见的东西并不会被它原谅。此时此刻，他正冒雨奔跑，没时间担心与在国家另一端的女孩，没时间思考两人将要失去的一切，他只是在奔跑。

从某种程度上说，他俩都一样。

罗杰的身影从脑海中消失后，道奇闭上了眼睛，她想确保他已经离开了。以前就有过这种事——她以为他已经离开，结果他又折返回来，提醒她一些事情：他想让她知道的会面、事项或赛事，一切的一切。他如此事无巨细地向她报告自己的生活，甚是可爱。他似乎觉得没有他这艘救生船的支持，她的生活就无法继续一样。可他又凭什么不该这么想呢？他俩重新建立联系的时候，她不就是这么跟他说的吗？

她说没有他的陪伴，自己陷入了迷茫。面对这样的话，他自然会担心她，因为他窥探过她细腻脆弱的一面。

可他不知道的是：她现在依然孤独。小时候，能有一个即便是想象出来的朋友就很不错了。当她提出两人见面时，他的回复却是彻底切断联系。那时她就吸取了教训。罗杰总是说他不像她那样善于撒谎——说那个女人威胁他要把他带走都是大实话，还说他的举动源自恐惧与绝望——可这不就是一个天才的撒谎者才会说的话吗？她不知道该不该信他，她不知道。

可她能看出他有多幸福，有多享受友情与爱情，虽然他与女友的感情快到头了。她能看出他已经很好地——借用观察她精神健康的人的话说——"融入了社会"，他们观察着她的精神健康，找寻着她的天分如同硫酸一般吞噬她灵魂的证据。在他们看来，她融入得没有问题，孤独是孤独了点，但远没到残缺的地步。

道奇有很多面，其中最重要的就是：她是个天才的撒谎者。

她穿过走廊，走进电脑房，心里明白母亲正在楼下喝着咖啡，看着报纸，一面听着头顶女儿的脚步声。虽然为防止上学迟到，进出电脑房受到严格约束，但大早上进电脑房也没什么不正常的，与她往常的习惯并无差别。今年迄今为止的每个上学日，她醒来后都会先去一趟电脑房。一直保持着这个模式从未变过，这很重要。

松动的踢脚板很容易从墙体上剥开，悄无声息。尽管一年来都在试图否认，但她心里清楚：自己等待着这一天的到来已经有一阵子了。不然，她为何要小心翼翼地打磨踢脚板的边缘，磨出一个可以悄无声息地打开的密封空间？都是在为这一刻而做准备。

道奇实在是太累了，累得难以忍受。

她不会将自己的感受这样描绘出来，但内心深处，她知道"累了"才是那个确切的词，或许是唯一恰当的词。她累了，她厌倦了高智商的自己不得不慢下来，强行欣赏达不到自己标准的事物；她厌倦了被大人们当成马戏团里的杂耍演员，被其他孩子当成怪胎。（两者有所不同：对大人而言，她是吞火的大力士，在高空秋千上跳舞不需要防护网的女孩儿；对孩子而言，她是长胡子的女人，是龙虾女孩。大人们被她的本事折服得目瞪口呆，窃窃私语；

与她同龄的孩子则仅仅因为她就是她而对她区别对待。他们都对，又都不对。她受够了每次都要费尽心思地让他们理解。）

她厌倦了孤独。罗杰回到自己的生活中本该让事情变得更好才对，可实际上却让一切变得更糟了。她一直以为他跟自己是一样的，可他不是，完全不是。他有朋友，有亲人，有自己的生活，而她只有数字、图表和足以重新定义天空的数学。

如果她从没在自己的脑海中找到过那扇门，并遇到门后那个与她年龄相仿的男孩——到今天他依然不会做工作表——那么数字于她而言也足够了。又或者他从未摔门而去，并将那扇将她俩联系在一起的门死死锁住，留给她充足的时间慢慢改变了自己的世界的话，那数字对她来说可能也是足够的。如果亲眼见证了他如何变得善于与人打交道，她可能会像温水里的青蛙，很好地适应这一切。可他没有这么做，他把她挡在门外，然后将水加热，等到她再次回到水中时就无法忍受了。

她知道，她是有缺陷的，也是软弱的。没关系，她是擅长数学的女孩，她理解不可避免的方程式的必要，她明白这些数字终将归于何处。

她将踢脚板后面的东西一件件取出：一盒剃须刀片，一只瓶子（里面装着从无人看管的药柜和钱包里一颗两颗偷来的止痛药），外用麻醉凝胶。她精心制订了整个计划，每个部分都完美无缺。完美无缺对她来说轻而易举。

她将这些宝贝统统装进背包，将踢脚板挪回原来的位置，然后站起身来。很快——非常非常快——罗杰就不用再为她担心了，她也不用再担心自己的孤僻会将他吓跑。事实上，她不用再为任何事情担心了。

她只需要再完美地做一件事，一切就都结束了。对解脱的渴望战胜了恐惧。她背上背包，朝门口走去。该吃早餐了。该说再见了。

完美

时间轴: 2003年9月5日(同一天早晨, 差点儿就晚了)

美国东部标准时间: 10:37

罗杰正在英语预修课课堂上听着他最喜欢的老师布朗太太上课。她当然不可能像二年级的刘易斯老师那样征服他, 但没关系, 因为他知道, 他不会像爱他们的二年级老师那样爱其他任何人。布朗太太正在讲解《李尔王》时, 世界突然变成一片苍白, 所有东西离他而去, 只留他一人悬在一片可怕的真空里尖叫。确切地说, 那不是痛苦: 痛苦需要神经、皮肤与身体。相反地, 那是一种非痛, 一种因不在场而滋生的痛, 却比其他所有类型的痛都更痛。

白色的边缘燃烧起来, 逐渐变成金色, 燃烧着的边缘勾勒出了一副框架, 框架里是一个他从未见过的世界。火焰翻腾的天际线, 彩虹铺就的道路如肥皂泡般在视野中向远处延伸。

泥土里躺着一位红发女孩(他能看见她头发的颜色), 她半闭着眼, 汩汩流出的鲜血正从她的身体里抽离, 痛苦也随之消退。那鲜血呈灰色, 就好像道奇不在身边时, 鲜血总是灰色的一样——但他还是明白了眼前发生的事, 是的, 他一清二楚。她就要死了, 就要死了。但此刻, 她还一息尚存。

"不可能之城"在燃烧, 他的脑海里猛然冒出这么一句话, 然后睁开了眼。

他发现自己躺在教室的地板上, 周围同学们目瞪口呆地凝视着他。他感到后脑勺一阵疼痛, 倒下的时候肯定头撞在了地上, 或许不止一次, 因为疼痛也从屁股和肩膀处传来, 仿佛自己在地上扑腾或抽搐过。他的牛仔裤前面湿了。通常, 人们在意识到这一点后会伴随着羞耻、愤怒的情绪, 或两者的结合。但此时，他只感到平静的困惑，仿佛有人给他的大脑接上了几千伏的电流，将一切搅得稀烂。

刘易斯小姐跪在他身旁，她头发垂下来，遮住些许脸庞，样子和在他梦里的一模一样，大睁着眼睛，一副吓坏了的样子。"罗杰，你没事吧？"她问，"能听见我说话吗？"

"我爱你，刘易斯小姐。"他像做梦似的说。突然，眼前的刘易斯小姐变成了布朗太太，他同时意识到自己已经不在二年级了，刚刚是癫痫发作。罗杰感觉他的大脑好像正在努力重启，正在努力回忆他不记得的跌倒与没有感觉到的撞击。突然，一阵绝对的恐惧袭来——他是不是中风了？如果中风了，那他会失去脑子里一些重要的东西，永远无法找回来，那该怎么办？如果他丢失了一部分自我怎么办？恐惧很快就过去了。他没事，他知道自己没事，而且他很确定地知道如果他现在不动起来，就有可能出事。现在可不是躺在这里缓神的时候。

布朗太太吓坏了，无法与他感同身受，"罗杰，你知道自己在哪儿吗？"

"教室里。"他的舌头缓慢笨拙。他试图坐起来，很高兴地发现自己可以做到。他全身上下一切正常。要不是因为牛仔裤上湿漉漉的一块和摔伤的酸痛处，他甚至可以说自己处于最佳状态。所有系统完好无损，一切就绪。他好得很。

"罗杰，你需要躺着。"布朗太太无助地挥舞着双手，示意他躺回去。其他学生都一言不发，满脸惊恐地看着。他肯定抽搐得特别厉害：一般情况下，至少会有几个同学忍不住嘲笑他尿了裤子。"快躺下吧。我通知了办公室，他们会给你叫救护车的——"

数学并非他的强项，但他还是能做简单的算术的。如果他就这样任他们摆布，在能打出去那个电话之前，他得加上路上的时间、检测的时间、办理住院的时间以及可能的打镇静剂的时间……他得出的数字叫"太久"，简单而粗暴。他不能听老师的，否则，道奇就命不久矣。

"不可能之城"在燃烧，这句话又从脑海深处冒了出来。他虽不理解这句话的意思，但明白那背后的深意：要是道奇死了，他也会死。

"癫痫发作后就得多走动走动。"他顺口说了一句，却发现这是自己撒过的最令人信服的谎。他站起身，为他的膝盖几乎没有哆嗦而感到骄傲。不等布朗太太命他停下，罗杰就朝着教室门口冲了过去。门关上前他看到的最后一幕是布朗太太的脸，吓得乳清般苍白，眼睛瞪得极大，恐惧中带着一丝孩子气。他对此深表难过，真的，但正如道奇经常说的那样，没有时间了。

学校有规定，所有学生"未经允许，不得擅自离开校园"。但现在事发紧急，更何况他本来就将陷入麻烦——等布朗太太缓过神来，一定会来追他，因为他没有朝办公室的方向去。他朝着街道全速前行。雨短暂地停了，但就算是瓢泼大雨也没什么区别，他必须找个地方打电话。时间一分一秒飞速流逝，让人跟不上它的步伐。整个世界变得过于饱和，太亮，太尖锐，连空气都刺得他皮肤生疼。

这就是时间在道奇眼中的样子，他兴奋又躁动地想着。她渗入泥土里的血也渗入了他的体内。万物是流动的，都需要一个可去之处。时间不多了，他很清楚，就如他清楚自己皮肤的形状一样，就如他清楚脑子里一直潜伏着阴影，预示着一场更为严重的癫痫。在这种情况下，他绝不应该这么做，他应该去医院才对。**但没时间了，时间不多了，没时间了，**一连串乱七八糟、互不相连的单词跌跌撞撞地从他脑子里一闪而过。他知道医院救不了他，他不晓得自己是怎么知道的，他只是知道而已。

在癫痫发作后马上逃离与去医院之间，正确的选择是逃离。他接受了这个事实。如果这时候去医院，他俩都会死。

他以感觉上像是每小时一百英里的速度冲上人行道,试图在奔跑的过程中慢慢放松,在奔跑中调整好状态。他做不到。就连自己的身体都开始感觉不对劲了。太长了,太瘦长了,伸展开的肌肉太过紧绷。他不去想这意味着什么,只顾闷头奔跑,不要命地奔跑。

天空阴云密布,预示着即将来临的暴雨,空气中仿佛带电。这是弗兰肯斯坦式的一天,似是随时可能爆发。他飞驰过街道,任由身后车笛长鸣也不回头。他不能回头。他不是父母允许上学带手机的富家子弟,他也没跟那些孩子中的任何一个熟到可以借用手机的地步,而时间已经不多了。沿着街道再跑半英里就能到哈佛广场,那里有一个公用电话亭。他口袋里还揣着几枚硬币,那是准备周五晚上带艾莉森出去玩时停车用的。先借用这几美元她不会介意的,她会理解他是在帮助一位朋友。

(又或者她不会明白。毕竟这种事情无论怎么解释,普通人都不会明白。他自己都不知道该怎么跟自己解释,尽管那情形正如火苗一般清晰地在脑海里燃烧着,将晦暗的角落都照得通亮。《野兽出没》①,他想着,要是他活下来——他们活下来——就不会再有跟艾莉森幽会的周五晚上了。她永远无法理解他为何在需要医学帮助的时候离开校园,将自己置身于危险中不说,还冒着令她心碎的风险。他在他俩的共同语言里找不到词语可以解释自己做这些事情的理由,而这就是他俩用以体面地埋葬爱情的棺材上,钉下的最后一颗钉子。)

跑到马萨诸塞大道与肯尼迪大道交叉口时,天空被撕开般下起了倾盆大雨。他朝电话亭飞奔而去时,内心竟生出了一丝感激。九月的暴雨将他淋得湿透,这样就没人会注意到他弄湿了裤子。雨水很冷,但这不重要,只要手指能将硬币塞进电话,他就可以——

---

① *Here there be monsters*,美国恐怖片,上映于2018年。

　　如果说第一次癫痫发作是一闪而过的闪电，那么第二次发作就是阵阵雷鸣。他感到双腿发软，感到自己的脸狠狠地撞上了人行道的砖面，将半边脸撞得紫一块青一块。世界变成了宝石蓝，然后慢慢变黑，直到他失去知觉。

　　再次睁开双眼时，雨已经停了，脑海中的阴影也几乎消散不见。人行道上人来人往，其中有些还高举着伞。他们都平静又漠然地看着他，像是在电视上找不到更精彩的节目时的表情。这次，坐起来没那么容易了，就像是发生了一起严重的医疗事故。硬币四下散落，掩映在雨幕中闪着银光。人群中，好奇与谨慎似乎打了个平手，他才没沦落到被洗劫一空的命运。他伸出颤抖的双手，尽可能地捡起地上的硬币。不到一个小时就经历了第二次撞击，他的膝盖传来阵阵疼痛。

　　他晃晃悠悠地站起身来，喝醉了一般朝公用电话挪过去。距离虽然不远，但足以令他喘不过气来。他停了下来，手按在粗糙的墙砖上，下巴挺在胸前，努力吸气，这样打电话时才不会听起来像个疯子。一切都变得朦胧怪异起来。第三次发作蠢蠢欲动，它就像前两次癫痫的祖辈，如同道奇爱看的恐怖电影里的野兽，正在慢慢靠近，很快就能将他捕获，然后便是永久的黑暗。再无更多言辞。

　　越过这条线，语言再也帮不了他分毫。

　　又或许可以。"道奇！"他带着怒气低声吼道，人生中第一次他不再在意别人是否听见他和假想朋友在对话，也不在意是否因此受到评判。他一头扎进虚空，扎进两人之间一直存在的空间，那个两人可以透过对方的眼睛看世界的地方。"道奇，你都做了些什么？"

　　她没用言语回答，因为那向来不是她的强项。如果连他都口齿不清了，那言语肯定已经完全抛弃了她。透过她颤抖着睁开的双眼，他瞥见了几株扭曲杂乱的黑莓灌木，绿叶簇拥最后几颗夏末果实；加利福尼亚州植物的生长季似乎永无休止，天气一回暖草木便立马开始茂盛。这是一个陌生的世界，不妨这么说，这里充斥着动机如圆周率一般难以理解的生物。

"道奇，回答我。"

她没有回应。他俩之前几乎从未体会对方的感觉，但或者此时他体会到的感受是一门独特的语言呢：深切的满足，外加深入骨髓的歉意，将空气从他胸前中挤压出来。她闭上了双眼，但速度不够快，还是让他瞥见了她指尖的血迹（通过她的眼睛能看到一片猩红，满是猩红），直到视线中只剩下她伸展着的胳膊。他明白她早就预见到了这次呼叫：这次疯狂试图联系到她的尝试；她将一切安排得如同数学一般精确无误，隐藏了任何可能泄露她做了什么事的痕迹，以及刀片的位置和割痕深浅等信息。指尖的血让他看到只是个意外。这一点他也明白，更明白这代表了什么：她失血过多，已经无法隐瞒。他不觉得她想要被救。

他不觉得她明白她也是在谋杀他——到了这个程度，他也不觉得就算告诉了她，她还能做什么。她已经走得太远。

"去他妈的量子纠缠。"他嘟哝了一句，睁开眼睛，拿起话筒。

斯坦福大学的号码很好获得，接线员很乐意提供，只多给一个二十五美分的硬币就给他连通了电话。他视界的边缘开始变得模糊不清，本来就不多彩的颜色也慢慢抽离了出去，仿佛道奇走出门后把剩下的颜色也带了出去。他闭上双眼，不是为了连接她，而是为了在一个已经充满了令人分散注意力的事情的世界里，排除另一个令人分散注意力的事情。他必须整理好自己准备说的话。太晚了，太晚了，电话已经打过去了，如果现在救不了她（顺带挽救自己），就永远也救不了了。

"你的公主在另一座城堡里①。"他边说边笑,铃声停止后立马止住笑声。

"斯坦福大学行政办公室,有什么能帮您的吗?"电话里传来一个尖锐的女声。那是一个没时间听人胡言乱语的声音,是一个稍有差池就会挂断的声音。

罗杰睁开双眼,看着不断模糊的双脚,使尽残存无几的气力,说:"您好,女士,我需要跟切斯维奇教授通话。"

"切斯维奇教授接受拜访的时间是周一到周五的八点到十点,现在不方便接受学生拜访。我可以帮你接通他的语音信箱。"

该死。该死。可恶的时差。语音留言肯定会耽误时间,他知道,即使没瞥见她指尖上的血迹,他也知道。时间不多了。"女士,很抱歉,我有很重要的事情找切斯维奇教授,我是他女儿的同学,道奇今天没来学校。"

"我不觉得这件事有多重要——"

"求求您了。"

数百英里外宛如另一个世界的大陆另一端,帕齐·辛克莱顿了一下。男孩的声音中不仅透着令人可怕的绝望,居然还带着一丝强制,而她的脑子里竟有一部分想要回应,想照他说的去做。想回应他的想法很强烈,不管他要求的是什么,似乎值得一听。

帕齐·辛克莱担任秘书一职已三十年有余,她擅长自己的工作,知道如何"从谷壳中筛出麦粒",如何确保不将调皮捣蛋的怪咖送到自己负责的教员的电话里。她接过太多不同的电话,从不希望因剽窃而失去荣誉称号的优等生到祈祷再得到一次机会的懒学生。可这个男孩……这个男孩听起来不是自己要死了,就是有人要死了。

---

①《超级马里奥》台词,暗含游戏中的冒险永无止尽的意思,也有你追求的事物永远在你够不到的地方的意思。

但她再次开口时，声音轻柔多了，带着几分镇定的功能。"没事的，小伙子。发什么了什么？"

"求求您了。道奇说了些要伤害自己的事，可我们当时没人当真。她现在人不在学校，所以我担心发生了什么不好的事。求求您了，能试着拨一下他的号码吗？"

"好吧。"她的声音里带着急促，他知道她听进了自己的话。也许，不在道奇面前，自己也可以是个不错的说谎者。

（也可能是别的原因，不管是什么，现在都不是深究的时候。）

咔嚓一声后，电话里传来响铃声。视野中的模糊在扩散，形成一条不断朝下，直通到黑暗的狭窄通道。这就像个兔子洞，身穿白兔背心与手表的道奇会随时从里面出现，告诉他快要迟到了。一切都在分崩离析，一切都将化为碎片。

*我没失血，却在承受着失血的影响。*第三次终极的癫痫发作又朝他靠近了一步，像是一条朝着主人的手竭力跑去的狗。他并非抽搐的主人，但它不知道，它会爱他到死。*我们本不该去奇境，*他想，*"不可能之城"在燃烧，一切就快结束。*

响铃声继续着，接着——奇迹出现——有人接了，"切斯维奇教授办公室，我是切斯维奇教授。"

"先生，我是你女儿的朋友，她现在正在你家后面的水沟里流血而亡。"他太累了以至于无法继续编下去。他需要吓到这个人，让他马上采取行动。"在黑莓灌木下面有一个地方，她还是孩子的时候就一直去那里。现在还为时不晚，但她流了很多血。你得赶紧去救她。"

"你是哪位？"切斯维奇教授的声音里带着愤怒，同时又有恐惧；如此多的恐惧，以至于这个办法可能真的有用。

"我是她的一个朋友。求求您了。我知道您不愿意相信我,我也知道这听起来很疯狂,但是为了道奇,您必须马上回家,您要去救她,您必须马上回家,去救她。"

切斯维奇教授还在喋喋不休地询问更多细节,罗杰却轻轻将听筒放回了卡座。就这样了,他已经做了自己力所能及的一切。他努力了。他已经达到了极限。他真的努力了。

"这种事情咱们还得重复多少遍啊,道奇?"他喃喃自语。那些词语绵软黏稠,像是在逃离他的嘴巴。没有联系,她听不见他的声音,没有任何迹象表明那扇门还在。不过,都没关系了。他试过了,他已经试过了……

癫痫第三次向他发起攻击,它变得越来越大,超过了整个世界。其他的一切都消失了,他也消失了,但这都没关系。没关系的。他努力了。

努力了。

救援

时间轴: 2003年9月5日(同一天同一天同一天)

太平洋标准时间: 07:51

彼得·切斯维奇不是一个会被轻易吓到的人。事实上,他从未被什么事情真正吓到过。跟女儿一起看恐怖片时,他会嘲笑电影里橡胶制作的怪物和过分夸张的暴力;看新闻时常常感到恶心,却不曾恐惧过。恐惧一直是别人的事,与他毫不相干。

但当他驱车飞驰转过拐角时,停在他家外面的警车发出的闪光差点让他停止心跳。警车将车道挡了个严严实实,他只得将车拐进看到的第一块空地,前轮直接怼上了路肩。他没工夫在意，跳出车，朝前门冲去。一名警察上前阻止，他大喊："我是她父亲！"那声音如此绝望，警察没跟他争论，也没劝他冷静，径直就退到了一边。

情况不妙。那个操着新英格兰口音的男孩挂掉电话时他就预感到情况不妙（他会找到那个小子的，哦，是的，他会的，等找到他时，他要先谢谢他，然后把他的牙齿打飞，因为他知道，他一直都知道，却偏偏等到为时已晚才打电话告诉他）。他火急火燎地打电话回家，却发现希瑟也不知道道奇去了哪里时，他就感觉到情况不妙了。希瑟只告诉他道奇早早就去了学校，出门前还吻了她一下以示道别，这种事情她自八年级后就再也没做过。回家的路上每个路标都在告诉他情况不妙，而他深信不疑。

他只是没想到会这么糟糕，没想到会是院子里来三名警察那样的糟糕，也没想到会是院子里出现一片救护车停过的明显空地的糟糕。他们运走她的速度多有快？他们运走的是她，还是一具被遗弃的无用尸体？自从到了拥有身体主权的年纪以来，她便是一名器官捐献者。无论她是死是活，他们都会想尽快将她运往医院。

女儿的心脏在别人胸腔里跳动的画面令他一个趔趄靠在门框上。警察充满同情地看着，没有人上前扶他。情况不妙，情况非常糟糕。

希瑟没有上救护车，而是一直在等他。她在厨房里，手上空着，地上躺着一只摔碎了的咖啡杯，咖啡洒了一地。她困惑地看着它，仿佛不知道它如何到的地上。她的脸上似乎在说，我女儿都出事了，重力应该暂停才对，宇宙所有的重要功能都应该停止才对。宇宙怎么没警告她呢？不管怎么说，宇宙应该以某种方式警告她才对啊。

另一名警察手中握着跟摔碎的那只一模一样的杯子，他小心翼翼地观察着眼前沉默不语又浑身颤抖的女人。悲痛可以让人做出些什么荒唐事，他看得多了。如果需要，他会一直陪着她，但那不代表他是心甘情愿的。

"希瑟。"彼得在地上的碎片边停了下来。妻子像没听到他的声音，继续盯着碎杯。"希瑟。"他提高分贝又叫了她一声。

她抬起头来。今早，她还花时间化了妆，然后就接到了他叫喊着叫她去房子后面找女儿的电话；睫毛膏在脸颊上画下了厚重的线条，她甚至没有试着将它们擦掉。女儿没有了，擦掉又有什么意义？

"她还活着吗？"

面对他的依旧是空洞的凝视、睫毛膏画过的脸颊以及沉默不语的表情。

"道奇还活着吗？"

"活着。"她的声音沙哑轻柔，仿佛令自己也感到惊讶；她往后缩了缩，离开那个声音，然后重复了一遍，"活着。"

"哦，感谢上帝。"彼得并不信教，此刻却有极其强烈的冲动想要跪下。他遏制住那股冲动，转身面对警察，"他们把我的宝贝女儿带到哪儿去了？"

"您是切斯维奇先生？"警察问。彼得点点头，警察将手上的咖啡杯放到柜台上离边缘很远的安全位置，"你女儿伤得很重，而且显然是自己造成的。她最近有表现出抑郁的迹象吗？有没有跟你们说起过在学校和别人的争执，或是遭遇了什么突然的挫折？"

"她一个字没提过。"可她说过提过些什么，不是吗？和那个打电话的男孩提过，那个有可能救了她一命的男孩。

那个从未提起过自己名字的男孩。

"你有多大把握她身上的伤是自己弄的？"他一字一句小心翼翼地问道，仿佛这句话是一片雷区，稍有不慎就会踩到地雷，将现场所有人炸死。

警察的表情僵硬了，"你什么意思？"

彼得结结巴巴地将自己如何接到操新英格兰口音的男孩打来电话的事

情告诉了警察：他从未听说过那个男孩，可他好像知道道奇出事了，还对她的位置了如指掌。

他说完后，警察脸上露出了无法辨认的表情。

"所以？"彼得问。

"是时候把你俩送到医院去了，"他说，"你们应该陪在她身边。"他没说为什么。那不是他的工作。可他目睹了女孩被抬上救护车时，皮肤如纸般苍白，两只胳膊从手腕到手肘都缠着纱布的样子。他希望这个父亲关于无名男孩袭击他女儿然后打电话通知的猜想是真的，不管是出于歉意还是幸灾乐祸：因为他无法想象那个娇小的女孩会那样伤害自己，尽管所有的证据都证明是她自己所为。如果她确实遭受他人袭击，那对她的家人更好。那样的话，他们就有可以将其绳之以法的人，可以令其付出代价的人。但如果孩子是试图自杀的话，那么……

假如她活了下来，那代价她将花费数年的时间偿还。自杀失败的案子总是这样。但从急救员将她抬上救护车前的情况看，女孩还生死未卜——而这也不该由他来告知。安抚悲恸亲人、料理后续的工作还是交给医院里的人吧，他只需把他们带去该去的地方就可以了。

"好吧。"彼得抬脚迈进地上那摊咖啡里，用胳膊搂住妻子抚慰着。虽然他想要安慰妻子，但她没有任何反应，一点儿也没有。

"走吧。"他说。

道奇睁开眼睛，映入眼帘的是昏暗房间里的白色天花板。她的第一个念头是：死亡就像得了一场急性肠胃炎后醒来的感觉。一切都那么遥远那么陌生，仿佛不是真的，而是一群小精灵趁自己晕过去搭建起来的活灵活现的电影布景。

她的第二个念头是：如果自己真的死了，周围不应该有这么多东西发出哔哔声才对。她试图坐起来，却没有足够的力量，肌肉仿佛跟整个世界一样，被某种道具替代了。她感到右臂传来奇怪的压力，转过头去，发现整条胳膊从肩膀到手腕用绷带盖了个严严实实，一条输液管在肘部拐弯处消失在绷带下面。她的嘴里发出一声呻吟，沮丧与绝望对半分。她从来不是那种善于应对失败的人，更何况是这种失败？这不是那种人们能够重新振作的失败。从此以后，她再也不是古怪的天才少女，而变成了自杀未遂女孩。连自杀都做不好，彻头彻尾的失败。

道奇闭上眼睛，不知道流了多少血。**要是血流得够多，或许会因输血的冲击而心脏病发作吧**，她带着希望地思忖着。她不知道这种事情会不会发生，但听上去不错，所以目前就这么想吧。这对抚平连死都做不好而带来的失望有一定帮助。

"道奇？"母亲沙哑的声音响起。

道奇再次睁开双眼，朝声音的方向扭过头去。"妈妈？"她的声音同样低沉沙哑。

"你醒了！"母亲几乎是飞过房间的，然后在床边骤然停下，双手在身前乱舞，仿佛不知如何是好。她已经洗掉了睫毛膏，但脸色苍白依旧。所谓有其母必有其女，两人此刻看上去都像是被抽干了血似的。"你醒了。"她重复道。

"对，"道奇轻声回道，一边闭上眼睛，"我猜是吧。"她太累了，以至于都不确定正在发生的事情究竟是真的还是在去坟墓路上做的噩梦。但她依然做好了准备，怒骂就要开始了。

可没人骂她。"警察告诉我们发生了什么。新英格兰的那个男孩……他们会抓住他的。你只需告诉我们他的名字，我保证我们会抓住他。"

道奇眼睛猛地挣开，她盯着她的母亲，"你说什么？"

"你知道吗，他还给你父亲打了电话。他把你拖至沟里砍伤后，还打电话找到你父亲的学校，告诉他你的位置以及你正在流血而亡。要是我不在家的话，真不知道……"希瑟·切斯维奇战栗了一下，她居然能清楚地看到那个未来，那是个一片灰暗的世界，"幸好你没事，道奇，我们运气真好。只要告诉警察他的名字，我们就能抓住他，他以后就再也不能做这样的事了。"

"噢！"道奇轻声叹道。这次，她闭上双眼就没有再睁开过。

所以这就是你偿还我的方式；在我不想被救的时候救下我，她思忖着。没错，就是这样，又回到了起点。这么久以来，他一直任由她下坠，但在她真正需要他的时候又突然出现，将她接住。他过去接住了她，现在又一次接住了她。

"我不知道他的名字。"她撒了个谎，骗过了母亲。等父亲来的时候她又骗过了父亲，因为道奇·切斯维奇很擅长撒谎；因为她编的故事比事实更真，至少这次如此，至少现在如此，或许永远都如此。警察并不完全相信她，但他们依旧记下了她的口供，还说会持续关注。她死不了。他们的工作已经完成了。

她在医院里待了一个星期才出院。回家时，她两条胳膊内侧都缝满了针，像是她永远无法解开的方程式。等拆线后，留下的疤痕会很小，至少肉眼分辨不太出来。

她自己当然知道它们在那儿，但或许这也没关系，或许她需要这样的提醒：她不能就这么往下跳，因为无论自己是否乐意，总有人会接住她。

一年的时间里，她断断续续能听到罗杰的声音，却从未回应过。警察们在苦苦寻找来自新英格兰的男孩，而她知道他的确切住址，而且她从未回应过他。到后来，他终于不再呼唤她。这才是正确的状态，这才叫回到了起点。

他俩再次见面会是在五年以后。

分开的时间不会很长。

齐布将膝盖贴在胸前，双手插在口袋里，皱着眉头，看着艾弗里在彩虹色的"不可能之路"上来回踱步。

"你生完我的气了吗？"

"没有，"他闷闷不乐地回答，"你不应该那样做。"

"要想让大笨熊放我们过去，就必须给他点什么。总不能把我的弹弓给它，也不可能给它你的尺子。你鞋子上的反光是我们可以失去的，失去它不会伤害我们。"

"但伤害了我。"艾弗里说。他不再来回踱步，转过身看着她。

没有鞋子上的反光，他脚上的鞋子就是一般的棕色皮鞋，跟操场上随便哪个孩子穿的毫无差别。没有鞋子的反光，他的衬衫就没那么挺括了，头发也没那么帅气了。他看起来就像个普通男孩。

齐布感到一阵恐惧骤然升起。如果走完这条路必须要失去自我，那它真的能领他们回家吗？

——A.黛博拉·贝克，《飞跃伍德沃德墙》

卷三
毕业

混沌理论：当下决定未来，但部分的当下无法部分地确定未来。

——爱德华·罗伦兹

畅谈有时，安睡亦有时。

——荷马，《奥德赛》

家属探访

身着紫色外套的男人携着烛光穿行在医院里。没人阻止他，也没人问他要去哪里，甚至没人看向他的方向。他几乎完全隐形，只有浸了蜡的手上亮着烛光: 灯芯从指甲下方伸出，上面稳稳地亮着幽蓝的光。

要是知道自己身体的每个部位都派上了用场，戴伦肯定会高兴的吧，里德思忖着。不过那个男孩的喜怒总是很难说。

他继续前行，脚踏在抛光的地板上发出声响。他走到一间私人病房门口，房门紧闭着。很好。他想见见她。自打他们出生以来，他就再也没见过他们，而今天他们差点就失去了这一对"布谷鸟"。

里德扭动门把手，拉开门，走进道奇正在其中熟睡的病房。

她看上去如此娇小，乱糟糟的床单里几乎找不到她的踪影，监视她生命体征的机器连在她身上。这可能是见她的最好方式了: 毕竟医院就像实验室一样，精致、无菌、完美。她是完美的。双眼紧闭，红色睫毛耷拉在苍白的脸颊上。她太像阿斯普戴尔了，就连铁石心肠的他看到如此相像的脸也感到一阵后悔: 如果他没有杀害自己的主人并夺走她所爱过的一切，那现在会是怎样?

遗传不仅存在于血液中，还存在于宇宙的交感共振中，存在于炼金术发生的那些地方。阿斯普戴尔创造了他，而他创造了这个破碎的孩子，从非常现实的意义上来说，她就是阿斯普戴尔的孙女。她的齐布终于变成了有血有

155

肉的人，躺在白色亚麻与纱布铺就的床上，等待他的认可。

"你好，孩子。"他边说边用闲着的那只手的手指勾勒着道奇的脸颊。

女孩在睡梦中呜咽了几声，扭了扭身子，但没有醒来。"荣耀之手"完成了它的任务，完成得相当不赖。

"你真给我出了道难题啊，"他继续道，"试图自杀，还差点成功了。如果不是你生性软弱，那就是你是个失败品。无论怎样，我都担心你不合适这个项目。同一批出来的已经有两个死掉了，另外两个满脑子只想着生存，毫无希望。至于你嘛，冲劲有余，沉稳不足。我凭什么还要让你继续下去呢？"

塞斯与贝丝已经归于尘土，遗体都被解剖；安迪与桑迪虽还留在人间，却平庸无奇。一旦出现重大的变局，他们很快就会被淘汰。道奇与罗杰是他们这一代最后的希望。他看着她，却看不到这种希望开花结果的景象。或许，是时候重新开始了。

但这对幼崽第一次呼吸时，星盘明明开始了逆行。他们的诞生标志着计划的终结拉开了帷幕。他希望他们成功，是的，他希望脱颖而出的就是他们。尽管他们缺乏带领他前往"不可能之城"的力量，他仍然希望他们能够让"宇宙原理"完整地现世。

"凭什么？"他再次问道，声音里带着质问的力量。

道奇在睡梦中叹了口气，轻微而又伤感。"天空灼成了金色，而路途却遥远，"她说，"没有我的帮助，他没法到达。"

"他？"里德靠近了些，"他是谁？"

"在城市的中央，"她继续道，"有一座塔，一座计算之塔。解了那些题，我就能得知宇宙的奥秘了。求求您，我可以解开那些题吗？"

里德犹豫了片刻。她擅长数学，而非语言，所说之话可能不尽准确。"你能解开吗？"他问。

双眼依旧紧闭，呼吸依旧平稳，她笑了，"我能，我能，我知道我能，但我必须先到那里去。可以吗？求求您了，求求您了，可以吗？"

"你会为我解开那些题吗？"

"我会为我自己解题，我不关心之后会发生什么。"

她到底不是阿斯普戴尔，虽然像是一个模子里刻出来的，她还是缺了些祖母身上的野心。她甚至也不像他，因为他所想要的一切无非就是发现"不可能之城"的秘密，"金色图书馆"里遗失的文字以及"钻石塔"上隐去的数字。但于她而言，发现这些秘密仅仅是为了发现本身。一旦她知道目标已经完成，就会转身而去。

她是如此完美无缺。

"我暂时把这条路交给你，"他前倾身子，亲吻了她的太阳穴，"作为送给你的礼物，我的女儿，助你度过康复的这段时光：这一切都不是真的，那个男孩也不过是个梦。等你醒来时，他就会消失不见。"

道奇在睡梦中发出一声呜咽，一动不动。

翌日清晨，在他亲她的地方会起一个水疱。一周后，水疱会自行破掉，留下红色的痕印，渗出液体，直到大半年后才依依不舍地愈合。但没关系。

翌日清晨，生气勃勃的她将独自醒来。一切都将从那里继续。

入学

时间轴：2008年8月15日（5年后）

太平洋标准时间：08:35

道奇弯腰紧握自行车把手，用力踩着踏板，气势汹汹地冲进校园。她知道自己迟到了，迟到了三百零七秒。她转身避过路边的一只松鼠，三百零八秒；她将自行车停在路边，三百零九秒。

她甚至希望不要停下。她不会再故意伤害自己。剃须刀片、噩梦和为暴力犯罪受害者提供的团体治疗——所有这一切都被抛在过去，不会再发生。展示那些残忍的伤口或许会为她赢得一点同情，而"抱歉，我与世界另一端的数学家一直争论到凌晨四点"只是让她看上去像个怪人。

（有时她觉得那些刀片离她并没有那么遥远。她只是将自己的自毁冲动转换为某种"更健康"的形式，比如骑车冲进车流，比如压缩自己的睡眠时间，直到开始看到一些奇怪的东西。但这都不意味着这种冲动消失了，只是更不容易为人察觉了。她学会了如何成为一个远超自己想象的骗子，让父母相信她一切都好。健康的加利福尼亚州生活方式是对自杀性抑郁的隐喻。罗杰可能会冲她叫嚷，说他没有教过她隐喻。没关系，反正她是在滥用隐喻。不过罗杰并不重要，她再也不会见到罗杰了。）

自行车打着滑在图书馆阶梯的底部停下，轮胎在维护不善的石板路上发出清晰的橡胶摩擦声。她已经迟到了三百一十七秒。参观团的其他成员都已到齐，大家都在等她，这个到目前为止迟到率为百分之百的女孩。下一次准时到达，她就能把迟到率降低到百分之五十，接着是百分之二十五，一直递减，直到可以忽略不计。但此刻这都没用，她给人留下的第一印象将永远地定格在迟到上。怀着抱歉的心情，她努力挤出笑容，跳下自行车，随手将它靠在阶梯边上。

"抱歉，"她说，"没算好时间。"

"时间，空间，一不小心就丢了钥匙……"另一位准研究生笑着说，声音像是笑翠鸟求偶时的啼哭，很是瘆人。她身穿橙色、粉红、金丝雀黄相间的几何图案运动衫，皮肤黝黑，留着黑色长发，十分漂亮。或许她就是报名这个参观团时他们承诺的另一个数学爱好者。若真是就好了。女数学家是存在的，只是没她想的那么多，而且大多数都毫无幽默感。

加上这个穿运动衫的女孩，参观团共有六名成员：一位高个儿光头男孩，可以看见的文身就有十一处；一位眼睛从未离开过手机的中国女孩，就连道奇的车轮吱呀响声都没让她抬起过头；一位头发金粉色、肤色黝黑的丰腴女孩，脸上时刻挂着惊叹，仿佛这个校园是她见过的最神奇的东西；一位棕色皮肤、身材魁梧、胡须浓密的男子，身穿印着芝麻街路线图的 T 恤。他们看上去都很清醒，更重要的是，他们看起来都像是她的同类人，身上有着研究生之间打交道时才有的亲切压力，以及对于不可避免之事平静、顺从的态度——是她有可能与之和平共处的那种人。

或许，她们可以成为朋友。

"我们在等最后一个没来的。"文身男孩说。他的声音意外的柔和，夹杂着加拿大新斯科舍省口音，皮夹克上别满了徽章、别针和她闻所未闻的朋克乐队的名字，这让他看上去像是来自另一个时间、另一个大陆的时光旅行者。"所以，你不是最后一个。我叫毒蛇。"

"他父母给他取的可不是这个名字。"眼睛一直盯着手机的那个女孩说。

"你父母给你取的也不是'杰西卡'。"毒蛇的声音里没有敌意，这样的对话早就在他俩之间重复过。

"的确不是，可他们给我取的名字白人读不出来。我厌倦了名字被读错，索性就让大家叫我'杰西卡'。多么开明进步的举措，所有人都皆大欢喜。"说到这，杰西卡终于抬起了头。"白人会读什么样的名字，你知道吗？'汤姆'。"

"可我看上去也不像是叫'汤姆'的吧。"毒蛇反抗道。

"你有四肢，看上去也不像毒蛇。"

道奇哼了哼鼻子，才没有笑出来。她将手举到与肩齐平的高度，大家的注意力都集中到了她身上。"我父母还给我取了个'道奇'的名字呢，希望这会让你们好受点。"她说。

"瞧见了没，这个名字才叫酷呢。"毒蛇说，"这名字我喜欢。"

"你如果是跟我一起上的中学就不会这么说了。"她温和地说。

"我叫斯米塔。"穿着引人注目的运动衫的女孩指着自己说。

"戴夫。"大胡子男说。

"我叫，嗯，劳伦？"金粉色头发的女孩操着美国中西部口音，句子结尾都是升调，连自报家门听上去都像是个问句，"我是念生物化学的。"

"酷，"道奇说，"大家都是理工科的吗？"

"我学化学的。"戴夫说。

"遗传学。"斯米塔说，"你要是想要一条生物学意义上准确无误的迅猛龙，我可能办不到。但如果你想要实验失败的杂交怪兽，给我几年时间，我保管给你弄出来。"

"酷。"道奇感觉自己可能会不断重复这个词。没关系。这里是研究生院，如果这里都不够酷，那她真要怀疑自己是否做对了人生选择。她选择继续求学并非为了一纸文凭。她不想教书——无法想象自己像父亲那样一辈子锁在教室中——凭她已经取得的成就，不用继续求学就能谋得一份不错的工作。但她想继续学习，知识比任何能放进身体里的东西都令她着迷，这一点她确信无疑——多亏了各种新奇的化学课，有的没的她都试过了——她找不到任何能与学习旗鼓相当的东西。

（倒也不能完全这么说，至少抽烟她还没试过。烟味总让她想起剑桥市，而关于剑桥市的念想都是虚无缥缈的，都不曾存在过。在她年轻气盛的时候，她还不知道如何平衡自己的内心，剑桥市几乎令她丧命。于是，她一直避开香烟以及其他能令她想起剑桥市的东西。此外，尼古丁于她而言并非什么有效的神经刺激物，唯有稳定可重复的东西能刺激到她，而这些东西她从不缺乏。）

杰西卡又一次抬起头来，满脸狐疑地凝视着她，"道奇？"

"没错。"

"道奇·切斯维奇。"

"对，就是我。"

"就是你解决了门罗问题？你当时几岁来着，九岁？"

"差不多吧。"道奇说。

"我一直都不相信那是真的。"杰西卡说，"谁帮了你？"

"没人帮我，"道奇说，"让我猜一猜：你是学数学的？"

杰西卡点点头，"应用数学，也涉及一些计算机方面的东西。你呢？"

"还在动态系统学与概率论之间徘徊。我可能会多待一年，同时兼修两个专业。其实我真正感兴趣的是混沌理论与博弈论，至少目前是这样。至于会在哪个领域扎根，现在还不确定。"道奇使劲耸了耸肩，"来这里不就是为了找到自己的兴趣所在吗？"

"混沌理论，跟《侏罗纪公园》里的那家伙一样？"毒蛇问。

"差不多吧。"道奇暗自庆幸，还好她没穿那件印着电影标志的T恤出来。她买了不少《侏罗纪公园》的周边T恤，一旦穿坏了就买新的。感谢"热门话题"[①]迎合了她们这些人的怀旧情结。其他小孩有圣诞老人和复活节兔子，而她有伊恩·马尔科姆和一个数学家可以成为摇滚明星的世界。

"我还是不信你解开了那道题。"杰西卡说。

道奇又耸了耸肩，"你爱信不信吧。"这种反应她早已见怪不怪了。数学

---

① Hot Topic，美国服装品牌，连锁销售与音乐和流行文化相关的服装及配饰。

圈里存在着激烈的竞争，大家都争先恐后地想成为解开困惑学者多年之谜的第一人。她解开了其中八道，发表了其中六道的解题方法。有人说她是个骗子，有人说她不过是在恶作剧。还有一个言辞尤其激烈的小组提出，她是一位用来为革命性AI技术作掩护的演员。她不明白这种掩护有什么意义，但总觉得这个想法自有它的迷人之处。

"所以，最后那个人在哪儿呢？"戴夫问道，"参加校园游览考察，与即将成为同龄圈里的朋友建立联系，我都很乐意。可这并不意味着要我因此错过我的其他所有计划。融入社会跟愚蠢可不是一码子事。"

"我想我们会成为朋友。"道奇告诉他。

戴夫咧嘴一笑。

社交模式开始显现：谁是真心想来的，谁是被逼的；谁是来试探竞争对手的，谁是真的想在陌生校园里找到个能说话的。一目了然。道奇越来越善于理解此类情景下的底层逻辑了，它们就像方程式一样在她的脑海中一一展开。虽然用这门工具做出的预测不甚完美——令人生气的是，人不是数字——但她可以以其为基础，计算概率。要成为更为高明的说谎者，这些都是必需的。整个高中阶段，她都只穿长袖T恤，听同学们窃窃私语她那"神秘袭击者"的事情——他们还以为她听不见——她永远都记得自己是如何避免撞上那些叽叽喳喳的同学，避免听到她们议论着疯狂的天才少女因为无法承受压力而自杀的事。

社交孤立对她来说早就不起作用了。

上大学后，她完全变了个人。脸上总是挂着笑，一边与周围的人积极互动，一边大量记录着周围的人对她的反应及背后的原因。她将社交当成了另一道亟须解开的数学题，另一个必须赢下的奖项。她开始有了朋友，毕业后她们去往了不同的学校，继续通过网络保持联系。她再也不是那个消失了都没人会发现的女孩了。

她希望她可以像他们关心自己那样关心他们，可惜人并不总能得到自己想要的。但只要她装出与别人建立起深厚联系的样子，只要装得足够像，并得到他人的回应，应该就足够了，肯定足够了。

戴夫与斯米塔有可能会变成她的朋友，只要投入一定时间的话。她也愿意花这个时间。朋友是很有用的，而她也乐意付出，乐意遵守友情的既定原则。如果给生病的朋友带去汤并非出于感情，而是为了恪守原则，就不叫友谊了吗？朋友喝到了汤，而她也获得了信任。等价交换，数学是个好东西。劳伦是个未知量。毒蛇可能会想做朋友，问题是他已经死死地盯着她的胸部看了有小五分钟了。道奇年轻些时想要学习社交技巧，那时男孩的关注是件好事；可现在，她早就过了那个人生阶段。胸部就像社交时的金手指，而随着她对社交的"数学运算"掌握得越发熟练，她早就不需要作弊了。

杰西卡可能会是个问题，不过没关系，她喜欢解决问题。"你本科在哪儿读的？"斯米塔问道。

"斯坦福大学。"这是她目前最常被问到的问题，然后立刻回问了一句，"你呢？"

"布朗大学。"

其他人纷纷自报母校的名字，时间一分一秒地过去，却依然不见参观团向导的影子。在讨论他的过程中，大家渐渐把道奇迟到的事抛在了脑后。

"若不是要等这家伙领我们逛校园，我都想提议我们别等了。"毒蛇说。其他人都嘟哝着纷纷同意，甚至包括道奇和杰西卡，她俩可能不会在其他任何事情上认同对方。（这并非坏事，能促进工作的唯有竞争，而非和平。和平从来就跟科学进步没有任何关系。）

"不然我们真就别等了？"劳伦仿佛对自己的提议感到羞愧似的低下头，

"我们可以一块儿失踪？多好玩儿啊？"

这女孩每句都像问句的说话方式很快就让人不耐烦了。但她俩不是同一个专业的，意味着她们更不可能由同一个辅导员带领；再说了，现在的时间属于"好脾气的道奇""友善的道奇"，而非"对什么都不关心的道奇"。于是她甩出一个笑脸，说道："校门外好像有一家星巴克。"

"没错，确实有！"一个陌生的声音响起，所有人转身朝声音传来的方向看去，只见一个高瘦的男人正朝他们走过来。他一头棕色长发，长到可以扎马尾辫；戴着一副土得掉渣的金属丝框眼镜，手里握着的杯子上印着熟悉的绿色美人鱼，与他那件金蓝相间的加利福尼亚大学伯克利分校的运动衫还挺搭配。这位来者一副标准校园向导的模样，仿佛是从学生手册上走出来。可道奇一看到他，差点把牙咬碎：他身上带着股熟悉的危险气息，而她早就学会了对过于熟悉的东西避让三分。

"你是我们的导游吗？"斯米塔问，"因为你迟到了，我们差点准备暴动了。"

"对我来说已经不是第一次了，"那男人说，"可能是我的脸比较遭人恨吧。总有人要反对我，即便不露面也会如此。我叫罗杰·米德尔顿，我将带领大家参观考察加利福尼亚大学伯克利分校的神奇校园。参观时大家请注意脚下，原谅我的迟到，还有不要给松鼠喂食，这些小家伙出了名的喜欢找人索要——这位女士，你要去哪儿？"所有人再次转身，这次却是朝着道奇的方向，只见她双手紧紧抓住自行车把手，一条腿正要跨过车座。她见所有人——尤其是他——都盯着自己，顿时脸色发白。

她又一次甩出那个笑脸，仿佛它从未消失过。"抱歉，我才想起来临走前忘了喂猫。我们回头见，好吧？"她的公寓里确实有一只猫，已经喂过了，但那又如何呢？不就是多撒一个谎而已。每次撒谎时，她都会换上以假乱真的笑脸，抑制住想要尖叫的冲动。谎言于她而言已经普通得像是这辈子每天都要用的钱了。

可这次却唬不了罗杰。她一开口，他脸色立马变得苍白。怎么可能认不出呢？他虽然看不见她最具标志性的特征——头发颜色，但她的声音却从他童年起就长期萦绕耳畔。两人青梅竹马，他比世界上任何人——甚至包括她自己——都熟悉她的声音，因为他不仅能用自己的耳朵，还能同时用她的耳朵聆听那个声音。她在他面前是躲不掉的，从来都不行。再说她也不需要躲藏，因为他不存在，只是假想的朋友。

他不过是一场差点让她害死自己的梦魇，她再也不想陷入其中。尤其是现在，她已经逃离了那一切。她不给他说话的机会，挥挥手就骑走了，飞快地离开。她奋力踩着脚踏板，可总感觉还不够快。

罗杰凝视着道奇迅速变小的背影，全身僵硬，呆立在图书馆前。她当然会来，一个荒谬的想法潜入脑海。自打那天在哈佛广场的人行道上流着血浑身湿透地醒来开始，他就一直盼着她重回自己的生活。道奇在苦苦寻死，而他则一遍又一遍地试图站起身来，苦苦求生。最后，两人都活了下来。他之所以知道道奇也活了下来是因为"加利福尼亚州数学奇才遭到身份不明的男孩神秘袭击"的新闻一直传到了马萨诸塞州。当地没人受到牵连，因为当地警方的唯一依据是：那个男孩——无论他是谁——操着一口新英格兰口音。

罗杰花了很长时间才意识到他们要找的正是自己，道奇告诉他们是他伤害了她。再说，他还有他自己的问题要担心。布朗太太给学校办公室打去电话询问他的情况时才得知他根本就没去过办公室。他们发现他不在学校，于是联系了他的父母，并开始了搜救。很快，他们在公用电话旁发现了他。他靠在墙上，手里握着揉成一团的手帕——是艾莉森不知何时塞进他口袋里的——按压在流血的鼻子上。

尖叫声，训斥声，一片混乱，紧接着是一系列X光检查与核磁共振检测。检测结果显示血液不知何故侵入了大脑，虽然量微，但足以引发一系列并发症。当时他还不知道相关名词，现在却已熟记于心：动脉瘤，血肿，瘀斑。他满脑子担心会留下脑部创伤，从此失去自己标志性的、那种无法定义的微妙优势。直到后来，当他发现他担心的事情不会发生后，他又担心起道奇来。他向她发出呼叫，等待着回应。

他一直都知道她没死。可她从不回应。最后，他开始怀疑两人间的超自然能力消失了，那种量子纠缠已经被她的自残行为切断。他虽然救下了她，却没能救下两人间的联系。

他在医院住了一个星期，艾莉森才拿着一只盒子来看他。盒子里是他俩恋爱期间他留在她家的东西。她连"分手"两个字都不用说出口：他看一眼盒子，就明白了。庆幸的是，她没有大吼大叫，他也没有试图解释。她只将盒子轻轻放在床边，然后转身离去。

现在，五年过去了，如今的他被仿佛发着光的研究生新生包围着，他们来自全国各州，甚至世界各地。众目睽睽下，他看着道奇骑车而去。他可以试着叫她回来，或闭上眼睛，说出她的名字，希望她能听到。但那样的话，在这些同学眼里他可能会被永远地贴上"跟踪狂魔"或"痴缠前男友"的标签。此外，她正在骑车，就算他们能像以前那样用意念沟通，他的声音突然钻进她的脑子可能会令她失去平衡，甚至发生车祸。这可不是修复两人间已然危机重重的关系的好办法。

罗杰喝了一大口咖啡，转身面对剩下的参观团队的成员，"没想到这么快就走了一个。如果还有想走的，能不能现在就离开，把我的自尊一次性打击个够？那肯定会帮我一个大忙。有吗？没有了吗？如果没有了，那咱们重新开始：我叫罗杰·米德尔顿，我将带领大家探索我们令人惊叹的校园。多少人以前来过这里？请举手。"

　　所有人都举起了手，他们在考虑要将自己的绝顶天资献给哪一座学校时，都曾与同伴一起来这里游览过。

　　罗杰已经在这里待了五年。本硕连读意味着除非逼不得已，他不需要收拾东西搬回马萨诸塞州。别说搬回家，就连从宿舍搬到另一个宿舍再搬到学校外面的公寓的过程，都足以令他认真考虑是否要留在加利福尼亚州。这里没有真正的四季更替——加利福尼亚州不知道什么是二月的天气——这里的人不管做什么菜都要放牛油果。但如果他选择留下来，就不需要决定自己五年来精心挑选的书籍是应该丢弃还是打包了。就凭这一点，留下可能就是值得的。

　　"好的，所以你们都来过，"他继续道，"那么你们有多少人想参观教学楼与图书馆，又有多少人想去电报街，让我给你们介绍一下那里有哪些美食呢？毕竟你们将来在这里的时间里，都要靠电报街的美食来保持身心健康。"

　　如他所料，比起黑板，所有人都更愿意选择墨西哥卷饼。罗杰领着大伙儿朝校园边缘走去，脸上一直挂着微笑。他现在能做的只有继续微笑了。

　　道奇与另外两个研究生一起在校外合租：儿童成长专业的坎迪斯会将积木摆得到处都是；神学专业的艾琳作息时间古怪，自搬进来后只见过她两面。她回到家时两位室友都不在。这挺好，非常、非常好。她现在需要思考。

　　道奇将自行车靠在墙上，穿过立着书架的走廊走进房间。房间如同一个白色的盒子，里面有一张床、一张桌子，都远离白得发光的墙面。她搬进来后做的第一件事就是取得许可，用高光油漆为房间上漆，将整个房间变成一块巨大的白板。她的衣服塞在壁橱里，书都堆在外面的公用书架上。这是她生活的房间，她没办法在不能工作的房间里生活。

她拧开一支记号笔，转向最近的那面墙，提笔写了起来。

精神不稳定的天才将所有时间花在墙上的一道方程式上，仿佛在追寻一个不存在的梦——这是劣质恐怖片里的套路。道奇心里也明白。但恐怖片里的那个天才不会花时间去精心选购特别的油漆，也不会擦掉自己的成果。这两件事情她都会做。手机摄像头的发明让拍下的事物能保存在一个更持久的媒介中。她的成果硕大，拍出来的照片却很小，拍完后都转存到她的电脑中，继续以虚拟的形式存在。数字与方程在一个大小尺寸无关紧要的空间里继续流动，在那里墨迹与粉笔字永不会模糊、逝去。她将其当成一种让自己平静下来的方式，并不觉得有什么坏处。

前门打开时，她还在白板上写着公式，坎迪斯的喊声传来："你好，房子！"

"嗨，坎迪。"道奇回了她一句，继续写着。此时，她已经脱掉了长袖套衫。从手腕延伸到肘部的疤痕清晰可见，那一条条细细白色线条向任何发现它们的人讲述着自己的可怕故事。有趣的是，不同的人对这个故事有不同的解读。有些人看见疤痕，再看看她的脸，立马联想到了报纸上的文章，认出来她是一场可怕袭击的受害者。另外一些人就算看过那些文章，再看到她的伤疤时也能表示理解。她发现，这些人通常自己身上也有伤疤；他们常常以真实自我示人，也从不对别人评头论足。脚步声从大厅里传来，接着，身材矮胖的坎迪斯出现在门口。坎迪斯走起路来像格兰诺拉麦片一样咔哧作响，并坚持"室内不准穿鞋"。她是那种长年穿着蓝色牛仔裤与针织毛衣的女人，头发呈深褐色，只比眼睛的颜色深个几度。她喜欢说自己是节食运动的幸存者，并且仍然在学习如何在变胖的过程中获得快乐。道奇这辈子都没有她那么自信自在过。

坎迪斯将目光投向墙壁，其中两面墙已经完全被数字覆盖了，第三面也正在快速地被道奇填满。"我需要问一下你去校园参观的情况吗，还是应该在你用代数方程式覆盖我之前悄悄退出去？"

"如果你觉得这是代数，那你应该在你的课程表里添加一些补救性的数学课程。"道奇说着，将笔帽插回记号笔，"这些不过是我的胡涂乱写罢了。我在试图解一道无解之题，结果在那里就搞砸了。"她漫不经心地朝第一面墙挥了挥手，白色的墙面上用黑字写着一团难以理解的符号，"所以，现在我不得不重新开始。"

"既然知道搞砸了，为什么还要继续？"

道奇耸耸肩，"即使得出错误的答案也可能很有趣。只要有可能解开，我就会继续下去。当所有可能性穷尽的时候，也是我找出错误的时候。解题的过程让我放松，让我的大脑有可以消遣的事物。你学习儿童成长专业不也是因为喜欢玩具吗？"

"是的，但我喜欢的是玩具，而不是冒着收不回押金的风险在墙上乱涂乱画的数字。"坎迪斯说，"你还没回答我头一个问题呢，校园参观怎么样？"

"我没去。"谎言信手拈来，她越来越擅长撒谎了，"我整夜都在与澳大利亚的几个计算数学家交谈。他们正在研究的一组数据可能会将包括我在内的所有人都打得落花流水，所以忍不住想炫耀。等到意识到该睡觉的时候，闹钟却响了，我决定还是不要在睡眠不足的时候去结识新同学。"

坎迪斯歪了歪头，"可你看上去不像睡眠不足的样子啊。"

"我眯了一小会儿，还喝了两公升激浪，现在感觉很不错。但话说回来，谁会把研究生的参观活动安排在早上八点半啊？他们难道就不知道我们中的大多数人在学术生涯的这个阶段都是夜猫子吗？"

"不需要熬夜也熬不起夜的人呗。"坎迪斯的语气若无其事，眼神却锐利无比，她眯起双眼，看着道奇。

道奇已经不是第一次觉得与一个学过发展心理学的人合租是犯了战术性错误。她尽可能地摆出一副灿烂笑容，试图将罗杰震惊的脸庞推向脑海深处：他才是让她无法集中精力解题的原因。

她本不该再见到他的，以前也没有真正见过，因为他根本就不存在。他若真的存在，早就被她伤透了心。不可能，不可能的，否则，她对他所做的一切足以令她看起来像个恶魔。

他不可能真实存在。

"我猜我可能就是没准备好吧。"她终于松口说了实话。

坎迪斯的眼神箭一般地射向道奇左臂上的疤痕，道奇强忍住才没有拿手去遮掩。坎迪斯是少数几个第一次看见疤痕就明白发生了什么事的人，她明白报纸上的那些文章不过是幼稚的——虽然是急需被人们接受的——掩饰。

"你想喝点茶吗？"坎迪斯说道，"可能会让你感觉好些的。我每次不舒服时，都会喝点茶。"

"那敢情好。"道奇挤出一个笑容。坎迪斯回了她一个微笑，转身消失，只留道奇一人在房间里，被一条条推演失败的方程式和一串串计算有误的数字包围着。它们朝着未来延伸而去，永远没有答案，永远无法解开。

重逢

时间轴：2008年8月18日（三天后）

太平洋标准时间：14:12

罗杰没想到数学专业竟然有这么多细分的子学科。这门学科被不断划分, 细分再细分, 专业网络纷繁复杂, 追着自己的尾巴直至课程目录的底部, 仿佛穿过地狱大门朝里张望。无数节数学课堂上充斥着无数数学家, 他们都乐于详尽但令人痛苦地向他解释为什么在修完一般学分后就放弃数学是个错误的决定。

道奇·切斯维奇在数学圈子里很出名: 她可是解开了门罗方程式的那个女孩。(回忆里, 她羞怯地向他展示用中性笔写在宽线纸上的解题步骤, 那画面常常令他痛苦。但现在没那么痛了, 因为他马上就要再次见到她。他会告诉她他当时逃跑是错误的, 她现在逃跑也是, 她可是数学家啊——难道她看不出来他们俩已经形成了一个等式, 扯平了吗?)能把她弄到伯克利分校来读研可以说是一项成就——虽然不是多大的成就, 她没有名人那样的轰动效应, 也没有赞助得起图书馆的父母。但能把她招进来依然是个了不起的成就——她们细分专业的人, 一定曾吹嘘过能将她招进来是多么了不起。

肯定的。他在国际象棋俱乐部的简讯栏里就发现了一条信息:"欢迎即将入学的D.切斯维奇同学加入我们受人尊敬的数学系攻读博弈论专业。"有了名字、简介、出生日期和研究领域, 要找到她的辅导员就是小事一桩了, 而将自己伪装为她的哥哥, 说希望给她一个惊喜则更为简单。这虽是一个谎言, 但极其可信: 他俩长得很像, 极容易被当成亲戚。两人同一天出生, 眉眼间的神韵如出一辙, 又分别被大陆两端的家庭收养。

只要花时间做好调查, 并充分理解自己的需求, 人们通常会满足他的要求。自从校园参观团活动因为她的离开而不得不转战校外后已经过去了三天。现在, 他来到了她的门口, 胳膊下夹着棋盘, 试图鼓起勇气敲门。

"嘿。"

他抬头看去。阳台上站着个女人。短裤, 曲线饱满, 典型的美国女孩。不论出现在家里, 还是棒球场上, 还是穿着毛边短裤躺坐在皮卡车后面的车厢，都毫无违和感。他的浪漫史一直都与诺曼·罗克韦尔画里的那种女孩有关，这个女孩恰好也是那一款。她留着一头浅色长发，脸色苍白，看着他的眼神，像是新发现了一种昆虫。一种应该关在罐子里，尽可能长时间研究的全新物种。

"你好。"他说。

她的目光锐利起来。"你不是来找我的，因为我不认识你。你也不是来找肯迪的，因为她有男朋友了，而且他的身材就像谢尔曼坦克。你更不可能是来找道奇的，因为她从不约会。我甚至怀疑，她根本不知道人类裤子里的那个玩意儿除了排放废物还有其他用途。"

他抬起眉毛，"你在这里住多久了？"

"才一周，但我心思很细，什么事都逃不出我的双眼。"女人将身子探出栏杆，吸了口手里的香烟，然后将口里的烟朝他的方向吐出。她在栏杆上掸着烟灰，烟灰正好落到下面的灌木丛里，动作一气呵成。"那是个棋盘？"

"是的。"他强忍住欲望才没有像条饿狗那样在空气中乱嗅一通。上一次抽烟得追溯到八天前了，创下了他的个人纪录。这本是件值得骄傲的事，但他感觉不到骄傲；相反，他只觉得这是种毫无意义的自我折磨。

"那么你是来找道奇的了？"

"没错。"

"为什么？"女人目光灼灼，仿佛能将他的双脚钉入地面，"她对交朋友又不感兴趣。她嘴上说感兴趣，可我知道她那是撒谎。她很擅长撒谎。"

"她可能只是紧张吧，你又不知道。"

"不都说了吗，什么都逃不出我的双眼。"女人又抽了口烟，眼睛却一直紧紧地盯着他，"你叫什么名字？"

"罗杰。"

"你俩的名字还挺押韵，真可爱。说不准还是亲属关系呢，那你就有理由起诉父母了。"她将烟从鼻孔里呼出，"罗杰，我给你最后一次机会。再不敲门，你最好干净利落地离开。我敢打包票，她不想见你。这几天，她一直疑神疑鬼的。你只要现在离开，以后就再也不用见到她了。"

"谢谢你的建议……? "他故意没把话说完，等待着。

她微微张开嘴，像是在微笑。"艾琳。"她说，"可别说我没警告过你。"说罢，她扔了烟，拿脚后跟捻灭，转身进屋。

罗杰按响了门铃。

道奇的课程表是这么设计的: 空出一段集中的无人打扰的空闲时段，随后是集中的为厌倦教学的教授们代课、批改论文的时段。改论文时，她会尽量对那些本科生手下留情，毕竟赶不上她的学习进度不是他们的错——她得不时提醒自己这一点，才能忍住将朝这些学生扔东西的冲动。另一件令她不爽的事是代课时，她得穿得像个大人一样，至少不能穿睡衣。这样的着装要求简直是她所有痛苦的来源。

（有好几个人看完她的课表后告诉她这样根本行不通，她不可能拥有那么长的不受打扰的空闲时间。她就不懂了，这有什么好大惊小怪的。她无非是将时间段拆开，然后以自己想要的方式重新排列了一番而已，操作起来又不难。）

门铃响了。她从电脑上抬起头来。两个室友都不在家。她很确定自己没点比萨，因为如果点了，就意味着她意识到并接受了自己饿了的这个事实。体察到自己的身体需求从来都不是她的强项。结论: 不是送比萨的。

除了外卖员，其他的可能性并不多。她们选择租住在校园外是有原因的，没有人知道她们的地址。搬进来后的这么短的一段时间内，每次敲门声都是一次冒险。她遇到过三个邻居，一个挨家挨户推销大麻布朗尼蛋糕的小贩,一个抱着一盒幼猫的少女,和一个总是愁眉苦脸的人。谁知道今天又会是谁?她小心翼翼地保存好电脑上的文档,站起身来,准备迎接一个新的惊喜。

门开了,首先映入罗杰眼帘的是道奇微笑着的脸。五年过去了,无论这段时间带给了她怎样的变化,她依然是个会笑的人。看到他后,她的笑容瞬间凝固,变得尖锐起来,尖锐得足以割破他的手。

"求你别关门。"他说。

她脸上凝固的笑容全然不见了踪影——没有跌落地面摔碎的声音,真是个奇迹。"你不是真的。"

罗杰眨巴着眼睛,"这倒是新鲜事。"

"你不是真的,你是我的假想好友。我梦到了你,既然我梦到了你,那你肯定就不是真的,如果你不是真的,那就不可能站在这里。你来这里干?"

"我能进来吗?"他希望自己听上去没那么紧张。尽管表现出一丝紧张或许更好:那样,她就很难假装当下发生的事没有同样在伤害他了。他努力挤出一丝笑容,试图看上去温良无害且充脸希望,试图向她表明自己毫无威胁。"我的意思是,如果你想,咱们可以就站在这儿聊——这里是伯克利,每到周日晚上,就有假扮吸血鬼的人到处游荡,不会有人注意到几只'米德维奇的布谷鸟'①的——但进去聊可能更好一些。"

"'米德维奇的布谷鸟'可都是金发的。"道奇说。她的声音变化不大,只比以前更深沉一些,毕竟他俩停止接触前,她的变声期就结束了。"你的头发是棕色的,我的是红的,我们俩都不是受人歧视的外星人后代。还有,你根本就不存在。"

---

① Midwich cuckoos,出自约翰·温德汉姆的科幻小说《米德维奇的布谷鸟》,意指藏在人类中间的外星人后代。

"对此我们应该心存感激才对，因为他们在尝试繁殖配对——我是说外星人的部分，不是说'我不存在'那部分。"他说，"对了，你是怎么知道这些的？"

"即使是数学天才也得写读书报告。尽管我们觉得英语课很愚蠢，但那不代表我们就可以不上。"她说到这里几乎破音。

他的内心好像裂开了一道缝，"我可以进去吗？道奇。"

很明显，她不想让他进来。她的目光越过他，投射到街上，寻找着任何可以让她说不的借口。她竟然觉得有必要这样做，真令他心痛又愤懑。无论她告诉过警察怎样的谎言，他都从未伤害过她一根手指——当她决定对她自己动手的时候，他还远在大陆的另一端。他所做的一切都只是试图挽救她，除了为了挽救自己、不得不断绝两人间联系的时候。

牺牲。牺牲对方、保全自己，这样的事情，他俩都至少做过一次。或许这才是关键。"我带了棋盘过来，"他说着，举起棋盘，"就是找不到棋子了，但我想你这里可能有。"

她的嘴角抽动了一下，像是要再次咧嘴笑起来。这次的笑看起来更真实。他已然意识到道奇的笑有几个特征——从他俩唯一一次面对面的回忆中，从童年的晦暗记忆里拼凑出来的特征——说谎时，她的整张脸都在笑；而真正感到快乐时，只有左半边脸会笑，像是想要确保只让一部分人看到一样。

"怎么，你是觉得我这里会没有棋盘吗？"她问道，语气里没有生气、害怕、疲倦或其他任何负面情绪。她又恢复了道奇——他最好的朋友——的语气。

放松、缓和、满足，这些词挨个钻入他的大脑，但没有一个能表达出他现在感受到的那种一身轻松的感觉，就像世界上所有的麻烦都从他的肩头卸去了。他知道谈论这种感觉很俗套，但喜欢给事物贴上"陈词滥调"标签的人总是忘了，之所以成为陈词滥调是因为这种事情在世界各地不断发生。

"不是。"他说，"那么，我能变成真的，然后进来吗？"

"事不过三，我就再给你一次机会吧。"说着，她将门敞开了一些，让他进来。他进门的时候，她尽力将后背贴到墙上，避免任何意料之外的身体接触。

罗杰感到了一丝悔意。是他先提出来他俩之间的量子纠缠——抑或是其他什么鬼玩意儿——可能会因身体接触增强的。现在看来，两个人到现在还信着这个理论。他不想碰她，他只希望她没有露出那么害怕的表情。

门一关上，他就清了清嗓子，问道："这么说你选了伯克利分校？"

"你们的数学系很强，"她用拇指翻动螺栓，锁好门，"我想与孔教授一起工作，她在博弈论方面的研究具有革命性意义。当然，更别提数学科学研究所了，能来这里学习简直像孩子走进了糖果店。厨房在这边。"她转过身，背对他——这个动作体现着信任还是主导，他不确定——朝客厅走去，显然相信他会跟上来。

他的确跟了上去，一边走一边四下打量，寻找可以修饰眼前这个女人的词汇。找到合适的词汇，他就可以开始了解她了。可问题是，要分清周围这些东西哪些是她的，哪些是她室友的并非易事。显然，她是跟别人合租的：这么大的公寓她一人不可能付得起租金。此外，她所认识的道奇也不可能带着一整套《上下奇境》来念大学。数学课本很可能是她的，还有几本关于象棋的书。至于那几本关于社会工程学与"找到更好的自己"的书，他不是很确定。但她走起路来昂首挺胸的姿势像是练过一般，令他不禁怀疑那几本也是她的。

阳台上的那个女孩说，道奇对交朋友不感兴趣，她只想让人觉得她感兴趣。罗杰估计她说的没错。他隐约记得两人失去联系时，道奇就已经是这样的人了。

客厅尽头的厨房虽小却采光极好，窗户占据了大部分的墙面。厨房背后有一个混凝土露台，宽度不超过六英尺，摆满了花盆。花盆里面种着几十盆多肉植物，类别各不相同，呈现出数十种不同灰色。栅栏上坐着只猫，是一只疤痕遍体、绿色独眼的橘猫。那只猫看着罗杰，罗杰也看着那只猫。

"那是老比尔。"道奇边说边从塞进餐厅的折叠桌上清理出一大堆报纸，"租下公寓的时候它就在这儿了。女房东叫我们在想起来的时候喂喂它，如果它被车撞死了或发生了其他不幸，就打电话通知一下她。它是只好猫，只在下雨时要求进屋。所以，那天说我得喂猫的时候并没有撒谎，虽然这猫其实不是我的。"

"真是只好猫。"罗杰附和道。他喜欢猫，它们按自己的计划行事，他对此表示尊重，"有什么我可以帮忙的吗？"

"你不帮更好。"道奇清理着桌子。她低着头，头发遮住了她的脸。他知道她的脸是红色的——即使他现在看不见——如日落般、警告牌般的红。似乎所有关于她的东西都是为了吸引人们的注意力而设计的，但他知道，她不喜欢被别人盯着看。

"你想过染头发吗？"他脱口而出，然后立刻感到后悔。他本该是擅长言语的人，可现在却说着他明知道会让她不高兴的话。他俩待在一个房间里的时候，好像一切都乱了套，有一种宇宙的基本定律向左扭曲了二十度的感觉。

（他知道自己永远都不能告诉任何人这种感觉，因为他们只会说"你恋爱了"，不然就是"和那个女孩睡一觉，就好了"。但他没有爱上道奇。他爱她，没错，自从承认她是一个真实的人而非什么假想好友起就一直深爱着她。但那不是恋爱，只是一种当他俩在一起时，整个世界就完整了的感觉。他觉得，只要这种感觉保持足够久，他就能学会真正的宇宙之道。）

道奇扭过头来，头发顺势从眼睛前挪开了，他能看到她正在看着自己。"你觉得我应该去染吗？"她的语气里带着真诚的好奇，看他的眼神像是第一次承认他真的存在。

他希望自己没有那么感激她把他当真。"没有，"他说，"我的意思是，我记得你的头发非常美，但你不喜欢别人盯着看。"

她举起一只手轻抚头侧，露出困惑的表情。"你记得是什么意思？"她的眼睛睁大了，"噢！对，我都忘了你是色盲这回事！"

"没错。"他感到一股奇异的轻松感袭遍全身。她记得他色盲的事，因为她记得透过他的眼睛看到的世界不太一样。她记起来了，那并不都是什么所谓的童年幻觉。"我的意思是，我知道它是红色的，只是……对我来说，它不是红的，你明白吗？"

"我明白，"她放下手。"我也考虑过染发，特别是在……在那件事之后。我不喜欢那么容易被人发现的感觉。但不知怎么，最后就是没有染。我也不知道为什么。就是觉得……哪里不对劲。"

"那样的话，你就没办法被当成靶子了。"罗杰不加思索地说。他瞬间僵住，盯着她，她也盯着他。他的话是对的：他知道这一点，虽然不知道自己怎么知道的。（难道不总是这样吗？他的一生中充斥着他本不应该知道的事实，从来没有任何证据可以支持这些事实。他不是在怀疑，而是确定地知道。这是不科学的，也是反学术的。可事实就是如此。）

道奇摇了摇头，明显神色不安。"你说得对。"她轻声道。她听起来很害怕，罗杰有点恨自己让她这样。道奇怎么会害怕呢，她应该勇敢无畏才对啊。因为易碎，所以无畏，这是上天对她的补偿。

沉默在两人间蔓延，如果他俩让它持续太久，那就永远无法挣脱了。罗杰做了他能想到的第一件事:将棋盘放在桌上的空白处,然后问:"去拿些棋子来?"

她笑了。没事了,至少目前来看,一些都恢复正常了。

"我还是去拿一副象棋来吧,"她说,"一整套。这对我来说可是业余时间。想跟我对弈,罗杰,你是认真的吗。"她如清风般从他身边飘过,在最后一刻扭动身躯,避免两人的肩膀相碰。他在想,得过多久两人才能不抵触身体接触,到那时,他还在不在她身边。他现在做什么也不想再次将她赶走,或驱使她做出某种无法撤回的事情。他能从她的短袖汗衫下面看到胳膊上的疤痕。

他很难说服自己他与那些疤痕没有任何关系。虽然理智上,他知道没有,但这并不能改变什么。人的大脑是一台有缺陷的引擎,它只能按照自己的方式加工接收到的信息。他过去没有体察出她的寂寞,让她感觉他不需要自己,事情就顺其自然地发展下去了。这当然不是他的错,不可能是。但他没有预料到事态的发展。不知怎的,他总觉得自己应该预料到。

道奇回来时发现他正蹲在滑动玻璃门外的水泥台阶上,轻轻挠着老比尔的耳后。平日里凶悍的雄猫此时却发出了舒服的咕噜声,那声音如此之响,三尺之外都能听到。老比尔为了更加靠近罗杰灵巧的手指,差点翻了个跟头。

"你也养猫?"说着,她将手里的棋盘搁在桌上。

"现在没养。"他说,"以前住宿舍的时候不方便,我也是刚刚搬到校外。我之前的女朋友有一只猫,是她的心理医生叫她养的,说是可以帮助她的心理康复。我们大部分时间都在她的房间里度过。"

"哦,"道奇问,"她叫什么名字?"

"西葫芦。"

道奇眨巴着眼睛。

罗杰扭头看到她的表情，大笑起来，"噢，你的表情——不是女朋友的名字，道奇，是那只猫的。猫的名字叫西葫芦。我立刻想到的竟然是猫的名字，或许这正好解释了我们分手的原因。我俩都被那段关系弄得精疲力尽，我总是去抚摸她的猫，以此放松精神。最后，凯莉决定换一个喜欢凯莉而非猫咪的男朋友。我们就这么分开了，和平分手。"

和平分手，这是他的拿手好戏。他的每一段恋情都以和平分手告终，就连极有可能出错的艾莉森那一段也是如此。他俩后来在大厅或教室里遇见时都保持着基本的礼貌。和平分手是他最拿手的技能之一。

除了道奇。每次他俩分开，都会对双方造成重大的创伤。他最后轻抚了一下老比尔，然后起身回到屋里，在老比尔跟上来之前关上了玻璃门。老比尔直接凑到玻璃门边上，喵喵叫唤着，眼睛直直地盯着罗杰。

"你完蛋了。"道奇边摆棋盘边说。她的动作轻快精准、训练有素，看都不用看，棋子就纷纷落到了各自的位置上。"谁是猫奴，这猫一看便知。你完蛋了。很高兴认识你。"

"我们都知道，并非一直如此。"他说。

道奇顿了一会儿，然后继续摆盘。她双手移动得如此之快，像是自动运行的机器一般。"或许不是吧，但为了礼貌还是要假装一下的。"她摆好了最后一颗棋子，将装棋的鞋盒放在一边，然后坐进离他站的地方最远的那张椅子里。

她的位置让她自行成为执黑的一方。通常，他们会就执黑执白的问题先商量一番。但他没有抗议。既然她选择执黑的原因是与他保持距离，那他接受就好了。

他坐了下来，随即皱起了眉头。他眯眼看着棋盘，然后前倾身子，拿起一个"象"。

"这不是你当年藏在屋后面沟里的那副棋吗？"他问，"我记得你当时以为丢了'象'，难过了好几天。后来下雨了，雨水冲走泥巴，你才从沟里找到了丢失的棋子。后来，你就把所有东西藏在房间里了，因为一套不齐的象棋啥用都没有。"

"你一直安慰我说，就算那颗棋子永远找不到了，总能找到颗新的替代。还说，如果有必要，你会找遍马萨诸塞州的每一家古德威尔店[①]。"

"我真的希望不用这么做。"他说，"虽然我不喜欢看你哭，但我也不知道该怎么向父母解释我要买一颗棋子，寄给一个住在加利福尼亚州的女孩。"

"如果真要寄给我，你就得找我要地址了。"

"我想不到有什么办法可以不找你要地址就给你。"

"或许'象'一直丢失对我俩来说才是件好事。"她终于抬起头来。他俩的确长着一模一样的眼睛。他戴着眼镜，她没有，但俩人的虹膜一模一样。这概率快赶上找到指纹相同的人了。"我也可以得到你的地址，我就能给你写信，咱俩就能说上话了。"

"道奇，我们那时才九岁。"

"九岁的人也足够感受到痛苦了。这是科学事实。"她的眼神重新回到棋盘上，"你先走，罗杰。"

他走了一步棋，她跟着也走了一步。有那么几分钟，两人一句话也没说，注意力都集中在棋局上。他每一步都走得很慢，采取保守策略，只希望能在棋盘上待得尽可能久一些。

道奇则不同。她走的每一步都是进攻，每一步都大胆狂放，但又显得富有诗意，这些特质被她完美地杂糅到了一起，毫无矛盾。她打小就是象棋天

　　[①] 美国的慈善机构办的二手货商店。

才，穿着黑白相间的校服辗转全国各地，对弈各路大师。那时，她虽天资聪慧，但毕竟年纪尚幼，经验不足。现在的她俨然一位艺术家，每一步都冷血无情，每一步走出去都是为了一招致命。他俩不仅仅是对峙的双方：他俩下的根本不是同一盘棋。他是为了拖延，她则为了终结比赛。

"你真厉害。"他说。

"一向如此。"她回道。

罗杰伸手去抓棋子，突然在半空中停了下来，犹豫片刻，将手收了回去，放在大腿上。他等待着。

如他所料，道奇在耐心方面没有任何长进。静止于她而言依然是最为可憎的事情。在必要的时候，她是可以停下来的，她会将生理运动转为精神上的；任何见过她解数学题的人都知道，只要有足以占据她大脑的难题，她就能几个小时一动不动。可眼前的情况并非一道数学题，而是一种互动，涉及一个人对另一个人的回应，而他拒绝给她那个回应。

时间一秒一秒地流逝，接着是几分钟。终于，她忍受不住了，抬起头来，眯着双眼，脸颊渐渐绯红。自比赛开始以来，她第一次在场了，正式参与进了这场棋局。"我知道你没这么差劲。"她说，"移动你的棋子。"

"要是我不想呢？"

"那就认输。"

"要是我也不想认输呢？"罗杰向她展示了自己空空如也的双手，然后将手放在桌面上，"我想跟你谈谈。我今天来这里就是为了找你谈谈的。"

"那谈吧。"

"我试过了啊，可你根本就不理我。你要是今天还不搭理我，我就不走了。我救了你一命。你至少欠我一场谈话吧。"

道奇眨了眨眼，血色一滴一滴从她脸上流走，直到脸色变得煞白，像极了某位数学家的蜡像。倏地，她摇摇头，大笑起来。"是吗？"她虽气得声音都颤抖了，但这个单词依然清晰可辨，"你要以这种方式开始这段对话？'我救了你一命'？我可没求你，罗杰。为了避开你的关注，成功钻进阴沟里，完成需要做的事情，我可是费尽了苦心。你本不该知道的。"

"如果你没有如此狠心地将我拒之门外，你就会明白我是怎么知道的。"罗杰对她怒目而视，他一直在试图压抑怒火，但到了忍无可忍的时候，他也无须再忍了。"量子纠缠，还记得吗，'我一说话，你在美国的另一端就能听到'这些把戏？结果表明，那不仅仅在帮助你完成随堂测试时有用。"

道奇朝他皱了皱眉。跟笑时不同，她皱眉时，会带动嘴部运动，令她看起来极度困惑。"你什么意思？我划开手腕的时候，莫非你也感觉到了痛？可在那之前，我所做的事情你都没有感觉啊。"

（那得感谢上帝！恢复联系后，俩人都害怕对方会接收到某些信息，某些关于个人生活的信息。没错，罗杰是很喜欢女孩，但一想到他在被子下自娱自乐时有一个女孩盯着——任何女孩都不行，何况是这个女孩——十几岁男孩的少年冲动也会顿时烟消云散。经过不断的实验与试错，他们总算弄明白了，只有想法才会跨越两人间的空白。感觉，无论是情感还是别的，都无法完成那种跳跃。只有一次例外，就是她处在生命尽头时的那次。创伤能够创造奇迹。）

"我的意思是，当你的心脏因为没有足够的血液而陷入混乱时，我的也一样。"他冷冷地说。他俩都没有动。"我直接在课堂上癫痫发作，当场晕厥，头撞在地上。醒来时，我就知道你肯定对自己做了什么，知道你在伤害自己，而身处数千英里之外的我却什么忙也帮不了。我试图建立联系，我大叫着你的名字，可你却没有回答。"

道奇转过身去，拒绝看他。太糟糕了，记忆的闸门被打开，故事再次在脑海中浮现，不管他是否愿意。这么多年了，他一直无法对她生气，因为他俩之间的距离实在太远，因为她拒绝与他对话，因为他无法确认她是否还活着。现在好了。他能确认了。她这不是活得好好的吗？她坐在桌子的另一头，尽可能地远离他，就好像当初手握刀片的人是他一样。

也许他也有些责任。或许，他不该错过那些蛛丝马迹；或许当他在九岁时切断两人间的联系，造成了她内心深处某种重大的缺陷。毕竟，没有人是一座孤岛。但不管怎样，那瓶止痛药不是他给的，切开她手腕的人也不是他。他的确错过了那些蛛丝马迹，可那时，他才十七岁。无休止的自我责备必须在某个时间点停下，而他已经到达了那个时间点。

"你的大脑拼命想将我击倒，使我连续发作了三次癫痫。三次。最后一次就发生在跟你爸爸通完电话后。然后我就在大雨中一个人晕倒在哈佛广场的中央。我没有因为在公共场合醉酒的罪行而在监狱里醒来就是一个奇迹。"他能醒来本身就是个奇迹。他曾不止一次地想过，在某一次癫痫发作中翻身淹死在九月的雨水里是多么容易。这种死法在极具讽刺的死法榜单上一定名列前茅。

道奇盯着他，脸上挂着毫不掩饰的恐惧。"我不知道，"她低声说。他并不怀疑她，而且现在这事已经不重要了。

"不知道发生了这些事，还是不知道这些事会发生？"他问。

"都不知道。我发誓，罗杰，要是知道伤害自己就会伤害你，我永远也不会——"

"不，你会的。"他温和地说。她怔住了。"道奇，你是我最好的朋友。一直都是。即便在我们断绝联系的时候——到目前为止，咱俩隔绝的时间比能说得上话的时间还长。见鬼，要不是有你，我连二年级的期末考试都过不了。莫非你真的以为失去你不会对我造成伤害？你真的这么以为过？他妈的，差点失去你就足够令我痛不欲生了。然而你做了什么？你直接将我拒之门外，如此果决，我甚至怀疑你是不是已经死了，要不然就是因为缺氧过度，损坏了某个器官，以至于再也听不到我的声音了。"

"我听得到，"她低语，头又朝桌子低了下去，"我一直都能听到。"

"那你为什么不回答呢？"

"因为我在生你的气。"她说，"在医院里醒来后，他们告诉我有个来自新英格兰的男孩打电话给正在工作中的爸爸，吹嘘他会如何割开我的身体，让我流血而亡。我立马就知道那一定是你，我还知道他们肯定搞错了你打来电话的初衷——你当然不会因为我要死了而高兴——但同时也明白了是你打来电话，又一次毁掉了我的计划。所以，我生气了。但同时，我的内心又充满了感恩，因为大难不死后，我反而不想死了。我希望我已经是个死人了，但并不想去死。我告诉自己，你不过是一个梦，一个不愿消失的噩梦。再后来，不知怎的，我……我就相信了。"

太多的话，她不知道如何用言语表达。母亲以泪洗面，表情悲痛欲绝，而这一切都是她自己造成的，这让她痛苦万分。父亲连续好多天盛怒不绝，遇上一点小事就大发雷霆——他还一遍又一遍地给警局打去电话，咆哮着如果找不到谋害他女儿的凶手，他们就是玩忽职守。警方从一开始就知道这是起自杀未遂的案件，却也只能迁就这对父母。她还常常发现爸妈坐在沙发上依偎着哭泣，他们以为她听不见，但她听得清清楚楚。

当时，将自己从方程式中移除看上去是最简单的解决方案。她没意识到有多少次级公式是依赖于她的，直到为时已晚。

"我不想感激你，你知道吗。"她继续道，声音柔和平静，"我当时真的太生气了，无时无刻不在生你的气。"

"就因为咱还是孩子的时候我不理你那件事？我还以为我们已经——我

是说，我还以为你接受了我的道歉。"

"我当然得接受你的道歉。不然呢？我还能怎么办？"她摇着头说，"别人都说'对不起'了，你再不回句'没关系，我不生气了'，那就成坏人了吗。况且我还是个女孩。我那时太想你了，以至于我以为只要说出那句'咱们没事了'，我就真能释怀。结果事与愿违。我就是无法弄明白，为何你对我如此重要，而我对你却这么无关紧要。"

"道奇，你在我心中一直都意味着整个世界呀。"罗杰说，"只是那时，我的家人比你更需要我。小时候，你永远都是跑在前面的那个人，从不担心是否会跌倒。我想，即使没有了我，你也会过得很好，至少比没了你的我要好。"

"我能那样肆无忌惮地奔跑，是因为我知道即便跌倒也有你接着我。"她说，"你就是我的安全网。有你在，我就不会把自己伤得太厉害。"

"我接住了你，你却离开了我，"他说，"这又是为什么？"

"因为就聪明人的标准来说，我真的太蠢了。"一滴泪从她的脸颊上滚落，她拿手背擦掉，"我还以为再度相见时，你会跟我一样一团糟。没想到，你却活得好得很，朋友不少，还交了女朋友。我呢？我却只有一个大笔记本，上面写满了我以为会让你再爱我的道歉。我不知如何应对这一切。所以，我计算了各种可能，得出了你没有我会更好的结论。"

"没有你我不可能会更好的，道奇。"他说。

她抽了抽鼻子。完蛋了，完蛋了。他能应付很多事，就是应付不来道奇的哭泣。还没来得及考虑这个行为的后果，他就站了起来，跪在她的椅子旁，搂住了她，让她把脸埋在自己的肩头。这种姿势当然无法避免皮肤接触，但那已经不重要了。就算接触会让两人间的量子纠缠更强又如何？反正，她本来差点就害死他。或许更猛烈的纠缠，就能让当时的他感觉到她拿起剃刀的时刻，而整件事也不至于那么难以收场了。

"第一次癫痫发作后,我跑出学校。艾莉森因此甩了我。她无法和对自己、对她做出这样的事的人在一起。我不怪她,现在也一样。我们很和平地分开了。"

"当然是这样。"道奇喃喃细语,声音被他的肩头裹住。她既没抬头,也没有松开自己的手,仿佛在担心一旦松手,这一切就会变成一场即将结束的梦,梦醒之后,她便会坠入空虚。"你俩要是没分,她最终肯定会被吓到去报警。"

罗杰不明白她是怎么知道的:她的话里带着一股强烈的似曾相识感,仿佛是在描绘很久以前他曾目睹过、后来再也不想见的事情。这种境况,我们以前经历过,突然地,他冒出了一个疯狂的念头,当时我们搞砸了。

道奇松开手,抽回了身体,亮晶晶的大眼睛里噙满了泪水。她看上去比起害怕,更像是困惑。这是好事,因为罗杰已经被吓到了,而他俩之间得有一人没被恐惧攫住。

"我是怎么知道的?"她问,"我就是知道。那不是猜测,而是一种怀疑。我知道。"

"我也搞不明白,"他说,"但是,道奇,求求你。千万别再以为没有了你,我会过得更好。你知道四年级的时候我参加了多少次数学补考吗?我差点就成为我们学校史上提前被伯克利录取却不能按时毕业的第一人了。"

她咯咯笑了,笑声低沉,夹杂着粗重鼻息。她用手背抹去鼻涕,说:"我的老师很同情我。显然,我受到了创伤。她允许我将英语课与历史课转为合格/不合格……虽然最终是低分通过,但好歹过了。再说了,斯坦福大学也不太可能拒绝我。毕竟我爸在那儿教书,而我的脸曾在所有的报纸上出现过。"

"你看,要是没有拒绝与我通话,你完全可以轻轻松松地通过考试,不会像看上去那么可悲了。"

"我没有显得很可悲，我……好吧，我承认，是有一点可悲。可好歹我通过了，别去纠结那些细枝末节了。"道奇咧嘴一笑，左边嘴角急剧上翘，右边则一动不动。然后，毫无警告地，她伸出双臂，紧紧搂住罗杰，"我想死你了。"

"我也想你，"他一动不动地站在原地，抱着她，被她抱着，直到前门发出砰的一声，将两人吓了一跳。罗杰后退了一步，道奇则转过身去，朝门的方向眨眼，先是大睁着，后又眯成一条线。

"坎迪斯？"她喊道，"是你吗？"

走廊里没有声音，没有脚步声，连呼吸声都没有。"是不是你另一位室友出去了。"罗杰说。

道奇朝他眨眨眼，"谁？艾琳吗？她不在家。"

"不，那是因为她刚刚出去了。"他说，"我到的时候她还在呢，在阳台上抽烟来着。你这租的是一座双层公寓？"

"算是吧。"道奇说，"楼上是艾琳的卧房、主浴室，还有阳台。楼上那间卧室面积最小，但她说只要半夜能到阳台上抽根烟，她不介意牺牲点个人空间。我们签的保证合同上有规定，室内不准抽烟，这么一来，这就是最好的安排了——我本来也不喜欢爬楼梯。她是那种从不着家的人。"

"她今天在家啊，"罗杰说，"她还告诉我你对交朋友不感兴趣，说什么如果我不敲门，直接离开，以后就再也不用见到你了。我坚持要敲门时，她说到时候别说她没警告过我。道奇，你选的室友真有意思。"

"的确，可她也没说错什么，所以我也不能生她的气。"她说，"我确实对交朋友不感兴趣。"

罗杰挑了挑眉头，"那你叫我什么？"他问道。

"罗杰啊，"她笑得容光焕发，"你就是罗杰呗。来吧，让我们下完这盘棋。我看你是太久没被我教训过了。"

他笑着坐回到桌子的另一侧,她也笑了。虽然他俩还未和好如初——短期内不会——但至少正在好转。整个世界也在朝着好的方向转变。

实验

时间轴: 2008年9月3日(16天后)

太平洋标准时间: 17:09

重建友谊从来都非易事,在研究生期间的第一个月去做更是难上加难,因为有太多新东西要学习,太多新职责要完成。辅导员为了让罗杰负责两周的校园参观,不得不一遍遍地提醒他参与这种活动可以让他获得图书馆系统的某些特权。只要能不受限制地将参考资料带回家,浪费点时间也是值得的。至于道奇,她将这段时间花在了熟悉校园环境、寻找安全的自行车停车架和探索当地美食上——尽管便利、便宜、营养丰富的比萨就能满足她的需求,只要店家能多加洋蓟就行。

不过,他们还是会尽可能地忙里偷闲,在校外的星巴克、图书馆前或广场上见面,同时尽量避免身体接触。他们不再那么焦虑了,也不再每时每刻都等待着可怕事情的发生。他们不再谈论他的烟瘾,他的消瘦身材,也不会触及她的伤疤以及她骑自行车的速度有多快。就这样,他俩之间第一次有了秘密,虽然会有些许的痛心,但依旧令人欣慰。有秘密,就说明这一切真的是在发生。

两周过后,罗杰再次出现在门口台阶上。这次,他敲响了门铃,铃声是轻轻的嗡鸣声,像一群黄蜂从墙里发出的问候。

开门的是一个他不认识的女人,矮小丰满,比例均衡,棕色头发精心打理过。她皱起了眉头，"有什么可以帮你的吗？"

"你是坎迪斯吧，"他说，"道奇在家吗？"

女人皱起的眉头显得更加疑惑不解了。很显然，他不是一名数学家：他的身上没有那些明显的特征，比如计算器啦，印着数学双关语的书呆子T恤衫啦。一些低年级学生甚至随身携带复古的滑尺，就是为了确保能被同类发现。这是一种迷人的大学部落形成机制。凯利——他那个养猫的前女友——甚至就此课题写过多篇论文，详细记录了高中与大学中的学生团体行为模式。

"有人为她报名参加新生联谊吗？"她问，"如果你是她的约会对象，我希望你可以在这里等我去拿手机，我很想把她对你破口大骂的画面拍下来。"

"我不是什么约会对象，"他说，"我是她的好朋友。"

"道奇没有朋友。"坎迪斯说。

"这是我哥。"道奇的声音从坎迪斯身后传来。狭窄走廊里的空间本来不够她绕过另一个女人，但她还是轻易做到了，动作异常优雅。她一边将一只手放在罗杰肩头，宣示主权，一边转过身子面对坎迪斯，"咱们以后会经常见到他，这是我俩第一次上同一所学校。对他友善点儿，至少别使坏。"

"使坏是艾琳的工作，"坎迪斯说，"我不知道你还有个哥哥呢。"

"我可是神秘之源。"道奇一本正经地说。

坎迪斯摇了摇头，说完"很高兴见到你"，然后退回到客厅里。

罗杰向道奇投去逗乐的表情。"神秘之源？"他问，"咱俩之间喜欢搬弄文字的不该是我吗？"

"你会换一美元的零钱吗？"

"会啊……"

"那我也能偶尔想出一句俏皮话。我保证，如果需要翻译希腊语的话，我会找你的。今天有什么计划？"

"在校园里走走逛逛也很棒，但我希望我们能坐下来聊一会儿，而且是在半隐私的状态下。"罗杰扭头看了看街道，然后将注意力重新投注到道奇身上，"也就是说你得让我进去。"

"这个嘛，问题是，我有两个室友，所以……你有多信任我？"

这是个简单问题，但在经历了他们所经历的一切后，这个简单问题却没有一个简单答案。但他只能给出一个答案："完全信任。"

道奇咧嘴一笑，"很好，跟我来。"说罢便转身朝大厅走去。罗杰跟在她身后，随手关上了门。道奇可能不在乎门关了没，但她的室友肯定在乎，他可不想惹她们发火。

坎迪斯的门关着——至少，他认为那是坎迪斯的门。他俩经过的另一扇门敞开着，房间的墙上画满了方程式，正中央摆着一张床。这要不是道奇的房间，他真的会很震惊。道奇却一直往前走着，丝毫没有要停下来向他介绍公寓的意思。她径直朝后门走去。那里，老比尔正坐在围墙上，等着来人的关注。

"我不觉得这外面有足够的空间让我们舒服坐着。"罗杰说。

"因为我们不会坐在这儿，"道奇说，"关上门，这样比尔就进不来了。"她将靠在围墙上的一把可折叠梯子拖到墙边。罗杰照她说的做了，然后看着她展开梯子，将其靠在墙上，脸上的表情越来越不安。梯子没有够到房顶，够到的是一个生锈的老防火梯的底部，这个防火梯似乎是用螺栓固定到屋顶上的。

"来吧。"说罢，她便开始了攀爬。

道奇一直是两人中更敢于冒险的那一个。目睹了她多次自行车事故与摔倒的事例后，罗杰也明白了哪些特技是万万不能尝试的。她也是两人中更擅长风险评估的那一个。她说一件事情是安全的，通常这件事就是安全的，因为她已经测试过并排除了所有真正危险的选项。于是，他叹了口气，跟着她爬上了梯子。

这算不上他爬过的最稳的梯子，更远不是他看她爬过的最稳的梯子。他只爬了几步，就停了下来，抬头看她攀上防火梯，一边注意着她抓握的方式与攀爬的角度。不一会儿，只见她纵身跃过房檐，消失在墙后，旋即头又冒了回来，脸上挂着灿烂笑容。

"怎么，"她问，"你到底上不上来？"

罗杰犹豫了片刻，从梯子上往下退了一步。"等一等。"他说。

道奇的脸瞬间就垮了，兴奋变成了不解。有时他会觉得他们在彼此面前还像个孩子。他虽然已经是个成年人了，在做决定的短暂时刻里——就像当下这个时刻——需要咖啡、渴望香烟，却也能控制渴望；他已经从需要高中女友的隔靴搔痒般的爱抚，变成了渴求恋人对他积极聆听与熟练回应。但每次跟道奇在一块儿的时候，不是下象棋，就是爬梯子。都是孩子干的事。

（他们本该一起长大才对。这一点，他非常清楚。这是一种下意识的清楚，从他意识的根源，从意识的深层传出。他们应该一同长大，双手放在彼此的口袋中，弥补彼此的弱点，增强彼此的优势。但这并没有发生。不管出于什么原因，它都没有发生。现在，他俩只要在一块儿，就好像是在试图加速进展，以弥补失去的那几年，仿佛他俩在使用"金手指"，想不玩"游戏"就获得那些"游戏体验"。他不喜欢这种不知从何处冒出来的知识，不喜欢对自己的大脑不熟悉的状态。但渐渐地，他也越来越明白，这是唯一能拯救他们的方式。他只是希望知道拯救的是什么。）

"现在正是我们尝试一些东西的时候，"他说，"你能去到屋顶的另一侧吗？"

笑容没有回到脸上。相反，她的脸变得毫无表情，变成了很久以前那场象棋比赛中她面对对手时摆出的完全中立的表情。不泄露一丝信息，像一只瓷娃娃的脸。

"你确定？"她问，"我们不过才刚刚找回彼此，而且——"

"我们已经找回彼此两周了。是时候了。如果它消失了，就是消失了。但我们必须确认。"他说，"在可控的环境下尝试，总比我在路上开车的时候，突然钻进正在上课的你的大脑中开始大喊大叫要好吧？"

"或许吧，"她的脸上依旧毫无表情，"要是不起作用，你就上来，行吧？"

"没问题。"他回道。她向后退去，消失在屋檐后。他则移到离梯子最远的花坛边上，坐到栽满多肉植物盆栽的砖砌花台。比尔从围墙上跳下，溜达到他的腿边，一边蹭他的脚踝，一边大声发出呼噜声，仿佛是在确保这个人类知道自己想要什么。

"我喜欢能自己找乐子的猫咪。"罗杰边说边花几秒钟撸了一下猫，以便给道奇足够的时间移动到屋顶的远端。几秒钟后，他闭上了双眼。

长久不用，任何技能都会退化。他深知这一点，并且也在自己身上得到了验证。他会开车，但让他骑自行车简直就是一场灾难；上一次他穿上旱冰鞋的时候，差点没摔断脖子。任何技能，长久不用，就会退化，向内收缩，变得难以施展。所以，他并不期待两人的大脑能立刻连上，也不确定这么近的距离意味着什么。现在他俩之间的距离比两人第一次见面时还要近。不仅如此，两人之前甚至发生过肢体接触，这也可能会促进两人间的量子纠缠。这次实验光"大纲"就已经超出了他的控制范围。

"道奇，能听见我的声音吗？"他问，"你在这儿吗？"

没有回应。他感觉自己现在的样子真是傻透了：双眼紧闭地坐在别人家的院子里，抚摸着一只猫，感觉越发荒谬。

或许这就是问题的所在吧。这从未让他感到荒谬。他俩之间的联系曾经让他感到不可思议，但从不感到荒唐。这种联系给他的感觉就像是世界终于以其应有的姿态运转了起来，第一次所有汽缸全开，平稳运行。他试图找回记忆中的那种感觉，他沉入更深的寂静之中，抛开一切，甚至抛开闭眼后的那团漆黑。

"嘿，道奇。"他说道。

啪嗒一声，就像他高中时的癫痫发作时的第二波冲击，在毫无痛苦的一秒钟内，整个世界突然变得模糊而又不真实。这种感觉就像被闪电击中，又像晕厥，但同时又都不像；他的思维仿佛一块折断了的骨头，现在被强行复位。

虽然他的双眼依旧紧闭，但他看见了光，还看见了一块块模糊的色斑。

道奇眨了几下眼，每眨一次，世界就变得更清晰一些，直到他能从一个几年来未曾享有过的视角，清楚地俯视德比街。世界仿佛瞬间重组，色彩变得生动起来，所有事物的边缘也变得更加柔和。道奇虽然现在还不需要戴近视眼镜，但她也没有矫正镜片给她提供清晰的远距离视力。

她伸出一只手，举在空中，这样她——同时他——就可以看到了。"嗨，罗杰。"她说。他听到了她因骨骼震动传导而扭曲的声音，还是那样熟悉，就像回到了家一样。

他有点喘不过气来。他不该如此的，但现实就是这样。"嗨。"他说。他也像一个傻瓜一样咧嘴笑着，毕竟他不确定两人的大脑还能否相连。"我能看见你的手。"

"我知道。"她将手又往上抬了抬，弯了弯手指，然后开始飞快地挥手，比出一系列手势，"几根手指？"

"三，五，二，四，三，一 ——哎，你这样这可不好。被别人看到，可是要朝你扔东西的。"

"在马萨诸塞州，要是有人因为这个就朝我扔东西，那我这辈子都不会回去了。"

"我们东海岸的人可是很讲礼貌的。"

"你就是个骗子，我不过是想确认一下。"说着，她也闭上了双眼。

罗杰知道接下来会发生什么。他吸了口气，睁开双眼，说道："看吧，对于患色盲症的人来说，猫是长这个样子的。"此时，比尔正亲昵地用头蹭着罗杰的膝盖。

"呵，"道奇的声音与其说来自他的大脑，倒不如说来自他身后，仿佛此刻她就站在他背后，越过他的肩头观望。"真有意思。你还上不上来了？我可不想让我室友觉得你有问题，然后报警。"

"她们真的会做这种事？"

"我不知道。这种事我以前也没碰到过。"

罗杰摇摇头，"谁又碰到过呢？"

道奇什么也没说，她只是默默——通过某种只可意会不可言传的奇怪心理机制——关上了通话的大门。谈话就这样结束了，至少在他爬上屋顶前是这样。罗杰微微一笑，她的确一直喜欢掌握聊天结束的话语权。

比尔跟着他走到梯子旁，看着往上爬的罗杰，发出哀怨的叫声。罗杰停下，扭头看着这只猫。

"你真以为我会相信你上不了屋顶？我可不是你眼中的愚蠢人类。"他说。

猫又喵了一声。

"好吧，所有人在你看来都是愚蠢的。"罗杰说，"你要是乐意，就自己上来吧。"说罢，他继续向上爬去。

　　折叠梯很结实，悬在顶上的用螺栓固定的防火梯就没那么结实了。在体重的重压下，防火梯晃荡起来，提醒着他重力的存在。从这个高度摔下去，不死也痛得够呛。他咬紧牙关，一刻不敢放松，直到越过屋檐，重新回到令人放心的坚实地面。他半蹲在屋顶上，眨了眨眼，观赏起眼前的景色。

　　显然，道奇与室友们在屋顶的修茸上下了番工夫。两人透过彼此的视野观察时，她一直看着大街，大概是想现在让他透过自己的眼睛第一次看见屋顶吧，而她也能在旁边观察他的反应。此刻，她正躺在屋檐边上的折叠椅里对着他傻笑。屋顶上布置出了一个露天庭院，巨大的帆布伞下摆着十几盆植物，桌上的棋盘正棋至中局。

　　"怎么……？"

　　"坎迪斯在工程系有朋友。"道奇说，"她们花了不少工夫，兴高采烈地研究把家具搬上屋顶的方法。是个挺有趣的挑战，我也参与了，帮他们调了些角度。其中有个哥们试图接近我——比喻意义上的'接近'，而非身体意义上的——坎迪斯及时制止了事情往令人难堪的方向发展。"

　　"所以，你现在没有，嗯，没有在和谁约会？"

　　道奇惊恐的表情很是喜剧，罗杰忍不住笑出了声。见她脸上的惊恐变成了恼怒，他笑得更放肆了。

　　"对不起，对不起。"他一边道歉，一边伸手挡住要扑过来的她，笑得更凶了，"你看上去被吓了一大跳。我遇到过的很多女孩以为我要约她们时会露出各种表情，直接吓成这样的还是第一次见。我不是要跟你约会，完全没有这方面的意思。我现在正享受着单身的美好。再说了，我爱你，但不是那种爱。你更像我的妹妹。"

　　"从概率论上来说，这事也没有听起来那么不合理。"她说。

　　罗杰眨了眨眼，"你再说一遍？"

"哦,拜托,别说你从来没这样想过。咱俩同一天生日,领养父母都对亲生父母一无所知,还长着一模一样的眼睛。用量子纠缠来解释稍显牵强。我能想到最类似的情况就是双胞胎,关于双胞胎即便相隔几英里也能感知对方所想的传闻。"道奇耸了耸肩,"可能需要验血才能证实,但我敢打赌咱俩多半有血缘关系。"

"你……你想验血?"罗杰走向最近的椅子,坐了下去。甚至当比尔出现并跳上他的大腿时,他都毫无反应。

道奇说的这些东西,他不是没想过。但一旦从另一个人的嘴里大声说出又是另一回事,这些话会变得很难忽略。

"不想。"

"为什么?"

"如果验血的结果显示我俩没有血缘关系呢?我没有更好的办法来解释……咱俩间的这种奇怪关系了。咱俩间的关系只要还属于双胞胎的某种极端形式,那咱们就不是怪胎,无非是某种自然现象被调试到了最大限度。如果……"她顿了顿,"这太傻了,因为我们都至少去过医院一次。如果真有问题,他们应该知道才对。但话说回来,他们试图救我们的时候并没有在血液中寻找异化蛋白或什么古怪仪器之类的东西,他们一心只想着救我们。所以,如果咱俩身上真有不对劲的地方呢?那么,验血不就成了一件吃力不讨好的事了吗?"

"看来这个问题你考虑了很久。"

道奇耸耸肩,"我手上的空闲时间挺多。"

"那么,你后来没继续下棋?"

"没有,"她摇了摇头。"本来是可以的,但……我遇过的对手中有些人穷其一生,就是为了精进棋艺。他们甚至根据棋艺长进与否来评判自我价值。

下棋于我而言是天生的本领。我觉得你自己像在作弊。就像以前你们玩'大富翁'的时候，我想要帮忙，你却大发雷霆一样。因为这对你的家人来说并不公平。"

"你说是帮忙，我却觉得你像蒸汽压路机一样在我脑子里狂吼，嫌弃我们速度太慢。"

道奇又耸了耸肩，这次脸上却挂着几近羞怯的笑，"我是你见过的不耐烦的人里最有耐心的那一个了。"

"可能如此吧。"罗杰回道。话题开始转移了，而这是有原因的。无论是他还是道奇，都对这样的想法感到不舒服：不论是什么，让他俩能够在脑海中交流这种情况，已经延续到了成年。假若她从一开始就没回应，事情反而更简单；假若她刚才就留他在后花园里安静地坐着，让这段两人共同的过往逝去的话。

可两人间的量子纠缠——抑或其他什么东西——没那么容易消失。无论走得多远，跑得多快，两人终会在此相遇。他现在能看清这一切了，就像能看清她脸上短暂出现的兴奋逝去，只留下再次凝视他的表情，一个着实没有耐心的人尽量耐着性子的表情。某种意义上来说，她就是一头掠食动物，视情况需要时而冷静蛰伏，时而雷霆出击。

从道奇的角度来说，她观察是为了看他是否会转身逃走，用观察别人所建立的标准体系来衡量他的每一个细微动作、每一次闪转腾挪——而那些别人并非他，并非与她有着量子纠缠的潜在双胞胎，因此也并非最好的样本。作为一个想到什么立刻去做的女孩，他沉稳的性子令她困惑。两人若赛跑，他定会大获全胜，因为在她冲刺结束，精力耗尽后，他还能继续稳步前行。

他俩互相取长补短。一直如此。

"那就不做血检了。"罗杰说，"我虽然不觉得我们是外星机器人之类的存在，但那也不算是最怪异的可能吧。"

"最怪异的可能包含着'米德维奇的布谷鸟'这个词。"道奇说。

"我不认为那本书是精心设计来隐瞒什么的。看上去有点多余。"

"不，'多余的'是重拍版的电影。那本书本身就枯燥得够呛。"

"还是不爱阅读，对吧？"

道奇笑了，"小说不是我的菜。要是想要一首螺旋线组成的打油诗，倒是可以找我。你还是跟以前一样什么都读吗？"

"书籍是由词汇构成的。"罗杰顿了一顿，仿佛突然领悟到了某件重要之事。道奇的雷厉风行，他的慢条斯理，都与两人各自的领域相关。他能感受得到，但无法深入思考这个想法，只能任其溜走。末了，罗杰只说了句，"我很高兴你在这儿。我很想你。发誓我们不要再这样了好不好？"

"什么样？"她问。

"分开。"

她的笑一闪而过，温暖明亮，令人无法抗拒，"我认为咱俩早就已经解开了方程式中的那个部分了，你觉得呢？"

那天晚上，罗杰走后，道奇站在房间里，手持一块白板擦，擦去了墙上剩下的方程式。她还在找寻碰到罗杰那天的计算错误，试图理出演算是如何偏离最初的轨迹的。在数字与符号的扭曲中隐藏着重要之事：她知道这一点，就像她知道如果墙上的错误答案没被改正就去睡觉，她定会噩梦连连，次日早晨去博弈论的班上做教学助理时也会一团糟。她来这里就是为了学习。如果睡眠不足，她确实也能学到很多，但就像她生活中的每一件事那样，这是个微妙的方程式，可能导致实验的反复和几次晕厥。今晚是睡觉休息的一晚。

身后传来一阵响动，门被推开了。自从坎迪斯有一次被清洁烟雾弄得头晕目眩地蜷缩在一个角落后，经常开门通风就变成了她们合租的规则之一。

"坎迪，我房间现在的通风没问题。"她说。

"我不是坎迪。"传来的却是艾琳的声音。

道奇扭过头去，眨了眨眼。

站在门口的正是艾琳。身高五尺七寸，中西部农民女儿般的黝黑皮肤，鼻子上有几点雀斑（站在她身边，道奇看上去像是个彩弹球大战的受害者），草莓金色头发，瞳孔的颜色像是南美洲闪蝶，连虹膜外圈的黑环都极其相似，宽得不真实。蓝色牛仔裤、白色背心，身材似乎是为了满足某少女杂志的特定群体而设计的，那种杂志上的女孩穿不穿衣服无所谓，每个人的名字都包含至少一个字母i。她看上去完全不像神学研究生；真要比喻的话，倒像是"帐篷复兴运动"的引领人，涂着厚厚的睫毛膏，感谢着上帝的恩赐。

道奇不讨厌她，但也不信任她。这女人身上的某种气质总令她心烦意乱，某种遥远的相识感，仿佛两人曾见过，但都忘记了当初的相识。

"怎么了，艾琳？"她问道，并没有意识自己提高了音调，放慢了语速，仿佛在对一个孩子或一只危险动物说话。

艾琳却意识到了。在这方面，她比任何人都敏感，她乐在其中，并对这个事实很满意。总的来说，她可以在这世界自由游走而不招致无法应对的注意。（当然啦，她没少被盯着看。她漂亮迷人，生活在大学校园里，那里的人们结合了自由与青春期荷尔蒙的最后一股风暴。她常被人留意。被留意与被关注不同，被留意可以利用，被关注则会引来杀身之祸。两者有着细微的差别。这种差别罗杰理解，他天生便能体悟不同意义层次间的细微差别。但与她不同，罗杰并不需要这种本领。这些可恶的"布谷鸟"，他们根本不知道自己有多幸运。）

"刚才那人是谁啊？"她倚靠在门框上，一下就挡住了道奇出去的路。想要出去，这个红发女孩必须触碰自己，艾琳知道她不会这么做。道奇不是个喜欢搂搂抱抱的人。"他在这待了好几个小时。我没见过哪个人你能忍受这么长时间。"

就是这个时刻：答案必须被给出，事情必须用文字表达，组织好语言让别人理解。道奇犹豫了片刻。艾琳将眼睛眯成一条线，等待着。一只"布谷鸟"已足够危险，两只一起无异于世界末日了，这一点尽人皆知。要是他们还否认的话……

"那是我兄弟，罗杰。"道奇说，"我们有一阵子没见面了，所以就叙了叙旧。"

艾琳挑了挑眉头，"我怎么不知道你还有个兄弟呢。"

"这个……说来话长，"道奇说，"我们不是一起长大的。"他俩一起度过的时光短暂而匆忙，沉默、不信任与误会让他们分开。他们在一起的时间本该更长，本该一直持续下去。

"哼。可你俩都考了伯克利分校，为什么？家人重聚？你俩应该一起租一套公寓的，这样其他人就不用忍受你喝咖啡前的暴躁脾气了。"

"他早上的脾气比我还糟。"

"所以我才说嘛，你俩应该合租的。"艾琳继续紧紧地盯着她，观察着她的回答，"你俩谁更大？"

"罗杰。"干净利索的回答：没花任何时间思考。如果花时间思考了，她又会痛苦于哪个才是正确答案，或这个回答是否真的重要。对于道奇来说，第一反应永远都是正确答案。源于本能的数学不会说谎。

"哼。他的口音挺有意思。他来自哪里？"

"剑桥市。"一阵刺痛袭来，道奇突然意识到任何记得她"被袭击"的人可能都会对她与来自波士顿地区的人待那么长时间感到奇怪吧。过去并非真的过去了，它总是潜伏着，等待时机，朝当下发起进攻。

"哇哦。你父母分得可真是彻底啊。"艾琳一动不动地紧紧盯着她，"他有女朋友了吗？"

"有在接触几个女孩。"她不想让艾琳跟罗杰约会。倒不是占有欲作祟。对于罗杰与其他女孩约会这件事，她并不在意；至少不像青少年时代那样在意。那个时候，她还没理清自己对于约会的复杂情绪。（她对艾莉森以及类似艾莉森这样的女孩的抗拒源自一种恐惧：罗杰可能会找到更喜欢的人，某个与他有身体纠缠，而非量子纠缠的人。不过那是好久以前的事了，她现在成熟多了。）

"哦，那太不巧了。行吧，如果他以后会经常出现，或许我可以说服他，我应该成为他的女友之一。"艾琳手撑着门框站直了身子，眼神似乎阴沉了下来。她直勾勾地看着道奇，道奇竭尽全力在她幽蓝色的目光下保持着镇定。

"怎么了？"她还是没忍住出声。

"小心点。"艾琳的声音第一次听起来这么严肃，绝对的、不容置疑的严肃，"我知道重建桥梁很好，但你得记住自己为什么来这里。为了你的教育，为了武装好自己迎接未来。未来很快就要来了。到那时，你跟你兄弟帮对方梳过多少次头，在一起有多少欢笑都不重要了。重要的是武器是否已准备好。所以，小心点。现在，请原谅，我要去洗碗了。你们这些家伙活得跟动物似的。"说罢，她转过身走了出去，留下道奇一脸困惑地眨着眼。

过了一会儿，道奇才转过身去，继续擦拭墙上的涂鸦。

报告

时间：2008年9月4日（第二天）

中部标准时间: 11:19

"丹尼尔斯大师容忍你的愚蠢,但我不是他,这种情况已经持续得够久了。"炼金术议会的新任大祭司——不过是无用的头衔——吐了口唾沫。他们的宗教职责早已消逝,取而代之的是怀疑论与坚忍的科学方法,"你说你想尝试什么——"

"我什么都没尝试,"里德的声音平稳冷静,"我出现在丹尼尔斯大师的面前,是为了告诉他大业已成,并要求议会重新接纳我,以便大家都能共享未来荣耀。我之所以这么做是为了向阿斯普戴尔致敬,而非出于任何责任。今日,我站在尔等面前,庄严宣布—— 一如我当时告诉他的那样——我已经人格化了'宇宙原理',改变了宇宙之机制。我将成就阿斯普戴尔以来无人成就过的伟业,打开'不可能之城'的大门,将魔法带回这个世界。"

"你不过是区区的炼金造物,不过一个—— 一个物件。"一位低等炼金术士抗议道,他的名字里德既不知道也不想知道,"凭什么成就高等炼金术士都无法成就的伟业。"

"魔法从未离开过这个世界,"另一个抗议的声音响起,"如同重力,魔法乃自然之法则,生生世世,经久不衰。"

第二位炼金术士说话不那么具有侮辱性,里德选择就他的话开始反驳。"但魔法式微了,那个充满奇迹的时代被理性与谨慎的双生石碾磨成了粉末。我们退化得太过分了,信仰背叛了我们。这一切都将改变。"

大祭司摇了摇头,"理智一些,里德。人民还没准备好。"

"人民不过是温驯的绵羊。一旦意识到世界并非他们想象的那样,他们就会对我们言听计从。"

里德笑了,"'不可能之城'的大门即将打开,世界也将改变。"

两人四目相对,中间横亘着一条不可逾越的理念的鸿沟。整个议会大厅安静下来,人们一动不动,屏息凝神地观望着。

"不可能之城"。它并非一直都叫这个名字。曾几何时,人们管它叫奥林匹斯、阿瓦隆、死亡群岛。它是代表人类所有知识及潜力巅峰的炼金术化境。它是梦境里的城市,从未被占领或征服。那里金砖铺地,河里奔流着万能溶剂,树上开满灵药之花。随着时间的推移,它与已知世界渐行渐远,直到所有的道路都被阻断,再无返回之路。还是阿斯普戴尔·贝克,她吸引了足够多的人重新注意到那座遥远的理想之城,重新开辟出一条狭窄的小道,那条可以引导人们寻回"不可能之城"的"不可能之路"。

"'不可能之城'只存在于神话里。"大祭司终于开了口。

"我们走着瞧。"里德回答道,"我破坏了哪条契约,违反了哪条法律?敲开'不可能之城'的大门是为了我们所有人,为了纪念丹尼尔斯大师和阿斯普戴尔。那些孩子都是用我的骨血造出来的,是我的财产。对此,我光明磊落,无须遮掩。"

大祭司眯起眼睛,"若'不可能之城'真被找到了……"

"它将为在座诸君所共享,正如我对丹尼尔斯大师承诺的那样。"里德撒了个谎。撒谎对他来说是家常便饭。若能再牵制议会一段时间,他们再想阻止他就为时已晚了。可能现在已经晚了。多么美妙的想法,可能现在已经晚了。可能,他已经统治了这个世界。

他们无法指控他,他们什么都做不了。他太小心了。连丹尼尔斯大师与助手的死都藏得严严实实。会议结束后,他大摇大摆地离开议会大厅,沐浴在巨大的成功之中。

莉在议会大门外等他,那模样看上去像一位站在校长桌前的老师,等待着听到她的问题学生受到了应有的惩罚的消息。

他冲她一笑，"今天过得很顺利，我想你不是来毁掉它的？"

"他们联系上了。"

经验告诉里德，莉不会放弃她想谈论的话题，直到她得到满足。而她的满足可能意味着有人要流血了。"跟我走。"他没有停下脚步，继续朝前走着，走出大门，远离一对对竖起的耳朵。

跟自家领地比起来，这里自然没那么安全。但有时，想要维持依然看重双方交情的假象，讨好同辈在所难免。总有一天，他会废除这套愚蠢的繁文缛节，他会放声大笑，笑这次毫无意义的会面：无非是走过场，所有人都在应付。

两人走到警报无法触及的地方。他从口袋里掏出一枚硬币，在指尖把玩着。嵌在金字塔中的全知之眼发出万丈光芒。只要维持转动，他们就不会被偷听。"谁跟谁联系上了？"

"失败项目中的最后两只'小鸟'，"莉吐了口唾沫，"米德尔顿男孩和切斯维奇女孩。他们上了同一所大学，开学第一天两人就遇上了。"

"你不是都给安排了看护人吗？"里德温和的语气里暗藏责备：如果这两只"布谷鸟"又联系上了，那说明莉没做好自己的工作。她没有成功地将他俩分隔开来，转移他们的注意力，让他们在各自的外壳里成熟。他们将两个孩子隔在整个国家的两头，他们却一次又一次地重聚，仿佛成心跟他们的创造者过不去。

"米德尔顿男孩的看护人不得不被……除掉……从项目中清除，因为他无法专注。"莉的声音温柔得惊人，至少对她来说如此，"至于女孩，我还以为你已经让她相信她的兄弟只是幻想了呢。"

"被强迫的相信永远无法跟现实对抗。"里德挥了挥手，对自己的过错不屑一顾，"女孩的看护人呢？"

"她尽力去做了，但她的能力有限。他们本是混乱无序的生物，而她连接的是对立面的能量。他们一旦重聚，她的能量就被压制了。"

里德眯起了眼，"此话怎讲？"

莉摇了摇头，"他俩是无意间遇上的，可那个小子意识到女孩也在同一所大学后，执意找到了对方的住所。他似乎很执拗地想要对方与自己对话。"

"他们还能进行非语言的沟通吗？"

"不知道。"显然，承认这一事实令她非常痛苦，"这么长时间的分隔之后，按理说两人的能力应该有所减损——但令人始料未及的是，他俩间的联系如此牢固，女孩割腕自杀的时候竟向男孩自行发出了呼救。"她毫不掩饰脸上的失望。在莉看来，试图自杀的"布谷鸟"无疑是弱者，不配继续待在项目中。按照事情的自然发展，女孩本该流血而亡，男孩也应死于休克，整整那一代"布谷鸟"就此画上句号。她本可以为这个失败的实验画上一个句点，而非被迫花费时间与资源继续监控他们的进展。

对莉而言，没有比浪费时间更可恶的事了。时间是最可贵的商品。

"叫你的看护人去给我搞清楚。我们需要关于他们互动的所有信息……还有，叫她别干预。"里德背起手来，硬币依然在指关节间跳动，"我倒想看看，没有障碍，他们会怎么成熟。他们足够大了，应该已经发展出了完全独特的自我意识。这样他们就不会过分融合，从而变得毫无用处。"

"先生——"

"莉，"他紧紧地盯着她，这一次他的眼中没有了怜悯，"到今天为止，难道我不是每一步都走对了吗？不是我喂养你长大，给你吃穿，给你庇护，为你提供实验材料，还帮你掩藏你那些……不体面的爱好？当年在实验室里发现你的时候，我本可以把你当成一个失败的夏娃丢弃掉的。但我没有，我收养了你，还在议会面前为你的稳定性辩护。我对你视如己出，关爱备至，对你唯一的要求就是毫无疑问地服从我。信任我，相信我的判断，我就会带你走向光明。"

"对不起。"她垂下了头颅，做了一个古老又不太像人类的动作，将她的下巴压在胸骨上，显露出脖颈上多余的根根椎骨。"我会告诉我的女孩保持观察，不要干预。"

"很好。非常好。你的新一代实验品进展得如何了？"

倏然间，莉又展露出微笑。"很好，"她重复着里德的话，"非常好。其中有两个已经摒弃了个体的概念，而将自己看成某种拥有四只胳膊、四条腿，需要不定时进食的思想形态实体。另外两个在没有要求的情况下，如同仪式般地犯下谋杀后自杀了。总的来说，都进展得相当不错。"

两名实验品的牺牲竟然被她称为"进展得相当不错"。里德没有点破这件事，只盯着她说，"你不是培育了三组吗？三的倍数拥有仪式上的重要性。"罗杰与道奇起初便是三组中的一组，现在已比三组中的另外两组多活了好几年。再之后的实验，还剩两组活着，虽克服了前辈的问题，潜力也被消磨得所剩无几了。

"我希望你能在第十二组的时候打住。"她摇了摇头，"第三组实验品在实验室里的时候还好得很。他们能完成自己分内的事，对分配的任务也从不抱怨。女孩擅长语言，一直在帮我翻译我以前那些实验手册——但并非为了乐趣。她虽尽职尽责、毫无怨言，但这项工作于她而言毫无乐趣。男孩擅长数学，我给他布置需要测量或计算的工作时，他也一样。他的工作总是做得完美无缺，却毫无灵感激荡的痕迹。可能是在烘制他们的过程出了问题吧。"

"你要是乐意可以将它们回收处理了。"

无须为自己的行为辩解就能分解活体的机会实属难得。但令里德吃惊的是，莉竟然拒绝了，"还没到时候，除非你命令我这么做。只要第一对还活着,你就先别开发新的一批'布谷鸟',他们是绝佳的对照组。尽管另外两对中,一对是个解不开的谜,另一对则几乎完全避开了'宇宙原理',我还是想搞清楚背后的原因。我会再给他们六个月的时间,到时如果还没有结果,我会让他们互相残杀,看看谁能活下来。如果一对中有一个被杀,另一个会有怎样的反应呢? 我对此很感兴趣。别担心,我有自己的一套理论。"

"你总是有自己的理论,"里德说,"米德尔顿与切斯维奇是我们离可控制的观想化身最近的尝试。就连她的自杀尝试都对我们有利:这让他变得有保护欲,从而使她变为可以利用的杠杆。紧密关注他俩,如果出现进一步纠缠的迹象,我们可能不得不进行干预。就目前而言,我们可以先不打扰他们,看看在没有外部冲突的情况下,他们在一起生活会做出些什么事来。"

莉皱了皱眉。动作虽异常轻微,却比平常在主人兼雇主面前展露的稍微明显了一些。与所有失败的实验品一样,她太清楚激起主人的怒火会招致怎样的后果了。"好吧。"她听上去并不高兴。里德不会因此惩罚她的;她的身上极少会显露同情,所以面对这种时刻,他还是鼓励居多。多一点同情或许会让她看上去不那么恶毒。天赋也不会因此减损半分,但……也不太会在实验室里出现"事故"了。"我会联系艾琳,给她最新指示。"

"很好。"他们穿过一间间议会大厅,远离那些做着白日梦的老顽固们,在他们的梦里,"不可能之城"指日可破,"不可能之路"也唾手可得。

田园

时间轴:2008年9月16日(两个月的和平期)

太平洋标准时间:17:20

"你准备什么时候回家？"道奇站在远处的墙边，手里攥着油性记号笔，在墙上的数列末端继续增添着数字。她的字迹精准得如同处理过的标准字体，每个数字占据的空间大小一致，且与两侧数字搭配和谐。

罗杰对此早已见怪不怪。他盘坐在她的床上，手肘抵着膝盖。房间里没有任何可支撑背部的东西；难怪道奇每早都要做瑜伽。若是没有瑜伽，他很确定她每早做作业的时候都会拉伤肌肉，更别提应付一天里剩下的事情了。空气中弥漫着记号笔与清洁液的气味，唯一的一扇窗户打开着，无法完全将这些气味散去。老比尔站在外面的窗台上，显出一副"只要我乐意就能进来，我只是选择不进来"的模样。天空呈铅灰色，空气里有雨的味道，世界从未如此完美。

"星期天早上的航班。"他耐心地说。她早就知道这件事了：机票就是她帮着订的。她还动用了一点她的数学天赋，帮他搞到了伯克利与剑桥市之间假日航班的最优惠机票。（好吧，其实是旧金山与波士顿之间：她或许是个数学天才，但无中生有地变出并不存在的机场不仅超出了她的能力，也超出了她的兴趣范围。）"我会离开六天，在感恩节后的第一个星期六回来。如果你乐意，我依旧欢迎你去我家玩。"

"然后被当作忘恩负义的孩子被我爸妈谋杀？谢谢，还是不了。"她又写完了一排数字，"我要回帕洛阿尔托的家，享受爸爸做的油炸火鸡。我没开玩笑。任何涉及超大火力的东西，他都极其擅长。别忘了时差：九点前我不会起床，也就是你那边的正午之前。"

"我记得你有段时间一到五点就起床了。"

"没错，那还不是因为你八点一起床就急着要跟我联络吗？此外，也因为那时有人暴虐无理地强迫我早睡早起，还说什么是为了我的大脑发育好。"她扭过头笑了笑，"我现在的作息时间早变了。"

他抬起头，回了她一个微笑。最近，他俩的行为模式愈发趋同。虽不足以令她担心两人间的量子纠缠正愈演愈烈，但足以让她再次相信他会在她坠落的时候接住自己。（在小心翼翼地咨询了好几位认识的物理学家后，他们发现量子纠缠仍是描述两人间状况的最佳方案。两人正在经历的事情就算不足以载入史册，也是罕见离奇的。这让他们在寻找更多的信息时尽量保持谨慎。在自己舒适的公寓中探索奇异现象是一回事，在别人的实验室里被研究就是另一回事了。）

"而我也学会了看时间，"他说，"我不会吵醒你的。但如果我上床睡觉时发现你还醒着，可别怪我骂你。道奇，你多多少少得睡一点觉。长时间熬夜对你没啥好处。"

"快看看是谁在说这话：一个三天三夜不睡，就为了阅读分析一堆古苏美尔语书的家伙。而且是因为好玩。"

"那些书确实很有趣，"他扭过身去面对她，"你要是有时间，我想问你个问题。"

"你说的'有时间'，意思是'就一会儿，不会影响你工作'，还是'请盖上笔头并给我全神贯注，这很重要'？"道奇还在写着。她的视线之内，墙壁上的空间几乎被占满了。很快，她将不得不跪着，最终躺在地上写着，数字从笔尖倾泻而出。罗杰很少知道她在写什么。她几次罕见地想尝试解释时，他都无法理解。于是他不再多问，看到它让她多么幸福便足够了。

"后者的意思，如果你不介意的话。"

道奇停了下来。她说："让我把这点儿写完。"她以两倍的速度写着，直到写完那一整行。然后，她将笔盖上，翻身在地板上蜷着。就像看着起重机将自己折叠成巢一样，将不可能的材料压实成同样不可能的小东西。她把头转向一边，问道："你是准备问我要不要搬去和你一起住吗？因为我认为这是一个坏主意。我做了些调查,不是物理方面的,只是数学上的,我很担心——"

"我也想了很多,相信我,这让我整夜睡不着觉。"罗杰说,"出于很多原因,我不想在一起。另外也是因为,我不想每次都试图向我碰巧带回家的女孩解释你是谁。"

"校园里的大多数人都认为我是你的妹妹。没关系。当我们俩都告诉她我们之间没有发生那样的事情时,任何一个值得约会的女孩都会相信的。"

"我同意你的看法。但是二十年来上演的浪漫喜剧片可不会同意你的看法。有些时候事情会变得很复杂。比如说,当我带一个女孩回家而你刚好洗完澡出来,那么她在时髦的单身汉公寓中面临的第一件事,就是我湿着身的半裸红发妹妹。"

"而每个人都知道红色头发的人是永不满足的性爱机器。"道奇淡淡地说道,"我们有雀斑,有数学,还避开约会,因为约会占用了太多本应该花在其他事情上的时间。"

"并不是每个人的大学经历里都跳过了约会的部分。"

"并不是每个人都喜欢有空闲时间。"

罗杰耸了耸肩,"我们所有人都将享受的事情放在首位。我们可以回到话题上来吗?"

"我并不觉得我们离开了这个话题。我甚至不知道话题是什么。"

"那是因为在我正要说的时候,你打断了我。"他抗议说,"是关于我父母的。"

道奇一动不动。罗杰等待着。他之前见过几次她这样做:他了解正在发生什么。语言并非她的强项。她并不傻,她可以很轻松地进行对话,但有时无法把握语言深层的微妙内涵。当发生这种情况并且她知道这很重要时,她就将自己封闭起来,屏蔽所有无关的输入,直接切入问题所在。**他到底在问**

什么？他为什么真的要问这个？当她回复时会发生什么？

（当他需要解决比换零钱复杂得多的数学问题时，他也会做类似的事情。凯利曾经开玩笑说这是《"小费"赋格曲》，因为当他试图计算支付的金额时，他可能有五分钟都不会对其他事做出反应。他发现，这个现象真正的有趣之处在于——当他一个人时，他无法想清楚这些问题，而道奇则是一个来自他过去的，可能不会再见面的幻象——当她封闭与自己的联络的时候，他的内心深处会传来一阵微弱的刺痛，仿佛在努力回忆起某件遗忘之事。这并非"似曾相识"的既视感——更像是一种未视感，那种曾经熟识的东西突然间叫不上名字的感觉。与童年时期恰恰相反，道奇比他更担心量子纠缠的问题。他不想提起此事，因为怕吓到她，但最终，他还是不得不提起。）

终于，她抬起头问："你希望达到什么目的？"

"我想把你的事情告诉他们。或许，我的领养文件里有提到一个妹妹呢。"这么做的确比验血更简单，更何况不会波及任何其他人。

道奇的眉头慢慢皱紧，"我还以为你要问……我不知道，比如怎么约艾琳出去之类的。"

"呃，不。跟艾琳约会就像跟搅拌机约会一样。没错，它能造出美味的刨冰，但总有一天，当你在忙自己事情的时候，它会自动开启，削掉你一只手。"

道奇扬起一道眉，"听着，首先，你的比喻越来越怪了。其次，别再找我借恐怖电影了。虽然我对你的女朋友们毫无了解，但也不能把人家比喻成厨房电器啊。"

"可你还是明白了我的意思，对吧。"罗杰说，"把她比作野生动物是更容易的选择，但多少有些'陈词滥调'。"

"我是不是得感谢上帝禁止你做任何陈词滥调的事？未来的英语教授。"道奇说，"陈词滥调可真是通向粗花呢外套和卡其色休闲裤的'入门毒品'呢。

那之后你猜会发生什么？你说不定一边教凯鲁亚克[1]，一边朝着坐在前排的那个可爱的本科女学生暗送秋波，心里想着一举把整个中美洲干翻。"

罗杰眨了眨眼。

"这话你憋了多久了？"他问。

"一周左右。"道奇承认。

"感觉好些了？"

"一点点吧。"她咧着嘴笑的时候仍像她九岁时候那样。只在极少数情况下，她才会完全放松，脸上绽放出那样的笑容。就算她笑着，她嘴巴的一侧也会翘得更高一些，将真实的笑意掩于其后。很快，笑容消失。"我不介意你告诉你的父母。只是……你要小心。"

"我会的，"他说，"我一直都很小心。"

"并非一直。"

罗杰屏住呼吸，端详起她。她看上去并不沮丧，反倒很镇定，仿佛终于对二人分离的事释怀了。他吐了口气。

"你是一个很酷的妹妹，你知道吗？"

"如果咱俩一起长大，我会变得更酷。"

他顿了顿，"有重新考虑验血的事吗？"

"正在考虑，"她承认，"如果能证明咱俩确实有亲戚关系，我就可以带你去见我父母了。也许有一天你也可以带我去见你父母。到那时，要再次分开我俩就会变得更加困难了。"

她父亲绝对不会喜欢她跟来自波士顿的那个男孩一起出现。虽然事情已经过去好几年，但罗杰确信切斯维奇教授会认出他的声音。他怎么可能忘

---

[1] 杰克·凯鲁亚克（Jack·Kerouac，1922—1969），美国"垮掉的一代"代表作家，代表作《在路上》。

记？有些事情注定无法忘记，那个打电话来说"你的女儿正在流血致死"的声音必然高居榜首。再说了，如果真有证据证明两人有血缘关系……

"假如验血结果证明我们错了呢？"他问，"那又怎么办？"

"每多出现一个数据点，这种可能性都在相应降低。"道奇说，"我们长着同样的眼睛，骨架相似，出生于同一天——同一个小时。回家后要是能找到出生证明的话，你看看那上面写的出生地在哪里。我的是俄亥俄州。不过这些都有可能是假的，但所有证据综合来看，结论不言而喻。相同的血型，这点我们早就知道。红发与棕发也常常出现在同一个家庭里。"

"这对你而言很重要，对吗？"罗杰问。

"是的。"

"为什么？"

"因为一旦确立了血缘关系，他们就没办法再叫你放弃我了。"道奇看上去镇定自若、一丝不苟，这一切都在她的计算之中，"你没法从你家人身边逃离。"

她说的是他，也是自己，甚至说自己更多。他离开她的时间短暂可数；她却曾经试图永远离开他。现在依然如此。"如果我们没有血缘关系呢？"

"你仍旧是我哥，量子纠缠浓于血嘛。"

"那句话可不是这么说的——"

"不重要。别在我面前卖弄，小心我拿东西砸你。"她语气轻快地说道，"如果证实我们没有生物学意义上的亲戚关系，那在我们之间量子纠缠的原因列表中就可以把这一条删掉。如果有，或许我们可以找找其他相似的状况，并推测出可能后果。我不会再伤害自己，但如果我们中的一个出了意外呢？我们已经知道，如果我在鬼门关边上走过一遭，你也会遭殃，但如果我死了，你能否幸存下来？反过来呢？我们必须搞清楚每次做危险的事情时，对方会面临怎样的风险。"

"搞清楚了又能怎样？以后都藏在棉絮里过活吗？我不能仅仅因为可能危及我的生命，就让你不去过你想要的生活。"反之亦然，但他知道她绝不会要求自己这样做：每次压力变得无法承受时，她的反应就证实了这一点。就算所有证据都表明伤害可以转移至另一人身上，她也不会因此变得小心翼翼，只会整日偏执地妄想，锁上心房，从此不让任何人进来。

"我不知道，"她丝毫不掩饰满脸的挫败，"这是未知领域，也没有物理学家可以帮我们的忙。也许我们可以在掌握了大致情况后去找一个可以帮我们又不会把我们当成实验对象的人。话说回来，一切都得先验血。所以，我们能去验血吗？"

"当然。"罗杰说。

道奇松了口气，紧绷的肩膀开始放松。"什么时候？"她问。

"或许感恩节之后……"

整个晚上就这么过去了，一个话题接着另一个，轻松又惬意。能这么坐着聊天真好，两人都不止一次这般暗忖，事情本该如此。世界本该如此。有矛盾和对立，没错，但那是脑力与脑力间的碰撞，核心利益间的冲突，并非因为世界即将变得极端复杂难言。

这种时刻自然不会长久。但两人对这点都不自知，不过即便他们知道，他们也不会改变这一时刻，不会改变它所带来的舒适感，以及在一地鸡毛的生活琐事中它所带来的依靠。那是即便世界开始崩塌，其余一切都会围绕着他俩旋转的神圣时刻。

这是闪闪发光的时刻。

在第二天需要上学的日子，罗杰总是在夜里十一点离开。因为道奇有在墙上计算的癖好，所以他们一般在她家碰面。他可以给她成捆的牛皮纸用来计算，但她总有可能过于放松，以至于忘了他并非在所有东西上都涂了白板漆。他向房东支付的押金在搬家时可以退回，用于支付新公寓的房租，这点他甚是满意，不想因此受影响。每当秋天来临，新生就会与高年级学生展开激烈的研究生公寓争夺战，大家都想住得离学校近些，最好就在德比美食广场旁边。他挺喜欢现在的公寓，但也一直在关注着"变形虫唱片店"楼上的一座住处，夏天一过，那里就应该开始对新租客开放了。因此，就目前来说，保住押金至关重要。

他很享受从道奇公寓走回自己家的路程，尤其在深夜，城市里万籁无声，凉爽宜人，校园的空气中弥漫着树木与混凝土混杂在一起的奇妙气味。这常让他想起家乡。加利福尼亚州的大部分地区都有一股奇怪的气味，桉树、夹竹桃以及沙漠热浪联合起来，将这里伪装成了人间天堂。伯克利却与众不同，全然一股大学城的味道。当然啦，它不是剑桥市——很少有地方像剑桥市——但有时却极其接近，尤其是在午夜时分。

（他步行回家意味着道奇无须在午夜骑车。她虽擅长骑自行车，脚踩踏板的模样好像已经骑了一辈子，但意外保不齐会发生。在搞清楚两人间的"量子纠缠"究竟是怎么回事之前，他可不希望看见她被撞。当然，在那之后，他也不希望这种事情发生——他希望她永远健康、永远陪在自己身边——只是在当下，他不知道这种事情会造成怎样的后果。他或许不愿意大声承认，但这着实吓到了他。吓坏了他。）

现在，独自一人的他终于可以承认对于即将到来的检测有多兴奋了。第一步是验血：他与道奇在这一点上不谋而合。这是正确的事情，甚至可用精准来形容，两者虽内涵不同，但重要性毫不逊色。数学讲究程序逻辑，如果没有按照正确顺序一步步推演，方程式就无法解开。两人间的"量子纠缠"

亦是如此。他们必须找到正确路径，按部就班，脚踏实地，否则一切都将崩塌，而那是他最不愿意看到的场景。

道奇的问题或许更加明显——这也的确说得过去：她总是那么简单直率，仿佛手举鲜明旗帜，吸引着全世界狙击手的注意力；又像一只诈伤的鸟，将捕食者从巢穴边引开。但这并不代表他就没有问题。一直以来，罗杰都在努力，既充当房间里最聪明的人，同时也是最受欢迎的人。他想与人谈论音素以及人体能发出多少种声音，也想谈棒球以及在这个小镇上要想喝上一碗像样的海鲜杂烩浓汤有多难。他想平衡两者，却发现根本做不到。他遇到的聪明人里，半数以上都沉迷于自己的聪明，无法自拔。他们觉得聪明便是自己的全部，局限在各自擅长的领域里。每当他提起棒球的话题，他们就会打断他，并说棒球多么无聊，多么粗俗，多么配不上他们的智商。

平衡、均势、对等，这些词他都认识，但一直认为它们不过是个美丽的梦，可以追求，但永远不会实现。而现在，他第一次觉得它们所描述的东西是可以实现的。他们只需弄清楚那些事情是什么，意味着什么，而后便可以朝前行进了。

他完全沉浸在自己的思绪中，没注意到身旁有个人跟上了他的步调。两人都身着灰色衣服，步履轻盈，与月光下的街道融成了一体。直到从眼角瞥见一头浅色头发，他才意识到身边有个人。他立刻转身，发现那人原来是艾琳。

"呃，"他说，"你好？"

"你的方向感真怪，"她说，"要是想早点到家，两个街区前就该转弯了。"

"我在散步。"他慌张地说。道奇的两个室友各有各的怪异之处。坎迪斯寡言而唐突，却反倒有些可爱。艾琳则像只猫，捉摸不定而又冷漠，令人不适。她身上有股子与这个世界格格不入的气质，像是从另一个故事中穿越过来的一样。她按时交房租，又几乎从不回家，所以道奇对她这个人没有什么意见。可自从那次在阳台上的相遇之后，罗杰一直竭力与其保持一定距离。这女人有什么地方不对劲。

"确实在散步。"她说。她没说错什么，所以罗杰没有争辩。

两人在沉默中朝前走着，身旁艾琳的脚步悄无声息。罗杰则不断选择更快到家的拐角处转弯，以便尽早结束这场游戏——不管它究竟是什么。

终于，艾琳开口问："如果我给你提一些建议，你会接受吗？还是只会想说'噢，道奇的这个古怪室友，从不露面的家伙，就算我不理会她，也不会有任何后果'？"

罗杰说："我会考虑你对我说的话，进行公正的评估，然后不停地担心听了你的话的后果。因为这就是我，我的大脑就是喜欢做这种狗屁事情。"他语气冷淡，表情严峻。一直以来，艾琳都给人怪异的感觉，可此时此刻，她的怪异之处被放大了。此时此刻，她就是世界这副皮囊上的一颗脓疮，不断向外冒着血，噢，血流不止。

"不要再从波士顿回来了。"

罗杰停下了脚步。

艾琳被惯性推着往前走了几英尺，随后也停下脚步，转身看着他。"待在老家，"她说，"那里有学校会接收你的。不然就装病。总之，在一切还没有太晚之前，赶紧从'不可能之路'上给我滚出去。'不可能之城'就在眼前，杰克·道，它感觉到了你的靠近，它在等待你，一旦它从拐角处看到你，一切就都完了。"

罗杰盯着她，"呃，艾琳？你在自己的时间做什么都不关我的事，只是，你是嗑药了吗？我可不会因为你编的什么'上下奇境'之类的鬼故事就逃离学校。再说了，如果我是杰克·道，你又是什么呢？玉米珍妮？"

"我要是就好了。"她的语气中带着股可怕的冷静与理性,吓得罗杰向后退了一步,远离她,远离她所代表的未来。"杰克·道,在'不可能之路'上跋涉的又不是我;要去面见'权杖皇后'的人也不是我。我已经拜见过'圣杯国王','冰水侍从'确保我知道自己越了界。你想让自己受伤并无什么紧要,但请你考虑考虑道奇,她现在虚弱无比。她们这类人就是这样。乌鸦女孩与杰克·道有很多共同点,可一旦你被灼烧,她会吸来世界上所有的水,最终被自己肺里的水溺死。你是主导者,她只是触发机制。就此放弃吧,否则事情会变得无可挽回,对你俩来说都是如此。"

"你在说什么疯话。"罗杰耐心地说,"我愿意容忍你很多奇奇怪怪的行为,因为你是道奇的室友,而且我也不知道你今晚到底抽了什么玩意儿。但显然,你越过了好几条界限,其中之一就是理性。回家去吧,艾琳。睡上一觉,忘了这些乱七八糟的事,感恩节后见。"

"我能看到你时间轴上的那些固定节点。我无法像你们那样任意更改它们,或在它们之间移动。但我能看到它们。你刚刚就错过了一个。你还不明白吗?你正在穿越'质'、进入中心。一旦你到达那里,连我都无法挽救你了。一旦到达那里,没有人可以挽救你。'圣杯国王'在等着见你。归巢之时,所有'布谷鸟'都会受到'圣杯国王'接见。"

"回家去吧,艾琳。"罗杰再次迈开步子,这次更快,很快从她身边穿过。她没有跟上,他对此心怀感激,但没有放慢脚步。

"等面见'圣杯国王'的时候,别说我没警告过你,"她在他身后喊道,"别说我没试过帮你!"

"回去吧,艾琳。"说着他转过一个弯,消失不见了。

艾琳停在原处,从一百开始倒数,给他回来的机会。他可能会回来吧,可能。当别人得知劫数将至时,会回来询问更多细节。大多数人不会,大多数人宁愿忽视警告,也要假装自己不知道将会发生什么。

　　罗杰没有回来。但不知为何,她并不感到惊讶。她称他为杰克·道,称他为寒鸦①,因为按照贝克的公式,那就是他的名字——那个老婊子,用精心编码的指令供一代代炼金术士模仿。但话说回来,实际上任何一个在"不可能之路"上求索的人都是艾弗里、齐布、道奇。名字无所谓。他和他的妹妹每人只有一只铁鞋。但没关系。只要他们还走在一起,就会一直走下去,直到……

　　"该来的总会来。"她轻轻地说,然后转身消失在夜幕中。

回家

时间轴:2008年11月22日(两周后)
美国东部标准时间:19:54

　　房子里飘荡着感恩节的味道,火鸡、馅料、蔓越莓果酱、土豆泥和馅饼,这些东西的气味混在一起出人意料地好闻。这是节日的味道,是家的味道。小时候,罗杰一直觉得感恩节是这世界上最好的节日。首先,它不涉及谎言;其次,它与圣诞节不同,没有闯进家里的外人;它也与复活节不同,不需要他穿上令人浑身发痒的衣服、硌脚的鞋子;就连万圣节他都讨厌,因为他不喜欢面具与怪兽。但感恩节不同……感恩节是关于食物和家庭的,是用来与所爱的人共度的,是最完美的节日。

　　长大后,感恩节似乎依然是那个完美节日。当然啦,妈妈煮的火鸡比以前小了,因为他不再拥有十几岁男孩的胃口,能将残羹剩饭一扫而空;奶奶

---

　　① Jack Daw 连拼为 Jackdaw,有"寒鸦"的意思。

从没教过任何人制作蔓越莓芝士蛋糕的秘方，所以食谱跟着她进了坟墓。时过境迁，但大伙儿围坐在桌边的感觉却没有变。感恩节是最安全的节日，人们卸下防备，填饱肚子，享受这个世界上唯一的、永远安全的地方。

房子看上去比以前更小又似乎更大了。对于住在拥挤的校外公寓里的人来说，这种带后院的四室单户住宅简直就是"应许之地"，也是班上半数以上的人梦寐以求的居所。大量富余的空间不仅能用来摆放藏品，满足主人乱堆乱放的任性，还能让自身迷失其中。墙纸上曾经抬手才能够到的旧补丁现在变得异常低矮。简直让人难以置信，他曾经那么矮。类似的变化无处不在。屋里的门把手曾经比他的拳头还大，现在他能将它包在掌中。原本高不可及的窗户现在与视线齐平。他甚至一伸手就从冰箱顶上取下了搅拌器，供母亲搅拌奶油。他第一次感觉到自己是家里个子最高的那个人。

他的旧房间重新装修过了。仍旧属于他，但属于的是成年的他，而非孩童时代的他。房间里有几个架子，上面摆满了童年时代他最爱的玩具与纪念品：有第一次跟祖父母一起去海边时发现的一块石头，还有第一次去迪士尼乐园时买的米老鼠耳朵头饰。墙纸是新贴的，洁白无瑕，没有蜡笔或记号笔的污迹。看着它，他想起了道奇和她写满数字的白墙。他的手指直痒痒，想在那令人烦恼的新墙纸上画上动词的时态变化与古典诗句。但他忍住了。这是父母的房子，这是他人生中第一次以客人的身份回到这里。家的确是回不去的地方，无论如何努力，你都不可能真正地回家。

"罗杰！"母亲的声音如往常一样从楼下传来，在墙壁间回荡着爬上楼梯。那独特的回声让他回想起小时候紧靠扶手，望着陡峭的楼梯哭泣的日子。"吃饭啦！"

"来啦，妈！"他喊了一声，站起身来，离开那张崭新的床。他看了眼敞开的门，一时兴起，走到壁橱边跪下，将手按在地板上。地板吱吱作响。存放童年珍宝的那块松动的木板竟然还在。

这种愚蠢的做法在一百部电影里演过：在壁橱底板上撬开一块木板，将钉子表面磨平，以免再次卡住，这样二楼地板与楼下天花板之间的空间就变成了一个秘密隔间。之所以奏效或许是因为这个想法太过幼稚：没人相信像他那样聪明的孩子也会玩这种把戏。无论什么原因，反正他们翻新房间时没发现那些宝藏。

"罗杰！"这次传来的是父亲的声音，更响亮，更刺耳，"来帮你妈摆桌子！"

"来啦！"他喊道。木板后面的童年奥秘不会自动消失，等待着他在闲暇时去探索。罗杰在裤腿上擦了擦手，转身走出了房间。

晚餐美味极了，这并不奇怪，梅琳达·米德尔顿一直是出色的厨师。儿子回家过感恩节的喜悦更让她的厨艺达到了一个新的高度。火鸡烤得恰到好处，馅饼的味道更佳。等到最后一道菜下肚，罗杰感觉自己跑完了一场卡路里的马拉松。他觉得能够依偎在童年时期的衬芯床罩里睡上一整年，被伴随他长大的墙壁包围着。父亲靠在椅子里，呷着咖啡，脸上挂着绝对的满足。母亲坐在他对面，一口一口吃着最后一块馅饼。

惬意的家庭氛围，令人愉悦的食物，罗杰觉得现在就是提问的最佳时机。他深吸一口气，说道："如果可以的话，我想和你们谈谈。"

"有什么不可以的，儿子？"他父亲问道。罗杰记得自己离开家去上大学的时候，父亲还顶着一头乌黑的头发，现在白发却从头顶开始，渐渐向下延展了。（罗杰的第一个想法是：至少他还有头发，但马上又暗暗感到羞愧。没错，科林·米德尔顿还有头发，但那又怎样呢？我的身上又没有他的基因，我的未来是个谜。）父亲苍颜白发的样子有着独特的震撼感。他什么时候变得这么老了？他俩什么时候变得这么老了？

悠然自得的科林对儿子脑海中的想法自然一无所知,继续道:"我们一直都很乐意跟你聊聊。"

"除非你搞大了哪个女孩的肚子,"梅琳达说,"那是你和她之间的事。除了'考虑好你自己的未来'和'考虑好她的未来'之外,我们不会给你任何建议。"

"妈,"罗杰惊了,"你真的认为我会做出那种事吗?"

"凡事总有意外嘛。"梅琳达说,"当然,我指的不是我和你父亲。你是我们深思熟虑的结果,每一寸都是。"

震惊逝去,脸上换上了轻松。罗杰坐直身子,想要看上去像个成年人,而非一个孩子。在这栋房子里,他总觉得自己是个长不大的孩子。记忆中的墙上涂满了妖魔鬼怪,来自童年的幽灵将阁楼弄得吱呀作响。"其实,我想跟你们谈的就是这件事。"

他得是个傻子才会没看到父母间的眼神交换。虽快,却充满了恐惧与沮丧。它落入感恩节家庭聚会的欢乐气氛中,犹如一块打破池塘平静水面的石头。

先回过神来的是母亲。"亲爱的,你是什么意思呀?"母亲的声音如糖似蜜,底下却裹着畏怯。他不由自主地分析着她的话,发现每一个字都透着恐惧,甚至连语气都不对劲了。光是紧张的气氛就将这个他听过无数遍的问题变成了一条绊索,势必要将他绊倒。

他们担心我要去找亲生父母,他想到。面对两人异常的反应,这似乎是唯一合理的解释,唯一可以解释又不会扭曲事实的解释。因为无论接下来发生什么,这个解释都能说得通。毕竟,天底下哪有养父母不担心自己的孩子有一天会更爱别人呢?他可以跟他们解释,说他们是无法替代的,他们是完美的父母,甚至让他觉得是自己选择了他们:藏书万册的父亲,聪慧贤良的母亲。但这一次，他竟感到了词穷的窘迫。摆脱窘境唯一的方式似乎只能是继续当前话题。

"我们从未讨论过我的领养问题，"他说，"我一直都知道我是被领养的。我还知道，我的生母不希望在领养后与我有任何接触——领养合同我看过了。在继续往下说之前，我想先声明：我爱你们，非常非常爱，你们是我唯一想要且需要的父母。我不想去寻找放弃我的那个女人。无论出发点是不是为了我，她对我的抛弃客观上让我拥有了天底下最好的家庭。对此我感恩不尽，而且我并不欠她的。"

父母稍微放松了一些，母亲握紧的拳头舒展开了，手上又有了血色；父亲紧绷的肩膀也松弛下去。

"有这么一个女孩。"

紧张的气氛又回来了，变化就发生在转瞬间，毫不含糊。父母看上去像是被与他们一模一样的雕像替代了一般，连呼吸似乎都没有了痕迹。

"她的名字叫道奇，和我同一天被领养，同一天出生于同一个州，名字取自亲生父母，领养的条件之一就是保留这个名字。"罗杰来回看着他们，等待着他们说些什么，做些什么，哪怕以某种细微的方式显示他们依然在场。"她人很不错。要是你们见到她，我觉得你们会喜欢她的。"

"你和这个女孩……在约会吗？"母亲的声音像是被扼住了喉咙，她看起来像是要呕吐一样，仿佛无论如何也无法忍受他与道奇在一起的事实。

母亲的表现很不对劲。显然，他接下来说的每一个字都要仔细斟酌才行。他强迫着自己继续说下去，"不，妈妈，老天，没有的事。道奇才不是我喜欢的类型呢。我是说，没错，她是个聪明的女孩，身材也够有料，所以，确切来说，她本该是我喜欢的类型才对。但事实上她不是，因为我认为她是我妹妹。当然，我一直以来都拿她当妹妹看。但我想说的是我觉得她是我的亲妹妹。

所以我想问,当年领养我的时候,收养中心有没有提到过另一个孩子?我是不是还有一个双胞胎妹妹?"

"回你房间去。"父亲轻声说。

"什么?"罗杰惊诧地扭头看着父亲,"爸,我不——"

"回你房间去。"父亲重复道,这一次是不容置疑的语气。柯林·米德尔顿吓坏了,不仅如此,他的恐惧里还掺杂着一丝无可奈何,仿佛自将罗杰带回家的那一天起,他就一直在等待这个时刻的到来。仿佛从某种程度上来说,这是一场不可避免的结局。

罗杰慢慢站起身来,等待着母亲说些什么,等待着这两人中有人能变得可以理喻。但他们却一动不动。他推开椅子,离开饭桌,走上楼梯,整个过程中都在等待着他们说些什么。

可他们什么也没说。

童年时代,他常因调皮被送回房间。自那以后,这楼梯似乎再也没有那么长过。他知道,这次枕头底下不会再藏着书了,母亲也不会端着可可或巧克力牛奶,安慰他喜欢打闹是所有男孩的共性。他们对他很宽容,一直很宽容,但如果他能安静一点,只安静一点点,他们将会多么感激啊。**读你的书吧,罗杰,写你的作业去。**

这是他第一次意识到父母对他童年时代调皮捣蛋的反应是不寻常的。其他孩子不守规矩的时候也会收到爸爸给的古语词典和绝迹语言的词汇表吗?他们打碎盘子或说脏话时也会被奖励自己最喜欢的东西吗?他一直以为答案是肯定的,所以从未与别人谈论过这个话题。或许,他应该谈论。

很不对劲,真的不对劲。这种感觉在他提起领养话题,父母双双沉默的时候便产生了。

罗杰关上卧室门,走到床边坐下。壁橱下的童年宝库待会儿再去探索也不迟;眼下的当务之急是确保自己没有违反领养关系中的某些基本协议。他闭上眼睛,将注意力集中在脑海中的那片暗处,用几乎温顺的口吻问:"道奇?在吗?"

"罗杰!"眼睛只眨了一下,整个世界的色彩便瞬间丰盈了。道奇正坐在她父母在帕洛阿尔托的住宅的后院里,身旁是用来分隔草丛与沟壑的白色围栏。在那场……事故发生后,他们一定重修了围栏,修得更高更紧凑,即便是童年时候的道奇也钻不过去。他认得那个鸟浴池,还有攀附在篱笆上的玫瑰花——希瑟·切斯维奇曾花了大量时间养护。他过去总是很喜欢与道奇一起坐在门廊上,看着母亲的玫瑰,这里玫瑰的颜色比波士顿的多得多。

(那个时候,他对色盲症还了解不多,也不知道自己分辨不出自家小区附近玫瑰颜色的深浅。他只是模糊地觉得加利福尼亚州的色彩总是过度饱和,比其他任何地方都更加明艳,仿佛进入了童话世界,或步入了"上下奇境"。)

"你不应该在楼下吃馅饼吗?"道奇在塑料沙滩椅上伸了个懒腰。椅子被拖到后院的一侧,她父亲在另一侧摆弄着烧烤。虽无法透过她的皮肤感受到,但他知道此刻的加利福尼亚州微风和煦、阳光正好。他从未像现在这样想念过加利福尼亚州,也从不知道剑桥市的冬天竟然会这么冷。

"事情古怪得很。"这算是对今夜发生的事的保守说法,说着,他挤出一个微笑,这样她就能从他口中听到了。他不想让她担心,"你那边怎么样?"

"哦,简直一团糟。妈妈烤的蔓越莓派不知怎么着了火。艾琳用大蒜和迷迭香烤的根茎蔬菜倒是没着火,可爸爸烤的火鸡却着了两次火。他现在又要开始烤玉米了,然后……罗杰?发生什么了?"

有时他会忘了两人间的联系对声音有多敏感。他甚至都没想过自己粗重的呼吸声会传过去,也没想过她能分辨出来。"就像我说的那样,事情古怪得很。艾琳怎么跑你家去过感恩节了?"

"我知道，很奇怪，对吧？　由于天气原因，她回家的航班被取消了。我总不能让她孤身一人在公寓里，边吃拉面边愁眉苦脸地隔着窗户和老比尔四目相对吧。我家里人都很喜欢她。她在厨房帮了大忙，不像我，我的烹饪才华仅限于煎饼。但那是明天早上的工作，不是今晚。"

"她跟你说了什么吗？"

"比如？"道奇听上去真的很好奇，也很困惑。

终于有这么一次，他的世界分崩离析，而她的世界却在正常运转。

这么多年，这么多鲜血，直到今天他才第一次明白为什么当年她不愿意告诉他自己有多不快乐。像这样在某人的脑海中，这是……他一生中从未有过的亲密方式。贸然闯入她的大脑，告诉她父母的沉默令自己感到害怕似乎并不公平，仿佛一场她没有要求却无法避免的冒犯。他想保护她，想让她好好享受假期。至于自己的烦恼，他可以等以后再当面跟她诉说，而不是现在去给她平添烦恼。

"没什么，这不重要。"

"这很重要。"道奇挪了挪身子。草坪对面，父亲在向她挥手。她挥手回应，笑声从她唇齿间泻出。"还记得咱们之间隐瞒秘密的时候发生了什么吗？现在快说，究竟怎么回事？"

"我只是……艾琳？"

"对，艾琳。你父母那边到底怎么了？"

"我也弄不清楚。"他三言两语描述了餐桌上发生的事情。他本来还想稍加修饰，后来决定算了。道奇更看重事实。她曾说过，如果你的起始数据不准，就无法进行计算。当然，她不会基于一顿饭就评价自己的父母，她会理解的。

说完后，道奇陷入长久的沉默。太沉默了，直到他开始有点担心了，她才开口，"他们对于我俩可能在约会的反应不正常。"

"什么？"

"其他一切都能看作对二十年来他们一直在担心的那场关于领养的对话的夸张反应。我爸妈也不喜欢谈论领养这件事。他们的反应没那么剧烈，但每次我提起这个话题，他们都显得手足无措。我本可以安慰你几句，假装一切都是正常的，除了他们对我俩约会的反应。你妈竟然露出了恶心的表情。你只是提到了我的存在，这组参数可对应的女孩类型多不胜数。况且你也没提我俩有在约会啊，可她看上去就像要吐了一般。这绝不是正常的反应。他们认识我。在你提起我之前，他们就知道我的存在。"

"我不觉得……"

"你好好算算，"一句算得上友善的陈述和温柔的提醒，尤其对她这样一个认为数学是宇宙唯一基石的人来说——她正以自己简单粗暴的方式努力推着他认清事实，"领养已成年孩子的父母有时会对孩子可能去寻找亲生父母的想法很敏感；对这种敏感，没有所谓'正确的应对方式'。有些父母乐于帮忙，与亲生父母秘密通信多年；还有些父母则会当着你的面撒谎，说你的亲生父母死了，但实际上他们没死。人类是复杂的动物，他们只能根据手头的数据做出决策。所以说，没错，他们手足无措的样子虽然奇怪，但如果你以前试图和他们谈论过这个话题，那也不算奇怪了。"

"可能吧。"

"奇怪的是，"道奇坐直身子，双臂抱住膝盖，"从'有一个女孩'直接跳到'你和她在约会吗'太不合理。就算这是合理的，他们恶心厌恶的表情也不合理。除非他们已经知道你会遇见这个女孩，一个你不该与之产生浪漫关系的女孩。这完全说不通。"

"我该怎么办？回去跟他们继续谈吗？"

"不。你得等他们来找你。"道奇顿了一顿,"另外……小心点。"

"我会的。"他保证道,然后睁开了双眼。被孤立感席卷而来,甚至比平常更加猛烈。若在平常,他与道奇每天会进入彼此的脑袋里几次,看看对方在干什么,问几个问题,然后退出。但他们独自待着的时候会跟在一起的时候一样自在舒坦。可此时此刻,他却因为孤独感到沮丧,沉重到令他难以接受。

他滑下床,突然觉得有些讽刺,切断与大陆另一端的道奇的联络,反而成了这个晚上让他感到不真实的事情。父母正在楼下踱步,他能听到脚步声,以及偶尔声调拔高的说话声。他们虽没有争吵,但气氛肯定异常紧张。门关着,他听不清他们在说什么。而且在这种情况下,他不确定自己是否想听。

他小心翼翼地穿过房间,来到壁橱前。这一次,当手指碰到松动的木板时,他向外一拉,露出了下面的宝藏:几本对少年而言太过成熟的书,还有在哈佛广场边上一家二手书店里买的脏字词典。他还记得当时把词典藏在外套里,气喘吁吁、满脸通红地跑回家的样子,进门后还不停地四下张望,满心笃定有人发现他带回了不该带的东西。那个年纪的男孩一般会私藏色情照片和《阁楼》①杂志的复印本,他藏的却是一本他本不该知道的脏字来源的词典。

此外,下面还有一层更常见的童年碎片。一只几乎随时间风化了的鸟巢,一块硬如岩石的好时巧克力,几块有趣的石头,几个贝壳,一根骨头——他早忘记来自哪里——一只弹弓,还有几本漫画。普通童年里会出现的普通物件。其中几件现在看起来已经过时,但那又如何?他曾爱过它们,才会把它们藏在这里,不让那些不懂它们重要性的成年人不小心扔掉。

在这层童年藏品残骸的下面躺着一个因年代久远而泛黄的文件夹,边缘

---

① 著名男性成人杂志,《花花公子》的主要竞争对手。

卷曲。罗杰小心翼翼地取出文件夹并打开,里面装着他年轻时代的骄傲:一篇关于见证红袜队获胜的文章,一本他纠正老师错误的拼写作业本,还有一小叠蜡笔画。第一张画上标致的笔迹写着"罗杰·M.,4岁",画上他认为应该是自己的小男孩站在田野里,牵着一位女孩的手,两人都笑着。

下一幅画中,女孩不见了,男孩孤身一人站在同一块田野上,眉头紧蹙。男孩的周围,罗杰一遍又一遍地写下了一句话:

多少遍了?

多少遍了?

多少遍了?

单词填满了天空,覆盖了田野,除了悲伤的男孩,盖住了一切。罗杰看着这两幅画,试图将它们与自己记忆中的童年进行对比。他不记得自己画过这些画了。这并不奇怪——多少人记得自己四岁的时候画过的东西?——但它们肯定特别重要,不然他不会把它们藏起来。更重要的是,他当时在某种程度上肯定已经知道了道奇的存在,不然就不会画她。毫无疑问,第一幅画中的女孩是道奇。蜡笔画粗糙的笔触让她的面部轮廓模糊难辨,但微笑时左边嘴角比右边高以及发红的棕褐色头发,这些细节还是令他坚信那就是她。此外,还有日期,这幅画是他在道奇第一次对脑海中的那个男孩打招呼的三年前画下的。他俩早就相识过。

"罗杰?"母亲的声音轻柔得有些过分,"能下来一趟吗,亲爱的? 你父亲和我有东西要给你看。"

"马上,妈!"他大喊,然后将照片和其他收藏一起塞回地板上的洞里。

手机响了。

他差点忘了自己还有手机这件事:那是来自当下的物件,而非如裹尸布般笼罩着整间房子的过去。他从口袋里掏出手机,眨了眨眼,屏幕上显示的是道奇的号码。他不明白她为什么会打电话，毕竟只要闭上眼睛，两人就能立刻联络上。或许她觉得和父母在一块儿的他无法回应吧。不管了。他按下接听键，将手机举到耳边。

"你必须马上联络道奇。"电话里传来的却是艾琳的声音，没有寒暄，没有停顿，直入主题。她知道电话另一边是谁，她没有时间客套。从来都没有。"然后跟她说：'把我们带回上一个固定点。'告诉她这是命令，是誓约，是指令。你需要尽快告诉她，杰克·道，因为整个'不可能之城'就要坍塌在你的头上了。"

"艾琳？道奇的手机怎么在你手上？她知道你在给我打电话吗？"

"她不知道。我没时间给你解释了，时间快没了，最后一周也要被你划掉了。笨蛋，这是一个糟糕的方程式，是一首不押韵的十四行诗。你想用什么比喻都可以，但请你马上给她打电话，结束这一切，要快。"

"罗杰！"父亲听起来很生气，抵消了母亲的轻柔甜蜜，"你给我马上下来！"

罗杰蹲下身子，用手罩住手机，好像这会改变什么似的，"艾琳，你给我听着，马上打住，把道奇的手机还给她，否则我可要——"

"你发现了一些东西。"

他陡然停了下来。

"我不知道具体是什么，因为我对你没那么熟，但你自己知道这些东西本不该存在。可能是一篇关于某个妹妹的小说，也可能是一张照片或是一幅画。你发现的那个东西不属于我们身处的这条时间轴，却藏在真实发生过的事情当中。那是因为我们都曾到过此地，虽然并非绝对的此时此地，但足够接近了。我们已经循环往复许多次了，以至于记忆已在我脑中生成。所以，你必须马上联系道奇，将我刚刚那段话重复给她。"

"不然呢？"

"不然的话，这条时间轴可能就是最后一条了。你年纪太大，已经没有通过化学复位进行治疗的可能，只能当作失败品处理。在上一个轮回里，你是听了我的建议的。"

"你是怎么知道的？"

艾琳冷笑一声，"我们还在，不是吗？快从'不可能之路'上滚出去，否则你就会搭上自己的小命，道奇也会被你拖下水。"

电话被挂断了。罗杰放回话筒，失神地盯着电话。他无法理解这一切。

这种事情不可能是真的。但手中的照片又真实得可怕。与此同时，楼梯上竟响起了脚步声。这一切都显得荒诞不经，无可名状又可怖至极。

他闭上眼睛，"道奇？"

后院满是争奇斗艳的花朵，道奇的视角随着她坐直身子轻微抖动，"罗杰？你还好吧？"

"你必须把我们带回上一个固定点。"脚步声已经攀上了楼。他们试图悄无声息地靠近，但他们没有他对楼梯发出的吱呀响声那么了然于胸。他们不曾在这里长大。

"我不明白。你要我做什么？"

"带我们回去。"他重复道，却不知道如何接下去。

他只能一字一顿地说："这是命令。"

"罗杰——"

门把手在转动。

"这是誓约。"

他的父亲推开了门，沉重的步子足以让他分辨出来是他父亲。"你在干什么呢，小子？睁开眼睛。"

"这是命令。"

父亲紧紧抓住他的胳膊,将他从壁橱边拉开。罗杰还没来得及睁眼,一道闪光就从道奇的视觉神经传到他的眼里,顿时眼前一片煞白。棋盘上,白色侵占了斑斑黑点,全盘皆白。

我们失算了,他暗忖。一招不慎,全盘皆输。

女孩蜷缩着身子,那模样与其说是个孩子,不如说是只野兽。她慢慢直起身子,个头比艾弗里略高,比齐布略矮,正好处在两者中间,像是经过计算一般。

她黑发黄眼,身穿一袭黑色羽毛制成的长裙,裙摆及膝。她双脚赤裸,指甲修长但脏兮兮的,仿佛从未修剪过,任其肆意生长,直到能用来攀爬这世界的铜墙铁壁。

"你是谁?"齐布的声音充满敬畏。

艾弗里差点没抑制住将她拉开的冲动。毋庸置疑,如果就这么放任她,她会永远待在这儿:她永远都意识不到自己身处危险中,而没有她,他永远回不了家。

"我是一个乌鸦女孩,"陌生人歪了歪头,"你是谁?"

"我是艾弗里,她是齐布,"艾弗里答,"请问,你知道这是什么地方吗?"

"为什么这么问,这里当然是'上下奇境'啦。"乌鸦女孩朝反方向歪了歪头,"连自己在哪儿都不知道,你们一定很笨。我觉得都是鞋子的罪过。"

"鞋子?"齐布问。

"鞋子。"乌鸦女孩抬起赤裸的左脚,夸张地扭动脚趾,"如果无法感知你们要去的地方,如何知道你们从哪里来?天空是为翅膀准备的,大地是为脚准备的,世界本该如此。"

"怎么可能有地方是又上又下的?"艾弗里问。

"天空之下,依然在树顶之上啊。"乌鸦女孩说,"在'上下奇境',我们一直都上下皆在,从不在中间地带游荡……

——A.黛博拉·贝克,《飞跃伍德沃德墙》

卷四
复杂化

我觉得你不该想要拥有一颗心。大多数人因为有心而不快乐。你若知道此事，应该庆幸自己没有心。

——L.弗兰克·鲍姆，《绿野仙踪》

所有我们曾追逐过的幻想，不过铅笔画就的素描，

如果你能看到我，请上前一步，我就是被抹除的那一个。

——米歇尔·"维克希"·道克瑞，歌曲《抹除》

镇定

时间线: 2008 年 12 月 16 日

太平洋标准时间: 17:20（又一次）

"你准备什么时候回家？"道奇站在远处的墙边，手里攥着油性记号笔，在墙上的数列末端继续增添着数字。话刚出口，她顿了顿，转过身来，一脸困惑，"我是不是已经问过你这个问题了？"

罗杰盘腿坐在床上，脸上挂着同样的困惑。"问过，"他说，立马又改了口，"不。"接着，他又说："我不知道。我想应该没问过？或许，你想得太大声，我心里接收到了。"

"在我眼睛还睁着的时候？"她狐疑地问，"如果睁着眼、闭着嘴就能交流，那说明咱俩间的量子纠缠变得更严重了。或许我们应该多关心关心这个问题。"

"没什么好担心的，"罗杰说，"也许我们正在经历……我也不知道，比如'心灵感应青春期'之类的东西？通常，这代表着更加稳定的连接。"

"只有结束之后，我才不会担心。"道奇说，"我不知道你是什么情况，但在我青春期的时候，有天晚上我毫无缘由地在厨房一边摔盘子一边号啕大哭。我妈妈甚至没有生气，因为她曾拿一把锤子对着祖母大婚时传下来的瓷器做过同样的事。'心灵感应青春期'期间，我俩会造成怎样的破坏，你想知道吗？反正我不想知道，我一点儿也不想知道。"

"《米德维奇的布谷鸟》可没有我们这么夸张。"罗杰说。

"后来翻拍电影的时候，他们把名字改成了《遭诅咒的村庄》。"道奇说，

"无论如何,这些孩子都没什么野心,否则那就是世界末日了。"

"可至少没那么多令人不适的性别歧视吧。"

"你注意到过我俩的姓氏砍成两半后正好可以组成'米德维奇'这件事吗?"道奇问,"米德尔顿的米德,加上切斯维奇的维奇,就成了'米德维奇'。这个字谜真够糟糕的。"

罗杰直了直身子,目光顺着鼻梁盯着她,"你真的只是在问我有没有注意到这个字谜?哪怕是个很糟糕的字谜?"

"没错。"

"你又吸记号笔油气吸过量了吧?"

"没错,"道奇睁大双眼,使劲挤出一个傻乎乎的笑容,"搞得我头晕脑涨的。"

罗杰捡起一只枕头,掂了掂重量,朝她扔了过去。她笑着躲开了。有那么一会儿,他几乎忘记了房间里弥漫的那种"似曾相识"的感觉。*我们偏离了既定剧本*,他暗忖道,虽然这么想毫无道理,但这缓解了他紧绷着的神经。*偏离是好事。我们之前弄错了*,他想着,虽然这更无道理可言,对他的神经也毫无帮助。唯一的作用就是让他重新回到了战战兢兢的境地。

"所以?"道奇问。他看向她,她已经把笔帽扣回了笔上,正满怀期待地回看他,显然在等着什么。

罗杰在脑海中快速重复着两人间的谈话,试图找到一切开始变味的节点。答案本该易如反掌,可现实并非如此。"我不回去了,"无所适从的感觉从他身上逝去,他又能呼吸了,"现在不是飞回波士顿的好时候。机票可以退,我可以编一个必须留在校园的理由……我能去你家过感恩节吗?不方便的话也没关系,我很乐意烤只鸡,然后拷问它为何不是火鸡。"

"虽然我觉得你对着那只烤鸡大叫的画面很有意思,不过你当然可以去我家。"道奇脸上期待的表情消融,蹙起了眉头。她将记号笔扔到地上。那是她的习惯:房间地板上面包屑般散落着记号笔,等待着她捡起并开始另一段神秘的数学之旅。她走到床边,鸟一般蹲栖在床侧,满脸严肃地看着他,"怎么了? 你不是很期待回家见父母的吗?"

"我只是觉得现在不是回家的好时候。"他能预见事情发展的方向,就像临时屏幕上闪烁着的家庭电影,每个片段都毫无意外地通向下一个,从母亲的玉米面包到上楼的脚步声。这些画面的边缘陈旧得如同磨损了一般。某种程度上,他却很高兴:他不想以这种方式回想起自己的父母。

同时,他又深感疑惧。发生过多少次了? 这个问题在他的脑海中反复出现,却没有一个满意的答案。

道奇蹙起眉头,"你确定?"

"我确定。"

"我的家人有时候会有些夸张。"

"我能应付。"他挤出一个笑容。这个笑容是专门为她挤出的,并得到了回报:她的肩膀稍微放松了些。她相信他不会对自己撒谎。两人中,她更擅长谎言,以至于她有时忘了这并不代表他就不会伪装。他也是个中好手,只是方式不同罢了。

"嘿,说到家人,你后来有没有再考虑过验血的事情?"

她眨了眨眼,面露喜色。"我考虑过!"她说,"事实上,我一直在思考这个问题。我觉得我们应该去验血。我想知道量子纠缠是否有生物学基础,还是说我们恰巧只是在正确的时间出现在了错误的地点,然后不知怎的误入了一个异乎寻常的宇宙空间——"

她继续说着,他耐心听着,试图把握住那些一遍又一遍提醒着自己的蛛丝马迹:有些地方出了问题;有些事情显得极其不真实。他只在必要的时候才回应一两句,让她主控对话。**我们弄错了**,他想,而他甚至不知道弄错的事是什么。这种混沌的状态犹如脑子里插入了一块碎片,他想对她倾诉,却不知如何开口。

回家前,他明确了将在帕洛阿尔托过感恩节的决定,两人还同意假期过后找斯米塔谈谈验血的事。她可能看不上这种差事,但至少她是个熟人,可以放心地将抽出的血交给她。他在十一点准时离开,毕竟,明天还得上课。

道奇微笑着陪他走到门边。紧紧关上门后,她才膝盖一软,瘫倒在走廊上。坎迪斯已经上床睡觉,艾琳好几天没见人影了;感谢上帝,她不用担心突然闯入的室友。自打问罗杰何时回家起,一切的一切都飞旋着急转直下,世界好似变成了一场狂欢,翻转、跳跃,永不停歇。她以前有过类似经历,但从未如此糟糕。罗杰说话时,她所能做的就是保持微笑,唯有这样,她才不会冲出房间去呕吐。

如果他知道,他会认为她出了问题:不是她受伤了,就是两人间的量子纠缠超出了她的神经元突触的承受范围。说实话,她自己也无法排除这种可能。傍晚的早些时候,不知哪里发出"咔嚓"一声,像是金属棒被塞进电池组里时发出的声音,有那么一瞬间,一切都变白了。这种事情以前也发生过,虽不经常,但那感觉足以令人难忘。电击般的感觉来临时,她几乎是欢迎的,关于那些体验的记忆如同困在时光中的琥珀一般,永远尖锐、清脆,且易于重温。

(她在沟里划开手腕的那一天便是那些被冻结的时刻之一。无论如何,那都称不上是愉快的记忆,但有这样的记忆存于脑中,她仍深深感恩。每次当她感到世界向她压过来,感到她需要划开自己的身体才能释放黑暗时,她都会追溯那段记忆。她记得当时的感觉:事情没有因此变得更好,她没有因此找到答案,什么都没有得到解决。事实上,生命中的一切差点就被全部夺走。有时，完美回忆是一种赐福，可以用来抵消这世间所有诅咒。）

她心想，别在这儿，别在这个时候。可她控制不住，还是哭了出来。她抽泣着，声音如爆破一般，整个身子都晃动起来，眼睛被泪水刺得生疼。很快，她就鼻涕眼泪一大把了——头发里说不定也都是鼻涕——但这不重要，因为世界依旧飞旋如初，犹如史上最恐怖的旋转木马，在她周围摇摆不定。她不知如何让它停止，她不知道。这个游乐场没有出口。

终于，眼泪流完了。她在走廊上紧紧地蜷成一只球，沉默地等待着世界停止旋转。

这一切，罗杰都不知道。她没有向他发出呼唤，因为他不喜欢闭着眼睛走路。离家还有一半路程的时候，他听见了脚步声。这一次，他知道脚步声属于谁。他停下脚步，转过身，等着艾琳赶上。她看上去……一脸满足，仿佛一切都在按照某个她不愿与人分享的剧本进行着一般。他憎恨她那沾沾自喜的表情。因为那个表情因他而起，他因此也憎恨起了自己。

"你对我做了什么？"他质问。

艾琳的笑靥分毫不减。"我不知道，"她说，"我又不是你，寒鸦。除非你下了不同指令，我看见'不可能之城'后，很快就会把它抛到脑后。我猜这次你压根儿连信息都没保存。"

"你什么意思，我根本听不懂。"

"没错，你听不懂，"她说，"但这就是有趣的地方。你看，明天一早，所有这一切都会变成狂乱的梦——包括这场对话，假如没有前序事件，它也不会发生。你的大脑会将那些听不懂的部分自动删除。没错，它会对你说谎，而你会甘愿上当。唯有那样，日子才更加舒服，世界也更加舒坦。在开始建塔前，你需要更多的基石。"

"你跟别人说话也这么含糊不清，还是说只是跟我这样？"

艾琳的双眸似在变暗。"哦，你比你想象的要幸运多了。你很幸运，他们选择了我来监视你。你很幸运，他们伤害的是我，而不是你。你更幸运的是，你的妹妹属于顽强的那一类。那些枪械容易走火，所以他们需要稳住扳机。其他几对都没能存活下来。唯有你俩做到了。他们想搞明白个中缘由，想更加了解你。"

"他们是谁？"罗杰问。

"'不可能之城'的守卫。'冰水侍从'。但重要的还是'圣杯国王'。你极有可能是他这辈子都在寻找的人——你不会想要引起他注意的。他可不像其他的一些我能罗列的巫师形象，净是些欺世盗名之辈。相信我，他是个狠角色。"

罗杰瞪了她一眼，"你到底知不知道今晚我身上发生了什么？"

"你还记得与我有关，"艾琳说，"很不错。这足以说明这种事情我们经历过不止一次。时间好似皮肤：伤痕过多便会结痂。你的妹妹，她知道怎么切断时间，但未获许可，她没有拿起刀的权力。一旦获得许可，她便会切断时间。"她歪了歪头，冷静地看着他，"都是你咎由自取。"

"是你叫我那么做的。"他不确定自己为何如此笃定——与其说是事实，不如说那是种感觉，一条压根儿不存在的时间线上迅速破损的名为记忆的蛛网上传来的号叫，"你说我别无选择。"

"真的吗？如果我真那么说了，肯定有充足的理由。"艾琳变得严肃起来，一脸凝重地看着他，"我之所以满嘴比喻，是因为你是只寒鸦，你是杰克·道。他们没给你插上羽毛；相反，他们给你肚子里填满了单词。太过明确的话语会直接从你身体穿过，而比喻则会滞留下来。你需要能与你为伴的东西。你需要搞清楚这一切。我帮不了你。"

"你现在就在帮我。"

"不，我是在你的潜意识里埋下了种子，因为我知道一到明早，这一切于你而言不过是一场梦罢了。"艾琳向前走了一步，"假若我们并非在这次时间线的重设中离得如此之近，我都不会花心思做这些事情。你们这些'布谷鸟'在打破现实规律时，结痂前会出现弱点。世界陷入混乱，它想要重回秩序，这就赋予我比平时更强的自由度。我就是为此而设计出来的。我跟你一样，寒鸦，我俩来自同一间实验室。我只是没有你重要罢了。至少创造我们的人是这样想的。你和我，还有你那个疯妹妹，我们会改变世界，但前提是我能让你活得足够久，并看上去足够可靠，给你足够的时间找出改变世界的方法。感恩节你不回家吗？"

罗杰想都没想便摇了摇头。"不回。"他说。

"很好。你的父母不再值得信赖了。当你还是个孩子的时候，他们还算安全——虽然从未绝对安全过，但足够安全了。现在，他们是危险的。他们会告发你、取代你。如果圣诞节你也能待在这里，那就再好不过了。"艾琳的笑容完全没有了喜悦，"你是擅长文字的孩子。找一个会让他们相信的理由。"

"你到底在说些什么啊？如果你真的如此了解内情，为什么不帮帮我们？"

"可我就是在帮你们啊。"这一次，她的口吻中全然没了尖酸讽刺与阴阳怪气，她所说的即她所理解的事实，"你还羽翼未丰，无法挺身战斗。现在引人注意无异于自寻死路，对你俩来说都是如此。所以，在打破那层外壳、开始开疆拓土前，我必须确保你活着，还得活蹦乱跳地活着。你不能仅仅因为厌倦了中间部分，就直接跳到故事的结尾。那样，你根本存活不下来。"

罗杰盯着她看了好一阵子，咂摸着这几句话，跟开头的那几句比较着。终于，他问道，"你之所以这么说是不是因为我们已经尝试过了？"

她笑了,笑容一闪而过,如刀锋般锐利,"你总算明白了。回家吧。回去睡一觉。忘了这一切,但别忘了告诉爸妈你不回去了。这是唯一你必须记住的事情。"

"艾琳——"

她转身离开,"'不可能之城'再会,寒鸦。"话刚出口,她便不见了,消失在迷宫般的伯克利街道中,留他一人在原地张望。

罗杰盯着她消失前所在的地方看了一会儿,然后,又继续走了起来,开始时是漫步徐行,但渐渐加快了速度,开始奔跑,到家前的最后两个街区变成了全速冲刺。开门的时候,他试了三次才把钥匙插进锁孔里。

他的床边总是放着一本空白的本子。他试图记住并写下自己的梦境,但大部分时候,他的早晨是由一系列寻找咖啡、香烟与裤子的混乱、匆忙瞬间所组成的,因为五分钟后,早课就要开始。他抓起那个本子,抄起离他最近的一支铅笔,一屁股坐到床上,开始疯狂地写了起来。他就这样写着,直到手腕发痛,手掌感觉又热又紧,像胀大了三倍,尽管肉眼看来毫无变化。完成的时候——当他写下了每一个记得的片段,每一丝情绪,每一处印象,艾琳说过的每句话后——他盯着纸页看了一会儿。然后,他斜着身子倒了下去,身心俱疲。

脑袋还没碰到枕头,他就已经睡着了。

清晨如期而至,因为昨晚忘记拉上窗帘,阳光径直穿过卧室窗户洒了进来。罗杰闷哼几声,翻了个身,将头埋在枕头里。牛仔裤的拉链卡进了皮肉,他这才惊奇地发现自己没脱衣服。甚至连鞋子都还在脚上。他头痛欲裂,像是宿醉一般,可昨晚他明明是在道奇那儿啊,道奇又不喝酒。当然,她偶尔也会抽抽大麻,或是其他什么娱乐性的致幻剂。但酒精,那不是她的风格。她不喜欢把自己搞得邋邋遢遢。和她在一起时,他也不喜欢。要是喝醉酒让道奇抓到了自己的把柄，她可是不会轻易放过的。

他坐起身来，头依旧昏昏沉沉的。他的愿望书斜放在床头，他定是在昨夜的某个时刻醒来过。他拿起书，打开，看着里面潦草的字迹。一连串毫无意义的涂鸦。仿佛是为某个有关《飞跃伍德沃德墙》的反乌托邦梦魇列了个大纲，许多他认识的人混淆成为其中的角色。

"天啊，齐布，没有你，我真不知道该怎么办。"他嘟哝着，干笑了几声，这个动作引发了一阵咳嗽，肺里的隔夜痰起伏撕裂。总有一天，他会死在抽烟这件事上。这个念头令他意识到自己此刻多么需要一根香烟。他于是站起身来，将本子丢在一边，走出房去，开始了新的一天。

当他意识到此刻自己已经决定好了要扮演怎样的角色时，时间已经过去了很久。待到那时，一切都为时已晚。

偏差

时间线：2008年12月22日

太平洋标准时间：13:11（6天后）

门铃响了。"我去开门！"道奇从感恩节的节日气氛中强行撤出，朝门飞奔而去，留下铺满整张桌子的工艺装饰品。

厨房里，希瑟·切斯维奇正笑着将番薯塞进烤箱。道奇邀人参加感恩节晚宴，这一天她似乎等了好多年。在她心里，女儿自然是最重要的，可当妈的免不了担心。而她尤其如此。一直以来，道奇都不善交友，也从不介意大部分时间独自跟数学书与棋盘待在一块儿。即使是国际象棋——最初是想让她多参与社交，毕竟这种二人游戏一个人很难单独玩起来——也没有带来希瑟预期的效果。比赛了不过两年后，道奇便宣布退役，声称这项运动并不公平。

虽然她永远不会承认，但希瑟已经开始担心她聪明美丽的女儿，在没有意识到人生还有其他选项前，便终老一生了。于是，当她提出要带同学回家吃一顿真正的家庭大餐时，希瑟和彼得很高兴地同意了。得知道奇终于交到了朋友，买只大点儿的火鸡不过是个小代价。

客厅里传来的笑声如音乐般悦耳。她认得道奇的声音，高昂尖锐，永远兴奋，每两个词音调就会拔一个尖，好像担心不表现出自己的喜悦，谈话就会停止。底下的男性声音她并不熟悉，那是个男高音，清澈透亮，与道奇偶尔发出的重音相呼应。第三个声音断断续续的，女性，比道奇的更低沉，底色平稳，体现出说话者沉默冷静的处事风格。第四个声音也是女的，比另几个更高、更甜美。四个声音成为一部美妙的混响，自希瑟把女儿从机场接回家的那天起，她就一直在等着听到这些声音，当你拥有一个女儿，客厅里就应该发出这种声音才对。

她走进厨房门口，并不对围裙上的蔓越莓酱和手上的面粉感到羞耻。她不担心自己的出现会让道奇在朋友面前感到尴尬。今天可是感恩节，这帮研究生唯一关心的只会是食物。"你们好。"还没看见他们，她的脸上便已经露出了慈祥的笑容。但很快，她的笑容就凝固了。

第一个女性声音肯定属于那个穿着牛仔裤、绿色运动衫，身材凹凸有致的矮个女孩。她的头发是草莓金色，不知怎么，这让希瑟想到了医用棉球里渗出的血的颜色，既不是粉色，也非红色，而是一种独特的色泽，像大屠杀过后的颜色。她蓝色的眼眸发出冷光，虹膜边缘镶嵌着一圈令人惊异的黑。不可否认，她很漂亮，但她看希瑟的样子像是一条看着老鼠的蛇。有那么一会儿——就一会儿——希瑟能清楚地感觉到自己的心跳：心肌扩张、收缩，随时可能中断。

希瑟将第二个女性声音分配给了那个苗条的印度女孩。她的皮肤呈棕色，一头黑发，可爱至极，穿着件有点过于正式的黄色背心裙。这么薄的裙子在国内其他任何地方都不够保暖。加利福尼亚州永恒的春天于她而言像是一种祝福。她看起来也像个捕食者，只是方式不同：她是只鹰，而非老虎，更安全、更遥远，观察着世界，同时也属于这个世界。

奇怪的是，神似捕食者的女孩们并非问题所在。希瑟以前见过道奇的同学，那些才华横溢的天才少年们都知道，自己所做的一切都会被拿来衡量自己才华的高低。他们的天性就是捕食者，是口含金汤匙的天选之子，害怕自己的棱角被世界磨平，认为父母的爱取决于自己拿到满分的次数。希瑟对他们总是很友善，希望他们也能对自己那笨拙又敏感的女儿好些，道奇总是将自己的天赋视为一场游戏，而非某种与生俱来的召唤。道奇也许可以和这些孩子相处得不错。但不可避免地，道奇永远都在数学领域胜人一筹，在抽象思维里矮人一截；同学们对她的态度不是当成对手避之不及，就是当作累赘弃之不顾。不过，让希瑟感到担心的并非那些神似捕食者的女孩们。

她担心的是那个男孩。

道奇在女孩中很高，她于男孩而言却很矮；两人并排站着时，几乎一样高。他一头棕发，眼睛却和道奇的一样，是褐色，瞳孔周围渐变为白色，看上去像个瞎子。眼睛颜色这么淡的人怎么可能看得见。

他们的体型相近，除了性别差异外。他的肩膀更宽，臀部更窄；她的脸更圆，但下面的头骨结构却如此相似，让希瑟惊得屏住了呼吸。

至于他们的脸。

希瑟·切斯维奇等了二十年。在这二十年中，她一直在等着门铃响起，等着一个鼻子上长雀斑的红发女人出现在门口，言辞礼貌地说自己犯了个错误, 她想要回自己的女儿, 希望他们能理解。这些年来, 她一直在做准备, 以应对可能出现的法律争端, 以及大发雷霆、怒吼"你根本就不是我的亲生母亲"的道奇。这些, 她都没等来。她差点就觉得另一只鞋子不会掉下来了。可就在此刻, 它却悄然而至。这个带着礼貌笑容的青年与她的女儿如此相像, 像到她的身体几乎开始发疼。

你知道他和你长得有多相像吗? 脑子里想着这个, 她却强迫自己开了口。"你们好," 她在屁股上擦了擦手上的面粉, 然后伸出手道, "我是希瑟, 道奇的母亲。"

"我叫艾琳," 第一个女孩说着, 轻轻握住希瑟伸出的手, "您家真漂亮。"

"谢谢。" 希瑟说。

"我叫斯米塔," 第二个女孩说, "感谢您的邀请。不然我就得独自过节了。"

"胡说, 该我们高兴才对," 希瑟说, "人越多越好。"

轮到那个男孩了。他微笑着和她握手, "我是罗杰," 他说, "我知道我是最后一刻才加入的。真荣幸能来您家。"

他有着浓厚的新英格兰口音, 跟煎饼面糊一样黏稠, 从每个词里渗出来。希瑟又一次屏住了呼吸, 这次是因为害怕。那次袭击已经过去了很多年, 她的康复也过去了很多年, 可伤害她的男孩一直都没有找到……那个男孩说话也带着新英格兰口音。(报纸上当时说的是波士顿口音, 因为那更容易辨别。)

罗杰看向她的目光带着明显的同情。仿佛他知道她在想什么, 知道她因恐惧而不敢说出口的话。

笑容正一寸寸地从道奇脸上消逝。

有些问题确实需要问出来, 但希瑟不想当那个扫兴的人。她拒绝这么做。

于是,她换上笑脸,这次更加真诚,转向女儿说:"爸爸在后院准备火鸡,厨房里有我看着呢。要不,你拿些喝的,带你朋友去露台玩会儿?"

"好的,妈妈。"道奇的五官舒展开来。她跳过去亲了亲母亲的脸颊,然后转身问朋友们,"咖啡、柠檬水还是根汁汽水?"

"根汁汽水。"艾琳说。

"柠檬水。"斯米塔说。

"咖啡。"罗杰的语气中带着大多数人提到名人、圣人或度假胜地时才会有的尊敬。这一次,希瑟的微笑是真诚的。他们间的相处如此轻松,罗杰不可能与发生在她家小公主身上的事情有任何关系。

绝不可能。

切斯维奇家的房子虽称不上豪华,也算得上宽敞,特别考虑到它是靠一位教授的薪水支撑着的。罗杰看着大教堂般高屋顶的客厅与硬木地板铺就的走廊,感觉自己犯了个错误。感恩节应该在一栋满是踢脚线与天花板上布满整修印记的殖民时期老房子里度过才对。墙纸上应该有磨损的迹象,而非眼前这种陈列室般的锃光瓦亮。

道奇望了他一眼,做了个同情的鬼脸,说:"小时候我爸妈曾担心我们不得不卖掉房子,然后搬走。爸爸虽然有终身教职,但预算一旦削减,系部都没了,终身教职也不能保障工作。他们从妈妈的祖父母那里继承了这所房子。我从未见过他们,只知道曾祖父是个苹果大王之类的人,他们当时很有钱。所以我从小就知道,想把什么地方弄得一团糟的话,要么回自己房间,要么到外面去。"

罗杰的脑海中浮现出血渗入地面,在永远无法清洗的地方以永远无从清理的方式弄出一团糟的画面。他什么也没说,他无法改变任何事。过去如同刻在石头上的字迹,他并非雕刻家;他无法回到过去,阻止那种事情发生。

不知怎的，这个想法像只嗡嗡作响的蚊子一般在他的脑海中挥之不去。他并非雕刻家，这种表达方式挺奇怪。这说明别人可能是，说明这种类型的雕刻家可能存在于这个世界上。

显然，他需要更多咖啡。他边喝边听道奇介绍着房屋翻修的情况，以及多年来自己在各类数学大赛上拿的那些奖金如何用到了这栋房子上——当然，总是经过她同意，有时甚至是她自己坚持要这么做。

走廊尽头有扇门，她打开门，映入眼帘的是后院及里面的玫瑰。他看着那些玫瑰，那些小时候透过她的眼睛看到的，总是那么娇嫩欲滴的玫瑰，跟生长在"上下奇境"里的玫瑰一模一样。

此刻，它们暗淡无光，与普通玫瑰并无二致。他叹了口气。道奇看了他一眼，他赶紧闭上眼，假装打了个哈欠，随即透过她的双眼，向外张望。他又看到了记忆中无比娇艳的玫瑰。

不知道她从他的眼中能看到怎样的世界。

"你昨晚没睡吗？"艾琳问。

他睁开双眼。就在那之前，他透过道奇的眼睛瞥了她一眼：她的头发是草莓金色，而非他一直以为的灰白；双颊泛红，尽管天气没那么暖，尽管他们没做任何足以令她脸红的事情。奇怪的是，这样子的她更迷人了。依旧危险，却夹杂着美丽，所以是他能接受的那种危险。

随后，他睁开了自己的眼睛。颜色褪去，世界就此少了一层意义。"睡得不够，"他笑着耸耸肩，"终于能吃一顿真正的大餐了，我兴奋得睡不着。你要是觉得有啥问题，去告我好了。"

"研究生想吃点好的就要被拉去受审的话，那咱们都得完蛋。"道奇说着将他拽进后院。父亲正站在篱笆边上——它看上去比小时候要高大牢固得多，那时道奇对水沟的迷恋还是安全的，还未演变成大型灾难——摆弄着烧烤架,芦笋与玉米在架子上嗞嗞作响。看见他们,他挥手致意。四人也都朝他挥手,却没有人上前。为了不让头发着火,最好还是离喜欢玩火的人远点。

露台上摆着一张桌子,他们将在那里吃晚饭,两扇滑动玻璃门通向希瑟正在工作的厨房。他们绕了好大一圈才到露台是为了不打扰她们做饭,这一点显而易见。当道奇把他们带到露台边上的一张小桌子前,机警地说"我马上回来"时,他们对此更加确信。

没等他们反对,她就消失不见了。罗杰和艾琳交换了个眼色,"看来我们要被亮片包裹全身了。"

"手工活动具有传染性,能在任何时候感染任何人。"她冷冷地说。

"所以要进行安全的手工活动。"斯米塔说。艾琳笑了。道奇回来时带了满满一篮子的食物,笑着全都扔在桌上。

"我本来在里面都安排好了,可妈妈说我们得搬到外面来,因为她没法同时应付我们四个人。"她高兴地说,然后打开篮子,"谁想来串爆米花串①?"

"还有其他选项吗?"罗杰问。

"我们还需要更多纸链。"道奇说。

"也许你应该邀请坎迪斯来参加这个派对,"艾琳边说边狐疑地看着那碗蔓越莓,"她是学儿童教育的。这种活动对她来说就像期末考试。"

"坎迪斯昨天飞回波特兰了,"道奇说,向天空挥了挥手,好像在示意坎迪斯飞行的弧线,"此外,她是个素食主义者。我想她不会喜欢在我家感恩节发生的大屠杀。"

"那么,我代表全世界的肉食者,提前对这场屠杀表示感谢。"罗杰平静地说,"我来串爆米花串吧,道奇。这能有多难?"

---

① "爆米花串"与下文中的"纸链"是美国常见的家庭自制节日装饰物。

事实证明这事儿还真是有些难度。爆米花脆，蔓越莓滑，串起来的时候握太紧会碎，握太松又无法固定住。这项工作是需要技巧的，小时候的他可能轻车熟路，现在的他已经不具备这种技能了。似乎只有艾琳掌握了诀窍：在她手上，工艺品显得很是服帖，针每次都能找对角度穿过。露台一片安静，只有不时响起的剪刀剪开彩纸的声音、轻柔的嘀咕声，以及远处道奇父亲在烧烤架边亲切的咒骂声。

一个男性声音在他身后响起。罗杰知道这是彼得·切斯维奇过来了——他无数次通过道奇的耳朵听过这个声音，从自己的耳朵里只听过一次——"能看到一个正常的爆米花串真好，在道奇手里总是被做成了爆米花版的斐波那契序列，蔓越莓就是该注意的数字间的标记。"

"真是让人毫不意外。"斯米塔说。

"爸爸，人家四岁的时候，你还觉得这很可爱呢，"道奇从手里的纸链上抬起头。她皱着鼻头，抿嘴撒娇的样子让她看上去更年轻了。那样子既讨人喜爱，又有些古怪。罗杰只在他俩在房间中独处时才见过她如此放下心防的样子，她拿着记号笔，而他默不作声。

"现在也很可爱呀，"彼得说，"不跟我介绍介绍你的朋友吗？"

艾琳和斯米塔经历过这种事情，知道接下来的步骤。她们转过身，脸上挂起微笑。罗杰也照做了，不同的是，他的微笑像粘在脸上似的，厚重紧绷，仿佛一不小心就会崩裂，掉落在地上。相较之下，道奇母亲那一关算是好过的。

我还是回家算了，他感觉自己全身紧张瑟缩。不行，还不能回家。他不知道自己怎么知道的，但就是知道。他就是知道。现在回家，一切都将终结。

但眼前的处境确实不好过。"这是艾琳，我的室友之一；斯米塔，生物系的同学。还有罗杰，我最好的朋友，也是最包容我的伙伴。"

"很高兴见到您,切斯维奇先生。"艾琳说着伸出手。

彼得笑着向她展示他油乎乎的双手,"一般情况下,我是完全支持正式场合的社交礼仪的。可现在,我还是不要碰你为好。"他说道,"等我洗完了手,咱们再握不迟。"

"没问题。"艾琳答。

"您好,先生。"斯米塔说。

彼得的注意力转移到罗杰身上,上下打量。尽管罗杰并不清楚道奇在高中时从未约会过——约会耽误她做重要的事情,比如家庭作业——但他可以从她父亲脸上的表情读到这条信息。作为好几个女孩带回家的第一个男孩,他认得那个表情,同时掺杂着希望与怀疑,好像他要么将拯救他们的女儿,要么就会毁了她们一样。

真不让人意外呢,他一边暗忖道,一边刻意维持着脸上的笑容,说:"很高兴见到您,先生。"

就像之前希瑟一样,彼得僵在原地,脸上全没了血色,雕像一般沉默地凝视着罗杰。

"你能带我去洗手间吗?"艾琳突然看着道奇问。

"但——"她想帮忙。这个想法在她的声音以及那个绝望不安的单音节里表现得再明显不过了。她想帮忙补救当下即将发生的事。罗杰救了她的命,而她父亲毕竟是她父亲,她希望他俩能够和平共处,因为她无法想象一个没有他俩的世界。在她看来,他俩对自己的未来至关重要,那是一个自己仔细用方程式换算过的完美未来。

"我真的需要上洗手间。"艾琳咬紧牙关,嘴里发出的音节紧凑短促。

"我也想知道洗手间在哪儿。"斯米塔说。

道奇叹了口气。她明白自己必须履行女主人的职责,尽管她不想这么做。

"我马上回来。"她对罗杰与父亲说,两个人都没在听。她站起身,示意其他女孩跟上,三个人就这么离开了。

罗杰一动不动。他看着彼得,等待着即将到来的暴风雨。他可以试着解释——一直以来,只要他愿意,就可以变得很有说服力——但他一句话也没说。试图解释对他没有任何好处,甚至会给他造成很大伤害。他深知这一点。尽管如此,他还是尽力保持沉默,这样事情才不会变得更糟。

终于,彼得开了腔,几乎是以一种谈论天气的平淡口吻,"你以为我不会认出你的声音?你以为你可以大摇大摆地走进我家,跟我女儿同坐一桌,而我会不记得你?"

"不,先生。"罗杰说,"我本不打算来,因为我知道您肯定在家,而我不想毁了您的感恩节。但我最终总是要见到您的,这没有办法避免。而且这似乎是最好的见面方式了,在这里至少不会我一开口,您就去叫警察了。"

"你怎么知道我不会叫警察?"

"道奇会崩溃。"这几个词短小精悍,却完全正确。它们代表了两人都希望避免的事情,因此不会受到质疑,尽管这句话完全改变了对话的氛围。罗杰仍然坐着。贸然起身会被认为是挑衅,尽管他相当确定彼得·切斯维奇比自己高,"她带我来见你们这些家人,是因为你们对她很重要,她希望我们和平相处。"

彼得的双眸如同钢铁般坚毅,"你对她做了什么……"

"我救了她的命,先生。就这样。"罗杰摇摇头,"打来电话的时候,我人在剑桥。我知道你很清楚这一点,因为你是个聪明人。警察一介入,你就会检查大学的电话日志,所以你知道这个电话来自马萨诸塞州。"而且还是来自一个公用电话。(那个电话已经不存在了。罗杰上次在波士顿乘地铁经过哈佛广场时,看到所有付费电话都被移走了。他当时感到一种无以名状的失落感,仿佛某个极其重要且永恒的东西莫名其妙地消失了一般。时间之河滚滚向前,唯有死者被弃之不顾。)

多年以来,彼得一直知道道奇的伤口是自己造成的,而那个波士顿男孩的故事不过是为了掩饰真相。不过……"如果你不在现场,你又是怎么知道的呢?"

"因为我是她最好的朋友。"罗杰说,这是真的,一直都是。即便在很长一段时间内,两人毫无联系,即便他曾有其他人来填补她的缺席留下的空白,但他仍旧一直是她最好的朋友。与其随便找个人填补内心的缺口,她更愿意独自忍受,有时他希望自己也可以那么专一、坚强。"她一出事,我就会知道。不管你是否相信我,这就是事实。我永远不会伤害她。我甚至会为了保护她而不惜牺牲自己。"

彼得犹豫着。五年来一直想说的那些话要咽下去很难,可罗杰眼眸中闪烁的证据却更加难以否认,"她看起来……很快乐。"

"我们相处得很愉快。"

彼得的表情又变了,他对这句话的解读一览无遗地显露在脸上。罗杰花了好大气力才忍住没大笑出声。

"我不是那个意思,我保证。"他说,"大部分时候,我们都是在争论用以描述数学的语言。她在准确性方面总是要求很高。"

"这才是我的女儿。"彼得笑了。或许事情没他想的那么糟糕。

艾琳从卫生间——金丝雀黄与奶油色的墙壁,墙上有鲸鱼的照片,窗台上散发着海贝的香味,十足的"加利福尼亚州风情"——走了出来。她侧身让斯米塔从身边经过,却发现道奇还在客厅里等待,于是停下脚步,扬起眉头。

"怎么了?"她问。

"你觉得我爸会杀了罗杰吗？"道奇脱口而出，仿佛这句话她在等待的时候就一直憋在肚子里。

"应该不会，"艾琳说，"我是说，他有能力做到，但毁尸灭迹会很麻烦，这意味着晚饭会推迟。最好还是不要冒这个险吧。"

道奇吓坏了。那个表情很是有趣——道奇发脾气的时候会非常夸张、戏剧化，比电视上大部分节目更有娱乐效果。而且此时，艾琳满脑子只想着准时开饭，对挑起冲突完全不感兴趣。冲突很快就会大规模爆发，没必要在那之前刻意煽动。

"肯定不会有事的。"她说，"我知道关于波士顿男孩的一些事情——你别那么惊讶，我也是会用搜索引擎的人，不做点背景调查，怎么敢跟人合租——但我也知道事情发生的时候，罗杰根本不在加利福尼亚州。你爸和罗杰会怒目对峙一会儿，然后也就过去了。不过是些父权制度的糟粕。作为女权主义者，我们应该讨厌这些事才对；但同时，我们又会觉得他们翘起羽毛，互相炫耀的样子有点可爱。"

道奇眨巴着眼，然后问道："你觉得我爸会以为我在和罗杰约会吗？"

艾琳私以为，任何一个看过他们俩在一起超过三十秒的人都会觉得两人是兄妹，"他为什么会这样想呢？罗杰是你哥啊，还记得吗？"

内疚爬上道奇的脸，几近滑稽，"嗯，关于那个嘛……"

"没事。我知道你俩都是被收养的。你爸还不知道，对吧？"

"对，"道奇摇了摇头，"我们还没找到机会告诉他。"

艾琳笑了，"这将会是一顿多么有趣的晚餐啊！"

微笑一直持续到斯米塔从洗手间出来。艾琳随即转身朝后门走去，她缓步慢行，鼓舞道奇像小鸭子一样在她身后慢吞吞地跟上。道奇已经慌了神，她不想再火上浇油了。看着她惶恐不安、不知下一步该怎么走的样子虽然有趣,但凡事都有个度,一旦过了这个度,道奇就会崩溃,后果将不堪设想。上一次重置才过去没多久,再来一回的话时间线将无法承受。更糟糕的是,如果再次重置,罗杰就有可能回波士顿家里,那么一切只会变得更加糟糕。

后院里,罗杰还在穿着爆米花和蔓越莓,彼得则回到了烤架前。艾琳撤到一侧,身后的道奇看到这幅画面,总算松了一口气。

"还好,"她说,"没发生流血事件。"

"看见没?"艾琳说,"我告诉过你,一些事情说开了就没事了。走吧。"

三人回到座位上。罗杰没有抬头,只默默地将一颗蔓越莓插到针上,一本正经地说:"我不会忘了你俩拽走道奇,留下我一个人这件事的。你们可能没意识到自己做了什么,但我话撂在这儿,咱们今天算是结下梁子了。"

"那我得在日程表上做个标记了,"斯米塔说,"未来的我肯定会对今天的所作所为追悔莫及。"

"他竟然觉得自己很会扮狠,多可爱啊。"艾琳拿起一张彩纸,"谁能给我些胶水?"

"我觉得你刚刚的样子很吓人。"道奇递给艾琳一根胶棒。

"谢谢,"罗杰抬起头,给了她一个微笑,"一切都很好。小小误会,说开了就没事了。没人挨揍,我也觉得他接受我出现在这儿了。或者,就算他还介意,但至少没叫我滚开,这我还是能接受的。"

"挺好。"道奇回了他一个微笑。所有人都安静了下来,有那么一会儿,唯一的声音是彩纸摩擦的沙沙声、剪刀发出的咔嚓声,以及偶尔针扎到手指时罗杰发出的轻微咒骂声。当玻璃门滑开,希瑟从里面走出来时,大家都吃了一惊。

"来吧,大伙儿,"她说,"布置房子的时候到了。罗杰,你个子最高;道奇,你知道什么东西挂在什么地方。艾琳,斯米塔,你俩能帮我弄餐具吗?"

"当然，切斯维奇太太。"艾琳突然变得彬彬有礼。她起身跟在希瑟身后进了屋，留下其他人在她身后不停眨眼。

"这才吓人。"道奇说。

"该我上场了。"斯米塔小跑着跟上艾琳。

"我不知道艾琳还能变得这么'友好'，"罗杰说着举起串好的爆米花－蔓越莓串，"这个挂哪里？"

"跟我来。"道奇起身，罗杰紧随其后。

接下来的几分钟证实了人是永远不会真正长大的，无论他们如何说服自己不再做孩子气的事情，宣称不再怀念过去那些简单仪式。只见罗杰手捧纸链与爆米花串，在道奇的指引下攀上高处悬挂起来。希瑟、斯米塔和艾琳则在他们身后走动着摆盘：先是餐盘与餐具，然后是托盘、一篮篮春卷、一盘盘玉米。每个人都全神贯注，将所有东西都置办妥帖，罗杰与道奇更是无暇分心。

彼得手捧火鸡走了过来，那只大鸟在他手中像份祭品。他停下脚步，眨了眨眼。两个小家伙也不知使了什么法子，成功地在门廊顶上系上了小学校园才会有的纸链，纸链末端欢快地缠绕在支撑梁上。道奇此刻正站在折梯上，罗杰扶着她的髋，好让她绑紧最后一串装饰。这幅画面是如此重要而又影响深远，显得精确而完美，以至于有那么一瞬间，他的内心甚至觉得这俩孩子就是在这所房子里一同长大的，仿佛自打女儿与她哥哥用剪刀不会伤到自己时起，两人就每年为感恩节装饰屋子了。

恍惚的一刻转瞬即逝。彼得·切斯维奇说出了他唯一能想到的那句话："你俩打算什么时候告诉我们你们有血缘关系？"

道奇差点没从梯子上跳下来。如果不是罗杰在下面扶着，她会摔得很惨。只见她扭动着身子，抱歉地蹙着眉头说："我们还不能确定呢，爸爸。还需要检测才能知道。回到学校后，斯米塔就会给我们验血。"

"那不过是走流程罢了，"彼得说，"你心里早就一清二楚了，否则你不会带他回家。"

"我可跟在场的任何人都没有亲戚关系，"艾琳说，"斯米塔也是。"

"你们不同，"彼得说，"我们从未想过要把道奇锁在家里，之前也接待过她的同学，但都不是在重大节日的时候来的，甚至都没在家里吃过饭。她从未带男孩回过家，更别提跟她如此相像的男孩了。"

"我们也没有长得很像啦。"道奇抗议道。

"像，太像了。"希瑟走到丈夫身侧，"你习惯了每天在镜子中看见自己，当然看不出来，在我们眼里可完全不同。你俩如此相像，像到让我心疼。"

艾琳靠在椅背上，饶有兴趣地看着。两个人都显得有些手足无措，被家长审视和关注的双重压力令他们手足无措。从他们的反应中，她能了解到很多东西。

她的职责一部分是观察他们，一部分是保护他们，还有一部分是随时准备摧毁他们：发现弱点——无论多小——并知道如何利用。他们在学术环境里如鱼得水，可以团结对抗学校提出的任何挑战。早期的联系又让两人没流几滴眼泪就度过了本科阶段的学习；基于那些高中前没有取得联系的案例，如果小时候没有建立起联系，两人在不擅长的学科内会毫无希望。道奇永远都不会成为一名语言学家，就像罗杰不会成为数学家一样，但互教互学，让他们比其他学生在对方的领域里学得还多。两人通过对方达到了某种平衡。

但这并不代表他们做好了面对父母的准备——尽管面对道奇的父母总比面对罗杰的父母强，至少她的父母都是为了她好，而非为了实验结果。

斯米塔从厨房里走出来。此时此刻，她一言不发，观察着，体会着。

"你也是被领养的吗？"彼得看着罗杰问道。

这个问题里包含了太多信息。罗杰不由自主地分析起来，发现下面布满层层细节与内涵，以及几杯酒下肚前彼得不会说出口的故事。然而，最重要的问题——那个定义一切的问题——必须先说清楚，否则就会让所有人讳莫如深。

"是的，先生，我是领养的。"罗杰说，"道奇跟我曾经比较过，我俩同年同日出生，都有秘密档案。我跟我的原生家庭没有任何联系，说实话，我也从未想过要去找他们。我深爱着我的家人。只是……"他扭头看着道奇，耸了耸肩。

道奇接过话头。她依然是更善于撒谎的那个，尽管不如他那么令人信服。有时候不是她的用词有问题，而是用词的方式。"我们是在象棋训练营相遇的，你们还记得吗？"

希瑟睁大了眼睛，"你想去剑桥见的那个笔友。道奇，亲爱的，你为什么不跟我们说清楚呢？"

"因为是我叫她别来的。"罗杰说，"我当时还是个孩子，面对突然冒出来的一个自称是我妹妹的女孩，我吓坏了。学校里的同学都在嘲笑我，说我是没人要的孩子。可事实不是那样的。能被领养就说明父母爱我胜过一切。他们从全世界的孩子中选择了我。如果与道奇见面后证实她说的没错，那一切就都将改变。我们的生父生母会从天而降，将我们从爱我们的人身边带走。"

艾琳一言不发。这场对话轮不到她发言。无论是意外还是因为他的脑海中残留着老时间线里真实事件的模糊记忆，他说的出奇地接近事实。"布谷鸟"一旦过早建立联系，就会被分开。这条铁律颠扑不破，从未变过，其余威依然笼罩在他们所有人身上。

"我当时就想，如果他真是我哥，真的如此爱我，就不会拒我于千里之外。"道奇轻松地将谎言编了下去。这两人你一言我一语的架势真够吓人的，若真一同长大，那还了得。"所以我才没提这事。后来，我去马萨诸塞州参加象棋大师赛的时候又遇见了他。随后又失去了联系，在我……在我伤害自己那次之后。"

她低下头，两颊烧得通红，仿佛院子的地板上有什么东西可以赦免她过去犯下的罪行。她没提让所有人误以为罗杰是持刀者的事，她也不需要提。她的忏悔在沉默中崭露无遗。

彼得和希瑟交换了一个眼神，当他们扭回头再次看向三个家伙时，两人的脸上都露出了笑容：她的掺杂着悲伤，而他则看上去有些紧张。

"感恩节应该是家人团聚的时刻，"她说，"我们开饭吧！"

那天晚上，艾琳和斯米塔睡在道奇房间的地板上，罗杰睡在客房。主卧里，床上的希瑟转向身边的丈夫，问道："你真的相信她随便转个身，就碰巧撞见了自己的孪生哥哥？"

"孪生"这个词毫不夸张地进入谈话。他们出生于同一天，有着一模一样的眼眸，一模一样的骨架，连紧张、毫不妥协的姿态都一样。道奇站立的姿势，对最轻微的声音的反应都显示了这一点。罗杰似乎更加放松，但实际上，他与道奇一样敏感，他只是更善于掩藏。

"看上去确实如此。"彼得说。

希瑟摇了摇头，"连名字都这么相像。感谢上帝，这俩苦命孩子没有一起长大。你能想象吗？"

"不知道他父母在领养的时候是否也有'不准改名字'的附加条件。"彼得说。

"有些人就不配拥有给孩子命名的权利。"

"的确。"他同意道。

希瑟沉默了一会儿，随后说道："我猜我应该觉得被骗了才对。她像走私物品一样将他弄过国界线，木已成舟，让我们再也无法反对。但是，说真的，我只感到一阵放松。她有一个哥哥，一个跟她年龄相仿，了解她的思维方式的人。这对她来说能是什么坏事呢？"

"当然不是坏事。"彼得说着，给了妻子一个晚安吻。

走廊的另一端，躺在床上的道奇还没入睡。她盯着天花板上慢慢变暗的星座图，这么多年过去了，充了电它依然能发光；她能从星图的亮度判断时间。她想与罗杰对话，想问他关于晚餐、她父母以及整场拜访的感受。可她不能。斯米塔应该睡着了，可艾琳也在房间里，离她如此之近，肯定会听到她自说自话的声音。

我们应该更刻苦地练习"无声沟通"技巧的，她暗忖，同时数着星星，试图睡去。

艾琳听着道奇的呼吸声慢慢平稳，变得低沉缓慢，陷入梦乡。确认道奇确实睡着了后，她睁开双眼，抬手拂去盖在脸上的头发，用古苏美尔语默默数到十。年轻的数学家一动不动。她还没有觉醒，终有一天，身边的人哪怕想起数字，她都能察觉。现在，艾琳还不想冒这个险，毕竟他俩还在一起，而且都还活着。

她小心翼翼地坐起身来，寻找着任何风吹草动，直到确定没事才站起来，朝门边走去。

屋内空气凝滞。她肯定罗杰已经在自己的房间里睡着了。两只"布谷鸟"离得如此之近，不是时刻警惕、轮班入睡、互相照应，就是以两人自己还没弄懂的方式完全放松、完全同步。艾琳等不及想看到两人得知相互间的纠缠有多深时脸上的表情。

这栋房子并非为战争而建，里面的每一个细节都诉说着和平、慵懒；准备迎接战争的人没有谁会选用奶油色地毯或者柔和色调的墙纸。艾琳在一张全家福面前停了下来，那是道奇一家在迪士尼乐园的睡美人城堡前拍摄的。照片里的道奇看上去才十二岁，头戴米老鼠耳朵，脸上挂着大大的笑容，那时她人生中最大的烦恼还是一个突然不跟她说话了的假想好友，以及一连串啥也不懂的数学老师。她的父母红光满面，脸上洋溢着爱与满足。正是这类事情让那些"布谷鸟"们异常危险，在他们通往"不可能之城"的路上，有些砖块并非由星尘与风蚀所造就，而是真实世界里锻造出的红色宝石。在真实世界中，炼金术被认为是幻想，永生则是天方夜谭。

"你把他们造得太过正常了，这就是你搞砸的地方。"她摸着相框，喃喃自语。随后，她继续前行，穿过后门，走进加利福尼亚州一片墨绿色的夜景中。

达伦死后，艾琳离开实验室去了纽约。她被送往一个忠诚如米德尔顿一家的寄养家庭，在那里学习、成长，以迎接自己即将到来的使命。她的"母亲"教她像使用兵器一样运用礼貌。涂上眼线和口红，露出言不由衷的笑容，这些"兵器"足以刺穿皮肤、骨骼与社交障碍。她的"父亲"则教她如何在一分钟内拆卸步枪、擦干净，再重新组装回去，让她经历足以令军校骄傲的残酷无情的训练。他们一直都在为荣耀而奋斗，为了能在"不可能之城"获得一席之地而奋斗。为此，他们将她训练成了可以改变世界的武器。

武器的问题在于：它们可以指向任何方向。她在篱笆边的草坪椅上坐了下来，掏出手机。（正是另一条时间线上道奇坐过的椅子，当罗杰的生活分崩离析时，她正坐在这把椅子上；正是坐在这把椅子上，为了将罗杰从他父母的选择中救下，她重设了时间线）拨出去的那个号码在任何目录、数据库里都找不到，就连电话公司都很难确定其拥有者是谁。

对不起了，道奇，她暗忖，同时将手机举到耳边，等待着。

电话中传来咔嚓一声，"请汇报。"一个声音传来。

"米德尔顿一踏进他们家，切斯维奇的父母就认出他俩间的血缘关系了。"她说，"还问实验对象是否知道两人间的亲属关系，他们给予了肯定的回答。两名实验对象的关系越来越近，但还没有显示出第二阶段反应的迹象。他们依然是独立的个体，无须分离处理。请做下一步指示。"

千万别让我杀了她父母，她暗忖。道奇并非她最喜欢的人。于她而言，道奇更像是一件有用的工具，为了让计划成功，她还必须继续有用下去——可这并不代表她想将她变成孤儿。"暴风鸦"的稳定性一直颇受怀疑，他们漂泊在一个充斥着冲突的世界里，随时可能爆炸，需要来自"寒鸦"们的约束。现在杀死道奇父母可能会让她与罗杰彻底反目，后果将不堪设想。

"继续观察，"电话那头的声音说，"之后我们会做进一步的指示。"咔嚓一声，通话终止。

艾琳靠进椅子里，闭上双眼。又一个障碍被清除了。

在峰回路转之前，暴风雨只会越来越猛烈。

生物学

时间线: 2008年12月8日

太平洋标准时间: 16:01（不久之后）

罗杰与道奇躺在各自的椅子上，抬头盯着米黄色天花板贴砖上散落着的形状不规则的小洞。

"有多少个？"罗杰问。他故意不去看身边那个给他胳膊上扎针的女人。都是他自找的，他明白这一点，但这并没有让整个过程变得好受哪怕一点点。

"贴砖还是洞?"道奇问。她的血已经抽好了,手肘上贴着固定棉球的胶带,手里捧着插了弯吸管的盒装果汁。哦,他太想要那盒果汁了。自从小学时刘易斯小姐(他永远都记得她)让他们从家里带果汁在周五的讲故事环节互换以来,他再也没有这么想要别人手上的东西了。

"贴砖。"

"六十四块。"

"洞呢。"

道奇飞瞄一眼,拿眼神估摸了一下四个不同片区的瓷砖,然后轻声笑了。她啜了一口果汁,说:"六千二百零八块。"

"厉害。"罗杰闭上双眼,瞬间视角转换,他正透过道奇的眼睛看着天花板。这次没有绚丽的颜色好欣赏,只有米黄色的瓷砖以及将瓷砖固定住的金属支架。"斯米塔有告诉你我们回来的原因吗?还是说,你也觉得这是个谜?"

"我觉得一切都是谜。"道奇扭过头看着他。

从外部看罗杰自己的身体总是令人感到迷惘。单是视角的变化就能从很大程度上解释别人对自己外表的反应。身旁的女人正在拔针,他的血是如此的红,红得危险,红得决绝,一时间,他竟不知道应该被它吸引还是感到害怕。

"斯米塔马上就过来。"女人没等他们问任何其他问题,便消失在了门后。

在这短暂的时间间隔里,房间里只剩下他们两个人。"嘿,道奇。你知道我是个色盲吗?"

"知道,因为你总是让我帮你看一些东西。"

"我喜欢将颜色与代表它们的文字配上对的感觉,"他说,"我在想……

你的眼睛是不是也有什么毛病？"

道奇眨了眨眼，"你是说你从来都没注意到过？"

"没有……"

"你现在离我有多远？根据你对咱俩到达房间时的记忆，而非视觉关联。"说着，她闭上双眼，切断视觉关联。

"好吧，我试试看。"他在脑海中回顾了一下房间的平面图，最后说，"大约三英尺？或者再多一点点？"

"明白，"道奇睁开双眼，依然看着他，"现在告诉我，我们隔着多远？"

罗杰看见自己皱起了眉头，"我……我看不出来。"

"我对纵深感知能力很差，"道奇说，"这就是为什么我骑自行车经常会撞到东西的原因。一旦知道了某个空间有多大，我就没事了，我可以快速完成所有计算。我曾在校棒球队担任投手，大杀四方，因为我了解体育场的尺寸。进入一个新空间时，如果没有人向我提供相关数字，我就得手动计算了。这是唯一一个数字辜负我的地方。"

"嗯。"罗杰说。

没等他继续说下去，门开了。斯米塔走了进来。她穿着实验室工作服，手里拿着一个剪贴板。罗杰睁开双眼，从道奇的视角里抽离出来。两人在椅子上坐直了身子，将注意力全部投到斯米塔身上。

"你们两个家伙比你们想象的还麻烦。"没有开场白，也不打一声招呼，斯米塔开门见山地说。她不想浪费他们的时间，更不想浪费自己的时间。

她用更温和的语气补充道："感谢你们回到这儿来，我很感激。"

"没事，"罗杰说，"虽然还不太明白你要我们回来的原因。难道我们的原始血样出了问题？"抽血并非度过一个下午最有趣的方式，还好验血需要的血量不多，而且抽完后肯定会得到一盒果汁。这提醒了他……"对了，我的盒装果汁呢？"

"看来我是这个校园里唯一的成年人。"斯米塔说着打开一个小冰箱，取出一盒果汁，扔给罗杰，罗杰单手抓住。"原始血样倒没啥问题。我们只是有点困惑，血样可能遭到了交叉污染，所以想再跟你们确认几件事情。"

"发现了我们有啥致命疾病吗？"道奇问，"如果是性病，那肯定是罗杰的。我可以走了吧。"

"我也爱你。"罗杰说着将吸管插入果汁盒，吸了一口。葡萄风味，还不错。

"没有发现啥致命疾病，既没有性病也没有其他病。"斯米塔对他们皱了皱眉头，然后说道，"我们在你俩的血样里发现了几乎相同的抗原痕迹，却没有我们希望发现的那种独特甲基……我刚才说的这句话你们一个字都听不懂，对吗？"

"听不懂。"罗杰和善地说。他在撒谎，他可能不明白整句话是什么意思，但组成它的每个词他都认识。他知道道奇不认识那些词，所以才这么说，让事情简单些。

"我们到底有没有亲戚关系？"道奇问，她需要科学来确认一个自己已经知道的答案。一旦被科学证实，它就会变成坚不可摧的事实。现在，斯米塔就代表着科学，他俩的未来都牢牢掌控在她的手中。

斯米塔笑了。那是一种颇为紧张的笑声：一个女人面对一个无法简单回答的问题时会发出的笑声。"道奇，如果你告诉我你俩是同卵双胞胎，我可能会相信你。"

"我们并非完全相同，"罗杰说，"有几处生理差异太过明显，完全排除了这种可能性。"

"这我知道，"斯米塔说，"的确，通过DNA分析，我们发现你俩在生理上属于不同性别，并在你的总体外观上发现了相应的特性标记。你知道DNA测试跟验血不是一回事，对吧？验血可以排除某种关系的可能性，DNA则是用来证实这种关系的。我们一直在研究究竟是怎样的基因构成造就了你们两个讨厌鬼。从你俩的DNA里我应该能提炼出一种'机灵鬼'基因，够我拿诺贝尔奖的了。"

"记得在获奖感言中感谢我们。"罗杰说着又喝了口果汁。

"哦，相信我，你会得到应得的所有荣誉。"斯米塔说。

"我们知道DNA测试是什么，"道奇说，"我们有提过你答应给我们做DNA测试让我们有多感激吗？因为我们确实非常、非常感激。连罗杰都无法用语言表达我们的感激之情。仔细一想，这事还真好笑。"

罗杰翻了个白眼，同时一刻不停地啜着果汁。终于有一次对话不需要他的参与了。可以这样一言不发地等待血糖恢复，一边听着道奇与斯米塔在对方的领域中互损对方，他甚至感到很愉快。

"他难得这么沉默。"斯米塔说，"说回你俩之前的血样：我觉得它们没有任何问题。从结果来看，我觉得它们就该是那个样子的。只是有几个在测试中帮过忙的学生想要确认结果，所以需要更多血样，这样才能进行更多实验，才能确定你俩到底是人类，还是具有超强模仿能力的火星人。我觉得是后者，如果你们想知道的话。"

"我们还一直以为自己是'米德维奇的布谷鸟'呢。"罗杰说。

"我们为了和平而来。"道奇冷静地补充道。

"我希望自己能相信你。"斯米塔说。她靠在桌子上，盯着他们，表情严肃，眼神里却放出饶有兴趣的光。有个谜题需要解开，有些东西尚待了解。没有什么比一个求知若渴的科学家更危险的了。"你们让我帮忙验血，以确认你俩是否有亲戚关系。出于善意，我拒绝了，因为验血根本没用。相反，我同意做一系列DNA和抗原测试，只要你同意我将测试结果放在研究报告里。"

罗杰终于放下了果汁盒，眼睛眯了起来，"你干吗要把这个事再说一遍？"

"因为我想让你们记住你们已经同意我在我的研究中使用测试结果这件事。"斯米塔说。她眼中的光越来越亮，话已经到嘴边了，不吐不快，"你要是问你俩是否有亲属关系。答案是肯定的。是的，绝对有亲属关系。从生物学的角度来说，你俩如此接近以至于你们的DNA有可能揭露更多人类发展的奥秘，比我想象的还要多。"

道奇在椅子上颤抖起来，像一只发现了猎物的猎鸟犬。罗杰则较为放松，但整个人明显支棱了起来，无论是坐姿还是表情都透着股坚毅，像是爆发前的沉静。两人都显得有些烦躁不安。

斯米塔依旧愉快地说着，丝毫没有意识到自己制造出的紧张气氛。这是她的领域，她的激情所在，她必须说完，"已知的双胞胎形式有两种：同卵双胞胎与异卵双胞胎。有一派观点认为，在某些情况下，由于染色体缺陷或其他环境条件的不同，同卵双胞胎也可能遵循不同路径成长，发展出不同的发色或性别。目前的受试者还很少，但作为研究点来说——"

"你的意思是我们可能是某种奇怪的变种人？"罗杰的声音平静得可怕。

"很有可能。"斯米塔说。

"所以我们有亲戚关系。"道奇说。

"毫无疑问，"斯米塔说，"你们真应该去找校报谈谈。'被领养兄妹在校园里找到彼此'会是一个很不错的感人故事。对了，我们希望在大约一个月后再抽一次血。"

"好的。"他的声音太过平静，平静到足以令任何清醒思考的人感到担心。他放下果汁，站起身来，向道奇伸出一只手，"有些人欠我们一个解释。"

"没错。"说着，她握住他的手，借力起身。与罗杰不同，她的声音有些恍惚。从数学角度说，这的确是唯一符合逻辑的结果，唯一说得通的方程。但现实世界并非总是按数学规则运行的，不管从技术上来说它是多么正确。她展示自己的运算成果时，现实世界从不关心，"我们去喝杯咖啡吧。"

"谢谢你，斯米塔。"罗杰说。她一直在密切观察他俩。他不禁想知道，她是否曾在某种程度上怀疑过两人间的关系不太正常。血样向她吐露的事实比他预期的还多，显然，她精通血浆和血小板的语言，这是少数几种对他来说真正陌生的语言之一。扎针的时候，他只希望她能让道奇放松下来，不管答案是什么。可她最终给予两人的答案比他料想的更清晰、更明确。

"不用谢我。"斯米塔咧嘴一笑，露出一大排牙齿，"在剩下的日子里，我还会时不时找你们抽血的。"

"我很乐意，"罗杰说，"只要有盒装果汁就行。"

"别担心，"斯米塔说，"下一次我让你自己挑选口味。"

斯米塔站在那里，看着两人离开。道奇仍握着罗杰的手，就像妹妹握着哥哥的手一样。此情此景，很难想象两人曾质疑过两人的关系。但凡长了眼睛，都能看出来那种血浓于水的亲情。

她看得如此入神，根本没朝窗户的方向看；她没有意识到窗外另有其人。遗憾得很，她本来可以救自己一命的。

斯米塔和其他遗传学研究生的实验室在生命科学附属楼中，主楼则被生物学、动物学和之类的学科研究占据。此外，还有些其他学科也见缝插针地在这里开辟了自己的实验室：地质学在地下室，化学在三楼。

走出大楼时会经过一组挂在天花板上的翼龙化石。铰链接合的下颌骨张得大大的，发出永恒的无声尖叫。只剩骨骼的翅膀张开着，仿佛马上就要猛扑下来，把她们中的一个带走。通常，道奇喜欢停下来欣赏这来自远古时代的化石,从它骨头的石化结构中模拟出上千条数学公式。数学就是这样,将一切活生生的东西简化为其最基础的本质,然后浩浩荡荡地向着未来前进,根本不停下来询问那个东西想要什么。数学压根儿就不在乎。

今天,道奇对化石完全不在乎。她跟着罗杰走出大厅,走进加利福尼亚州凉爽的下午。时间尚早,天光尤盛,只在天边有几处黑点:太阳马上就要落山了。加利福尼亚州的十二月,白天很短暂。

同样短暂的是晴朗的天气:一场风暴在地平线上积聚,云层与夜幕几乎以同样的速度滚滚而来。

台阶上站着几个人,几个她不认识的学生,他们随意交谈的样子仿佛此时的世界与一个小时前或一个小时后毫无二致。她可以向他们解释这是个多么大的错觉。纵使他们愿意听,她也没有合适的词语。她能找到的只有数字,而数字向她传递的信息并非所有人都能接收到。于是,她闭口不谈,任由罗杰领着,走下楼梯,穿过方庭,走进穿越校园中央的小溪周围高高耸立、苍翠欲滴的树林中。

当初负责设计加利福尼亚州大学伯克利分校的建筑师们已然逝去,他们完成了一项貌似不可能的任务:修建一所校园,既方便学生生活,又彰显此地特色。他们洞察人性,明白只要是人,就有想要逃离人群的时候。他们将隐私做到了极致,着实令人赞叹,毕竟校园是一种宽阔、开放、体制性的存在。

罗杰和道奇在树下走着,走上一条木道,拐过一个弯,走到一条只露出半截的长凳跟前。今晚下过雨后,潮湿将会维持数天,先是地面积水,渗入土壤后,还有大量水分锁在枝叶之间。可现在,这里是驻足谈话的最佳场所。

道奇先放开罗杰的手。这本是件小事,却也是她第一次从他身边离开(除去跑开的那次)。通常情况下,她是被他抛弃的那个,不然就是竭尽所能朝着地平线狂奔的那个。现在的她却异常平静，安宁。

那些词语罗杰都认识——震惊、讶异、顿悟——但他不知道如何组织语言，好让他的妹妹（他的妹妹，他有妹妹了，再也不是那个住在大陆彼端、与他有着奇怪量子纠缠的随便某个女孩，而是他的妹妹，一个与自己血浓于水的人）能够理解。他想她肯定惊呆了，他知道自己已经惊呆了。一股强烈的冲动在引诱他闭上双眼，退到两人间特有的空间里。他强行抵住诱惑。这件事真实无比，这件事必须真实。直到这一刻他才明白他多么需要这件事是真实的，可以开诚布公地加以谈论，让其变得真实、具象，可以坦然放下，还可以从各个角度审视，明白这件事就是真相。真实性太过重要，不能轻易委托给量子纠缠。

几英尺外，小溪潺潺的流水声如同欢笑，两侧的河岸在大雨过后就会决堤。头顶响起一只乌鸦的叫声，它的某个表亲马上应答了它。**校园里的乌鸦都有亲戚关系，就像我们一样**，罗杰暗忖，并又一次被这个令人眩晕的想法惊呆了。

道奇在长凳上坐下，手指蜷曲着紧扣住木凳，支撑着身体的重量，她身体微微前倾的样子让她看起来比实际年纪更加年轻。罗杰的大脑在快速寻找着适合当前情景的词汇（找到之后又立马摒弃，扭头去寻找更好、更大气的词汇）。她则像是在自己的时间线上来回穿梭着，找寻着处理当前情况的最佳心理年纪。

终于，是她先开了腔，小声道："我的判断没错。"

"是的。"他同意道。

"咱们确实是兄妹。"

"是的。"

"但咱们不……太正常，跟别人不一样。咱身上的一些东西被认为是制造出来的，而非天生的。"

"没错。"他又说了一遍。此刻正确的做法是让她自己摸索着措辞。他的措辞会过于精准，而此刻，过于精准的措辞只会让两人都难以幸免。

"一直以来……我们都在寻找对方。他们不该把我们分开。安排领养的那些人——不管他们是谁，都不该把我们分开。"愤怒从她的声音里渗出。他们怎么敢？一群老官僚有什么权利决定他们的命运？有什么资格认为让两个家庭完整远比保存一个业已存在的由骨肉、鲜血和羊水连接在一起的关联更为重要？他俩都深深地爱着——也会永远地爱下去——各自的收养家庭。她无法想象放弃自己的家庭，正如她不能要求罗杰抛弃他的家庭一样。但仅仅因为一个东西是被爱的并不意味着它就应该被创造出来。如果当初没被领养，这种爱根本不会存在。其中一个家庭会选到另一个孩子去爱、去珍惜、去照顾。而他俩就可以一起长大了，这才是他俩的人生本该有的模样。

"可能吧。"罗杰说。他读过一些关于收养法和收养心理学的材料，他觉得把孩子交给别人抚养照顾是父母能做的最无私的事情之一。虽没见过亲生母亲，但之前的他从不为此事感到后悔：她肯定很爱他，才会把他交给更爱他的人。可现在，他却希望能问她几个问题。比如她是否知道自己有两个孩子，而非一个？比如她是否赞成将两个孩子分开？比如"将两人分开"的主意是否就是她出的？当她看着两个哇哇大哭的红扑扑的脸蛋时，内心是否升起了"既然我无法拥有，你也休想得到"的想法，然后迫不及待地在文件上签了字，把他俩送到了北美大陆的两端？

他不确定自己是否想得到这些问题的答案，"我们真的是亲兄妹。"

"没错。"他知道道奇需要一段时间才能接受这个事实，她有时就是这样。这本是她的想法，她的希望，但当结果证明属实时，她却是无法接受的那一个，无法接受她的运算居然能成真，尽管她一直希望如此。

但也许令人震惊的并非两人间的关系,而是一种潜在的怪异,即两人间的量子纠缠在本质上竟然是生物意义上的。他俩既是双胞胎,又不只是双胞胎。他俩的关系比这更为重要。这应该是很可怕的一件事,或许当冲击感逝去,整件事情的可怕性才会显露出来。

罗杰在她身边坐下,身子后仰,在两人间尽可能地隔开空间。从这个角度,他可以很好地观察她的脸。他可以看到紧张的神色顺着她的脸颊向上攀升,困惑的神情逐渐被微笑代替,下巴微微下倾,眼睛稍稍上斜,顿时如换了张脸。

"我猜这下你再也摆脱不掉我了,对吧?"她的声音深沉、真诚、纯洁,语气既像在哭,又像在笑,同时又两者都不像。终其一生,他一直都在等待听到她这样的声音,尽管五分钟前他还不知道她能发出这种声音,而五个小时之前他甚至不知道自己如此需要她的陪伴。时间是由不想一切持续发生的人发明的概念。时间在此刻根本就不重要。

"没错。"说着,他朝她靠近了些。两人之间的距离就此消失。她将头靠上他的肩膀,顿时,一切都显得那么完美、自然,就像本该发生的那样。

一切都完美无瑕。一切都命中注定。

后果

时间线: 2008 年 12 月 8 日

太平洋标准时间: 21:33(当晚)

雨如期而至,冲刷着伯克利分校的罪恶。整个校园浸在好似银色移动窗帘的大雨中。窗口似乎随时会有鱼儿游过,欢快地飘在暴风雨中。整个世界变成了儿童读物中的场景,好似一块银色版本的"上下奇境"的切片。

斯米塔没太注意天气,天气既不是她能控制的,也不在乎她在做什么。此刻,她正独自一人待在实验室里。她喜欢这种感觉,喜欢这种沉默,喜欢自己脚步声空洞的回响,以及知道没有人在观察自己的安心。她可以将研究成果铺散在桌子上,不用担心有人看见——也许并非其他学生,而是一位过度热心的教授或贪婪的研究员——然后窃取成果。这种事情从未在她身上发生过,但那改变不了被盗取成果与未获署名的故事一直在院系内部流传的事实。斯米塔有着改变世界的雄心壮志,现在打下的基础如果都被别人盗走了,那改变世界也就无从谈起了。

背后忽然传来一个声音,轻盈柔和,好似一根被点燃的蜡烛。这真是一个奇怪的意象,一点儿也不像她的风格,却是她转身之际首先想到的画面。随后,她整个人僵住了,脑海里变得一片空白。

身后的那个女人手握一支奇特的蜡烛,蜡烛像那种烂俗的万圣节纪念品,形状是一只被砍下的手,设计与注蜡都完美无缺,如果不是因为这个想法太荒谬,斯米塔差点就误以为那是只真手了。微微卷曲的指尖上布满细痕,每个指尖上都燃着绿色的火焰。这让她确信了这是场恶作剧,可能是化学系策划的吧:除非动了些手脚,否则火不会发出那种光。

女人看上去有些熟悉,斯米塔貌似见过,或许是在课间,或许是在大楼里的其他什么地方。她既非朋友,也非敌人,所以需要快速被有效处理掉。斯米塔合抱双臂,将身体的重心移到一侧的臀部上,瞪着来者。

"你在这儿干什么?"她呵斥道,"你不该出现在这里。"

那女人一声不吭。

"我可要叫保安了啊。相信他们会很高兴为你解释为什么非法侵入是不被允许的。"

那女人依旧一声不吭。

她那冷峻、毫无感情的眼神让斯米塔脖子后面的汗毛都竖了起来。她生平第一次希望自己拥有好人缘，希望此刻能有其他同学来支援自己。

"你最好离开，"斯米塔说，"带着你那令人毛骨悚然的道具滚出去。"

那个女人终于开了腔。"这不是什么毛骨悚然的道具，"她说，"这是一只真正的'荣耀之手'。它们制作艰难，也并不好用，但你依然不该说它是'道具'。为了造出它，有人是送了命的。"

"艾琳？"斯米塔深吸了一口气。女人的声音如此熟悉，斯米塔立刻认出了她，这让她的出现更具背叛意味。她怎么没早些认出她来呢？斯米塔内心涌起一股不可抵挡的冲动，想要远离艾琳和她的"荣耀之手"，"你在说什么啊？你为什么会在这里？我希望你马上离开。"

"要造出'荣耀之手'，需要一个被谋杀之人的手。"那女人，不对，是艾琳说道，"很多死人看上去是被谋杀的，但炼金术的要求异常具体。例如，如果受害者是被意外杀死，效果就没那么好。意图是被嵌在肉体中的。是谋杀还是自杀是一个更复杂的因素。自杀的意图会让成品变得低劣。必须采用被故意谋杀的受害者，且谋杀过程越暴力，效果越好。暴力似乎也能嵌入肉体中。有趣的是，顺势疗法中的药剂成分必须违反自然法则。"

斯米塔嘴唇瑟缩了一下，露出牙齿，厌恶之情溢于言表，"这太可怕了。你为什么要说这种话？"

"我不只是说说而已，我亲手杀了这个人。他是一名吉他手。你可能记得这个人。他以前老是坐在在阿米巴唱片店门口，用原声吉他演奏流行歌曲，弹得非常糟糕。我邀请他去家里吃饭，然后把他开了膛。我虽然不擅长炼金术，杀人却是一把好手。"艾琳拘谨地将燃烧着的手形蜡烛放在最近的桌子边缘，整个过程中火焰一动不动。"不擅长就不擅长吧，这并不重要，因为这套配方异常简单，只要你愿意杀人，并且愿意凑齐所需的其他成分。有些人，你让他摆弄抽出的婴儿脂肪时，他会疯掉。我知道有些研究者在致力于更新配方，但目前为止他们还没成功。很遗憾，有些事情是无法避免的。"

斯米塔终于屈从本能，后退了一步。艾琳不再说话，将头一歪，笑了。她的表情中带着悲伤，仿佛她不愿出现在这里，不愿说这些话，不愿做不得不做的事情。斯米塔发现自己并不在乎。她突然意识到自己的惊讶和愤怒已经转变成了恐惧。

她被吓坏了。艾琳本应是她的朋友，她们还一起吃过感恩节大餐。但她真的吓坏了。

"你来这里要干吗？"她的声音犹如一根线，又细又紧，很容易崩断。

艾琳脸上的悲伤加深了。"因为你打开了一本不属于你的书，并且读了里面的内容。"她说，"请相信我，如果可以，我会尽量避免这种情况发生的——我确实避免过至少一次。这种时刻，天空中总会出现裂痕。他们必须搞清楚自己对对方意味着什么，我才有可能让二人重新合体。这就意味着你的角色已经写就。有趣的是，他俩以为终于真相大白了，其实，他们什么都没弄明白。"

从来没有人说过斯米塔·梅塔头脑迟钝。从小到大，她永远都是班上的第一名。无论其他学生如何拿她父母说话的方式、她带的午餐的味道甚至她的辫子取笑她，她都一直保持着优异的成绩，毫不动摇。她就是要给他们看，让他们所有人都看到自己的优秀。

可现在，她独自一人在实验室里。艾琳的眼睛里带着挥之不去的深沉怜悯。斯米塔怕极了。

"求你离开吧，"她低声说，"我可没对你做过什么。"

"我知道。"艾琳朝她走了一步，"我真希望你做过。比如，在大厅里推了

277

我一把，或者侮辱我的鞋子，我可能会感觉好受一些。我希望能有另一种方式解决问题，但很遗憾，没有。你打开的那本书属于一些痛恨分享秘密的人。贝克已经泄露太多秘密了。所以，现在告诉我，道奇·切斯维奇和罗杰·米德尔顿的DNA测试结果在哪里？你拷贝了多少份？都有谁看过了你的研究成果？"

斯米塔盯着她看，艾琳则平静地回看着她：她的表情坦诚得令人害怕，没有丝毫掩饰。斯米塔知道自己今天必死无疑。

这是个清晰的领悟，带着安定、顺从和诡异的平静。她一直以为自己对汹涌而来的死亡的反应会是暴烈无比的，夹杂着撕扯和极度的恐慌。相反，它只是平静地走到她思维的中央，停下脚步，逐渐扩张，直至占据所有空间。她，斯米塔·梅塔，就要死了。明早，她将不复存在。超出了人类灵魂的存在时间后，她留下来的可能只剩自己的研究成果了。她活得还不够长，还没有做出有分量的成绩。

"我为什么要告诉你？"她的声音没有颤抖。她为此感到自豪。

"因为虽然我无法决定这件事情是否应该发生，但我可以决定它如何发生。"艾琳说，"业务方面，我早已轻车熟路，你想要这个过程轻松或是痛苦，我都能满足你。我可以彻夜不眠，穿越整座大楼，对你穷追不舍，也可以给你制造专属于你的恐怖电影，还可以在你的手已经握到了门把手、自由就在几英寸外的时候将你砍倒。我可以将你千刀万剐，也可以直捣心窝，干净利落，让你几乎感觉不到疼。怎么选就看你的了。告诉我我想知道的东西才是明智的选择。"

斯米塔的手机就在几英尺外，放在装着她大部分研究成果的文件夹上。尽管努力保持镇定，她的眼睛还是瞄向了它。

艾琳察觉到斯米塔的目光，摇了摇头。"你还是没搞清楚状况啊，"她说，

"我想这也不碍事。毕竟我也没有解释得很清楚。所以你看,我根本就不想执行这次任务。本来点个汉堡就是八秒钟的事,我却花了一个小时才决定做花椰菜泥。想拿手机,你就拿吧。"

斯米塔怀疑地看着她。艾琳点了点头。

"请,"她说,"能看出来你还没怎么搞清楚状况。这会对你有所帮助的。去拿你的手机吧。"

仿佛某种原本胁迫着她不准动、不准自卫的黑暗魔咒在此刻突然失效了一般,斯米塔发疯似的冲向手机。一把将手机从桌子上拿过来时,她瞬间松了口气。此刻,这部手机就代表着安全,代表着救援,代表着——

突然间,她绝望地意识到手机没有信号。不可能啊。实验室里一直是有信号的,她还常常跟两层楼下的化学专业同学开玩笑,说他们应该选基因专业才对,这样就能离信号塔更近一些了。其他专业的学生想打电话也总会来这里。可此时,手机上那几道本该坚挺闪耀的信号格却是空的,切断了她与外界联络的途径。

"'荣耀之手'有很多不同的用途。有趣的是:你会得到其中哪一个取决于手的制作方式,以及点燃蜡烛的顺序。有些人用它们来隐形或扫清障碍,还有人用它们来锁门。就算你打碎所有窗户,喊破喉咙也没人会理你。斯米塔,现在的你就是个幽魂。对于这个房间外面的世界而言,你已经死了。"艾琳动了动手,一把利刃出现在手上,修长锋利,黑色哑光。除了杀戮,这把刀在这个世上再无其他用途。

斯米塔盯着那把刀,已然无法呼吸。空气在她的喉咙里停滞,双肺变成了胸腔里冰冷的累赘。她的结局近在咫尺,就在她面前,吞下了所有光。

"此刻便是你决定死法的时候,"艾琳说,"测试结果在哪里?"

还有机会。没错,艾琳——她本该是她的朋友,而非毁灭她的工具——

手上是有把刀,但这是斯米塔的实验室啊,命悬一线的也是斯米塔啊。电话可能报废了,但她绝对没有,至少目前还没有。于是,她竭尽全力将手机朝艾琳扔去,没来得及去看是否击中目标,便被恐惧和肾上腺素推动着转身朝门口冲去。

手机击中艾琳的肩膀,然后掉在地上,没有造成任何伤害。她看着斯米塔的背影,叹了口气。

"哎,真希望不用搞得这么复杂。"刀仍握在她的手中,她另一只手拿起"荣耀之手",追了上去。

斯米塔从来都不爱看恐怖片,她觉得那是浪费时间、浪费恐惧:最终,怪物将被打败,幸存者将迎接日出,唯一的宣泄口便是不可避免的续集通知。此时此刻,她却发现希望自己看过更多那种有贞洁女主角和橡胶怪物的片子了。恐怖电影并非经验的替代品,但至少它们可能告诉她哪里最安全。

大厅尽头的电梯是个诱人的陷阱。一旦进去,就再也没有出来的机会了:艾琳只需下到下一层等着就行。楼梯更安全,在楼梯上,她至少能看清眼前局势。于是她丝毫没有放慢速度,直接撞开楼梯间的门,然后砰地关上。在第一级台阶上,她差点被绊倒,幸好她眼疾手快,抓住了栏杆,稳住身子,这才又以最快速度下楼梯,朝下一层冲去。

时间已经很晚了,下一层应该是空的,但化学系那些学生肯定在:如果可以,化学系的学生宁愿住在附楼。他们实验室里有淋浴,这几乎弥补了没有手机信号的不足。此外,他们还是用无菌玻璃器皿烹饪食物的专家,从来不会中毒。(他们专门有一套烧杯和器皿是用来做菜的,还经常当着外人的面用它们吃东西,吓唬那些人。)她应该能找到至少一个可以帮助她的人。

她奋力奔跑,身后传来不紧不慢的脚步声。艾琳根本就不着急。

深夜这个时候,楼梯间的门总是开着的。她冲进一个和刚才那个一模一样的大厅,继续往前冲。前面是一扇实验室的门,门开着,她可以听见里面发出的人声。斯米塔顿时爆发出了之前根本不具备的速度,冲过大厅,一把抓住实验室的门框,停在那里,浑身颤抖,喘着粗气。她需要花点时间喘口气,同时想想该如何组织语言。

实验室有三个化学专业的学生。其中两个坐着,吃着盒装比萨;第三个正在用实验室的搅拌机做玛格丽特酒。没有人转身看她。

斯米塔深深吸了一口气,气喘吁吁地说:"请帮帮我。"

没有一个人停下正在做的事,转身看她。吃比萨的人还在吃,其中一个看见另一个嘴里抽出的奶酪拉丝一直拖到盒子里,大笑起来。第三个人还在调玛格丽特,嘴里嘀咕着一些旁人听不懂的东西。

"求求你们了!"斯米塔这次是喊出来的;声音在实验室里回响,不可避免,无法忽视。

但依然没有人转身。

一只手落在她的肩膀上,力道越来越重,直到她感到自己的锁骨在重压下开始弯曲。她无助绝望地看着那些化学系的学生,没人转身。

艾琳的嘴唇紧紧贴着她的耳廓,用亲切随意的口吻说:"我警告过你:对于他们来说,你现在只是一个幽魂。你本可以待在楼上,就不用体会这种绝望了。现在,你必须做出选择。"

"求求你,放我走吧。"斯米塔低声说。

"现在已经晚了,太晚了。但如果我在这儿杀了你,他们就会看到血。有他们在,我就没办法给整个实验室消毒,即使有'荣誉之手'的护佑也不行。在这里杀掉你,我就必须顺带把他们也都杀了。这难道是你想要的结果吗?"

是的,斯米塔愤懑地想,眼前的三个学生还在嬉笑打闹,朝对方身上扔着比萨配料,完全没意识到就在几英尺远的地方,违反科学法则的事情正在发生。这种事情不可能发生才对。但肩膀上艾琳手指的触觉却真切得可怕，她知道再怎么否认也无法改变自己将葬身此地的现实，现在能做的只剩下有尊严地死去。

而尊严意味着不去怪罪那三个无辜的浑蛋，他们将在她死去后继续活着。"请不要伤害他们。"她说。

"好姑娘，"艾琳说，"我们回你的实验室吧。这次可以乘电梯了。你肯定累坏了。"

斯米塔没有抗议，也没有争论；她已经试图逃跑过一次了，结果只逃进了一房间听不见呼救声的人群里。她虽尚未完全崩坏，却已经在崩坏的过程中了。当艾琳把她从门口拉开时，她心甘情愿地跟在她身后走进电梯里。艾琳手上又拿着那只燃烧的手，这完全合乎情理。她知道，那就是将她隔离在现实世界之外的武器；她也知道在利刃的威胁下，她没办法将那只手夺走。

艾琳按下按钮，电梯来了。将她们从现实世界抹除的巫术丝毫没有影响任何事。这个事实中应该隐藏着一条逃脱路线。斯米塔看不清它。她又累又怕，她的双肺在燃烧。没有逃生的机会了。

艾琳引导她进入电梯，按下顶层的按钮。电梯门应声关闭。她们开始向上移动。"真的很抱歉。"显然斯米塔不会是打破沉默的那个人。"我很喜欢你。你们都是好人。如果有其他选择，我肯定会毫不犹豫地接受的。"

"别杀我。"

"恐怕这次没有这个选项，结局已经写就，只剩下过程中会有多痛的问题了。"艾琳的声音很紧。斯米塔瞥了她一眼。她看上去极其痛苦，仿佛这是她最不愿意做的事，"请不要让我过分伤害你。你只要说出我需要的信息，我就可以让你尽可能地感受不到痛苦。"

"这件事与罗杰和道奇有关？"

电梯门开了，艾琳轻轻点了点头，然后将斯米塔推进大厅走廊，"我明白他们来找你时你为什么会同意。谁会不愿意帮朋友的忙呢？而且只要他想，罗杰可以变得非常有说服力。这一点他自己还没有意识到——这个时间线上的他还尚未成熟。那些他业已成熟的时间线上的事情，我只记得一些细碎的片段——通常是他在按下红按钮前命令我记住的——但，仅仅这些片段都足以令人惊叹。任何人做了他所要求的事情，我都不会责怪。毕竟一旦他产生了某个想法，你就没机会了。"

"开口的是道奇。"斯米塔绝望地说。她不知道自己为什么要和艾琳争论，这个不知怎的就能把她与世界隔绝开来的女人，这个凭空变出一把刀的女人，"她说在查询收养记录之前，他们想弄清楚两人是否有亲属关系。我是只想……我只是想帮帮朋友。仅此而已。"

艾琳几近温柔地引着斯米塔回到实验室，一边用同情的眼光看着她。她的表情极为悲伤，根本不想面对眼前的一切。整件事情中最糟糕的部分就是：斯米塔得死，而她的死无关紧要。斯米塔将不复存在，而杀死她的人之所以这么做不是出于激情或是愤怒，而是出自一种模糊的、无法解释的遗憾。

"想帮助朋友的人多了去了，"她说，"我们中的一些人还想要改变世界呢。研究结果在哪里？"

斯米塔指着电脑和笔记本。

艾琳点了点头，"你有在网上什么地方发表过吗？在这个实验室外面还有其他备份吗？"

"没有，"斯米塔的声音里既没有热忱，更没有了期望，"求求你。"

"别傻了。"艾琳说着将"荣耀之手"放在最近的桌子上，伸出空着的那只手紧紧抓住斯米塔的肩膀，扭转她的身体，直至斯米塔完全背对她。突如其来的疼痛令斯米塔倒抽了一口气。

然后艾琳放开了她，后退了几步，她的双手是空的。刀不见了。斯米塔向下看，看见了刀像变戏法般准确地插在她的肋骨之间，干净利落，让它看起来不太像凶器，而更像某个奇怪的饰品，像是刀柄在她的皮肤上盖了个章。

她身上没有出血。斯米塔对解剖学很是了解，所以知道这种状态难以持续。身体破裂，血液流出。她不会死的，但她已经死了。反常的是，她没有摔倒。

"谢谢你。"艾琳说着，伸手去拿刀。

斯米塔想，太晚了，跑不掉了。也许她不再是幽魂了，毕竟现在她被刺中了，咒语已然打破。她可以尖叫呼救，或许会有人前来救援。她可能会被三层楼下的学生或校园安全处的人员拯救，他们心怀善意的同时又笨手笨脚。她可能能够逃脱。但她还没来得及想清楚，艾琳的手指便找到了刀柄，将刀拔出，血也跟着流了出来，猩红，温热，不见衰竭。斯米塔知道人体里有多少血液，知道其体量和意义，但她从未见过它。不像这样，明亮地流动着，珍贵而又不可挽回。

刀刺穿了她的肺。当她试图说话时，发不出任何声音。远处传来轻柔的笛声，几乎像在嘲笑她。不管怎样，她动了动嘴唇，默默地咒骂着艾琳，那个错误的朋友，那个拿走一切的恶魔。她诅咒了罗杰和道奇。无论他们是什么，无论他们做什么或者对自己有多么无知，这都是他们的错。这些东西就在他们的脑海里。

然后她摔倒了。她最后想到的是她的母亲，总是为她感到骄傲，为她进入研究生院、成为科学家、救人性命而骄傲。"我的斯米塔会救人命。"她的母亲总是这样说，同时挺起胸膛，眼角的皱纹挤在一起。斯米塔再也不会看到她母亲那样的微笑，斯米塔再也看不到她母亲做任何事了。斯米塔的人生已经结束了，终结了。

她的眼睛不自觉地闭上，鲜血溅在地上，她在故事中的戏份结束了。

艾琳等到斯米塔停止呼吸了才叹了口气，站直了身子，拿起"荣耀之手"。像这样的任务是最糟糕的。她本应该在家里看电视，将那些根本不会被评分的家庭作业扔到一边。（她是名神学系的学生，是因为他们在神学系内安插了人，忠诚的人，他们既害怕又崇拜里德。就算她裸体在课上唱皇后乐队的歌，他们也会把她作为现代酒神行为的一个例子。她所谓的研究生生涯，不过是对她不能被公开的生活的掩饰。）结果呢，她却在这个消了毒的、光线明亮的地方，看着一个女人的鲜血——一个朋友的鲜血——祝福一般洒在瓷砖地板上。

"我真的很抱歉。"她说。斯米塔没有回答。

存储测试结果的计算机，不是按名称，而是按数字代码存储的。如果你知道你在寻找什么——艾琳知道她在寻找什么——就能轻松解锁，并且计算机将很乐意给她提供她要求的数据，绝不隐瞒丝毫。电脑是有秩序的东西，想要取悦她。她仔细浏览了斯米塔的电子邮件，确认她是否撒了谎。这似乎不太可能，恐惧和希望是一对让人不适的床伴，当它们躺在一起时，像谎言这种无聊的东西往往会消散一空。尽管如此，她还是必须得全力以赴，今后她也会如此。

那只手还在燃烧。当她在计算机上看着一个死去的女人的生活碎片时，无人打扰她；当她处理好一切后，她觉得她可以肯定地说，斯米塔私藏着罗杰和道奇血液的秘密：这是一个她还不准备分享的玩具。其他帮助完成了测试的学生，在接下来的几周也会发生自己的事故：刹车失灵，宿舍电线故障，随便什么借口，只要能帮她完成她的工作，但他们的事可以缓缓。他们没有掌握足够危险的数据。

此刻时空中的伤痕没有斯米塔死前那么严重。她可能不止一次被要求重置时间，但没有很多次——两次，最多三次。蜡烛火焰轻微地闪烁着，暗示着某种可能性。它们不可能有好的结局，否则她现在就不会在这里了。这就是在现实中玩"选择自己的冒险"的麻烦：当他们回到书的开头时，他们什么都不记得。罗杰和道奇还不知道她对他们来说意味着什么，或者他们对她来说意味着什么。他们甚至还不知道达伦的名字。

她的手笨拙地敲着键盘，眼前已经模糊。她眨了眨眼，忍住眼泪，试图保持镇静。她不应该想到他的。事情就这么简单。达伦只存在于过去，除非他们找到一条穿过迷宫的清晰道路，不然他们无法回去找他。每一次修改都纠正了她以前的一些错误，就像道奇倒推她的方程式并修正数字，但纠正她以前的错误却为新的错误创造了机会。

如果他们俩能完全成熟并记得一切的话，事情会容易得多。艾琳起身离开电脑旁。删除这些数据将会留下一个漏洞。任何被摧毁的东西都会留下漏洞。唯一的办法就是创造一些东西填补漏洞。

外面，雨停了。在"荣耀之手"的注视下，她完成了这份血腥的差事，走出大楼，回到这个世界。当"荣耀之手"被点燃，任何人都无法注意到她。火势蔓延，潮湿的木材和积着水的石头都无法阻止火势愈演愈烈。凡事总有办法。总会有办法的，只要你足够渴望某个东西。最终，像凤凰一样，火焰会升起。

"荣耀之手"将她藏匿于一个安全的地方，让她与燃烧的大楼保持着距离。化学系的学生们永远无法明白发生了什么，为此她感到很抱歉。

校园安全处的人出现了，消防车笛的尖鸣声也从远处传来。这儿没有什么能挽救的了。

责备

时间线: 2008年12月9日

太平洋标准时间: 06:02（第二天）

捶门声将罗杰从沉睡中惊醒。他梦见了父母,梦见自己和他们一起坐在厨房的桌子旁,试图跟他们解释自己有一个妹妹这件事,试图解释她无须融入他们的大家庭,但永远都会是他的家人。事实上,昨晚做的所有梦里都有道奇的身影。她呼喊着他的名字,试图引起他的注意,可总有其他什么事情看起来更为紧迫。

敲门声还没有停止。他从床上爬起来,揉了揉眼睛,大声说:"耐心点!"敲门声并没有因此减弱,反而更加猛烈,仿佛他在家这个事实,反而激励了敲门这一行为。

"我他妈要杀人了。"他故作愉悦地说,一边从地板上抓起昨天穿的牛仔裤。他懒得去找件上衣,不管是谁,想来都能接受他裸露着上半身的样子,如果这对他们细腻的感情来说太过刺激,那就太不幸了。他压根儿没打算在九点前起床,也没打算起来应付这些屁事。

他打开门,门外站着道奇,她也穿着昨天的衣服,头发乱糟糟的,完全没有打理。她断断续续地痛哭着,比言语更响亮也更痛苦。她一头钻进他怀里,闭上了眼睛。当她说话的时候,她的话既从他身边也从他脑子里响起,就像现实世界中的混响一样。

"她死了,昨晚失火了。她死了,生命科学附属楼没了。她死了,他们打电话说课被取消了,因为没有教室给我们上课。她死了,这是我们的错吗?

287

"这是我们做的吗？"她停下来大吸一口气，他想象着她的肺像气球一样膨胀起来。她从罗杰的胸口离开，睁开了眼睛。这次她说话时，她的声音只来自他身边。就在那一刻，她听起来像个陌生人。

"罗杰，斯米塔死了，另外还有六个人也死了。是我们让她看了我们奇怪的DNA，让她帮我们弄清楚我们是什么。她的死会是我们的错吗？"

罗杰同时想到了两件事：第一，她是认真的，大睁的眼睛里满是惊恐的泪水。第二，他们俩站在他公寓的门口，门敞开着，他们的谈话被广播给了全世界。如果他们的量子纠缠能够在沉默中进行就好了，但它从来不是这样，不过目前似乎也不是尝试的好时机。

罗杰的注意力没有完全放在理解道奇所说的东西上，几乎可以说是不情愿地在理解，就像他的头脑没有兴趣接受她的话一样。如果可以的话，他想要拒绝理解这些话，但当他拒绝时，这些话反而在他意识的前沿回荡，逼着他自己独立去解决这个问题。

罗杰睁大了眼睛。"来吧，道奇。"他说，"我们先进来。我去看看壶里是否还有一些昨晚的咖啡。"她对不新鲜了的咖啡的热爱近乎超现实，他曾看到她喝了一杯放了六天的咖啡，靠它维持生活。如果有什么东西此刻能吸引她的话，那应该就是咖啡了。

可她无动于衷，"斯米塔死了。"她又说了一遍，声音更大了，"我们该怎么办？"

附近窗户的窗帘上有光影闪动着。这是光线的作用，也许暗示着他心里本不应该存在的愧疚感——或者是邻居正在醒来，看到他俩站在门口的话，事情多半会变得尴尬。罗杰做了个鬼脸，用手臂搂住道奇的肩膀，有意无意地引导着，把她拉进了公寓。"我们先喝点儿咖啡，等我清醒一些后，你再慢慢将这些事完完整整地跟我说一遍，直到我理解你的意思。"

　　道奇没有抗拒。如果说有什么不同的话，道奇被拉进房间时似乎松了一口气，让她不必亲自决定下一步做什么事情。她在发抖，动作轻微而复杂。一开始并没有被他注意到。她全身都在颤抖，她如同一场被迫变成了女孩的形体的地震，当门在他们身后摇摆着关上时，他怀疑她内心的断层线是否也会完全消失。

　　走廊从他卧室一直延伸到前门，浴室、厨房和小小的客厅都在走廊的动线上分布。他领着她到厨房，破旧的棕色地毯让他们的脚步没有发出声息，领她到折叠卡片桌旁坐下，那是他的餐厅和学习角落。（这里也是他和英语系其他一些成员一起玩扑克的地方。他们都不算好手，有时他想把道奇带来，只是为了当道奇赢走他们拥有的一切时，看看他们脸上的表情。）

　　道奇不停地颤抖。他想拥抱她，告诉她一切都会好起来的，但他又不想对她撒谎。他知道她会相信他的，这就是为什么他做不到这件事。他转身倒了两杯咖啡，用微波炉重新加热。他一般喝黑咖啡，再加两份糖。她则加牛奶和六份糖。蜂鸟一般的女孩，通过咖啡因来汲取能量。他知道当能量耗尽时会发生什么，所以他坚决不想再看到那样的情况了。

　　"你的咖啡。"他说着，把杯子放在她面前。

　　她端起杯子，双手捧住没喝。她似乎满足于感受温暖透过陶瓷杯渗入她的肌肤。她盯着手中的咖啡，说道："早上我接到了电话，因为我在生命科学附属楼里有培训课程。现在没有了，课程都取消了。昨晚，雨停了没一会儿，大楼就失了火。他们认为……是因为某种线路故障导致的。只要你去化学实验室，你肯定能发现大堆能克服天气因素烧起来的易燃物。那些实验室甚至不该存在，他们的实验室本应该在管道修好后，就立刻搬回自己的大楼里去的。一场不寻常的意外，人们会这么形容这件事。也许的确如此。但是。但是……"

"但是什么？"他温柔地问道。他明白——当她出现在他的家门口时，她心里早就有了定论，即使她没有透露很多细节——但他不想接受这个答案。至少目前接受不了。也许他换个更合适的方式提问，他会得到不同的答案。

"但是斯米塔在她的实验室里，"道奇低声说，他的希望在他周围破灭了，"他们……他们在寻找幸存者时发现了她的尸体。"

他突然想到了一件事，"你是怎么知道这一切的？"

"院长办公室打电话说，我的培训课程被取消了。我想他们正在联系所有本来今天要去那里的人，试图防止我们出现在冒着青烟的废墟中。"她抬起头来，眼里满是泪水。她一直在流泪，却还是再一次哭了出来，并不重要，"艾琳知道得更早。她说，她昨晚出去的时候，警察都到了，还听到他们在说话。她回家时并没有叫醒我，因为她知道我最终会知道的。她不想成为那个告诉我的人。"

私下里，罗杰认为艾琳做了正确的选择。他也不会想成为那个让道奇露出这样表情的人，就算他从过去的经验中知道，他是个会永远被原谅的人。他可以摧毁这个世界，而她也会在一片废墟中爱他如初。这就是像他们一样被纠缠起来的意义。这就是成为家庭的意义。

"斯米塔可能在到达逃生通道前就因为吸入烟雾而晕倒了，"道奇继续说，"她没有坐以待毙。在火焰吞噬她之前，她就已经死了。我想这是件好事。活活烧死太残酷了。"她说的话如此笃定，罗杰差点以为这是来自她的亲身经历。

（接踵而至的是另一想法：他差点以为这是他自己的亲身经历。他记得——这当然并不是记忆，不如说是他想象的——火焰在地下走廊里逼近，破碎的窗户就像失明的眼睛。他们从来没有看过任何真实的东西。他想象着当火焰逼近时，他搂住她，所有的逃生途径都早已关闭；想象着回忆起她的笑声,微弱、易碎又苦涩。她说:"嗯,至少这次不是子弹。"然后,火焰——他请求着再给他们一次机会——地狱降临。)

罗杰颤抖着。有时,一个生动的想象更接近于一个诅咒,而不是一种祝福。"天哪,道奇,那太可怕了。她真的是很棒的人。我希望他们能为她的家人做点儿什么。"

"如果这是我们的错呢?"道奇有时会像一只衔着骨头的狗,主动且坦诚。对数学家来说这是个很好的特质,但对妹妹来说不是,尤其是当妹妹用充满困惑和内疚的眼神看着他时。"她在看我们的DNA。如果……如果我们因为有问题而被分开了,他们认为应该把我们放在国家的两端,就像把漂白剂和氯分开呢?我们并不正常。我们从来都不正常。如果斯米塔是因为她太想弄清楚我们有什么不正常才死的怎么办?"

从"她研究了我们的DNA"到"她被杀是为了保守秘密"中间发生了一个巨大的飞跃,罗杰正想告诉道奇不要犯傻,但张口的一瞬又犹豫了。这一次,他无法诉诸文字。是的,这是一个飞跃。是的,从表面上看很荒谬。但"我们是一对隐秘的双胞胎,通过量子纠缠发现了对方,这种交流方法虽然不比心灵感应,但比电话更有用"这件事本身就很荒谬,这样来看的话道奇真的在犯傻吗?关于他们的一切都是荒谬的,一直都是,谁能说这不是发生在他们身上的又一件荒谬的事?

他犹豫地说:"我不知道这是不是与我们有关。这可能是一场不寻常的意外。我不想这么说,但每次我们校园里发生火灾,都是因为化学系的那些人。他们的实验室在她的实验室的下面两层,他们可能会在错误的时间撞到什么东西,当电线点燃的时候撞到什么东西……我也不知道。我想说你想错了,这不可能和我们联系起来,但我不能。我只是……我不知道。"

道奇久久地看着他,然后她用手背擦了擦眼睛,把杯子放在桌子上,站了起来。

"我们必须弄清楚。"她说,这是如此简单,又是如此难以想象的困难,他无法与她争论。

"等我换身衣服。"他说。

校园安全处的人已经封锁了生命科学附属楼,拉起的警戒线杜绝外人的进入,就像橙色的万圣节南瓜灯,在微风中飘摇。空气中有烧焦物和阻燃剂的味道,标志着这里曾发生过可怕的火灾。天空看起来也阴沉沉的,尽管这可能是气象的小把戏,但还是有可能再一次下雨。

学生们沿着警戒线排队,盯着大楼的废墟交头接耳,试图找出每一个令人恐慌的细节,每一个被隐瞒的信息。有一些人在哭泣,他们把脸埋在朋友的肩膀上。至少有六名学生死于大火——也许更多,这取决于消防员的最终发现,取决于昨晚是否有人在空教室里睡觉或是学习——他们每个人都有朋友、家人和自己的世界。那些世界现在已经终结了。世界每天都在走向终结,什么都不能阻止这一点,什么都不能。

道奇借了罗杰的一件连帽运动衫,一件宽松的灰色衣服,非常适合她。兜帽盖着头,双手塞进口袋,她像鬼魂一样穿过人群,罗杰跟在她身后。她对学校的了解有他不知道的部分:她知道那些捷径和事物的形状。

到处都是人,没有一条清晰的路径。"我们要么靠近点儿,要么就不进去了。"罗杰沮丧地说,"道奇?你能让我们更近点儿吗?"

她停下来,使劲抬起头,好像她在大脑内进行一些复杂的数学运算。然后,她迅速地点了点头。"可以。"她转过身来,飞快地离开了大楼。罗杰不得不跟上她。她头也不回,丝毫没有放慢脚步,只管向前走。

她只管向前。

她的脚步很轻,眼光不断地移动、评估、重新校准,寻找一个更好的角度。大多数人永远不会像道奇那样看待这个世界，这是一件好事：她看待这个世界的方式会让大多数人发疯。她缺乏深度感知，让她很难估计距离，确定一件事在哪里结束，下一件事在哪里开始；但一旦她确定了距离，了解了维度，她便不会忘记。数字、角度、方程式，这些是常数，是她围绕运行的星辰，也是最接近她内心的福音书。她不跑步。她不需要跑步。数学，总是正确的，是一种平静、稳定的事物，迅速但不匆忙。从来不。

罗杰给了她一个地理学范畴的问题，这是另一种几何形式，她将解决这个问题。无论天崩还是地裂，她都会解决这个问题。她带着罗杰沿一条供慢跑者和维护人员使用的小径，绕着小径尽头的棚子进入了一片树林。阻止学生们远离被烧毁建筑的警戒线并没有延伸到树林里，那样会显得过于愚蠢。

树林里有一条古老的小径，罗杰以前从未见过这条小径，他怀疑道奇以前也从未见过，因为这不太像她会去探索的地方。穿过小径，他们来到一条狭窄的小巷，大部分空间被混凝土花盆挡住，目的是防止学生沿着花坛的砖砌边缘玩滑板。他们跨过花盆区域，发现自己置身于生命科学附属楼冒着烟的废墟和旁边的生命科学大楼之间。大火并没有蔓延到生命科学大楼，可能是因为雨天，也可能是因为有时候坏运气在一切都被摧毁前就消失了。生命科学大楼的外墙有烟熏的痕迹，但其他方面未受波及，依旧屹立着，不受侵犯。生命科学大楼可能在一周之内重新开放，学生们会偷偷向窗外看隔壁大楼遭到的破坏。

小巷尽头是生命科学附属楼的一个门口。门口的梁木已烧焦卷曲，门框也变形了。通往门口的三层浅石阶仍然完好无损，没有破碎，只是被火熏黑。门中心的玻璃窗熔化了，从门框上熔化垂下，像是厚重、扭曲的蜂蜜。墙的两边都有洞，被炸破的砌石块和隔热材料暴露出房屋的框架结构。它看起来不太像是一场火灾的后果，更像是一场战争的后果。这里没有警戒线，没有校园安全处的人，也没有学生。只有他们两人在此。

道奇停了下来，当她转向罗杰时，她那奇异而专注的目光消失了，她只是站在那里，完全沉默地看着他。

"干得好，"罗杰困惑地说，"你还好吗？"

她摇了摇头——像一只湿漉漉的小狗试图甩去身上的水分——奇怪的感觉消失了，取而代之的是她之前忧心忡忡、不确定的表情，"我很好。只是很担心。这扇门通常不会锁上的。"

罗杰点了点头。然后他犹豫了一下，问道："你确定我们应该进去吗？这儿刚发生火灾，建筑可能不牢固。"

"所以我们不会去实验室。"道奇说，又露出了嘴里衔着骨头的狗狗般的表情，"建筑是石膏板和四乘二木材板构成的混沌理论。我能弄清楚房屋结构的弱点在哪里。"

"数学简直就是超能力。"

"这可是你说的。"道奇说，露出了今天的第一个微笑。

那种微笑是罗杰所能看到的最好的东西。这意味着无论她多么沮丧，她都没有崩溃：她只是花了一些时间来恢复。他迅速地回以微笑，把手伸向门把手。

门锁被卡住了，或者从内部熔融了，无法转动。"罗杰……？"

"我敢肯定它只是被卡住了。"他说。他松开门把手，把运动衫的袖子套在手上，紧紧地裹住手指。这一次，他尽可能用力地抓住把手，想让它屈服；这一次，他扭转旋钮，直到克服了它的阻力，门闩咔嗒一声打开了。

在门的另一边，水和阻燃泡沫在被烟熏黑的地板上坑坑洼洼地堆积着，如同一幅湿漉漉的危险拼贴画。剩下的只是残垣断壁；许多内墙已经完全被烧毁，或被消防人员或救援人员拆除了，显得千疮百孔。

这座建筑似乎已经癌变、发病，历经了千年的沧桑。

地板上有一个洞，通向地下室。把翼龙固定在天花板上的螺栓还在，但恐龙化石消失了，掉了下去或被火焰吞噬。道奇停下来看了看之前挂它的地方，脸上带着一种孩子气的严肃神情。熬过了数百万年的事物已经消失，本应该比他们存在都久的事物已经结束。不知怎么的，这是这个令人疲倦的、可怕的一天里目前为止最糟糕的事情。

然后她转过身去，看着罗杰说："我们需要寻找答案。"

他们站在一座被烧毁的大楼里；如果有人在这里抓住了他们，他们就会被逮捕，或者更糟——被驱逐出学校。他们根本不是纵火案的调查人员，甚至压根儿不是调查人员。他们俩都没有携带任何在这里活动的装备。他们俩都不知道自己在做什么。

但要道奇接受斯米塔的逝世不是他们的错，她就需要做这件事。她需要来这里走上一遭，试着弄清楚为什么会发生这种事。如果这是她需要的，那么罗杰就会帮她得到。这是一件小事。这是他所能做的。

"木材燃点在——"

"四百五十一华氏度。"道奇说，没有丝毫停顿。

罗杰点了点头，"我们有了一个起点。"

"绝对零度。"她说。

"没错。"

他们像走钢丝的表演者一样行走在大楼地板上，小心翼翼地迈出每一步，测试房屋结构的弱点，等待意外发生的那一刻。偶尔，两人中其中一个会说些什么：一个词，一个数字。另一个则以一个数字，一个词作答，完成他们之间建立起的方程式，一步一步地定义世界。过了一会儿，他们就不再互相看了，他们不再需要这样做。

"天花板铺砖。"

"九十五块被摧毁，一百一十六块部分受损，十八块完好无损。八十四。"

"这个教室里的椅子被损坏了。"

"五十三把被毁，十七把受损但有修复的可能。"

他俩以前从来没有这样做过。他们总是保持一些距离，不愿互相让步。当他们还是孩子的时候，罗杰并不太相信她；当他们十几岁的时候，她并没有完全原谅他。成年后，他们偶然地重新相遇（但他们仍没太多机会关心对方，从来没有，只有精心的设计），他们在退缩，害怕让步，害怕渴望更多。

他们现在没有退缩了。"一磅①重的砖石结构倒塌了。"

"七百三，这间房里。"

"灰尘。"

"百万分之一万二千。"

他们间的交流一直持续，交流的形式越发极端简洁，周围的空气灼热而沉重，像雷电风暴滚动；像另一场准备燃烧的大火，一场不需要火焰的大火，只需要两人之间的持续交锋，某种在两人漫长岁月的互动里，从未完全实现过的东西。

（校外的一间公寓里，一个在他们忘记实验室时依旧清晰记得的女人，一个双手沾满鲜血、永远无法洗净的女人，感觉到空气变得凝滞、缓慢，如同黏稠的糖蜜，能够窒息任何愚蠢的人。

她放下正在洗的盘子和手中的毛巾，平静地走到后门。她一打开门，那只在外面游荡的老橘猫就跑了过来。出于动物王国赋予它的与生俱来的直觉，它也感受到了空气中的怪异，丝毫不想与之有任何关系。它冲到桌子下面，浑身的毛竖起，喉咙里发出受到威胁的嘶吼声。艾琳叹了口气，跪下来

---

① 1磅约为453.59克。

将猫抱进怀里。她抱着它从前门出去，来到街上，走到十字路口中心的一个草地覆盖的路岛。在即将到来的混乱中，这里不会被废墟掩埋。但这儿不会一直安全下去，混乱越来越近了。女人紧紧抱住胸前的小兽，等待天空落下。）

回到生命科学附属楼，罗杰和道奇继续着他们的搜寻。他们一开始的目的已经被抛在脑后，取而代之的是这个有趣的、消耗人心神的新游戏，文字交换数字，数字交换文字。罗杰从来不理解召唤着她的数学，但他现在感觉到了，在他的血管里，就像兑现奇迹的承诺。道奇从来没有意识到给她知道的真实之事命名的必要，但她现在明白了，她很高兴他将事物的名字分享给她，在她将事物归还给他之前，她通过观察的炼金术改变了它们。他们不再是孩子，也从来都不是真正的孩子，至少不是他们内心深处知道的彼此的孩子模样；但在此刻，他们像孩子一样玩耍，悲剧被如此多的欢乐遗忘。

如此多的、如此多的欢乐。

这些文字和数字在外人听来已经没有任何相似之处了。"敏锐，"他说。"四点八三五。"她回答，微笑着，一个隐秘的微笑，好像她刚才说了些聪明的话，也许她的确说了。也许，用数字的语言来说，她是莎士比亚，她是艾略特，她是罗塞蒂，滔滔不绝地讲着《精灵市场》的故事；她是贝克，给《上下奇境》的生灵们赋予生命。"七。"她说。"天国。"他应道，他的微笑和她的一样明亮，像豆荚里的两个豌豆一样匹配，就像"不可能之路"上的两个孩子。她笑着，他也笑着，一切都会好起来的。烟雾和潮湿的气味还在空气中徘徊，但他们之间制造的风暴几乎把这些气味冲走，取而代之的是臭氧的气味，明亮地噼啪作响，随时准备产生火花。

"蓝色的。"罗杰说。"两个。"道奇说。"异类。"罗杰说。

"一。"道奇说。"零。"他们齐声说，地面在他们脚下移动。

地震始于加利福尼亚州大学伯克利分校校园的正下方。地震学家多年来一直认为，海沃德断层松开后，就会破裂，导致一场六点七级乃至更严重的地震。上一次在伯克利爆发地震是在1870年，地震剧烈到将建筑物夷为平地，导致市民被困，有些甚至被困多达数天。许多地震中的死亡都源于次生的灾难，比如饥饿或脱水。当时湾区人口更少，那时的建筑不够成熟坚挺，没有准备好迎接灾难。

几十年来，地壳活动都保持着静止，直到此刻爆发出猛烈的地震，使地震学家感到震惊。他们一直都知道有一天会发生地震，他们也一直试图让人们为此做好准备。但它来得太过凶猛，太过迅速，永远不可能有任何准备。

十字路口的绿色路岛上，艾琳紧紧抱着老比尔，看着她与道奇和坎迪斯合住的公寓倒塌。她本可以挽救她的一些财产，一些最珍贵的东西，但她该怎么解释自己预料到了地震呢？算了，她救了自己，救了猫，没有被倒塌的房屋掩埋在废墟，这就足够了。平凡的人变得凶残，她周围有那么多的声音，他们都在尖叫。她无法区分他们。她希望其中没有坎迪斯的声音。让她睡觉吧，让她死在梦中。

在生命科学附属楼中，罗杰和道奇僵立着，盯着对方。他们周围的空气因他们的所作所为，仍然带着电流。他们不知道他们能做这样的事情。天花板传来一阵嘎吱嘎吱的声音，警告着他们即将到来的坠落。道奇没有闭上眼睛，但罗杰听到了她声音中的方程式，它在他的脑海中闪现。道奇猛地撞向他，她的肩膀撞击到他的胸骨，把他撞了出去，使他远离他之前所站之处脚下的砖石和地板。

震动仍在继续。

校园舞动着，上下左右摇晃，被地表下相互撕扯的地震能量注入生命。人们尖叫着，寻找安全之处。本地人迅速找到开阔的地方避难，用双手捂住头顶，检查天空中是否有电线，紧张地测量附近建筑物的高度。大多数人都会活下来，来自其他地方的学生的处境则没那么好。他们寻找着庇护之所，寻找着门框和橱柜，站在那儿吓得仿佛被冻住了。一名来自威斯康星州的女孩死于一块砸到她脑袋并把她撂倒在地的砖瓦。片刻后，更大块的砖瓦塌下，把她压倒在地。救援人员需要三个小时才能将她挖出来。

震动仍在继续。

地震并不局限于校园，也没有局限于与学校接壤的房屋。但地震始于生命科学附属楼的深处，以它为中心的周围遭到的破坏最为严重。图书馆的墙壁破裂了，钟楼没有倒塌，但倾斜了，这甚至更糟；一个倒塌的东西可以重建，而一个损坏的东西只会被列在待办事项的最后，待到破碎的玻璃被清扫，破碎的地基被修复。钟楼是校园的中心，是引导学生回家的地标，如今肉眼可见地变得残破。

道奇挣扎着起身，比以往任何时候都快；她紧绷的神经赋予了她求生的本能。越来越多的天花板开始坠落，墙壁看起来好像随时都会塌陷，把南茜·朱尔的冒险故事变成了一部恐怖电影。罗杰在摇晃中被道奇拉了起来，她的手指紧紧抓住他，如固定住的锚，把肉紧压在骨头上。这种痛苦几乎是令人欢迎的，这让这个场景看起来很真实。

"震动得太快了！"她喊道——她为什么要叫，他不知道；除了低沉的隆隆声和坠落的声音之外，没有真正的声音，她能像平时一样开口说话且被人听到。恐慌改变了规则，她和他一样恐慌，虽然她看起来很平静，直到她开口说话，"我必须闭上眼睛！"

罗杰一开始不明白她在说什么，这话没有任何意义。她是那个领着他穿过坠落的碎片的人。她为什么要闭上眼睛呢？但她闭上了眼睛。她闭上了，她闭着眼向前冲，在坠落的碎石中穿行。

罗杰闭上了自己的眼睛，出于害怕而不敢去看；突然之间，他们停下来，他的肩膀撞上她的肩膀，让她尖叫出声——不是大喊，而是尖叫，就像突然变得真实的恐怖电影中的受害者——"睁开眼睛，你必须睁开眼睛！"于是他理解了。

道奇没有对深度的感知能力。她可以在大脑中计算出线速度和下行速度，用其他任何人都难以企及的准确度躲避这些下坠的碎石——但前提是，她必须从准确的位置开始计算。她需要把下降点看作是三维和真实的东西，而不仅仅是在平面上移动的形象。只要她知道这之间的距离，（她知道，他知道她知道；他们的胳膊的长度、身高的差异，这些对她来说是常见的数字，也许是她在睡梦中都能完成的运算，在她需要抵御噩梦的夜晚。）她就可以成功地绘制他们的逃生轨迹。她可以带他们逃出去。

他睁开了眼睛。道奇又拉着他跑了起来。

之后的一切，看起来就像是一场梦。地震一波接一波地发生，撕裂墙壁，打破窗户，在地震活动不那么频繁的地区能坚持一百年的地基顷刻间出现了裂缝。他俩从崩塌中的一切的中心穿过，一个闭上眼睛的女孩，一个盲目跟随着她的眼睛大睁的男孩。大楼外，开阔的空间满是簇拥在一起的人群，陌生人互相紧抱，尖叫、哭泣，或者什么也不做，只是无言地、震惊地盯着眼前的混乱。人们已经尽可能地避难。空气中回荡着尖叫声、哭泣声和汽车警报的持续轰鸣声，它们好像把这次袭击当作一场盗窃行为，并努力召唤失主现身。空气是黑色的，满是烟雾和灰尘，校园中的鸽子惊慌失措，扑闪着翅膀，它们无法降落，只能在无尽的惊恐中飞行。

道奇拉着罗杰奔跑着绕过楼梯陷落后留下的窟窿，经过电梯，用肩膀使劲撞上房间前门。如果此时在一片安静之中，他们应该能听见骨折的声音。彻骨的疼痛传来，道奇担心自己会昏倒。她尽可能不去理会疼痛。身后传来罗杰的惨叫，她一点也不奇怪，不用回头就知道他正抱着肩膀。他的眼睛正盯着她的后脑勺，她想道歉，但没有时间了。

她又朝门撞去，再次忍住痛，罗杰跟着倒吸一口气，痛得顾不上尖叫。她却一点感觉都也没，也许她已经痛到无法第一时间感受到痛苦的地步了。没有时间了。门应该撞开了才对，它没有锁，只是在火灾和地震双重作用下嵌入了门框，她能看到导致其最终失守的受力点。必须撞开它。必须。为了生存，即使肩袖撕裂、锁骨骨折都算不了什么。

她第三次撞门。罗杰的视力因疼痛而短暂地变成了灰色。门开了，她睁开了眼睛，恢复到自己的视觉，然后拖着他走出摇摇欲坠的大楼，走下熟悉的台阶，回到几何学能解释的世界。外面的世界中，各种事物也在垮塌——树枝、砖石碎块、电线，但它们的间距更大。她有时间计算出下降的弧形轨迹，拉着罗杰，在它们落地前及时躲开。剧痛已经过去，但他仍能感受到她神经上流淌着的余痛。她睁开眼睛的那一刻就打破了两人间的联系，尽可能地打破：二人间的量子纠缠变得越来越强了。罗杰童年时的恐惧果然是有道理的。

她不知道他现在是否意识到了，不知道他是否会因此抽身而退。现在这并不重要，因为他们还在逃命。道奇在奔跑中抽出一点时间，向旁边移动了几英尺，将一名新生推离断裂电线下落的路径：她能看见男孩头发着火、身体因电击而抽搐的样子，于是提前改变了参数，将他推开。没有人对他们从生命科学附属大楼里逃出来这件事发表意见，每个人都面临着自己的问题，每个人都只关注着自己的存亡。

他们一直跑到一个道奇认为安全的地方，远离掉落的砖石碎片与其他学生，不会被东西砸到，也不会被人偷听。地震的强度渐渐弱了下来。余震将持续好几天，但主要的震波……差不多快结束了。

罗杰放开了她的手。

（之后，她会记得这一刻：会记得是他先放开了自己的手，会记得他们本来互相支持，紧紧抓着对方，然后他忽然消失了，离开了，只留下震惊不已的自己。肩膀仍旧尚未感觉到疼痛，她的头脑异常清醒。她感到自己被抛弃了。）

"罗杰？"她转向他，困惑中带着些担心。她用自己的眼睛看着他，感觉他远在天边，跟他一直以来给人的感觉一样，同时又近在眼前，伸手就能够到，就能触摸到。但两人间的距离却在诉说着一个完全不同的故事，仿佛在告诉她，他远离了自己一步；仿佛就算伸出手去，也什么都摸不到了；仿佛她现在孤身一人。

远处传来心碎的哭声，道奇觉得自己的心也要碎了。

"这场地震是我们造成的吗？"他的声音像是她在早上提出的同样问题的微弱回声。她所询问的只涉及一场火灾，一人死亡（实际上涉及六个人的死亡，但她连一个人的死亡的责任都不想承担）。他问的却是一场地震，化为废墟的校园，无数人的死亡。他们俩都不蠢，这种级别的灾难，就算运气好，死亡人数也将数以百计，如果不幸，将达数千人。

"罗杰——"她开口道，看见罗杰看自己的眼神又马上顿住了，那迷惘的表情，像是在镜子里看见了怪兽。

仿佛他再也不想见到她一样。

"是我们造成的吗？"他重复道，"别对我撒谎，道奇。如果你撒谎，我会知道的，所以别这么做。"

她张嘴就要撒谎，却发现自己根本做不到。谎言已到嘴边：她能看见那个谎言浮在眼眸背后，闪闪发光，完美无缺，如同一颗搪塞和欺骗构成的钻石。多年来，她一直练习撒谎，只需将单词排列成正确的顺序，就能完成她交代的使命。此刻，她却丧失了撒谎的能力。罗杰叫她不要撒谎，她果真就撒不了谎了。

罗杰首先担心的是两人在一起时能干出什么，道奇首先担心的则是他一个人时会干出什么。

"我想是的。"她的声音如同一声轻微的叹息，几乎被即将结束的地震的低喃声吞没。震动已经结束，坍塌也随之停止，只剩下地面极微弱的震颤，不出一会儿，这震颤也会消失。"我们……我们肯定是在玩闹的时候触发了什么东西，或是打破了什么东西。地震是我们造成的，但我们并没有想要伤害任何人。我们也不知道会这样。"

"现在我们知道了。"他的声音听起来悲伤欲绝。道奇不需要量子纠缠也能知道他在想什么：她可以从他的眼睛里看到。他走上前来，身子前倾，在她的前额上轻吻了一下，像果农种下一棵苹果树那样温柔。然后，他走了，离开了，转身逃离了，远离这废墟，远离两人在一起犯下的错，远离一切后果。道奇没有跟上前去，她只呆呆地站在原地，看着他远去的背影，泪水渐渐模糊了双眼。

报告

时间线：2008年12月9日

美国中部标准时间：12:01（同一天）

星盘疯狂转动，星体在轨道中颤抖、旋转。

冥王星——美丽如宝石般的冥王星，由上等白金制成，通体镶嵌着冰冷的钻石碎片——在机械宇宙中开始了反向旋转。一场碰撞似乎不可避免。但一遍又一遍地，它绕过海王星，躲过木星，继续着其无法改变、难以理解的轨道。太阳是这个模型中唯一不动的点,它一动不动地坐在一片混乱的中央。(后来的记录显示,当伯克利发生地震时,星盘就开始变得不正常;地震结束时,太阳也停止了运动。其中的关联与奥秘不得而知。)

里德背着双手,眉头紧蹙,盯着眼前这个宇宙模型一点一点地分裂开来。星盘不是他造的。他没做过机械工程师,从来不关心无生命的东西,但他仍然喜欢它,喜欢它所代表的东西:世间一切。那是他希望有一天能控制的东西。一切。自从他的母亲(制造者)向他展示其蓝图时,他就一直觊觎着它。那时,他还是个学徒,阿斯普戴尔·贝克还是北美最伟大的炼金术士,悄然进行着她伪装为幻想故事的宣传。当时的他,就像一个由简单金属制造成的愚蠢实验体,一个名叫詹姆斯·里德的狂欢节小贩,能做的不过是混合蛇油和次级治疗药水。为了入主这座实验室并拿到星盘,他撒谎、欺骗、杀戮,坏事做尽,无所不用其极。他眼前的混乱要么是成功即将到来的征兆,要么就是失败的预告。

肯定是前者。后者他连想都不会想。

他的"布谷鸟"们肯定出了什么事。自从他们被送到现实世界中以来,星盘已经反向运行了好几次。除了当下所处的时间线,他不记得其他任何时间线上发生过的事情。他毕竟不是他们。可星盘……依然是他的秘密武器。它校准得如此精准,与宇宙紧密同步,当事态发生变化时,它会立刻自我调整。时间线的变化就是宇宙的变化,而宇宙的变化必然在星盘上反映出来,否则它就不过是一堆闪亮绚丽的行星与星星状的珠宝,除了组成它的零件的价值外,一无是处。即使里德接受它的平凡,星盘自己也不会接受。

他身后开着的门有人敲门。他没有转身。

"哪一对?"他问道。

"切斯维奇和米德尔顿,"莉说,"你说得没错。他们快要成熟了。"

"他们做了什么？"

当她再次开口时，他能听到她声音里的笑意。莉一直都喜欢干净利落、不拖泥带水的毁灭。"加利福尼亚州发生了一场地震。是该地区几十年来最大的一次。联邦应急管理局正在展开行动，死亡人数将达数千人。而这只是主要的影响，其造成的电力、水力以及当地服务的中断将造成更多死亡。我都没杀过那么多人，加起来都没有那么多。"

慢慢地，里德转过身来，"你觉得是他们干的？"

"我知道是他们干的。"莉满脸红光。这一对不归她管，并非按照她的标准养大。只要有利于大局，她会毫不犹豫地命令这对"布谷鸟"的监护人将他们撕成碎片。但毁灭就是毁灭，她不能否认他们的劳动成果。"我的报告您看了吗？"

"愿闻其详。"

这不是请求。莉脸上的微笑渐渐消失了。即便在最理想的情况下，里德的危险都不容忽视，况且现在并非最理想的情况。他不停地用星盘证明自己的"布谷鸟"们正在日渐成熟。星盘的每一次异常都被他当成证据，证明时间线已被改写。"在未来的某个时刻，两个小家伙已然成熟。"他一遍又一遍地重复着，"当时机到来，他俩会不可避免地拥抱彼此、拥抱我们。虽然他们一直试图推迟那一时刻的到来，但推迟并不能改变现实。"

哦，但它可以改变现实，它正在改变现实。莉深知这一点。未来尚未写就是有原因的。在直面业已成熟的布谷鸟，在目睹业已觉醒的观想被赋予肉体与意识前，任何一对实验双胞胎都有胜出的可能。所以她才如此努力地试图说服他让自己重新开始实验，以尽早得出结论。他的投资者们当然不愿看到这种拖延，但那帮老家伙已经不在了，他们的骨灰早已散落在了十几个州域。这样更好。无聊、秃顶、迂腐的老家伙担不起改变宇宙的重任。这帮无聊、秃顶、迂腐的老浑蛋，从来都自以为是。他为二代"布谷鸟"提出伽利略式解决方案时，她并没有想到竟会奏效。

他们本应手无缚鸡之力，作为象征的实体化无法应对凡夫俗子的大千世界才对；本该在十八岁就自我了断，或被想"治好"他们的大人用药喂到神志不清才对。面对重重障碍，他们本不该找到彼此，互相纠缠，建立联系并年复一年地保持沟通。可他们却做到了。他们的所作所为……这一切的一切按理都是不可能实现的。极端不可能。可偏偏眼前发生的事都是真实的，不可否认。

这团乱子虽不是莉造成的，可要解决还得靠她。

"艾琳报告说，切斯维奇和米德尔顿去找了一个叫斯米塔·梅塔的学生，让她帮他们验血，以确认两人是否有血缘关系。她说，因为简单的验血无法确认，需要进行DNA测试，然后就做了这些测试。"莉的嘴唇向下抽动，"他们差点就在这个喜欢多管闲事的小姑娘面前暴露了。她发现了抗原标记，还发现了两人的基因相似性，如果任由她继续下去，很快就会发现两人的DNA并非完全自然。她必须被阻止。"

"所以你就找人把她做了。"

"这事在我的职权范围之内。"

"那也不应该引起旁人的注意。"

"生了一场火。着实令人伤心。艾琳先用'荣耀之手'打掩护，对那女孩进行了长时间拷问，证实了她没有向他人分享她的发现。她应该是打算写一篇关于非同卵双胞胎的论文。"莉摇了摇头，"可怜的傻瓜。她有做科学研究的头脑，只可惜，在拿起抽血针的那一刻起，她便已然僭越了。"

"没有证据可以将这场杀戮追溯到艾琳或是我们吧？"

莉又摇了摇头，这回更加坚定了。"没有。她的能力您是清楚的。凡经我手亲自接生的,都不会犯错。不幸的是,那个叫切斯维奇的女孩责任感过于强烈。就是擅长数学的那个。所有擅长数学的孩子都表现出了小题大做的倾向,对那些根本不是他们犯的错也要揽下责任。如果她是独自一人在校园,那么她的小题大做就没有任何意义。但她不是,她去找了那个叫米德尔顿的男孩,表达了担忧,他同意帮她调查火灾。到达现场后,不知怎的,两人部分地觉醒了。"一种沮丧的表情掠过她的脸,"我不知道发生了什么,大楼里所有的摄像头都被烧毁了,艾琳也早已不在现场。我们只知道,'布谷鸟'们进入大楼,八分钟后就以他们所在之地为震中爆发了地震。他们已经开始明白自己的能力了。"

"这一点在我的星盘上也有所体现。"里德说,"他们已经成熟了吗?"

"艾琳觉得还没有。"莉面露喜色,"我可以核对一下相关预兆。如果有好的肠卜①人选——"

只有当他真正关心被牺牲的是什么时,肠卜才会奏效。有些法则比炼金术更加古老——有些法则直指地球的根基。"从其他实验双胞胎中挑一对,带到地面上来,"他说,"让他们也看看天空。"这份奖励足以让莉做任何必须做的事情了。此外,预兆在阳光能够照射到的地面才最有效。

莉扬起了眉毛,"真的吗?"

"真的。"

"但如果肠卜显示他们还没成熟呢?"

"那就抛弃他们。"

惊讶消失,莉的脸上换上了震惊的神情,"可——"

"抛弃掉。如果成熟期的开端就能造成这么大的伤害,想象一下他们完全成熟后能做些什么。我们已经成功了,莉,我们已经将观想实体化了。你

---

① Haruspicy,通过动物内脏来进行的占卜仪式,兴盛于古罗马时期。

给我好好监视他们，一有变化，马上通知我。"一丝笑意慢慢爬上他的脸。

"很快，我们的付出都会得到回报。"他补充道。莉什么也没说。

很难记住艾弗里离开前到底去了哪儿。他携影前行，这突然间显得非常无礼，尽管齐布以前从未这样想过。当有人计划归来的时候，影子应该留在原地才对，这样才能标记他们归来的方向。

一只手碰了碰她的肩。她抬起头，却发现乌鸦女孩正看着她，眼神里满是鼓励。

"没关系，"她说，"他会安然无恙回来的，你等着瞧。"

"你怎么知道？"齐布问。

"咦，因为我们正在通往'不可能之城'的'不可能之路'上，现在，还有什么比你的朋友回到你身边更不可能的事呢？"乌鸦女孩露出了灿烂真诚的微笑，"既然完全不可能发生，这也就意味着它几乎可以保证会发生了。"

齐布盯着她看了一会儿，号啕大哭起来。

——A.黛博拉·贝克，《飞跃伍德沃德墙》

卷七
一切的终点

愿所有的星光都为你引道!

——威廉·莎士比亚,《安东尼和克利奥帕特拉》

唯有那些不惧走得太远的人才能知道自己能走多远。

——T.S.艾略特

代价

时间线:晚了5分钟,距离世界末日仅剩30秒

血光漫天。

道奇背对着他,一只手紧按着身侧,试图不让血从体内流出。另一只手颤抖着在墙上画着方程式,动作快得令人眼花缭乱。笔迹越来越不清晰,越来越难以辨认——不过话说回来,以往她在墙上画出的高难度方程式他本来也看不懂。此刻,她沉浸在自己的小世界里,那里容不下他,况且在这血光漫天的时刻。

他并非医生,但知道人体内肯定不该流出这么多血,如果她还打算从此地离开的话——而这,就是答案,他知道她不打算从此地活着离开了。在他重新闯入她的世界之前,她是幸福的:她享受着那些书籍,那些公开露面,享受着自己的人生——她自己从他留下的废墟中一砖一瓦重建起来的人生。她原本是幸福的,可就在那时,他却和她曾经的大学室友成双入对地闯入了她的世界,一下子抢走了她的一切。她觉得自己今天必死无疑了,他很确定她不会介意,因为如果死在此时此地,她就无须再经历这一切了,再也不用担心某天会响起一声不经意的敲门声,门背后是抛弃她已久的哥哥,回来找她帮她根本不愿意帮的忙。

她的职业生涯已经结束。她对宇宙的看法已经支离破碎。与此相比,一条命又算得了什么呢?

他希望能告诉她自己很抱歉,希望能告诉她自己并不知情,可他什么也没说。她必须解开这个方程式,否则一切都将是徒劳的——就像之前无数次

出现过的那样。艾琳没有告诉他这一点，如果可以，艾琳什么都不愿意告诉他。她常说什么无知是福，什么无知至少会让选择变得容易：无须每走一步都要考虑一百条注定失败的时间线的成本及后果。如果此刻自己能获取她脑子里的回忆，那该多好。

然后他真就知道了。

"道奇。"他的声音很低，几乎被来自废墟外的枪声淹没。艾琳正竭尽全力抵挡攻击者，但她撑不了多久。"是什么时候出问题的？到底是什么时候？"

"你真的要在这个时候问这种问题吗？"她一只手在墙壁上继续画着，另一只手的指间却渗出更多血，血迹浸红了胳膊。"当初是你来找的我。"

"在那之前。在那之前，是什么时候出问题的？"

她扭过头，手指也停了下来。脸上毫无血色。虽然她一直面色苍白，此时却是因为她的体内血已流尽。她的头发比以往更长，花了两百美元做的发型被火药、血和疲劳毁掉了。耳环是白金镶钻的。她看起来像个成年人，而他仍觉自己像个孩子。

"地震的时候，罗杰。"她轻声说，"那时我才意识到你永远不会停止离开我，而我也对你彻底放弃了。"

"我不是说——"

"一切都为时已晚了。我们今天都要葬身此地，我不会原谅你的。现在，让我好好工作吧。"她转身面对墙壁。

罗杰一动不动。还不到为时已晚的时候呢，至少艾琳是这么说的。原谅并非关键，知道何时原谅才是关键。他无法改变自己经历地震后的反应：他对自己非常了解。但有些事情他是可以改变的，有些事情他是可以做的。此时此地，他知道了一些事情——这里面包含艾琳告诉他的事情，在两人疲于奔命的日子里他的所见，以及最后一粒沙子落下和沙漏被翻转过来之间的那一眨眼的瞬间——因此，有些事情他是可以做的。

他从口袋里掏出手机，设为飞机模式。将时间调到十年前地震的那一天——那一天，他为了挽救自己的生命却毁掉了自己的人生——然后拨出了那个早已牢记下的数字。他从来都不擅长跟数字打交道，但这串数字，他却永远难忘。

他留下了口信，讲话结结巴巴、磕磕绊绊的，让他感觉自己就像个傻瓜。道奇停下了在墙上写字的手，转身面对他，睁大的眼睛里充满了迷惑不解。留完口信，他把手机扔到一边。这玩意儿不再需要了。他张开双臂。

"过来。"他说。道奇朝他挪过去。见她无法将手从身侧的伤口上挪开，他赶紧用双臂搂住她，将她揽入怀里。他闻着她昂贵的香水味，感知着她的颤抖。

"准备好了吗？"他问。这是他俩第几次走到这个境地？又是他俩第几次重设时间线？一百次，一千次，一百万次，却又只有一次，因为每一次都有新变化。他们可以一遍又一遍地重复，但又没有真正地重复过一次。

"没有。"她将头往后一仰，睁大充满信任的浅色大眼睛盯着他。是的，她依然信任他。即使在发生了这一切之后，她依然信任他。这是世界上最好、又是最糟糕的事了。"你认为这样做有用吗？"

"就算没用也无关紧要了。"他冷笑了两声，"如果没用，只能说明发生在我们身上的一切都是巧合，我们白白毁了自己。想要用数学拯救世界，除非你也能通过一个问题做到。"

"这么说的话，我准备好了。"她说。

又来了，那种似曾相识的感觉：并不奇怪。他从艾琳那里得知他俩之前到过此地。与此同时，又有一种崭新的事情即将发生的感觉。所以他觉得两人应该也没有到过此地太多次，就算真的到过这儿来。

"道奇，"他的声音清晰沉稳，"不准死。这是命令，是命令。我求求你了。你做什么都可以，想摧毁什么随便你，但别死。这是命令，这是——"

她闭上双眼前不住点着头，看上去如此苍白虚弱。看上去他想拯救她不受这个世界——即便是他所代表的那一部分——的伤害。

枪声消失了，并非逐渐停息，而是戛然而止，像是世界被按下了静音键。

世界正变得白寂。

一切都在这里终结。

我们想错了我们想错了我们想错了我们想错了我们……

艾弗里不确定自己还能不能再往前进一步。

他累了。在今天之前，他完全没明白过"累"的真正内涵。他听说过这个词，却从未感同身受过。疲劳浸入骨骼，如绸缎般将其紧紧包裹住，直到双腿如铅般沉重，胳膊变成悬在肩上的两个沙袋。它让世界没有了颜色，一切都变得昏暗、沉闷。它重重地挂在睫毛上，每次眨眼都好像再也睁不开了一般。

但齐布——以为自己无所不知的愚蠢齐布——此时应该就在附近才对。冰水侍从在将他从瀑布上推下去之前就是这么说的。他必须找到齐布，必须告诉她，自己很抱歉。

河岸上有一堆破布，表层覆盖着闪闪发光的银尘，像鱼片，又像月光。艾弗里顿了一下，一般来说，一堆破布不会有蓬乱的头发。

艾弗里发现自己还是可以跑起来的。

——A.黛博拉·贝克，《飞跃伍德沃德墙》

卷五
余震

对任何伟大事物的熟悉都会消解我们对它的敬畏。

——L.弗兰克·鲍姆

你是一名炼金术士,本当点石成金。

——威廉·莎士比亚,《雅典的泰门》

今日

时间线: 2016年6月15日

太平洋标准时间: 14:02（七年半之后）

双面大书架上一阵哗啦声响，掉下来了什么东西。正在整理书架的罗杰顿了顿，将头歪到一边，猜想着声音来源。没听到什么东西摔碎的声音，应该不是偷偷揣着啤酒溜进珍本区过道的学生。声音不甚沉重，所以应该也不是有人昏倒了或者在计划一场恶作剧。觉得在图书馆做爱是个好主意的人多到令他震惊。当然，他自己在本科时也试过几次。但自从某个不幸的地方被纸划到后，他就意识到回房间才是更好的选择。

"一群孩子。"他最终摇了摇头，微笑着说。不知从何时起，那些刚入校的同龄人变成了他口中的"孩子"。他们急需监督，不被信任，特别是在学校的稀有藏书附近。最近，他发现自己已经无法察觉到本科生的魅力了。每次看到年轻漂亮的本科生，他的大脑想的都是她们刚离开高中没多久，过于年轻，除了给自己惹麻烦，一无是处。这可能是件好事——很多初级教师在和学生约会的过程中都问题频出——但另一方面，这标志着他朝成年人的方向又近了一步。他还不知道如何应对这个事实。成长不是在别人身上才会发生的事情吗？他怎么会长大？他应该永远年轻才对。

罗杰把剩下几本书放回推车里，双手插兜，朝声音来的方向走去。他是加利福尼亚州大学伯克利分校语言学系的年轻教授之一，许多学生都认为他比他的同事更容易相处。如果发现了衣冠不整的学生，由他来指出图书馆不是适合这类活动的场所或许更能令人接受。如果又是一只该死的松鼠，他打开窗户扔出去就是了。

脚下的地板没有吱吱作响，墙壁在安定下来后也不再晃动。加利福尼亚州大学伯克利分校的主图书馆只有五年的历史。它干净、明亮、崭新，还没有散发出每一所好图书馆终究无法逃脱的灰尘与时间的味道。家长们看到这样的场馆会露出舒心的笑容，心里想象着他们的宝贝孩子在这美丽的空间里接受教育，学习美丽的事物，完全不用担心霉菌或倒塌的书墙。学生们看到这样的空间却只会皱起眉头，这与他们脑海中被常春藤覆盖的墙壁，僻静的阅读角落，以及古色古香的气质相去甚远。他希望自己能敦促他们靠自己的力量把这个新地方变成旧地方，告诉他们有时在岁月里蚀刻出自己的烙印远比选择厚重与沉淀更重要。但那不过是一闪而过的念头。他知道真说出来只会吓坏这帮孩子，所以他选择闭嘴。

罗杰·米德尔顿已经成长为人们期待的样子：穿着卡其裤和打补丁夹克的大学教授，脸上挂着亲切的微笑，能二十分钟内大步从校园一端走到另一端。和许多大地震的幸存者一样，他更喜欢走路而非依靠其他交通工具：自行车斗不过裂开的混凝土，汽车转向不够快，不足以避开坠落的物体，但双脚却能最大限度保障安全。他在校外租了半个复式公寓，除了他睡觉的房间外，每个房间都装满了书，地板上、床上全是。但墙上却没有书架，这样书就不会掉落。屋子里只有几件低矮家具：两张桌子，一个梳妆台，一个床头柜。

床头柜上有三张照片：他和父母的、他和现任女友的，以及他和一个与他眉眼极相似的女孩的：她警惕地望着相机，好像担心那玩意儿随时可能攻击她似的。他用这张照片提醒自己，他再也见不到她了；他俩对自己和他人都是危险。但他很想她。即便睡觉前再也无法听到她的声音，即便几乎忘记了从她的眼睛里反射出来的红色是什么样子，他还是很想她。可能永远都会想。他希望，这种苦涩的相思足以补偿两人的所做所为，补偿两人一同造就的可怕灾难,那并非两人的本意。

罗杰绕过拐角处,找到了声音的来源:书架上的几本书因为摆放有问题而掉落到了地板上。学生们放书回架时的粗心大意与肆意妄为几乎称得上臭名昭著。书放得不稳,自然会倒塌掉落,书卷腾转翻飞,如同爆发了一次小型地震。这次的"小型地震"发生在应用数学区。罗杰叹了口气,弯下腰,开始捡书。

发现道奇的脸在地板上盯着他看时,他怀里正抱着三本书。他做了个鬼脸,捡起那本印着道奇脸庞的书,翻过来看书名。《你+我:社交网络的数学》,书名下面用更小但同样粗的字体印着她的名字。不知那名字是什么颜色的,他想,不知是否如他所想,是明快的糖果色;不知道对于封面设计她是否有所贡献。她没有修完学位便离开了,但那不重要了;在这样一个被电脑、初创公司、TED演讲以及永远不知疲倦地寻找下一个风口的人们所充斥的美丽新世界,学历已经没那么重要了。地震发生三周后,他回到学校,发现她不见了,只在他邮箱里留下了一张便条。自那以后,她研究数学的阵地便从象牙塔转移到了现实世界。便条上这么写着:

罗杰——

我想也该轮到你了。这样才公平。上次被抛弃的是我。需要我的时候,就给我打电话吧。我爱你。

你的妹妹

她连电话号码都没留一个,这太像她的风格了:她觉得就算罗杰不愿在两人间的专属空间与自己对话,也能找到联系自己的方式。他不确定这是否属实,因为他从未尝试过。每当旧事重现,他都会感到一阵地动山摇,身边建筑纷纷倒塌,然后痛苦地忆起一切皆是他俩的过错:因为两人走到一起才引发了那场灾难。事实本不该如此——一切物理学与自然法则都告诉他们在简单的线性现实中这种事情不可能发生。但现实就是现实。他不能冒这个险。无论多想,无论多么爱她,他都不能冒这个险。

他将她的书放回原处,放在其他同类型书籍的中间,再一次地暗自祝她幸福,无论她人在何方。他希望她能理解,这一次他的离开不是为了拯救自己,而是为了拯救世界。

加利福尼亚州大学伯克利分校的校园重建工作并非一日之功。改变了整个县面貌的地震已然过去七年之久,灾难的迹象却依然可见,深深蚀刻在建筑之中。钟楼被脚手架覆盖住,也因此被掩盖了维修过程。年轻的研究生从它面前走过,还以为它一直都是这么斜着的,像一个沉默、庄严、破碎的巨人,守护着他们的日常生活。有时,他们会驻足观看塔楼四周的遮布,一股无以言表的落寞油然而生,仿佛他们认定永恒不变的东西正在改变,而且并非朝着更好的方向。

(老一些的研究生和教员也会驻足观望,但他们的感觉不同。包围他们的是宽慰与轻松,仿佛整个世界终于恢复了正常。一个钟的修复自然不能让死者起死回生,也不能令时间倒退,但它仍然象征着校园在灾难过去这么久之后终于要开始的复苏。)

罗杰沿着连接新图书馆与四方庭院的碎石小路朝前走着。与往常一样,他试图不去注意周围环境与自己第一次踏进校园那天比发生了多大的变化。那时的他还是个瞪大双眼,对一切充满希望的新生。建筑外观全变了样不说,那些老树林也因为在地震中被连跟拔起而没了踪影。甚至连脚下的路也变了模样,其中大部分是用他踏进校园第一天见到的那些艺术石雕制成的。那时,这些石雕完全不知道自己的命运会发生怎样的巨大变化。震后,它们被挖出地面,重新安置,在一个似乎断裂了的世界里重造出一点点连续感。他一直低头盯着路面,仿佛只要这么做,他就可以假装什么都没有改变。

伯克利分校的校门一天也没关,一个小时都没有。尽管校园与城市都成了废墟,有些事情还是要进行下去:必须举行的纪念、必须搜救的房间。震后,校园没有安静下来,手电筒在闪,各种嘈杂的声音在响,直到救援人员进场,将残骸清理干净。在那之后,似乎最好的选择就是……继续前行。开放空间里,四方庭院内,任何不太可能塌方的地方都有老师带着学生上课的踪影。善良的教授与热心肠的研究生帮着研究成果被毁的学生重新开始。作为应对灾难的政策之一,州政府免除了学生们一个学期的学费,学校的生存得到了保障。伯克利学子成了世界上最忠诚的学生。

并非所有人都能坚守这份忠诚。转学的学生还是有的,大多是计算机科学专业的。他们需要计算机实验室才能完成学位,于是纷纷转学,不是去了加利福尼亚州大学圣克鲁斯分校,就是去了斯坦福大学,嘴里道着歉,眼里却瞧着未来。有些人则退学了,显然在那个天崩地裂的下午受到了可怕的创伤。还有些人就这么离开了,比如道奇。前一秒人还在,后一秒就没了踪影,收拾起地震中残留下来的家什,一走了之。照理说,应该是沿海岸线一路南下回了父母家,但这可是道奇,谁知道她最后去了什么地方?

罗杰从未试图找她,当时如此,现在依旧。两人造成的后果……不。不管他多么想念她,有些事情想都不要想。

他穿过校园,来到电报街。这里也早已沧海桑田。一些老建筑已然消失,被新建筑取而代之;另一些只剩下残垣断壁,等待着被新主人买下后清除掉,再被崭新闪亮的高楼替代。那些崭新的建筑从未感受过颤动的大地,也从未体会过即将倾塌的恐惧。一些老店在地震中幸存了下来,保住它们的是新修的地基以及莫名的地理因素:拉斯普廷唱片店还在,莫伊书店也还在。马路左侧的低矮建筑他不记得了，所以那家"厚切片"是原来的还是重建的就不得而知了。配方倒是保留了下来，他想这跟保留了原先的砖墙一样美好。也许更好。

（在某种程度上，他将永远为这个城市在自己离开道奇之前便因地震倾塌而感到高兴，并因这份高兴而深感内疚：在这里，他俩重聚、成为朋友、兄妹相认。自那以后，他的生活有了新的起点，他希望她也一样。）

他行至德比楼，拐进隐藏在商铺后面的居民区。这里完全在公众视线之外，从未有游客或来访的学生父母踏足过。在这里，伯克利分校的重建效果最为显著，因为这里曾是整座校园里最拒绝改变的地方。这儿的住户太珍惜他们维多利亚式的住宅楼了。那些建筑被层层叠叠的脚手架围绕着，正一块木瓦、一根电线地恢复着生机。居民区里有条街曾因为可能着火而停了整整三周的电，电线重新接上后，街道居民开了个盛大的派对庆祝，灯光照亮了周围几英里的天空。这里的租金很低，前提是能找到愿意将自家翻新过的宝贝房子托付给陌生人的房东。

罗杰的复式公寓占据了一栋维多利亚式住宅楼的其中一层楼。"层"可能有点用词不当，因为他只拥有其中的一半。公寓地板上躺着个大窟窿，平日里需要绕着走，有时他感觉自己在走钢丝，大部分时候则只希望去厕所时不会掉进地下室。

门廊上的盒子里蜷缩一只年迈的橘猫，半边脸用爪子遮住。罗杰停下脚步，弯下腰轻轻拍了它一下，以检查"老比尔"是否还在呼吸。没人知道这只猫到底多大，它活的时间比罗杰认识的所有流浪猫都长。罗杰显然还没有做好思想准备迎接这只善良的老家伙因心脏衰竭而静静离开的那一天。

"老比尔"的身体上下起伏，轻微但稳定。伯克利分校最棒的猫又撑过了一天。罗杰抬起头，前门打开了，艾琳正对着他微笑。

他回了她一个微笑。

"今天在学校过得还好吗？"她问道，伸手抓住他的夹克翻领，将他拉到近处。他没有抵抗。漂亮女人要你做什么事，照做就行，这会让每个人的生活都变得更加愉快。

"很好。"他贴近亲吻了她，并得到了热情的回应。

两人分开时，脸上都挂着笑容。"教堂集会怎么样？"

"还在集着呢。"她面无表情地说，然后被自己的笑话逗笑了。

艾琳是道奇她们合租的三个人中唯一一个留下来的。坎迪斯在保护一群学龄前儿童时丧命，道奇离开了伯克利分校，只有她留了下来。她抱着"老比尔"在公寓外一直等着；等到地震结束，她才放下猫，转身去看自己能做些什么。她在救援工作中展现出了天赋，她将其归功于在建筑业与医疗行业从业的家族先辈。三天后，罗杰在一个伤员帐篷外与她相遇。他尴尬地询问她的近况。她向他诉说了坎迪斯的死亡，她们的公寓如何摇晃、倒塌，自己如何从废墟中挖出衣物。于是他邀请她去自己的公寓居住，那里虽然断了自来水，但至少没有倒。

那天下午，她就搬了过去。三周后，两人一起搬到了一个更安全且有自来水的地方。那套公寓有两间卧室，现在这套也一样，但其中一间被拿来当成了办公室，里面装满了所有罗杰不想放在他俩睡觉的房间里的书。她担任牧师的唯一神教堂离公寓只有半英里远。跟他一样，她早上大多步行上班；跟他一样，相对于其他交通方式，她更喜欢步行。因为他俩总觉得，在某个更深层的意义上，大地仍在震动，并将永远震动。

艾琳又吻了他，然后退到一边给他让道。她关上门，把那个不属于他们的世界拒之门外，"又是寻常的一天？"

"有人在图书馆里堆了一摞书，在我整理书架的时候倒了。"他说着抖落身上的夹克,挂上衣钩,"哦,对了,克里斯托弗带来的手稿我快翻译完了,是非常有趣的布雷顿语。"

"墙上开始流血了吗?"她温和地问道,"每次你翻译消失了几个世纪的手稿时,我都会担心这种事情:墙上开始流血,死人都复活,树也活了过来,一起朝我们发起攻击。"

"为了你,我会给自己备一把电锯的。"他说。她笑了,一切都很美好,一切似乎完美无缺。当然,有些东西缺失了——不仅是客厅的地板——但谁的生活又能那么完美无缺呢?生活因为有缺憾才显得真实,不然就是一幅永远不可能实现的画卷。缺憾是必不可少的。

罗杰跟在艾琳身后走进厨房时不断提醒自己这一点。忧郁的日子里,没有咖啡和柠檬松饼无法解决的问题。

她的步子总是那么放松、自信,像是确信自己的脚会踏到地板上结实的部分,这份轻松自信他永远都做不到。他们能住在这里,还得归功于她。从技术层面来说,这里本来是不适合居住的,但她找到了法律的漏洞,将这里变成了家。这些规则几乎和他一样爱她。她一头浅灰长发在从走廊窗户里倾泻下来的光线里显得很是可爱。这里就是他的家,是他的港湾,是他所需要的一切。

或许这并非他想要的生活,但绝对是他应得的生活。

罗杰要花很长时间入眠,但一旦入眠就会睡得很沉,像个孩子。他伸展身体,瘦长四肢的展露无遗;在平常,它们总蜷缩着,紧紧地靠着躯干。艾琳坐在床边,看着他打鼾。

她希望自己能像他爱她那样去爱他。她希望自己能回应他越来越频繁的关于结婚生子然后搬去奥尔巴尼市或伯克利山的暗示,希望能告诉他两人间的关系永远不会有他想要的结果,告诉他自己之所以出现在这里是因为不得不这么做,告诉他虽然这段关系中的很多方面都是真实的——是她自己的选择,而非别人的命令——但整段关系其实是精心策划出来的。就连他俩本身都是被精心策划出来的:两人都非以正常方式来到这个世界,也不会像正常人那样离开。

罗杰皱起鼻子,发出一阵咕哝声,翻身睡到另一边。

艾琳抓住机会从床上滑了下来。如果他在翻身回来的时候没有给她留出空间,她就会去睡沙发。她以前就这么做过,他一直表示理解。他就是那种人。

有时她会把他与哥哥达伦进行对比。达伦是她唯一一起生活过的另一名男性。他棱角鲜明、要求严格,会跟着她冲出卧室,追问她为何消失、扰乱他的睡眠,指责她破坏了自然秩序。他们会争吵起来,他的声音低沉有力,而她的声音尖锐高亢,直到周围所有玻璃器皿都成为他们怒火的祭品。他们会一直吵到一方认错,或天光大亮,然后像小狗一样抱成一团静静睡去。

他死了很久了,不该还萦绕在她的心头。她有时觉得他会一直跟着自己,直到自己随他穿过死亡面纱,走向另一端。那个在玉米田里无故惨死的少年的鬼魂将一直跟着她,因为他没有坟墓,而她就是他活生生的坟墓。

她盘腿坐在沙发上,等着。午夜过后三分钟,手机响起了。她拿起手机,放到耳边。

"你好,艾琳。"

手机差点从她手中滑落。

通常情况下,接收晚间报告的都是莉:没错,她是一条毒蛇,但却是她很熟悉的蛇,莉对她也同样熟悉。莉创造了她,浇铸了她的模型,选择了她的肤色和头发的纹理。莉并非她的母亲——更像是她的建筑师——总有一天她们中的一个会杀了另一个,但莉至少是熟悉的。这个声音却……

这个声音刚柔并济，像丝绒包着的铁块，带着甜蜜病态的诱惑，摩挲着她的皮肤。她已经很多年没有和里德说话了，自从她离开实验室后就再没有过，但她仍然记得这个声音。她记得太清楚了。

"先生。"她勉强从喉咙中挤出这个词，嘴唇干得像烟灰。

"你表现得非常好，已经将拥有语言天分的那小子控制住了。至于数学那边，她掀不起什么大波浪。枪嘛，得有扳机才能用上。"他被自己的笑话逗乐了，笑声干枯严肃，一本正经，像坟墓里的骨头碰到了一起，发出咔嚓咔嚓声。可当他再次开口时，那种微弱的轻浮感就消失了。

"你的任务已经变了。现在，我要你杀了他。"

"先生？"

"我们有了更好的人选，即便不分开也能成熟。观想在具现化的过程中绝不能将它要投射的肉身搞混淆了。那个米德尔顿男孩现在是我们的负担。感谢你之前的工作，但现在，你必须终止这场实验，并清除其造成的所有混乱。我们希望你能在一周内回来。对了，艾琳，这次尽量动作小点儿，别每次都搞成火灾。"

电话那头没了声音，通话终止。

艾琳放下电话，茫然地盯着走廊。在走廊的尽头，罗杰正毫无防备地熟睡着。他完全不知道她是什么，不知道自己将一个怎样的怪物引进了家门、领上了床。他从未怀疑过她，一次都没有。她可以让他就这样静静地死去，永远对自己的目的与能力一无所知。他一死，道奇也会立刻跟着死去，她在那之前凭自己的力量重置时间线的可能性微乎其微。不行，这件事情艾琳从未做过；每一次重置、每一条时间线、每一个修订版的人生里，她都选择了拒绝，选择了战斗。

她太累了。"布谷鸟"们可以忘记造访"不可能之城"的旅程，她却不能，她与之纠缠了好几辈子。就在此刻结束一切的诱惑比想象中来得更强烈。只需拿起那把刀,抹了他的脖子,她就再也不用当他们的美艳杀手了。她可以回到实验室,回到那个她本该享受的舒适世界,看看"宇宙原理"真正显形并被激活的世界是怎样的世界。

一个由里德控制的世界,莉站在他满是鲜血的右手旁。她第(十?一百?一千?)次看着这个选项,然后起身走进家里的阴影中,心里对接下来要做什么愈加笃定了。

飞行风险

时间线: 2016年6月16日

太平洋夏季时间: 00:15(当晚)

"哦!"罗杰从床上坐起身子,梦境碎成一片片凌乱的画面,薄雾般将他笼罩,令他困惑。梦里是不愿逝去的一片红,是他从未见过的真正的红,他知道自己是梦到道奇了。(又或者是和道奇一起做梦:假如她还没离开西海岸,两人的睡眠周期偶尔重叠,潜意识在意识决定切断联系后还继续接触也并非完全不合理。他很想她。她应该也有同样的感觉吧。)

他昏昏沉沉地低头看是什么东西击中了自己。是一只已经装得半满的背包。他捡起它,翻看,发现里面有衣物、笔记本和他的平板电脑。

"你只有五分钟时间。"艾琳的声音冷酷无情,语气中没有戏弄,也没有笑意,只有自地震后就再也没听到过的那种钢铁般的决心。他抬起头,看见她站在门口,身穿深灰色紧身裤,搭配背心,像是准备去跑步或上瑜伽课。

"啥?"罗杰揉了揉眼睛,伸手拿起眼镜戴上,看了看床头柜上的时钟,

"艾琳，都半夜了，发生了什么事？"

"我们要离开这里。"艾琳的声音镇定平静，不留任何争论的余地，"现在不是解释的时候。你得相信我。"

"我相信你，艾琳。但我不能因为你做了个噩梦就蹦下床来跟你一起逃走吧。"尽管困惑不已，他仍努力控制面部，做出善解人意的表情，"快回床上来，跟我说说到底怎么了。"

"自小学起，你就一直在脑海里听见妹妹的声音。在这个时间线里具体是什么时候开始的，我不清楚。你没说过，因为你不够信任我，但我猜应该在七岁到九岁之间。你曾经提过，那是小孩子接受新鲜事物的'黄金时间点'。"这句话来自另一条时间线中的另一个罗杰。她对那段对话的记忆非常模糊，但既然还记得，就说明它很重要，说明他曾让她无论如何都要记住。记忆中的那个罗杰没戴眼镜，头发更短，留着小胡子。都是些表面上的不同罢了：无数微小的差异积累而成的与眼前这个罗杰几乎一样却又不甚相同的版本。

每次毁灭世界的同时，他们也顺带毁灭了自己。他们的过去满是弃于荒野的尸体，那是他们选择不去成为的自己的尸体。

罗杰张了张嘴，又忽地闭上。他坐得更直了，眼神里恢复了一丝往常的警惕。"我没有妹妹。"谎言顺口拈来，他为此感到羞愧，顿时满脸通红。他继续说："就算有，我们也不是……你以为的那种关系。"

"我知道大多数人都会相信你嘴里蹦出的每一个字，但在成为你的女朋友前，我可是道奇的室友，我是不会忘记她的。她是你妹妹，如果你处于危险中，那说明她也是。我必须陪在你们中一个人的身边。你比她更加危险，所以我才选择了你。我们必须找到她。"艾琳噘起嘴唇，"除非你可以通过那种方式联系到她？你试试，我们必须将危险告知她。老实说，我不知道他们是否在监视她，如果是，那我们警告了也没用。"她不能参照其他时间线，因为时间线一变，所有东西都有可能改变，一切又得从头开始。如果变化过大，游戏结束；所以不管怎么说，这个办法都行不通。

罗杰看着她，表情越发沮丧。他是个聪明人。此时，他的脑海中冒出了很多画面，那些她自曝身份、试图警告他的时刻。她能看出来他正在将这些碎片拼凑在一起，组成一个合理的解释，尽管他多么不愿意相信这个解释是真的。

"艾琳……？"他终于开口道，"亲爱的，你没事吧？"

"道奇·切斯维奇是你的亲妹妹。"她回答说，"否认很容易，说实话，我也不反对，但留给否认的时间已经过去了。不想让这成为结局，你就必须清醒一点。你真的忘了我知道她这件事吗——你逃避自我到这种程度了吗？不然这些年我怎么会同意让你把她的照片放在我们的床头呢？说真的，你不至于这么蠢吧。好好想想！"

"可那并不代表……"他的声音越来越小，突然停了下来，眯着眼给了她一个怀疑的眼神，"就算她是我妹妹，也不能代表你说的其他那些事情就是真的。"

"可它们就是真的。罗杰，咱们之前见过，就在'不可能之路'上，我还知道你来自哪里。"事实当然比这复杂得多，但这是他目前能接受的答案，而她需要他接受，需要他动起来。如果黎明之前她没有完成她的工作，他们就会知道，然后派一个能完成工作的人过来。她并非他们手上唯一的猎人。"你到底能不能联系她？"

"我没有她的电话号码。"

"我不是那个意思。"艾琳的眼神冷酷无情，"闭上眼睛，联系她。我知道你可以。你也知道你可以。我现在没时间也没耐心跟你开玩笑！别给我搞砸了！我正在冒着生命危险试图救你的命，你至少也得表示哪怕一丝感激之情吧。快联系你那该死的妹妹。"

他目瞪口呆地看着她从床边走过，在梳妆台前蹲下，打开底部抽屉，在薄纱与卫生棉后面——尽管她每次来月经，罗杰都会去药店帮她买，毫无怨言，但在想要藏起来的东西上面铺满卫生棉依然有一定震慑作用——掏出一只铅纹盒。盒上无闩，是用蜡漆封的。她一掌将封蜡击碎，扭头回望罗杰。他仍瞪着双眼，一动不动。

"他们会知道的。"她轻声道，"当太阳升起时，如果他们意识到自己的'科学项目'没有瞬间变强，他们就会知道你还在呼吸。他们会觉得我失败了，觉得我搞不定你，然后他们就会派别人来完成我无法完成的工作。一旦他们赶到这里，却没有发现尸体，他们就会知道我已经失去控制。到那时，一切就都结束了。所以，联系她，在我们跑路之前。"

"艾琳，你得停下来。无论这是什么，你都需要停下来。这一点也不好笑。"

"我不是在搞笑，我是在救你的命，你这忘恩负义的浑蛋。"她回到盒子前，打开，取出里面的东西，然后转身面对他。

罗杰发出一声惊呼，仿佛嘴里被塞了混凝土般没有说话。艾琳的微笑如刀锋般锐利。

"这是一只'荣耀之手'。"她说，"杀死那个女人时，我把她的手割了下来，因为我知道最终会需要它。我一直在试图保护你，甚至不止一辈子的时间，多亏了你那个浑蛋妹妹。我很抱歉以这么突然的方式告诉你，但毕竟之前也没有合适的时机可以说出这种话：'嘿，罗杰，那啥来着，你是由炼金术士设计出来的，他们希望利用你与道奇控制宇宙。'"

罗杰认得那只手。虽然已经过去很久，但总有些事情是他无法忘记的。

斯米塔的手指修长、优雅、灵活,手上总涂着艳丽的指甲油,似乎是为了吸引人们注意到她最引以为傲的这个身体部位。那只手属于一个在火灾中死去的女人,不应该被艾琳握着,不应该看上去那么柔嫩、那么任人摆布。但事实就摆在眼前。整个世界突然变得毫无道理起来。

"联系她。"艾琳的声音里没有任何爱意,或许她对他从来没有过爱。

又或许她曾经爱过,有些事情是很难伪造的,尤其考虑到两人在一起共度了那么长的岁月,经历了那么多的事情。他俩的关系虽然不那么正式,但比某些同龄人的婚姻更持久。他曾认为他们会永远在一起,艾琳似乎就是与他"从此过上了幸福生活"的女孩,他们可以一砖一瓦地构建起属于二人的未来,只要两个人在一起,永远不放手。自从地震发生后,他一直信任着她。她不再是道奇的那个不好相处的室友,而变成为他的朋友、知己和最终的情人。

他做不到立刻就将两人的过往抛到脑后。于是,他深吸了一口气,试图吞下自己的疑虑,并用最严肃的语气说:"艾琳,我想让你解释一下到底发生了什么。"

艾琳睁大了眼睛。"哦,"她喃喃道,语气中带着一丝惊讶,"显形之间的确会相互影响呢。难怪。难怪。我……"她像一条浑身湿透的狗一样晃了下身子,像是在试图摆脱一些不必要的控制。

"我和你与道奇出生于同一个实验室,都出自一个叫詹姆斯·里德的家伙的得意项目。一百多年来,他一直试图遵循阿斯普戴尔·贝克的指示,将一个名叫'宇宙原理'的普遍概念显形为人。你们这一代是他首次尝试将原理一分为二的结果。目的是为了让宿主一方面看上去更像人,另一方面更加容易控制。你被分到了语言的那一半天赋,道奇则是数学的天赋。"

"你是头被门夹了吧,竟然以为我会相信这种鬼话。"罗杰怒不可遏地说。

他没办法控制住自己的怒火。真是太可笑、太荒谬了。即便艾琳没有提到道奇的名字，她这番话也让人无法接受。一直以来，他都不喜欢谈论关于这个妹妹的话题。他已经做出了自己的选择，就必须承受。

（愤怒之下暗藏着恐慌。潜滋暗长，如蜂蜜般浓稠。没错，她说的那些事情貌似不可能发生，但双胞胎的量子纠缠、一场游戏引发地震同样不靠谱。艾琳的一番话将他的生活带进了一个全新的世界，在这里，不可能发生的事情突然变得有理有据。他不太喜欢这个世界。）

"你不想知道他们制造我的目的吗？"

他不想。"当然，"他说，"我就配合你一下。你那些疯子科学家主人为什么创造了你？"

"那可不是什么科学，是炼金术。疯子科学家对他们的实验品可要友善得多。"她伸出空着的那只手从梳妆台里取出装着备用零钱的碗，向前倾斜，露出里面的零钱硬币。随后她将硬币全部抛到空中。罗杰没有时间在它们落地前做出反应。硬币掉落的位置形成了一个方形格子，就像地板下面装了磁圈一样，每枚硬币侧面立着。艾琳将碗放了回去。

"一开始是为了具现化混乱与秩序，"她说，"毕竟它们看上去比'宇宙原理'这样的东西更重要。但事实证明因为原始，所以它们也很简单。我这条血统的傀儡存在的时间几乎能赶上他们试图研究你们的时间了。没错，我就是秩序的化身。我现在命令你给我从床上爬起来，跟着我离开这里。"

"真是个糟糕的比喻。"罗杰下意识地说。他不能否认自己亲眼所见的证据。看不见的东西他都能为之辩护，更别提眼前发生的事实。他知道地上没有磁铁，而他目睹的不可能是简单的恶作剧。

艾琳沉下脸来，"你还不当回事是吗？我不及时上报，他们就会派人来，他们会找到你，然后杀了你。"

"好吧。"罗杰叉起手,"如果这些人创造了你,你为何要帮我呢?"

"因为我跟你一样,是一对实验品中的一员,我们分别代表着秩序与混乱。不同之处在于我俩间的联系没有你和道奇那么强烈——还记得她割开手腕,差点死在房子后面那次吗?我记得你在另一条时间线上和她争论过,关于那件事情是否需要发生,是否可以删除。她坚持保留,必须让它成为这条时间线的一部分,因为,那将是我说服你与我同行的事件之一。"

罗杰的眼睛越睁越大,直到似乎要吞掉上半边脸。他将双臂抱得更紧了,像是在安慰自己。

"她死了,你就活不了;你死了,她也活不了。每一组被精心设计的'布谷鸟'都是如此。我们却不一样。我没有另一半依然过得很好。当然,这并不意味着我想这么过。"达伦忧郁、易怒。作为混乱的化身,他的性格却古板到几近滑稽。他我行我素,行事风格只有自己能懂。他也很爱她。哦,他多么爱她啊。他俩简直就是同一枚硬币的两面,不似"宇宙原理"那样的兄姐情,更像未成形宇宙中的亚当与夏娃那样,彼此相依,一想到分开便苦不堪言。直到里德需要一把锤子去敲打顽固的钉子。直到艾琳开始接受培养。直到"布谷鸟"们需要一个能在成长过程中照看他们归巢的人,一个他们能接受作为其同伴的人,尽管从严格意义上来说,他们没有同伴,只有彼此。永远都只有彼此。

艾琳以前也走到过这一刻,不止一次。在所有那些时间线里,达伦从未站在她的身边。她怀疑,正如道奇试图自杀一样,他的死可能也是无法改变的事情之一。她背叛里德的意愿取决于这件事情的发生。她痛恨罗杰与道奇,这两个家伙只要不相互排斥,就能拥有彼此。她痛恨他们,为了让他们重逢,自己又得死一遍。而这还不是她做过的最糟糕的事。

"我联系不上她,"他说,"她没有……我们已经七年没说过话了。她呼叫我的时候,我都没答应,再到后来,她也就没了动静。"

"试试吧。"

"我做不到。"

"你这样会让我们俩都丧命的。"话虽这么说,艾琳的声音里却没有任何怨恨。她将手伸进口袋,掏出手机,扔到床上。"那试试世俗的方式吧。"

"我已经没有她的电话号码了。"

令他吃惊的是,她笑了,笑声高亢、清澈又紧张,像玻璃破碎的声音。"哦,相信我,臭小子。有没有号码从来都不重要。试试。"

罗杰拿起电话。

他拨通了道奇旧公寓的号码,那栋楼好多年前就已倒塌。

然后等待着。

电话响了三声、四声、五声,他正要挂断时,突然咔的一声,道奇的声音在耳边响起:"这里是道奇。你谁啊?"

罗杰嘴里发干,虽然没有唾沫,却强迫自己咽了一下,这才开口说:"嗨,道奇。"

"罗杰吗?"她听起来很困惑,"你干吗在屋顶上给我打电话?你终于还是决定买手机了?"

他的嘴更干了。一个字都说不出口。

(因为他突然记起了:就在刚才他还没有印象,他甚至不能确定这件事是否发生过。可在当下这个时间点,他突然确定了。道奇从厨房里出来,喝着柠檬水、吃着布朗尼蛋糕,问他为什么不从屋顶上给她打恶作剧电话。他抗议自己没有手机,所以不能给她打电话。那是美好的一天,空气中有金银花的味道,布朗尼蛋糕是巧克力混大麻味。而这一切都发生在将近八年前。)

她马上就要挂掉电话了,他很清楚,于是又用力吞咽了一下,说:"我想你，仅此而已。"

"浑蛋。"她声音中满是宠溺，然后将听筒放回原位，咔嚓一声（那个时候，他们还在用固话），只剩下沉默。

他慢慢放下手机，双眼转向艾琳，"我刚刚给道奇打了电话。"

"没错，"艾琳说，"不过，听起来像是一个老号码……"

"怎么……？"

"收拾好背包。只拿你需要的。"她从口袋里掏出一只打火机，开始点燃"荣耀之手"的手指，"到早上我们就得从这儿消失。"

罗杰盯着她看了一会儿，然后迅速行动起来。

艾琳做的最后一件事是放火烧了房子。

她的动作精确又迅速。轻轻一触，老旧的门廊就被"荣耀之手"点燃了。火焰开始跳跃，火势上涨的速度快得不寻常。她迅速后退几步，等到整个房子的正面都被噼啪作响的火焰包围时，她才转身走到人行道上。罗杰正在那里等待。

"我们得在这儿站几分钟，"她说，"'荣耀之手'有隐身功能，得等到火烧到了房子内部再离开。"

"生命科学附属楼是你烧的。"他说。

就算艾琳对这个没有逻辑的推论感到惊讶，她也没有显露在脸上。相反，她只是点了点头。"没错。是我烧的。我知道那里面躺着你朋友，但我不得不那么做，那是个命令。"

"来自'创造'我们的那些人。"他的声音到最后变得沉痛，导致"创造"那个词的音节差点断裂，"他们还命令你杀了斯米塔吗？"

"是的。"有人从房子里冲出，指着大火，大声呼救，扯着嗓子叫人拨打911。有几个似乎太过于关注，接下来几天，他们会梦到火灾，看见蜡烛时眼睛会发亮。他们是比较危险的那几个。

"为什么？"

"因为你的血样会让她知道你们并非人类。你和你妹妹都是人造出来的，而非自然出生。对于异卵双胞胎来说，你俩过于相像，对于同卵双胞胎来说又过于不同。她是个聪明女人，迟早会发现哪里出了问题。你的设计者不希望任何人在这件事上打探。所以，她必须被除掉。"

"可——"

"这个问题我们已经探讨过很多次了，相信我。我甚至在另外几条时间线里冒险放过了她。你猜怎么着？结局变得更糟：我们回到原点的速度更快，死得也更快。所以不要在这个问题上跟我争论了。她必须死，还得死在我的手上。对此，我很抱歉。但我让她死得轻松痛快，我们也得以安稳地活了这么久。所以，总的来说，我还是满意的。我的命比她的重要，就这么简单。"

一阵轻微的噼啪声过后，屋顶塌陷了。有人拨打了911，警报声响彻天空。罗杰慢慢意识到没有人对他们指指点点，也没有人走上前问他们是否安好。他们在这个社区住了很多年，那些邻居却表现得好像他们根本不存在似的。

"怎么——"他说。

"都跟你说过了。"艾琳说着握住他的手，将他领到最近的一群旁观者身边。

"也不知道里面的人都出来了没？"其中一个人问道。他身穿浴袍，光脚站在人行道上。

"希望出来了吧。"另一个人说。她的眼睛掠过罗杰站着的地方，好像他根本不在那里。对她来说，他确实不在。"他俩曾是多么可爱的一对啊。"

"对这些人来说，我们已经是过去时了。"艾琳说，"让他们也成为你的过去时吧。走吧,我们得去找你妹妹了,趁时间尚未太晚。"

自从地震发生后,罗杰就不喜欢开车了,但这并不意味着车就完全没有了用处。他们的车停在街上。不知怎的,当他启动车子时,邻居都没有注意到。有几个人甚至为了躲车,朝路边挪了几步,但没有人指着他们说:"快看,是罗杰和艾琳,他们还活着。"他们只一直盯着大火。就这样,罗杰和艾琳被"荣耀之手"的光芒包围着,驶入了一个不确定的未来。

伽利略

时间线:2016年6月16日

太平洋夏季时间:14:31(同日)

钥匙叮当作响,道奇提着手提袋与两大包杂货艰难地打开门。阳光啃噬着她的后背与肩膀,明亮、热烈、毫不妥协。干燥的天气让园丁栽在门口的忍冬枯成了细细的藤蔓,无法为她提供荫蔽。虽不方便,但只要往身上多抹几瓶防晒霜,便可以略微减少皮肤干燥的程度,并非多大的代价。

(她算过了:冲洗掉那些多抹的护肤品所需的水比灌溉忍冬的还要多。她住的高档小区,业主相当势利、爱管闲事。经常有人向水务局打小报告,哪家的草坪太绿啦,哪家的花园长势太好啦。住在街角的斯图尔特也不得不因她家的玫瑰而忍受"羞辱",她都八十多岁了。为了不让那些爱管闲事的邻居纠缠上她,少淋浴几次也并非多大的代价。)

屋内的空气凉爽干燥,闻起来很干净——于她而言。当家里难得来了客人时,客人都觉得这种程度的整洁令人不安,紧张地问她是否刚刚接受过清洁服务。客人的这种反应告诉她,她不应该邀请人来家里。毕竟,这是她的家，只要不危及自己或他人的安全，她想怎么弄就怎么弄。就算她在食品储藏室里养蟑螂，或在浴室里进行霉菌实验，那也不关别人的事。当然，她从未做过这两件事。她一直让家里各个地方都保持足够的清洁度，这难道不值得奖励？

门砰的一声在身后关上。她朝着厨房走去。食物要在开始化冻前存放起来。其他物品也该存放起来，柜台上不该放杂货。存放好杂货，她便可以投身工作了，今日份的社会交往已经完成。她的心理医生希望她尽可能地每天参与一些社会交往。他常说，她那种自我隔离的倾向不健康，唯有做出努力才会有所改善。

道奇·切斯维奇，现代书呆子中的自救大师。若非令人沮丧至极，这件事情还挺有喜剧意味。

她走进厨房，期待着那里安静、平静、干净。同时，她也期待着黑暗；不在家的时候关上百叶窗，屋里会更加凉爽。对于拎着食品杂货的她来说，此刻开窗帘显然太难，所以她选择了更容易但从生态的角度来说更浪费的选择，打开了厨房的灯。节能灯泡挥洒光辉，照亮了厨房与餐厅区域。厨房干净至极，几乎每个台面上都能直接吃东西。但房间并非空无一人。

她的心理医生彼得斯正坐在餐桌旁，手里拿着一把枪，枪口指着她。

面对这个奇异的场面，道奇怔住了，脸上露出深深的困惑。彼得斯医生一言不发。有好一会儿，她也沉默不语，然后，她用一种礼貌但困惑的声音问："这是一种新疗法？上周我签署新合约时，同意了这种疗法？我觉得我并不喜欢它。"她知道自己没有签字同意。道奇平时可能读书不多，但她从未签过任何自己没搞明白的东西，因为对于她们这行的人来说，那无异于自断前程。

"放下袋子，切斯维奇小姐。"彼得斯博士说，"我不想让你变得更加心烦意乱。"

"我看不出这两句话之间的联系。"道奇说道,将袋子放上柜台。她没有放下肩上背着的那只手提包,那是一只棕色的大皮包,是她用自己第一本书的预付稿酬买的。包包超出了她当时的预算很多,但一番运算下来,她得出这种包自己一辈子只需购买一次的结论。它将跟着她一辈子,款式不会过时,也足够结实,足以容忍她的虐待。她已经背了它五年,到目前为止,它成功满足了以上那些期待。

"我知道你不喜欢脏乱,"彼得斯医生说着站起身子,枪仍然指着她,"但恐怕咱们今天不得不制造一点脏乱了。没办法,至少这样你会知道地板上唯有你的尸体在往外渗血。"

"啊。"道奇的内心既愤怒又冰冷,恐惧与愤怒争抢着想要支配她。他怎么敢走进她的家,走进她的私人空间,然后这样威胁她?看在上帝的分上,他可是自己的心理医生啊,他应该是自己最信任的人之一才对。这个世界上能让她信任的人本来就少之又少。他怎么敢?"如果你不介意我问,你为什么要杀我?我不会把所有的钱都放在床垫下面的锁箱里。这里没什么可偷的。如果你继续做我的心理医生,你会赚得更多。"

"恐怕我不能告诉你。"彼得斯医生向前迈了一步。

道奇歪了歪头。

房间长15英尺,宽11英尺,天花板有8英尺高。彼得斯医生身高6英尺3英寸,所以一步为31英寸。动量加速度加动力学吸收率等于——

彼得斯医生稳了稳手中的枪,手攥紧了。道奇快速移动,这里是她的私人空间、她的地盘,她需要知道的一切都已在数字中。她从袋子顶部抄起一个鸡汤面罐头,使劲朝他右边的墙上扔去。罐头在他耳边飞过,与耳朵只相差几英寸。彼得斯医生大笑,不料那罐头却直撞在墙上,以一个完美的角度反弹回来，击中了他的头。彼得斯医生不再笑了，他扣动了扳机。

但是道奇已经不在那儿了。这里是她的地盘，对她来说没有任何秘密。这座房子就是一个数学模型，她是唯一一个从内到外对所有细节了如指掌的人。房子虽然不是生物，但它却是一个方程式。她快速移动，速度是那些需要眼睛看家具的位置、注意周围环境的人无法匹及的。此刻，道奇·切斯维奇已经与环境融为一体，她还在加速。

接着击中彼得斯医生的是一只咖啡杯，不知从何处飞出，直击他的喉咙。他咆哮着，愤怒、困惑、痛苦扭曲着他的脸。没想到局势竟然会变成这样。哭泣、乞求的应该是那个数学家才对。她应该为自己一直以来与他交流的方式道歉才对。她应该说她错了，她愿意做任何事情来救她的命，任何事情。这份工作，所有这一切，都是一次考验。而现在本该是他收获回报的时候。然而，女孩却如同幽灵一般，从一个地方移动到另一个地方，就像她找到了折叠空间的方法。

更多的东西飞向他。一块玻璃镇纸，一盆多肉植物，一块石头。那该死的房子里为什么会有一块石头？没关系，因为她扔的东西越多，他就越知道她的位置。

"趁我还有耐心，马上停止。"他说，"我只需要朝你开一枪。"

"没错。"她的声音从身后传来。他转身。道奇就在那里，不到一英尺远的地方。她看上去……醒了，没有更好的词了，就像跟他打交道的这段日子里，她一直在梦游，到此时才决定睁开眼睛。

烤面包机以极强的力道砸上他的脸，他感觉骨头都要碎了，感觉自己坠入了一团黑暗，感觉一切都不再重要了。

道奇站在心理医生身边，气喘吁吁，手里捧着烤面包机。这烤面包机挺不错的。为什么她以前从未注意过这烤面包机有多好呢？它闪亮的金属侧边上砸出了一个凹痕，尺寸与形状跟彼得斯医生的头颅完全相符。面包是烤不成了。真遗憾。多好的烤面包机啊。

手提包响了起来。

道奇低头看着它，一开始并不理解，而后恍然大悟。电话。是她的电话响了。她将烤面包机搁在柜台上，从包里掏出手机，看了一眼显示屏。号码不详，可能是电话推销员，或者是政治竞选活动的募捐者。她应该忽略这个电话。眼下，她有更大的麻烦。

但话说回来，有些麻烦远离它们才更好解决。她将拇指滑到绿色的应答图标上，将手机举到耳边，"哪位？"

"哦，天哪，成功了。"电话那头传来了兴奋的喘息声，兴奋，而且年轻得要命。

那是她自己的声音。道奇眨了眨眼，紧蹙双眉，嘴里蹦出当下她唯一能说的那句话：

"他妈的发生了什么？"

"哦！呃。你好，未来的道奇。我是来自过去的道奇。具体来说，是2008年12月10日的道奇。我本来应该昨天就给你打电话的，但地震后这边的电话都坏了。我一路搭车来到帕洛阿尔托，正在咱爸妈家打电话。"手机里传来紧张的几声轻笑，"这真是太奇怪了。我以前跟未来的人通过话，但从来都不是拨电话的那个人。你觉得这算是长途吗？"

道奇一屁股坐在地上。她不记得自己打过这个电话，但另一个道奇每说出一个字，似曾相识的感觉就强烈一分。等到挂断电话的时候，她肯定两头的情况自己都能记起来。数学模型正在发生变化。"你为什么要给我打电话？你是怎么做到的？"

"哦。嗯。在接到罗杰从未来打回的电话后，我翻开了我们的三十年计划表,将看到的第一个日期圈了起来。我无法展示相关运算,但只要不太较真,直觉可以达到与应用数学一样的效果。"

"那这个号码呢?"

"这也是我的号码啊,只是现在还不是罢了。我拨了所能想到的最合乎逻辑的数字组合。"

这一切都不合理,正因如此,一切又都合理了。年轻版道奇说的每句话都符合道奇对这个世界的理解,这个由数学控制的世界。只是有时,数学会制定自己的规则,只要它乐意,它就能这么做。

"你为什么要给我打电话?"她问。

"你不知道吗?"

"我怎么知道,除非你告诉我。"她说,"我第一次碰上这种事情。我虽然处在未来,但在你打完电话之前,我还不是你的未来。"一想到正在改变构成自己现实的方程式,她就感到可怕。因为这么做必将改变一些事情,她深知这一点,正如她知道,每过去一秒,她避免成为那个她本不会成为的未来女孩的机会就又少了一分。

(知道时间可以这样重置却是一种解脱。这让她生活中的很多部分连贯了起来。一个好的数学家总是很乐意检查自己的运算,并改变不符合整个方程式的部分。这就是她现在正在做的事情。只是……改变一些碎片,让自己变得更好。如果不是为了创造一个更美好的未来,过去的她是永远不会拿起电话的。)

"罗杰给我打了电话。"过去的自己说。现在的道奇闭上双眼,默默地听着每一个完美又痛苦的单词从电话那头传来。

长途

时间线: 2008 年 12 月 10 日

太平洋标准时间: 11:15（七年前，时间正在展开）

道奇到的时候，公寓是空的。所有窗户都打碎了。新的裂缝穿过房子的地基。她在狭长院子里的泥土上写了几道方程式——在脑子里运算不是不行，只是亲眼所见的结果更加真实——得出的结果是: 只要速度足够快，她就是安全的。要是闻到煤气、烟雾或其他不应该出现的东西的味道，她就立刻逃出来。在这种事情发生之前，她可以尽情地在破碎的熟悉物件中寻求安慰，搜集她的东西。

她还不知道自己要去哪里，可能会回到父母身边。总之不能待在这里了，特别是罗杰用他那双恐惧、厌恶与渴望交织的眼睛看她后，特别是在斯米塔死后。逃跑可能不是成熟的表现，但道奇从没觉得成熟有什么了不起的。有时逻辑告诉她，幼稚的东西才是正确的。

大厅里的书架翻倒了，书撒了一地。《飞跃伍德沃德墙》摊开在地上，书里的插图仰面朝天，图里的“不可能之城”金银相间，富丽堂皇。道奇驻足了一会儿，被那插图震住了，图片像是有种魔力……

不。现在还不是时候。她强行挣脱出那个想法，继续在一片狼藉中翻找，偶尔停下来翻看某本特别心爱的童年珍藏。她从未真正对书进行过归档。至少天花板还在，至少玻璃碎得还不算太厉害，至少他俩都活下来了。在罗杰眼中，她可能变成了怪兽，但他们至少没死啊。也许，他们还能找到一条出路。

她走进自己的房间。这里受到的损坏更小，让她如释重负。所有东西上面都蒙了一层灰，是从天花板上掉下来的。枕头从床上掉下来了；所有的记号笔都在地上。不知怎的，地震抹去了半面墙，将上面的方程式变成了一团漆黑。她不知道这是怎么做到的，但也无法忽视自己亲眼所见的证据。

道奇走到床边坐下，双手捂着脸。联系罗杰的诱惑是如此巨大，她想和他谈谈，想知道一切是否安好。但一切并不好。是他们制造了这场地震。她不知道原因，不知道方法，她只知道地震是他们造成的，他俩一起造成的。他俩很危险。单独存在的时候可能没什么，可一旦到了一起？一旦到了一起，他们甚至可以摧毁整个世界。

这不是一个令人愉快的想法，却是她脑子里唯一的想法。

电话响了。

道奇垂下双手。可能是她父母打来的，也可能是坎迪斯或者艾琳打来的，想确认她是否还活着。她想都没想过打电话的人会是罗杰。他今天不会给她打电话，或许永远都不会了。

她接了电话。（一种未视感油然而生，在她身侧炸出一段回忆，因为第一次，她就没有接电话：第一次只有语音邮件和一条含糊不清的信息，让事情好转了一些，所以这次同样的事又发生了。这显然不是第一次了，这么多年来两人离目标更加接近了。）

"你好？"

"道奇。"那个声音像是罗杰的，却又不是：他听起来更老了，精疲力尽，并非处于生命的末端，而是越过了末端好远，完全通过意志力强挺着，"我知道你对我很生气，我也知道现在世界上你最不想同我说话，但我求求你，不要挂断。"

（这就是上次的那条消息，那条语音邮件。我们做错了，又错了一次，即便我们认为自己做对了。)

"对你生气?"嗓子眼里冒着笑声,她强行咽了下去,"我为什么要对你生气?我很担心你。你跑得太快了,我都没有机会告诉你我们会没事的。你还好吗?你听起来不好。"

"我确实不太好。但……地震不是刚刚发生过吗?是今天发生的吧?"

"哦。"顿时,一切都变得一清二楚了,所有的数字排成一排,一切又都能说得通了。罗杰不可能给她打电话,至少现在不可能,除非……

"你在未来,对吧?"

他没有像她那样咽下笑声,相反任由笑声包裹着从嘴里吐出的单词:"你的反应速度比我料想的快得多。我真的好想你,道奇。"

所以他俩之间最终没有冰释前嫌;所以在她脑海中将回响着沉默,填补本该由他占据的空间,成为她人生新的常态。意识到这一点的她开始发抖,"我还没有时间去想你,但听上去,我会的。"她强行让自己的声音保持平稳,"我希望我不用这么做。"

"我也是,"他说。她相信了他。"但我、我的意思是,你的时间线上的我,他需要时间接受眼前正在发生的事情。你总是适应得比我更快。而他——我是说我——必须花点时间接受这一点,因为它不会改变。"

"我只是在跟着数字走。它们总能告诉我该怎么做。"

"有时候我真希望自己是那个被分配到数字的人。"他沉默了一会儿,然后继续说,"你的时间线上的那个罗杰就是个傻瓜。他还没准备好接受他需要知道的东西,他之所以赶走你是因为他害怕。我无法改变他的害怕。我可以跟你通话,却无法拨通他的电话,因为我被分配到的不是数学,而是语言。语言可以改变很多东西,唯独不能改变时间的法则。你是我穿越时间唯一能打通电话的人。所以,拜托了,道奇,希望你给他一点时间,等他来找你。此外，我想让你记住，我爱你。他也爱你，一秒钟都没停过，甚至在他试图说服自己你俩得了某种二联型精神病的时候也不曾停止过。"

"我们没有妄想症，"道奇抗议道，"这一切都是真的。如果没有量子纠缠，我俩根本就不会遇到。"一波不安席卷了她，因为他们还是会相遇，不是吗？他们会在一个她不太记得但也不会完全忘记的房间里相遇，胳膊上有瘀伤，血管里淌着幽魂般的镇静剂。他们会紧紧抓住对方，承诺再也不分开。这就是一切的开端，就在那一刻，他们知晓了自己的能力。

可那些记忆又都是朦胧不清的，不等她抓住，就溶解为了模糊不定的轮廓与似曾相识的幻境。这种强烈的似曾相识感困扰了她一辈子，仿佛她所做的几乎所有事情都至少发生过一次，甚至更多。到了这个时候，她已经习惯了这种感觉。或许，每个人都是在不确定性和错误的记忆中度过一辈子的吧。

"我知道。"罗杰听上去累极了。道奇察觉到他的声音背后藏着另外某种声音，他一沉默就冒了出来。听上去，像是枪声。

道奇的皮肤刺痛不已，"你还好吧？"

"我不好，"他说，"我搞砸了，道奇。我竟然在地震后跑掉了，而当我需要你的时候，你又不在，因为你不在……我也搞不懂。或许你不再爱我了，或者你只是厌倦了我的蛮横无理。这都不重要，因为地震发生后，是我离开了你，是我让你认为我不想让你跟上来。请不要放弃我，好吗？我的要求就这么简单，当我回来向你摇尾乞怜的时候，请你记住这个电话，再给我一次机会。求你了。"

"我永远都不会放弃你的。"她的声音听上去那么年轻，那么憔悴，他的胸口泛起一阵隐痛。"我能为你做些什么吗？我的意思是，给我打来电话的未来的你，而非现在的你。对于现在的你，我会给他需要的空间。等他回来找我的时候，我也会做好准备的，如果你确定他会回来找我的话。"

罗杰笑了，笑声干瘪苦楚，"我是个十足的笨蛋加浑蛋，但逃离你是我做过的最愚蠢的事情。他会来的。我会来的。如果你待他以善意，那么这个版本的我就不会存在了，因为你改变了整个方程式。"

道奇安静了一会儿，咂摸着那句话，耳边传来远处的枪声。最后，她问："将来的我跟你在一起吗？"

"在一起。"

"那时的我是什么样子的？"

"孤独。"

短短的一个单词，却包含了太多内容，就像完整了一个等式的那个等号。道奇闭上眼睛，若在往常，这个动作意味着她再也不想那么孤单了。她知道自己做不到。未来的罗杰超出了自己的掌控范围，而现在的那个他又需要空间。这并没有让她脑袋里的空虚更加好受，哪怕是一丁点儿。

"这倒说得通，"她说，"告诉她，我会努力让一切变得更好的。我会等着你。我不会放弃。"

"听到你这句话，就够了。"

他的声音里暗藏着某种结束的意味。一种冰冷的恐惧攫住了她，毫无疑问，他要挂电话了：他俩短暂的联系，无论在过去、现在或将来意味着什么，都即将结束。她还知道，他一挂掉电话，就将不复存在——不是死了，就是因为方程式的彻底改变而幻化为虚无。无论如何，她必须在他走之前说点什么。

"罗杰？"她快速说道。

"嗯？"

"我爱你。"这句话他们不常说出口，因为那是一种奇怪的爱。它既是兄妹之情，又有灵性之爱，对抗着距离与时间。它不符合人们对于"爱"的现代定义,他俩也是如此。

她知道他在微笑,"谢谢你,道奇。"

"她也爱你。未来的我。她没理由不爱你。"

"我知道。但……谢谢你让我确认这一点。"沉默突然降临,她真的孤身一人了,触不到未来,也抓不住现在。

道奇·切斯维奇坐倒在地上,看着手里的电话,沉默不语。

轨道

时间线:2016年6月16日

太平洋夏季时间:14:31(回到现在)

年轻的道奇不再说话。沉默降临。最后,她尴尬地问:"你还在吗?"

"还在。"年长的道奇答道——2016年的那个道奇,刚刚用烤面包机击中了一个男人头部的那个道奇。她记起那个电话了,记起了罗杰声音背后的枪声,以及平静的恐惧如同洒入棉花的墨水一般慢慢席卷全身,令她从头到脚苦不堪言。

(她还记起自己回家打包好行李箱,没和任何人说话就离开了。她记起自己曾想着,如果他不再理她,那还不如让自己先不一走了之。这个版本的事件已然变得模糊,如同墙上模拟地震的方程式一般。很快,这条时间线的一切就会变成一声遥远的询问:"若是如此,又会怎样?"多年的经历才造就了今天的回忆,失去这一切本该令人害怕。但相反,她却感到宽慰,仿佛她在将事情归位,让它们回到原初的样子。困扰她多年的那种似曾相识感终于开始说得通了。)

"好吧,那就好。"年轻道奇的声音忽然充满了惊奇,"我真的做到了吗?真的打通了未来的电话。太棒了。未来的车都在天上飞吗?"

"谢天谢地,没有。"年长的道奇说,"你能想象我们认识的一些司机开飞车吗?比如罗杰?不到一周,我们就都死翘翘了。"

年轻道奇笑了。"的确,"她说,"我想问你什么事来着……哦,对了,所有事。但问题是,我不想再制造任何更荒谬的悖论。"

"很明智的选择,"年长的道奇说,"如果我告诉你我的生活,可能会改变你的计划,我也可能因此就没了。"

"最好不要冒险。"

"没错。"她不能就这么没了。这并非出于自私或自保,而是因为这个版本的她面前地板上正躺着一个失去了意识的男人,这个版本的她是别人追杀的对象。不能冒险变成一个更加令人信任且不那么离群索居的人。如果她是个母亲,孩子被扣为人质该如何是好?如果她养了宠物呢?如果她有下午来一根的习惯,因为嗑嗨了,回家晚了呢?不行,只有这个版本的她才最能应付这种情况,而其附加的一切苦楚她都必须忍受。

"我不知道该不该给你打电话。我的意思是,这可能不是一个好主意,而且我也没有任何其他事情要告诉你的。至少目前没有。"

"有了就打,没有就别打了,让这次通话成为唯一的一次。"年长的道奇说,"很高兴与你通话。"

"我也是,我一直想知道在别人听来我的声音是怎样的。"

这似乎是结束对话的好地方。年长的道奇笑着挂掉电话,变回了现在的道奇,唯一的道奇,那个脚边躺着失去了知觉的彼得斯医生的道奇。

她叹了口气,将手机放回包里,去找地震紧急避难包。她需要绳子。

彼得斯医生醒来时发现自己被绑在餐厅里的一张椅子上。椅子是橡木的，非常结实，是道奇在"克雷格列表网站"上买的古董家具。绑着他的绳子是攀岩级别的。他扭了扭身子，皮肤上勒出了绳印。

"你可以睁开眼睛了。"道奇说。她听上去很不开心，好好的一个下午就这么被毁掉了，这超出了她耐心的极限，让她陷入愤怒的低地。"没必要装死了，刚刚不是还在像条上钩的鱼一样疯狂扭动吗？"

彼得斯医生睁开双眼。道奇坐在另一张一模一样的椅子上，双腿在脚踝处交叉，手扶在膝盖上。这种姿势他以前见过。每次前来咨询时她都是这个姿势，一字一句地向他吐露自己的困惑与悲伤。语言从不是她的强项，表达内心世界于她而言更为艰难。有时他会想：她是否曾经停下来，听一听自己的话是多么自相矛盾又过分复杂。

他从未问过她，那并非他的工作。他是她的心理医生，一方面因为她需要，也因为这是监视他们最重要项目的一个最简单的办法。这女孩进入出版业时，连里德也感到惊讶；她最后被归为了研究员。数学天才总比语言天才更高调、绚丽、引人注目，但这并不意味着他们喜欢成为关注的焦点。他们中的大多数人似乎随时都想消失，潜心钻研自己的事业，只在受到诱骗后才会出来。

道奇违反了太多自己都不知道存在的规则。要不是因为害怕，彼得斯会对她大加赞赏。"误会，都是误会。"他试图听上去真挚诚恳，像她的朋友一样，"解开我吧，有话好好说。"

"误会？开枪打我是误会，还是没打中是误会？"她装出一副真正好奇的模样。

他的血液似乎瞬间冻僵了，全身的皮肤绷紧，从头到脚颤抖起来。"我不知道你以为你看到了什么，但——"

"我已经报警了，"她说，"在你昏倒的时候。我告诉他们，声音是邻居家的孩子在后面的沟里玩樱桃炸弹①时发出的,他们听完就走了。你知道吗,我就是在离这里不到一英里的地方长大的。我知道,在合适的条件下,樱桃弹听起来确实很像枪声。所以,没人会来找你。这里只有你和我,而你要告诉我为什么要杀我。"

"我什么都不用告诉你。"

"确实。而我也不用放你走,不是吗?没人知道你在这儿。"真话说起来就是信手拈来。她或许不像自己以为的那样了解彼得斯医生——他是她的心理医生,看在上帝的分上,他不应该开枪打她——但她对他的了解足够让她知道如果有人帮忙,他绝不会一个人来。如果有人替他干脏活,他压根儿就不会来。她曾目睹他命令秘书拒绝保险失效或问题过于严重的病人。他并不羞于推卸责任,只要有能推卸的对象。

"他们知道我在这儿。"他的声音里几乎透着股得意。

道奇双眼放光。在他说出这句话的那一刻,她就赢了,这也意味着他肯定输了。

"谁?"她身子前倾,面带笑意地问道,"你看,我们现在面临着两个选择。要么,你告诉我,我可能心情一好就不怪你了;要么,你不说,那我就不得不采取另一套方案了。我不知道你还有多少时间,在我看来应该是所剩无几了。嘀嗒嘀嗒,时间不等人。你自己好好想想。"

"切斯维奇小姐,我不知道你想达到怎样的目的,但我可以向你保证,俘虏我对你没有任何好处。你要是现在放我走,那这事儿我们就算过去了。你现在病得很重,但只要继续跟着我治疗,我就有办法让你恢复健康。"

"不,"她缓缓地说,"对我进行情感操纵并不是你的选择。要么告诉我是谁派你来的,要么就闭上你的狗嘴。别跟我扯什么精神病。所以,想再试

---

① Cherry Bomb,一种球形红色烟火。

一下吗？我可是怎么着都行。”

“没人派我来。”

“肯定有人。”

“我向你保证，我是一个人单干的。”

“是要牺牲自己，还是试图让人相信是我引诱你到我家，并攻击你。连这件事你都无法自圆其说。我怎么可能相信你是单干的？你不适合干这一行。”她仰靠在椅子上，“你真的是心理医生吗？”

“我是，”他像是被伤到了，“我自认为帮了你很多。”

“确实，可又不尽然。回顾我们俩之前的会面。我一直觉得有件事情挺有趣：我告诉你我有社交障碍症，你却叫我在试图交朋友前先管理好自己的情绪。我想要的是加入互助小组的邀请函，而非‘不，不，先做一个隐士，直到我告诉你什么时候停下来’。”

“但你还是自己停下来了。”

“没错。因为那是我想从你嘴里听到的话，也是我自己想做的。”她平静地看着他。自那天电话铃声响起、电话那一头的里德博士命令他拿起枪时起，彼得斯医生从没有像今天这样恐惧过。而道奇的脸上没有不安，也没有焦虑，只有无限的镇定，像正在玩弄它的下一餐的猫。她不该这样。这种高度紧张、大脑发达的逻辑天才，他们不该这样。她此刻应该跪在地上，求他告诉自己该怎么办才对。手枪不应该独立于扳机而发挥作用。

“你不觉得我们应该谈谈你为什么会患上社交障碍症吗？”

她笑了——真实的大笑——然后说：“我早就不是那个时候的我了。真的，医生，人跟方程式一样，总是可以修正的。”

一阵敲门声传来。她转过头去，眸子里闪着光，然后回头看着他说：“最后一次机会。谁派你来的？”

"没有人派我。"

"行吧，随你便。"她站起身来，"我去去就回。"然后走出厨房，走出他的视野，留下他一个人，等着她回来。

道奇觉得自己此刻应该很紧张才对。今天一整天不断发生着各种怪事，从心理医生毫无来由的袭击到过去的自己打来电话再到此刻的敲门声。稍微一不专心，通话的原因就已经变得模糊了：她只记得罗杰从未来打来过电话，只要这些记忆完好无损，她就没有理由从过去打来电话。生活中处处是悖论并不舒适，但总比没有悖论要好。没有悖论，结局会与现在大相径庭。

（她不由自主地感到不同的结局至少发生过一次，甚至可能发生过好几十次。那几十个不同版本的故事中没有精巧的余弦可以连接方程式的两半，没有明断而审慎的欺骗，以确保她做好准备继续前行。相比不完美的线性世界中的痛苦，她更乐意接受悖论带来的不舒适。）

敲门声又一次响起，这次更加紧迫。

道奇打开门，然后陷入了沉默。

罗杰又长高了一英寸左右，像是刚刚经历了第二个青春期，依旧瘦得像根竹竿，几近干瘪。他的头发长而蓬乱，但又没到足够优雅的长度，散乱在脸上，使他苍白眼窝四周的皱纹看上去更深了。他穿的牛仔裤和T恤衫像是随意从洗衣房里捡来换上的，胸前抱着一只背包。

他身边的艾琳则精神得多。草莓金颜色的长发梳成整齐的马尾辫，面白肤净，身穿灰色弹力裤和一件普通连帽衫——她看上去像是有什么麻烦或事故即将发生的样子。她的背包比罗杰的小，也更空，看起来像一只准备妥当已久的逃生包。她虽然没有皱眉，眼神中却透着一股黑暗，预示着不好的事情即将到来。

道奇没有注意到这些，对她而言，那些不过是需要归档、稍后再处理的数据罢了。她的注意力全都集中在罗杰身上：他呼吸的方式（显然，他还保持着吸烟的习惯；松垮的双肩透露了这一信息），他站立的姿势，他看着她的眼神——仿佛在看一个不可能存在的东西：一个悖论。若在其他任何时刻，这个想法都足以令她发笑。但不是现在，现在不行。这个时刻如此不稳定，令她不禁觉得自己之前在过去、现在与未来之间来来回回地穿梭都是为了支撑起这个时刻，以稍微降低其崩溃的可能性。在这个时候发笑就有些过分了。于是她只是看着他，严肃而安静地等待着。

艾琳从罗杰身边走过，挤进屋子里。"振作起来，收拾好你的东西。"声音一如既往的粗暴直接。她一点都没变：仍旧活力满满、怒气冲冲，体内积蓄着力量，似乎随时准备爆发。"到了路上，我会详细跟你解释。现在你只需要知道一件事：有一群恶棍正在找你，他们随时会出现在这里。"

"他们已经出现了。"道奇说着，将眼神从哥哥脸上移开，转而面对那个女人。艾琳露出惊讶的表情。一个不错的改变。以前的她从不会如此轻易地被打乱情绪。道奇继续说："我的心理医生闯了进来，试图朝我开枪，被我用烤面包机砸晕了，现在正绑在厨房里的一把椅子上。想过来帮我审审他吗？"

艾琳扬起了眉毛。"真的？"她问，"你没报警？"

"报了。"

扬起的眉毛又垂了下来，两道寒光正要从眼中射出。

"我跟警察说有小孩在屋后的水沟里玩'樱桃炸弹'，可能导致火灾，就这么把他们糊弄过去了。所以，没人会来找他。"

这一次，艾琳张大了嘴，满脸赞许地盯着道奇，眉毛高抬，几乎要碰到发际线边缘，"你什么时候变得这么歹毒了？"

"有人想杀我的时候。"道奇允许自己再次看向罗杰。他一脸困惑，却毫不畏惧。只要他不害怕，她也没什么可怕的，"我从来没有放弃过你。我只是在等你做好准备。"

罗杰三步并作两步地走进房间，走到她俩中间，一把将道奇拥入怀里，紧紧抱住。抱得如此之紧，两具身体间再无半丝缝隙。她挣扎着抽出双臂，搂住他的身躯，然后闭上眼睛，将脸埋进他的肩膀。她的视野立刻切换成了一个更高的视角，走廊的颜色瞬间没那么饱和了，棱角却更加清晰。她轻笑了两声，立刻又啜泣起来，但终于还是强忍住了哭腔。真要哭起来，一时半会儿恐怕停不下来。他们没这个闲工夫。尤其是现在。

"该死，道奇。我想死你了。"罗杰说。

两人分开，她睁开双眼，视野回归正常。"很好，"她说，"我可不想当唯一一个思念对方的人。"

"真是令人感动的重逢，但或许咱们应该抓紧时间去会会你绑在椅子上的那个家伙。"艾琳不耐烦地说，"他在哪儿？"

"这边。"道奇挥手示意他们跟上。她的内心被一种奇异的平静所占据。无处不在的似曾相识感又回来了。但这次没那么强烈，仿佛事件的本质已然发生了变化。他们在这个客厅里相遇了那么多次，她怀疑这是自己第一次能够原谅地震那天他的离开。不能接受他归来的那个她已经消失。

她应该生气才对。究竟是什么给了他勇气，让他拿起电话，就此改变了塑造她的方程式。但此刻她唯一感到的却是解脱。有了他，她的数学才能正常运转。任何能将他带回她生命中的事情总是不会错的。

艾琳快步跟上，几乎与道奇肩并肩。她的整个身体因愤怒而颤抖着。道奇皱着眉，朝她的方向瞥了一眼。

"这段时间你一直和罗杰在一起吗？"她问。

艾琳点了点头，"总得有人陪着他吧。"

道奇没有回答。他们走进厨房，彼得斯医生正试图挣脱，却没有成功，甚至连椅子都没能撞倒。听见脚步声，他扭过头来。一看到艾琳，他就变得沾沾自喜起来。

"嘿，我还以为是谁呢。"他兴奋地咕哝道，"没想到他们会派人来救我。你是来完成我未竟的事业的吗？"他将注意力转移到道奇身上，"你不该开门的，切斯维奇小姐。你看，现在连逃跑的机会都没了吧。"

"别高兴得太早了，老家伙。"艾琳走到桌子旁，耸耸肩头，放下背包，打开正中央的口袋，取出一只木乃伊化了的手。"我早已不再为你的主子卖命了，你也可以说我加入了另外那一队。"

彼得斯医生顿时脸色煞白，"你什么意思？"

"我的意思是，想控制创造生命的元素之力，他们就不该将我们变成人形。人有他自己的议程。比如，我的议程就和他们的出现了分歧。"艾琳掏出一只打火机，一根一根点燃可怖的手指，一边回头望着罗杰与道奇，"去打包一下行李。办完事，我们立刻上路，我可不希望每件事都亲力亲为。"

"你要对他做什么？"道奇问。

"做你做不到的事情。如果他知道我不知道的事，他会告诉我；就算不知道，他也不会活着告诉别人你逃跑了。带上你必须带走的东西。走之前，我得将这栋房子烧掉。"

道奇眨了眨眼，"什么？"

罗杰将手搭在她肩头。她抬头看他，他摇了摇头，"让艾琳办她的事吧，我会跟你解释的。"他的声音里充满厌恶和遗憾，"咱们先去收拾行李。"

"我的房间在那边。"他俩走开了，留下艾琳和彼得斯医生。

"道奇！"彼得斯医生在她身后喊大叫。她没有转身。

道奇的房间宽敞、干净、空旷。唯一的家具是地板中央的床与桌子，挤在一块儿，这样她在半夜只需翻个身就能唤醒笔记本电脑，睡眼迷离地开始工作。墙壁上画满数字和公式，又让房间看上去幽闭、狭小。那些方程式从门边开始，覆盖了每一寸可用空间。大部分用普通干擦记号笔写就，仅有一小部分涂成了红色，还有一些则用方框区隔开来。

罗杰看着这怪异的房间，顿时松了口气，"看来有些事情永远都不会变，对吧？"

"是啊，"道奇答道，"所以，你要跟我解释到底发生了什么吗，还是咱们直接开始打包，因为虽然过了七年，但我还是应该像以前那么信任你？"她可能真是个行走的悖论了，永不停息地自我修订着。此刻，在原谅的表层之下仍然藏着对他的愤怒。这几乎算得上一种解脱。她只是改变了一些数学方法，核心方程式依旧坚若磐石。

"道奇……"

"我从未放弃过你。我一直都在等你联系我，整整等了七年。你知道那是一种什么感受吗？我差点儿又开始下棋了，仅仅为了消磨时间。"她没有回归象棋；相反，她开始写书、授课、游历世界，辅导在数学方面需要帮助的高中生，与一群希望进入科学、技术、工程、数学领域的女孩交流，为硅谷最大的科技公司提供服务。她将自己的日程安排得满满当当，因为她不得不这么做。此刻，当她对着哥哥怒目而视的时候，她的内心深处知道自己愿意放弃这一切，与他一起在校园里度过这七年，每天晚上争论今晚轮到谁挑选比萨店。

罗杰盯着她看了很长时间，然后扭过头去，说："我很抱歉。当时的我无法正视我们。"

"你是说地震发生的时候。"

"没错。"他顿了一下,然后问,"你不觉得是我们造成的吗?"

"我确定是我们造成的。"她耸了耸肩,"几年前,我为美国地质调查局做了一些咨询工作。他们想得到该地区可能发生地震的数学模型,而我开发出了一种全新的断层绘制方式,因此获得了他们所有数据的访问权。地震的震源就在我们脚下,涉事断层在那个时间点以前从未出现过问题。我们所触发的现象到现在还无法解释,而它给很多人带来了伤害。"

"那些人的死都是我们的错。"

"不。"道奇的声音出奇的平静,"是创造我们的人的错。"

罗杰顿了一会儿,问道:"什么意思?"

"我们是一个出了差错的政府武器项目,不然就是一群疯子科学家的实验项目,或者其他类似的东西。总之不可能是自然发生的。我们太像'米德维奇的布谷鸟'了。"道奇平静地看着他,"有人创造了我们。他们造出我们,又把我们分开。因为一旦在一起,我们就会变得极其危险。"

罗杰笑了,他想不到还能做什么。"你是怎么自己弄清楚的?我是艾琳告诉我的,我还不确定是否该相信她。"

"我刚刚和七年前的自己通了电话,就在她和未来的你通完话之后。这多少有点用处吧。"迎着罗杰疑惑的眼神,道奇向他解释了那些通话,告诉他这个世界如何自我改写以应对新数据。历史就是一道方程式,时机合适,便可改变。这本该是可怕的,但又真的很棒。因为它意味着他们的很多错误都是未来的自己认为有必要尝试的选项。

听她说完,罗杰一屁股坐在床上,说:"赶紧收拾行李吧。艾琳和彼得斯医生那边就快结束了,她可没什么耐心。"

"对了,她是怎么搅进这件事的?"

"因为造我们的人也造了她。上大学时,她就被指派监视我们。我想……

我想她的任务应该是避免像地震那样的事情发生吧。"这是个心怀善意的解读版本。另一个更可能的版本是,她的任务其实是要确保地震的发生,因为唯有地震才能证明他们正在充分发挥潜力。没有地震,他们永远不会逃离彼此。当然,没有地震,他们也无须逃离彼此。

罗杰开始模糊地意识到,那场地震虽然是可怕的悲剧,但可能恰恰是它挽救了他们的生命。没有它,他俩就是一对毫无用处的实验对象。

道奇眨了眨了眼。"有道理。"顿了一会儿,她又说,"她真的要烧掉我的房子?"

"她已经把我们的房子烧掉了。"

一个新的数据。道奇又眨了眨眼,问:"女朋友?"

"是啊。地震发生几个月后的事。"笑声中带着丝苦涩,"没有了你做室友,她可能需要另一种方法来打掩护吧。"

"我这边他们安排的是彼得斯医生。"道奇说,"你分到了女朋友,我分到的却是心理医生。真不知道哪个更好。"

"你的更好。"简单的词汇,却沉重得不留任何讨论的余地。

"她真的烧掉了你俩的房子?"

"真的。"

道奇停顿了一下,把这些事实添加到她已有的数据里。她走过去打开衣柜。她还有其他的事情要做。她有两个衣柜,面对面,这样她就能在打开其中一个衣柜的时候,透过另一个衣柜欣赏自己。衣服挂在架子上,有几个袋子被塞到最后面。她在其中翻找,从中取出一个徒步背包,然后问了下一个问题:"是她杀了斯米塔吗?"

"是的,"他说,"制造我们的人不喜欢斯米塔研究我们的DNA。我想那可能会……让她知道一些他们不想让任何人知道,甚至不想让我们知道的事情。也许尤其不想让我们知道。除此之外，没有别的办法可以让她保持沉默。"

道奇停了下来，手里满是从衣架上取出的衣服，只是看着他。"她杀了斯米塔，她要烧毁我的房子，你觉得合理吗？你不认为这个想法有什么问题吗？"

"你的治疗师试图向你开枪，我认为这让我对有人想让我们死这个想法有了一些信心。而艾琳试图让我们活着。"他打通了过去的电话，她接到了未来的电话。在他们关心的地方，时间变得可塑，自行拆解为本不可能实现的想法。"她说是炼金术士造就了我们，而且他们已经决定不再需要我们了。"

"什么？"道奇盯着他看，"为什么？"

"因为你们不是他们用模板制作的唯一一对双胞胎，他们目前有了另一对表现得更好的双胞胎。"艾琳在门口疲惫地说。两人都转身面对着她。不知怎么做到的，她没让血弄脏她的衣服。但无论她使用了什么奇怪的技术，都不足以保持她的手的干净。它们从指尖到手掌都是红色的。

她带着平静的妥协看着他们，说："我希望你们能待在一起。我讨厌解释这一点。道奇，你是由一位炼金术士在实验室里设计的，他认为他可以遵循阿斯普戴尔·贝克的指示，将'宇宙原理'放入一对人体内，借此来控制宇宙。地震证明了你们俩可以掌握'宇宙原理'，而分离也证明了你们俩没能掌握。所以他继续和他的其他'布谷鸟'们一起工作，试图找到那些能把他带去'不可能之城'并统治世界的人。现在，其中一对'布谷鸟'已经准备好让原理完整显现，这意味着其他所有'布谷鸟'都必须死，以确保你们中没有人保留着原理的一部分，让他们无法充分发挥。"

道奇皱着眉头，"他们把'宇宙原理'视为一个可分割的整体。意思是理论上说，如果我们存在，我们就保留着一部分原理，让它不能统一？"

"是的。"

"所以他们打算杀了我们。"

"是的。"

"我们如何才能阻止他们呢？"

艾琳严肃地看着她说："你们俩先让原理显现。我认为他们是错的。我能看到宇宙在你俩身旁各居其位。当我看到一些东西时，它们通常是真的。吸引是相互的。第一对让'宇宙原理'显现的双胞胎将回收原理的其余部分，并掌控整个原理。如果你们能够让原理显现，它就是属于你们的。他们就不会再碰你们。"

罗杰站着，"我们该怎么做？"

"看，这就是问题所在，"艾琳说，"我一点儿也不知道。"

荣耀

时间线：2016年6月16日

太平洋标准时间：17:06（仍是同一天）

火势蔓延，他们在艾琳的"荣耀之手"保护下离开了。她在伸手拿火柴之前洗掉了手指上的血，但微弱的血腥味仍然围绕着她。艾琳没有回头看。道奇也没有，她的生活只剩下扛在肩头的背包，和两个走在她身边的人。这几乎让她感到自由，已经没有回头路了。甚至连带有她所有研究笔记的笔记本电脑也消失了，在大火中牺牲了。

"我们停下来加油的时候，我需要给家里打个电话。"找车的时候她说。（他们明智地把车停在两个街区外，以防房子周围有人监视。）

艾琳摇了摇头。"你不能打电话。他们必须相信你死在了火里。"道奇眼睛睁大了,"但是——"

"你的父母并不为造就你的炼金术士工作,道奇。你是被合法收养的。这意味着你的父母很脆弱。如果你联系他们,他们可能会遇上我这样的人——受领了命令的人。"里德的部下中有比艾琳更可怕的人。一想到切斯维奇家的人见到莉,艾琳就令人胆战心惊。她不想让道奇某天发现自己对父母的死有责任。这种情况已经发生过太多次了。这是没有必要的。

她认为没有必要。她希望不是这样。

"等等,"罗杰说,"你为什么要这样说呢?她是被'合法'收养的。你在说什么?"

"你们中只有一个被安置在平民家庭。你联系父母也不安全,但原因完全不同。"艾琳举起她闲着的那只手,"把车钥匙给我。你们俩需要加快进度,如果你们不去注意脚下道路就更容易了。"

罗杰和道奇交换了一眼,表情中满是迟疑。艾琳叹了口气。

"如果我要开车冲下悬崖,我就不会救你们的命了。"她说,"但你们需要像以前那样互相纠缠在一起——不要那样看我,我是被派来看着你们的,还记得吗?我知道你们什么时候在大脑里交流,什么时候分开待在各自的脑袋里。你们不应该是完全分开的。我需要你们尽快让原理显现,从现在开始。我将和你们一起,在车里,让一切走向正确的方向。"

"你一直在用这个词,"道奇说,"显现。你想让我们怎么做?"

艾琳伸手去拿钥匙,"我想让你们做你身体里的每一个分子被设计出来应该去做的事。我希望你们能将'宇宙原理'具现化。一旦你们这样做了,一旦你们成为把宇宙团结在一起的生命力,他们就碰不了你们。他们可能会试着去做,但这并不重要,因为你们远不是他们能应付的。如果你们无法让原理显现，一切就完了，这就是结局。他们一定会去弄清楚我是否背叛了他们，就算他们现在还没弄清楚，然后他们便会派其他人来收拾我留下的烂摊子。如果我们打败了他们派出的人，他们又会一个接一个地派出其他人，同时试图迫使他们的新门生来让'宇宙原理'显现。这是一场比赛。你明白了吗？这是一场比赛，如果你们输了，你们就会死。"

罗杰和道奇盯着她看。罗杰首先试图张口，他问道："你为什么不告诉我这些呢？你有七年的时间来告诉我这些事。"

"我喜欢我们活在这个世界上，无论这个世界是否令人难以理解。除了这个，我什么也不知道。"道奇咕哝道。

艾琳忽略了她，"我没有告诉你是因为我不必这么做，因为我希望你能自己决定和你妹妹好好相处，也因为我没有任何办法向你证明这一切。我可以用硬币向你证明，但这算不上什么证据，这不过是个小把戏。'给她打电话'才是重头戏。在她接电话之前，我都不敢确定她是否会接。改变时间是她的天赋，而不是你的。"

"等等，什么？"道奇问道。

"时间是在物理世界中体现出来的数学，"艾琳说，"改变时间是你的天赋。"

"我的天赋又是什么？"罗杰问道。

艾琳的微笑更像是个鬼脸，露出了她所有的牙齿。"你得到了其他的一切，你也得到了她。现在你能把该死的钥匙给我然后上车吗？这只'荣耀之手'不会永远燃烧下去，我也没有时间再做一只。一旦它用完，我们将成为任何寻找现实扭曲的人的灯塔。我不希望这种情况发生时我们还在这里。"

死去女性的手做成的蜡烛正在融化，其中三根手指已经融化殆尽，有一根已经完全脱落了。拇指仍然在稳步燃烧，但烧尽也只是时间问题。就在他们看着"荣耀之手"的时候,食指上的火焰也熄灭了。

"给。"罗杰说着,把钥匙扔给了艾琳。

她接住钥匙,语带讽刺地说了声"谢谢",然后爬到驾驶座上,把她的"荣耀之手"放在乘客的位置。罗杰和道奇在钻进车后座之前交换了一个眼神——艾琳至少有一件事说得对:

他们需要再次陷入纠缠,就像以前一样,他们从小就一直在逃避。

道奇等到艾琳启动引擎后,才低声问道:"你认为她说的是真话吗?"

"我给你打电话了,"罗杰说,"我的意思是,在地震发生前,我拿起电话打给了你。我过去曾打过电话给你。我和你谈过了。我已经七年没听到你的声音了,然后我打电话给你,跟你说话了。"

"我想你也从另一个时间线上给我打过电话。"道奇说。他茫然地看着她。

"那是地震发生的那天。我回到公寓,试图弄清楚能抢救出来多少东西,又有多少东西只能抛掉——我还不知道发生在坎迪斯身上的事——那时我的电话响了,那是你。但那不是这条时间线上的未来,因为这条时间线上的你不需要说那条时间上的你说过的话。当我们触及过去时,我们就会改变它。我们修改了我们自己。这也不是我们可以撤回的东西。我不能拒绝你将来打电话给我时所做的改变,即使我想拒绝。当时我都快要放弃你了,直到你告诉我不要放弃你。"

她幸福地微笑着,罗杰显得有些坐立难安。她的天赋是数字,是改变时间。在跨越时间线的所有电话中,一个相通的节点就是道奇。就算没人告诉他,他自己也清楚。如果他试图给童年时期或者青春期的自己打电话,他只会得到一片沉默,或者陌生人的应答声。时间不会像屈服于道奇那样屈服于他,会屈服于他的是现实。

当他要求某件东西时,他通常会得到它。世界会听从他发出的命令。

时间会重写它自身，但言语是触发这一转变的原因。

那是比他要求的更重大的责任。"艾琳，你一直在说你需要我们让原理显现，"他转向前座，"有办法反其道而行之吗？我们有没有办法拒绝原理，放弃它，让他们把它拿回去？"

"你会死。"艾琳说，"还记得我之前说的：如果你做出这个选择，你就是为你们俩做的。你们没有彼此就无法生存。你们俩纠缠得太深了。"

罗杰想起道奇试图自杀时经历的癫痫发作，什么也没说。一旁，道奇则摇了摇头。

"我们不能就这么放弃，"她说，"即使这是一种选择——我很高兴我们没的选——我们也不能放弃。"如果没了言语，你还是你吗，罗杰？如果你把我的数学拿走了，我又会是谁？多年来我都靠安眠药入睡，因为我的脑海里空荡荡的，我们不应该分开，她说得对。而且你不要忘了那场地震。"

罗杰永远不会忘记那场地震。一部分的他永远在反复经历那场地震。

"那些人派彼得斯博士来谋杀我，你会希望这样的人拥有制造地震的能力吗？"道奇的声音是认真的，同时她的手伸向他，"他们不应该得到我们所拥有的东西，我们也不应该去死。我们必须做出正确的选择。"

"我们必须试一试。"罗杰同意了，他把手放在她的手上，这是这么长时间以来他俩的第一次肢体接触。他们瘫倒在座位上，睁大眼睛，头随着车的行驶摇晃。

艾琳在后视镜里看着这一切，等到她确信他们已经失去了知觉后，她才翻了个白眼，狠狠踩下油门。

"真是业余。"她喃喃地说，车继续向前。

一切都是黑暗的，一切又都是光明的。在两种状态的矛盾边缘，出现了一道粉红色的闪光。罗杰知道，至少在某种程度上，他与道奇共享着脑海里的空间：他对他通常无法区分的颜色的记忆变得模糊，独特的阴影开始融合在一起，成为一些美丽但模糊的东西。

"罗杰？"她的声音同时响在他身边和他的脑海里，既来自远方，又来自他的近旁，就像他肌肤无法分割的一部分。这种感觉很令人不安。因为它是如此令人愉快，但又像身体疼痛，残酷地提醒着他过去七年他是多么孤独，即使艾琳在他身边。

"我在这里。"他说。

"但这里是哪里？"道奇听起来很沮丧，"发生了什么事？我只是碰了碰你——"

他说："我们已经七年没有接触了，上次我们足够接近并且让原理显现时，几乎将伯克利夷为平地。"令人惊讶的是，当他有别人要担心时，他听起来是多么理智。也许这就是必须是两个人的真正原因。这样他就有另一个人需要担心，不能一个人胡来，全凭他自己的喜好修改世界。"我认为这是一种试图迫使我们重新在一起的原理。"

"你是这样认为的吗？"

"我不知道。我能知道什么？这件事对我俩来说都同样陌生。"

"难道我们不正是欧拉恒等式①的有力证据吗？这听上去没有那么危险。"

"欧拉恒等式是什么？"

"基本上是世界上最漂亮的公式，称得上是数学界的'特洛伊的海伦'。"她的声音越来越近，就像数学吸引着她向他靠近。他没有插话，她几乎做梦

---

① Euler's identity，是数学里最令人着迷的公式之一，数学家们评价它是"上帝创造的公式，我们只能看它而不能理解它。"

般呓语着，"它包含了三个基本的算术函数，连接了五个数学常数……"

他转过身来，她就在那里，在他身后无尽的黑白平面上。她眨了眨眼，粉红色和红色的线条在地平线的边缘闪烁着光。无论他们在哪里，他们都在分享着视觉。他能看到她头发的颜色，她脸颊上的雀斑，当她微笑时，他也能看到她的脸色有多苍白。神经紧张让他无法看清她身上的大部分颜色，但即使是无法看清的颜色，现在对他来说也是一种启示。他微笑着，把她的紧张和自己的紧张拼凑到了一起。

"你看，我一直都知道我们有办法再次找到彼此。"他说。

"但这样安全吗？上次很多人因此丧生，罗杰。不管那些古怪的疯狂科学家把我们塑造成什么样子，我们都不能让死者复生。我们不能改变我们所做的事情。"

"你和我都知道这不是真的。"

道奇沉默了一会儿。然后她说："假设一个不断变化的时间线。"

"设好了。"

"如果我们能调整过去以改变未来，万一我们一直就在这么做呢？发生的一切，无论是好是坏，都没有改变，万一是因为改变它会导致更糟糕的整体情况呢？"她咬住下唇，担心了一会儿，最后说道，"艾琳说，如果我们中的任何一个死了，另一个人也会死。"

"是的。"

"但你没有从未来打电话告诉我不要自杀。我也没有从未来打电话告诉自己一切都会没事的，我们会在同一个地方读研究生，没有我你也不会活得更好。如果……那是因为当艾琳告诉我们这些事的时候，我们需要借此证明她说的是真话呢？所以我们都不会说'忘掉这件事，你得靠你自己'，然后拒绝离开。我们对此很有信心，但我们有信心部分是因为它符合我们已经知道的东西。她所说的东西并没有与现有的数字相矛盾，只是把我们的方程放到了具体的情境中。地震是必然发生的。"

罗杰皱着眉头，"还有什么比那次地震更糟的呢，道奇？我们因为不知情而杀害了那么多人。还有什么事能糟糕到让我们有理由必须将地震维持下去呢？"

"为了不让那些有能力制造生物武器并把它们投放到世界上试验的人，控制完全显现的宇宙原理。"道奇说道，她的语气中突然充满决心，就像她正在一步步理清问题的形状，"据艾琳说，当我们让原理显现时，我们就会更强大。制造一场地震易如反掌，但我们并不是有意这么做的，我们并不想伤害那些人。如果一个漠视生命的人获得了那种力量会发生什么事？把我们创造出来的人绝非什么可以被信任的人。地震让我们知道了这一点。地震告诉我们：这很可怕，快让原理显现，否则更糟糕的事情将会发生。"

罗杰沉默了。道奇站在原地不动，等待着。她是一个冷漠的人：她可以把一切都简化为数字，权衡生命的砝码。这并非她感到骄傲或真正拥抱过的那部分自我。但此时此刻，这是她所能做的最重要的事情。

"难道我们没有办法阻止这件事吗？"他终于问道。

"我认为我们在看到整个方程式后，才能做出决定。"她说，"我们还没到最后关头。我们正处于这个问题的中间位置。如果我们到最后关头，如果我们让原理显现，也许我们可以对过去做出更多的修正。"

也许我们不能，这是她没有说出口的那部分。但罗杰还是听出来了：它隐含在她句子间的停顿中，在沉默和犹豫中凸显。他不想听到这些，这些无声的语言有时是最令人痛苦的。

"会有多少人要因我们而死？"他问道，"我们怎么能假装自己重要到值得牺牲那么多人呢？"

"如果我们脱离这个方程式,让别人拥有这种力量,那又会有多少人会因此而死呢?"她反驳道,"我知道你是个好人。我希望我也是个好人。我们不会为了好玩或者别人的要求就随意破坏。我们并不完美。但我们是我所能看到的最佳选择。"

罗杰叹了口气。跨越他俩之间的距离只需一步,他的双臂搂住了她,他的脸靠在了她的肩上。她紧紧地把他抱住。他们完美匹配,一个柏拉图式理想整体的两半。他们不应该被分开,他们又必须被分开,否则他们永远不会成为独立的个体,永远不会学会如何跨越自己灵魂中缺失的地方。

"好吧,"罗杰说,"那我们就去做吧。"

他们继续抱着对方,闭着眼睛,直到共同的思维景观消失,他们只是车后座的两具肉体,像荆棘一样缠绕在一起,无法分离,不可触碰。

艾琳坐在车的前排,微笑着,继续开车。

战争

时间线: 2016年6月16日

美国中部夏令时间: 22:31(同日)

"我明白了。"莉说,"仔细搜索灰烬,寻找任何能告诉我们他们要去哪里的东西。如果找到了艾琳的尸体,联系我。我们需要知道我们面对的是什么。"

弗农教授还没来得及反对,她就挂断了电话。他已经老了,几乎没用了,还在努力试图分得属于他的那份"魔法石"。他是个优秀的数学家,为他们让"宇宙原理"显现的计划出了一份力,但他从来都不是一个好的炼金术士。如果没有里德和他机灵钻营的帮助,弗农早就完全放弃了炼金术。说不上多大的损失。他不太可能在与布谷鸟的对抗中幸存下来，对莉来说，他无足轻重。

在新的世界里，少一张需要喂饱的嘴算是一件好事。

离开实验室时，莉的皮肤感到一阵灼热，放在身体两侧的双手紧握着。她经过的大部分房间都是空的，他们的实验对象——那些"布谷鸟"们——早已"飞走"了。她亲手把其中几对分开了，教会了他们很多关于宇宙的知识，代价是用他们的血液和器官做炼金术酊剂。受试者可能会认为这是一次不公平的交易，不过他们本来就没有投票权。

几年前，里德一门心思投入"宇宙原理"的实验项目。

其他更容易显现的原理项目太容易创造并加以改进。其他炼金术士把其中一些原理项目拿了过去，通过不涉及炼金术的方式加以复制。只有"宇宙原理"藐视他，也只有"宇宙原理"才重要。它是万能溶剂，能够溶解宇宙中的其他一切并重塑。

莉的脚步声在阴影笼罩的走廊里回响。项目即将告成，从走廊经过的零星几人脚步匆匆，以避免她的愤怒。她是他们中间的怪物，当她目的明确、怒气冲冲地走过时，他们中没有一个人敢直视她。

里德在观景休息室，站在一面宽大玻璃窗前，看着一个容纳着两个青年的房间。男性青年在两人共用的床铺上蜷缩成一团，双臂抱着膝盖，脸被遮住了。女性青年则坐在他身边，一只胳膊搭在他的肩上，像是在保护他，两眼瞪视着周围的一切，好像她的愤怒能让一切都消失。他的头发是深金色的，像小麦一样；她的头发乍一看是白色的，接着又显出绿色，光线下新鲜玉米须的颜色。

"很迷人，不是吗？"里德没有转身，"看着他们的本性是如何改变他们的基因。数学的孩子们总是比他们的同伴更容易受影响。我认为这是因为他们可以在不影响'宇宙原理'的情况下承受更多的损伤。这是一种保护机制，确保人们首先针对的是数学的孩子。语言的孩子们总是可以命令数学的孩子们改变任何事物，只要数学的孩子们还活着。任何向这两个人瞄准的人，都会先向数学的孩子开枪。"

"我们失去了切斯维奇和米德尔顿。"莉说。里德一动不动。

"艾琳接到指示除掉罗杰，他的死亡应该会让道奇跟着死去。以防万一，我们派彼得斯去了她家。两只'布谷鸟'都不见了。他们的房子都被烧毁了——如果你还记得的话，这是艾琳最喜欢的手法。在道奇的家中发现了一具尸体，是彼得斯。要么艾琳背叛了我们，要么双胞胎设法制服了她。"

里德转过身，还是什么也没说。莉无所畏惧地直视着他。

他能看到她眼里的愤怒。

"罗杰身上的原理可能比预期的更快显现了，所以他能够说服艾琳和他合作。"莉说，"如果是这样，他对艾琳施加的影响会在某个时候消失，那时她会完成她的工作的。他还不知道自己能做些什么。他不可能给她任何指示来迫使她永远忠诚。在当前的发展阶段，他根本不会想到这一点。"

"如果他想到了呢？"

"那就没办法了，我们永远也找不回艾琳了。"如今这并不重要。如果他们真的把她找回来，如果他们真的重获她的忠诚，莉仍然会很乐意将她拆解。叛变过的特工不再可信，无论她过去的表现有多好。在艾琳这一对里，她是秩序的化身，代表混乱的是她的同伴。那个男孩早已被回收作为零件和知识。艾琳已经靠借来的时间多活了很多年。她的债务该到期偿还了。

"我明白了。"里德站直了身子，在双向镜折射的光线下，他似乎变高了，也变得可怕了。他一直都很高，也一直都很可怕。他现在只是卸下了面具。"那么你打算怎么办，莉？"

"我吗？"她眯缝起眼睛，"这是你的项目，一直是。他们开始纠缠时你不让我了结他们，不让我派人回收他们，置于可控的环境下，还一直为这对有缺陷的双胞胎辩护。为什么是我来收拾你的烂摊子呢？"

"因为我是那个会让我们不朽的人。"他指着窗户另一边疲惫颤抖的两个年轻人，"那，就是我们的未来，是对束缚这个宇宙的力量的绝对控制。我需要让他们为他们的未来做好准备。我需要引导、提升他们，你需要消除他们道路上的竞争对手。要什么你尽管提出来：帮手、武器，任何东西。去加利福尼亚州，把问题解决掉。"

莉默默地看着他，数了十下，眯起眼睛思索着。在她的胸中，用来缝合伤口的食腐鸟幽灵般地拍打着翅膀。最后，她说："你仍然在遵循一个死去的女人的蓝图。你从来没有想过，如果你从阿斯普戴尔的计划中摆脱出来，你能做出怎样的事业？"

"当我杀了她时，这就成了我的计划。"

是这样的吗？她想问他讳莫如深的问题，关于目的、动机和理由的问题，问他这个计划有多少是他自己的想法，有多少是阿斯普戴尔·贝克沿着这条"不可能之路"规划的。一个死去的女人能将这座"不可能之城"归为己有吗？也许很快，他们就会知道了。"我不能保证他们中的任何一个能活下来。"她说，"考虑到最极端的情况，杀了两人中的任何一个都会导致另一个的死亡。如果你想做得不露痕迹，我不是最适合干这件事的人。"

"我有数。"

"那我走了。只要记住，当你翻开晚间新闻的时候，上面发生的事都是出于你的要求。"莉转身走了，没有回头。她不希望他看到她脸上升腾起的兴奋神情。她终于能从既是她的家园也是她的监狱的实验室里释放出来。

她也是个实验造物。和任何实验造物一样，她想要自由。

里德目送她走远,然后转身看向窗户。另一边,那个男生又哭了,那个头发看上去是绿色的女孩试图安慰他,睨视着周围的一切,好像她可以通过她的恨意来保护他。

"你们将为我改变这个世界。"他说。

一片寂静中,他觉得自己闻到了阿斯普戴尔的香水味。

科学

时间线: 2016年6月16日

太平洋夏季时间: 20:53(不眠的一天)

罗杰先醒了过来,一瞬间感觉恐慌,他不记得自己是谁,又在谁的身体里。恐慌消散后,他不知道自己身处何处。他怀里抱着一个女人,身材高瘦,不可能是艾琳。艾琳在他身边蜷缩着时,总是让他感觉亲密舒适。当车窗外的风景掠过时,光线从四周包裹着他,而那个紧靠在他身边的女人有一头红头发。是道奇。

他呆滞了一下,眨了眨眼。用一种被人扼住喉咙的声音问道:"为什么我能看到颜色?"

"是吗?这是个好消息。"从艾琳的语气中完全听不出来她认为这是个好消息。

艾琳听起来很严肃,就好像她开车的时候世界陷入了终结。"你现在能看到多少种你通常看不到的颜色?"

"红色,嗯,紫色、粉红色……"罗杰发疯般转头,看着周围的一切。"很多颜色。不一定是全部颜色,但很多。"这些颜色的边缘有些褪色,就好像能让他看到颜色的东西还没有完全融入他的感官一样。"发生了什么事？"

"你俩开始重新纠缠起来了，这就是正在发生的事情。看看你能不能让道奇从你身边挪开。不是让你把她推下车，别再碰到她就行了。"

"什么？"

"她和你身体挨着。看看能不能让她不碰到你。"后视镜里艾琳的目光闪烁着，带着一丝恶趣味，"你很擅长放手。再做一次试试。"

罗杰呆愣地看着她，这个他认为他深爱的女人，这个他认为深爱他的女人。然后，他小心地转向多年没见过的妹妹，试图将胳膊从她身边抽出。

很困难。对于一个从没有做过一天体力劳动的人来说，道奇的力气令人难以置信，而且他不想弄醒她。他不能摇晃她，担心动作太大会让她醒过来。他还没有准备面对她。当他跑出一个燃烧的房子又来到她面前时，一切都进展得太快了，他还没空停下来思考他在做什么。

现在他在这里，她也在这里，他不知道怎么和她说话。如果她醒来，他就得马上想清楚这点。他们之间的尴尬会过去——艾琳开车的模样就像是准备好随时遭到袭击，虽然不再怀疑她，但毕竟是她把斯米塔的手做成了蜡烛而且点燃了房子——但现在，尴尬仍然处于统治地位。

他总算设法从道奇手中挣脱出来。新的颜色淡出了世界。并非一瞬间消失：没有翻转开关，没有拆除过滤器。它们只是……褪去，就像有人在调整现实中的颜色平衡一样。

"红色消失了。"他说，克制住想俯下身来抓住道奇的手、看颜色是否会回来的冲动。没有肢体接触时，一切似乎都是灰色的，失去了意义和效力。他一生的大部分时间都没有颜色，但现在他感觉已经离不开颜色了。

"那是因为你们并没有完全将原理显现出来。当你们完全成为'宇宙原理'的化身时，你甚至不需要触摸她来看到颜色——反之亦然。她会拥有深度感知,你会拥有色彩感知。这对每个人来说都是仙境。"艾琳的声音变得苦涩起来。

"艾琳,哪里不对劲吗?"

她残忍地笑了起来,"一切都不对劲。你把她找回来了,对此心怀感激吧。而我的另一半永远走了。他带给我的,他走的时候又带走了。"

"什么……"

"我是秩序的化身,罗杰。我目光所及之处都是混乱,看到的都是事物待在它不合适、不属于它的地方。我生活在一个永远不会和谐的世界里,因为唯一一个能为我描述实际秩序的人已经死了。"艾琳的手指在方向盘上敲着沉重的断奏,"叫醒她。我们需要弄清楚下一步的行动,她也有份。"

"为什么——"

"做就是了。我们没有多少时间。"

他本可以争论一番。他可以试着让她解释。但若是这样,在道奇醒后,她将不得不再次解释一遍。再说如果没有他妹妹充当他们之间的缓冲,他不想和她交谈。他的一部分仍然坚持把她看作过去七年他爱的女人。就算不停地告诉自己那从来都不是真的,也不会让他更容易接受这一切。

当这一切结束后,他可能会恨她。想到这个他感到一阵解脱,他真希望不是这样。

他转向道奇,把一只手放在她的肩上(红色再次席卷世界,红色;他忍不住偷偷地瞥了艾琳一眼,多年来他第一次看清了她草莓金色的头发。他真希望那头发没那么漂亮),轻轻地摇晃着。

"嘿,"他说,"道奇。醒醒。你睡得够久了。"她发出一声咕哝,打掉了他的手。

罗杰笑了。很多事情都发生了变化。七年后,他需要一段时间来熟悉现在的她。但至少有一件事没变：当她沉入睡眠时，她讨厌醒来。他又晃了晃她。

"醒醒，"他说，"我们需要让我可怕的前女友告诉我们，在浑蛋炼金术士把我们烧成灰之前，我们应该如何具现化现实中的原始力量。"

这句话没有任何意义，但他还是为他所说的感到骄傲。道奇睁开了眼睛。"什么？"她懵懵懂懂地问。

"你醒了！"他不该笑的，场合不对。但他实在忍不住，因为她醒了，她在这里，他们又能说话了，他们又聚在一起了。从现在开始他们可以弄清楚一切。"艾琳，她醒了。"

"再好不过了。"艾琳说。她看着后视镜，端详着后座上的"布谷鸟"们。道奇昏昏沉沉，还没完全清醒；罗杰微笑着，就像他没有刚经历推翻他人生的巨变。她怀疑这是因为他过于震惊，还没有接受眼前的现实。"道奇，我们要去哪里？"

"什么？"

"我们走在'不可能之路'上。你是那个脑子里充满数学的人，你的心便是罗盘。我们要去哪里？只要你给我个指引，我会照做。"

罗杰坐直了，突然想起了很久以前一个雾气沉沉的夜晚。前一秒这段记忆还不存在，下一秒却突然出现在他记忆中。他的脑海里充满了鲜活的色彩。"你曾经管我叫杰克·道。"

"这么说你现在记起来了。我不知道这是好还是坏，但我想不管怎样我们只能接受。我叫你'寒鸦'，因为那说明了你的本质，而'杰克·道'说明了你是谁，或者你会成为谁。"她从后视镜里的道奇点头，"她是'乌鸦女孩'。如果你帮助她，她可以成熟变成'暴风鸦'。'冰水侍从'在来的路上，她很快就会来。"

"《上下奇境》到底是什么?"道奇问道,"我们已经不是六岁小孩了。你不需要把事情比喻成一本儿童读物。"

"啊,但是你得知道,《上下奇境》从来不是给孩子准备的。它总是关于象征的。你们身上都有象征,里里外外都是。顺便说一下,'冰水侍从'早就摩拳擦掌了。她会毫不犹豫地把东西肆意揉捏摧毁。"艾琳把车停到高速公路的紧急停车道上,打开警示灯,然后转身面对双胞胎,"孩子们,等她到了,你们可不想毫无准备地面对她。她喜欢玩阴的。"

道奇边揉眼睛边怀疑地看着她,就像揉眼睛这个动作可以赶走困意一样。然后她顿住了,盯着自己的手眨了眨眼。她缓缓将手移至眼前,又将它们移远,"哇哦。"

"深度感知,很难不喜欢它。"艾琳说,"贝克是她那个时代最伟大的炼金术士。"

道奇放下了双手。"什么?"她说。这甚至算不上在提问:这个词缺乏重音、语调,就像无声滴入世界的一滴水。

"她创造了奇迹。她找到了使用电力等现代手段来制造黄金和万能溶剂的方法——她甚至完善了长生灵药。她认为炼金术会将天堂带给地球,那是一个没有人需要工作、没有人会变老或死亡的世界。生命中的一切都只是一个选择,而不是一个预定目的地。她的大量研究都扎根于万物有灵论。她认为这是炼金术的一个重要部分,被忽视了太久的时间。她指出,自然化身力量的存在——冬天和夏天、太阳和月亮,所有这些著名的'浑蛋'——任何事物都能被具现化,只要炼金术士在制造过程中对其足够渴望。"

"自然化身力量?"罗杰问道。

"什么。"道奇又说,仍然很平,仍然没有问任何问题,只是在抗议一些不公平和不真实的事情。她看向艾琳的眼神就像刀刃,完全不愿意原谅她的所作所为。

艾琳叹了口气，"我们没有时间了。我需要得到指引。"

"在你把一切解释清楚之前，我是不会给你的。"道奇回答道。

"罗杰，告诉她给我指引。"艾琳把注意力转移到了他身上，"现在不是发小孩子脾气的时候。"

"看来你不得不接受小孩脾气了，"罗杰双手抱在胸前，"继续。"

这一次，艾琳叹气得更厉害了。"贝克花了一些时间，试图让其他美国炼金术士认同她的理念。她希望他们停止相互争斗，共同保护炼金术的秘密。她认为，只要他们通力合作，就能获得更多的力量，发现更多的宇宙秘密。但其他炼金术士认为这不过是一场夺权的阴谋，因为她是当时他们中唯一一个在炼金术中使用电力的人。他们是性别歧视和传统主义者，联合起来反对她。他们开始暗中猎杀她的学生，以防止她的理念获得更多人的认同。最后，她绝望地开始用文学来隐秘地编码自己的教导，把它们藏在众目睽睽之下。"

"《上下奇境》是隐秘的炼金术入门书？"道奇问道。

艾琳点了点头。"其目的是向开放的心灵展示，如何接触和加深对心灵的把握。《绿野仙踪》也很相似。鲍姆试图用他自己的炼金术仙境来压制贝克的。他成功了——从读者数量来看的话——但他也失败了。"

道奇盯着她看了一会儿，然后伸手去摸车门把手，"行吧，就这样。"她说，"我退出。请原谅我，我需要向我的保险核算员解释我的房子是如何自己烧起来的，以及为什么不是人为纵火。"

"詹姆斯·里德是贝克最后的作品，也是唯一幸存下来的学徒。从炼金术的意义上说，詹姆斯·里德是你们的父亲。他用自己的血、阿斯普戴尔的骨头和一个活生生的女人的身体，精心将你们制作成了带他通往未来世界的工具。"

道奇的手停在半空中。

"里德杀死了他的造物主,不过是在她完成她的杰作之后。关于炼金术的所有规则,对学生的所有考验,无论你选择何种形式对宇宙进行净化和重建的流程,她都记载在她的书中。当然,也在她的笔记中。所有那些她没有时间去编码的东西。里德拿走了这些笔记,继续他主人的实验。但是,贝克梦想着一个属于所有人的世界—— 一个'上下奇境',一个没有生老病死的童话王国——而里德梦想的是权力,是掌控。这就是为什么他花了如此长的时间来迫使原理具现化。这是一个如此庞大的概念,宇宙中如此庞大的一部分。它不想悄无声息地降临,它根本就不想降临。所以他需要帮助。他招揽其他炼金术士,一些是通过奉承,另一些是通过强迫。他让他们先努力具现化不那么庞大的原理,让他一步一步地对世界加以控制。杀戮、谎言、巧取豪夺,他无所不用其极。你们并不是为了让原理具现化而制造出的第一对双胞胎。他曾经把杰克·道们和乌鸦女孩们安排在这条路上,让他们尽可能接近你们,之后他又出于这样那样的原因杀死了他们。他们都不够完美。你们,也不够完美。你们纠缠得太早了,而且没有完全按照他为你们设定的路线发展。他想让你们死。他是这么说的。因为你们的继任者已经准备好拿走铁鞋和彩虹丝带了,他们希望你们能赶紧滚出'上下奇境'。我不知道我该怎么说,你们才能明白我的意思。你们离开了那儿,你们就会死。听着,和我待在一起,也许你们还有机会活着。但我也无法保证。我不认为我们稳操胜券,但跟我待在一起,你们至少有活下去的可能。"

"这些和'上下奇境'有什么关系?"罗杰问道。

艾琳呻吟着,"哦,天哪,几年前我就应该想办法让你了解这些术语。你瞧,当贝克创作《上下奇境》时,她把奇境分为四个国家,代表了炼金术之路的四个阶段——新手、学徒、熟手和大师，在书中分别是风信子、绣线菊、紫菀和番红花。更准确地说，是水、土、火和空气。它们与控制身体的四种体液、决定我们言行的四种气质相匹配。有一段时间，整个国家都和她的计划相匹配，因为她有那么大的力量。因为对原理的纯粹共鸣，她自身也成了原理的一部分化身，并将其定义。当她的对手攻击她的时候，原理的化身是他们试图破坏的第一个东西。他们不能完全将原理破坏，因为许多孩子阅读和相信她的故事，但他们能够打破她试图强加给世界的一些基本原理。这就是鲍姆所做的事。他虚构的国家改变了历史发展的方向，将其逆转，通过炼金术，使孩子们与《绿野仙踪》的故事共鸣。从那时起，排列组合就一直在不受控制地转换。"

"这意味着什么？"罗杰问道。

"这意味着我们不知道我们目前是在火和胆汁质组成的大师炼金术士国度，还是在水和黏液质组成的新手炼金术士国度。如果我们要打败的是一位一百岁的炼金术士，那难度就该死的完全不同！"艾琳的脸颊涨红了，眼睛放光。

罗杰和道奇盯着她看，都显得很沮丧。最后，道奇问："我们为什么要相信你？"

"和过去的自己通过电话的人不是你吗？"艾琳呛道，"你应该相信我，因为如果我在撒谎，就说明你疯了。这才是你真正关心的问题，不是吗？一个精通数学的女孩从来不理解人类是如何行动的。当她害怕或孤独时，她会从脑海里听到她哥哥的声音。你确定他的存在吗？也许他是你编造出来的。"

道奇第一次显得很惊恐，"他当然是真实的。他就在这里。"

"我也是真实的。但你似乎非常想把我说的所有话都驳回，尽管它回答了你一生都在问的问题。

"贝克是一名炼金术士。里德以一种扭曲的方式遵循了她的教导。你是炼金术士渴望控制现实的产物。虽然我知道让你立刻接受这么多东西很困难，但只要你好好想想我说的，你就会明白这一切都是真的。这是个可以解释你整个人生的单一方程式。如果你不想接受，那我什么都做不了。"

道奇一直盯着她看。艾琳也看着她。

道奇先将目光移向了别处。

"如果我们要和他们斗争，那就斗争吧。我们没有别的选择，除非你们俩想翻身露出肚皮，死得比狗更可怜——我们需要弄清楚我们是在风信子还是番红花。没有时间去一个更安稳的国度了，去'不可能之城'更是不可能。"

"为什么？"罗杰问道。

艾琳看他的眼神唤醒了他熟悉的童年记忆。小时候，一个习惯于和聪明孩子打交道的成年人会对孩子偶尔展示出的幼稚无知感到失望，就好像"神童"一词一定意味着绝对的成熟，仿佛他早已将百科全书直接下载到了脑子里。他的双颊上闪过一丝尴尬的红晕。

"'不可能之城'是里德的领土，即使他从来没有进去过；他控制着那座城市的高墙。"她说着，慢而小心，"我们还没有准备好迎接这座城。也许我们永远不会准备好。他们说，如果不阻止你们，你们就会将'宇宙原理'具现出来。我只能指望这是真的。但这并不意味着我明白这句话是什么意思。也许你们只是会变得很棘手，却没有真正的力量来阻止这个时代最伟大的炼金术士。你可能成为新的'暴风鸦'，四处流亡，等待'圣杯国王'衰弱后，将他打倒。只有一种办法能知道我们该怎么办。所以如果现在我们能停止问个不停，动身出发，我会非常感激。"

"我们需要做什么？"罗杰问道。他知道道奇需要一段时间来消化这些信息。全是言语堆在一起，没有明确的方程式可以让她完成演算。是他该主动做点什么的时候了。

艾琳摇了摇头，"我们需要躲起来。我们需要弄清楚我们要去哪里。我们需要到达那里。你们需要具现化原理，而且要尽快。"

"你一直这么说，但并没有说它是什么意思。你想让我们怎么做？"

"我想，你们让原理最接近具现化的一次是那次地震。上帝，地震。"艾琳专注地看着罗杰，眼神里满是渴望，就好像她在想着一块美味的蛋糕或一场美妙的性爱。"我知道会有这场地震，因为它以前就发生过。那一刻的时间有很多结痂，以至于空气就像糖蜜一样黏稠。如果你们当时没有分开，如果你继续告诉她该做什么，她继续反馈着数字……你们在那时就能让原理具现出来。我还是不知道你们为什么每次重来都不这样做。"

"你能感觉到时间线的变化吗？"道奇又回到了谈话中。她一只手放在罗杰的胸前，把他推到一边，以更靠近艾琳，"你是怎么做到的？为什么你能做到？我怎么感觉不到。"

罗杰什么也没说。他忙着打量周围的世界，道奇一碰他，他看到的颜色就骤然丰富了十倍。很多词对他来说变得有了意义。颜色有一种魔力，他希望能看到颜色的人能理解这一点，而不要认为能看到是理所当然的。

"你当然感受不到。因为是你导致了时间线改变。"艾琳平静地盯着道奇，"每次时间线改变，都是因为你哥哥告诉你要让旧世界消失。你是一个长着两条腿的高热原子核反应装置，是把人们席卷进'上下奇境'的洪水。但他呢？他是你的扳机。如果没有他启动你，你就不能做大部分的事情。"

道奇眨巴着眼睛，大吃一惊，"这听着有点儿厌女症。"

"里德没有选择你们中哪个得到哪一半学说，你们是在孕育过程中自己选择的。不要问我胎儿是怎么做的选择。你们是拥有相同基因的科学项目，只有一条染色体的差别，你们自己决定着这些基因如何表现。第一个孩子分到的是语言,第二个分到的是数学。第二个孩子也开启了所有的隐性遗传,因为数学孩子是可牺牲的。只要数学的孩子还有一口气,语言的孩子就可以命令他们把时间线重新设定到那些破事儿发生之前。我知道的所有双胞胎中,哪个孩子懂语言,哪个孩子懂数学,概率都是对半分的。"艾琳从来没有亲眼见到过其他原理的化身:当他们被送出实验室时,他们就被交给了照顾他们的人。某种形式上,她对此很感激。在她的一生中,终于有那么一次她抽到了好牌。她找到了那对可能存活的双胞胎。

"我想我看过这部电影,"罗杰说,"我是个讨人厌的'阿拉丁'。"

"哦,你也有你的本事。当你将原理完全显现出来时,没有人会反对你。你想要的东西,你都会得到。如果你想的话,你可以统治这个世界。这就是为什么我选择和你待在一起,因为你是如此重要。我引导你走向学术界,让你拥抱你对死去语言的热爱,而不是做一个浑蛋。我可不是为了让一个新的浑蛋来取代那个老浑蛋。"

两人目瞪口呆地看着她。艾琳说:"我知道,需要给你们些时间。"

"你觉得呢?"道奇不满道。

"我知道这很难接受。"

罗杰哼了一声。

"但我们已经没有时间了。我们需要躲起来,我们需要弄清楚下一步的行动。你们俩需要决定你们是要相信我,还是白白送死。做选择吧,你们没有第三个选项。"

罗杰和道奇交换了一个眼神。不安仍未退去,他们之间创造的空间,充满了这七年的幽灵和地震的余波。道奇似乎终于意识到她正触碰着他;她尖叫一声,撤回了手,回到了属于她的那半边后座。有些伤口无法瞬间愈合,有些伤口则根本无法愈合。

艾琳希望那不是那种无法愈合的伤口。如果是的话，他们注定又将失败。她转过身，启动汽车，"告诉我该去哪里。"

"呃，"道奇说，"左边？"

"罗杰，激活她。"就是这样，现在到了证明他们的重视程度的时候了，证明他们有多愿意跟随她逆流而上，进入'上下奇境'。她不是尼亚姆，不是大海的女儿，但她是他们最好的向导，她对即将发生的事情所下的赌注比他们知道的还要大。

"你敢。"道奇说。

"我很抱歉。"罗杰说。他听起来好像是认真的，这让情况更糟，但他继续说，"道奇，告诉我们该去哪里。"

汽车里的空气发生了变化，变得厚重带电，就像他们召唤出地震时那样，但又略有不同：它更明亮，更干净，更清晰。道奇直坐起来，眼睛睁大着维持了十秒。罗杰甚至不确定她是否在呼吸。她看起来像是在别的地方，在更好的地方。

她眨了眨眼，重新回到了当下。他几乎为她感到难过。她朝罗杰的方向瞪了一眼，带着气疯了的恨意。自怜和内疚之情在罗杰心里交织着。他不知道这会奏效。他并不确定。她怎么能因为他不确定的事情责怪他呢？

"道奇——"他张口。

她打断了他的话，"走下一个出口，在出口尽头左转。"她说，"我们需要下车。"

艾琳微笑，启动了引擎。

他们把车停在弗里蒙特换乘停车场里，把账单塞进机器，直到机器开出一张二十四小时的停车票。道奇从艾琳手里夺过它，冲进汽车组成的迷宫。几分钟后，她手里拿着另一张票回来了，一张八小时的停车票。她把它贴在挡风玻璃上，看着艾琳说："任何看到这辆车的人都会认为它已经在这里待了大半天了，可以给我们提供一些掩护。"

她不再仅仅是描述物理概念，尽管她可能没有意识到这一点，她还没缓过神来。他俩都还没缓过神。这本应该是一种逐渐呈现的东西，一点一点地让他们适应新的现实。相反，艾琳直接把他们推进了泳池深处，指望他们直接学会游泳。

他们学会了。关于标签和汽车的事，道奇是对的。像莉这样的人有的是办法追踪他们到这个停车场，即使他们把车抛在身后。"荣耀之手"在高速公路的某个地方燃尽了，在世俗和炼金术意义上都让他们变得有迹可循。他们会被发现的。但当莉到达这里时，她会发现一条冷却了十六个小时的炼金术小径，因为所有这些时间都被转移到了其他地方。这整段时间都被移走了。

道奇不知道她在做什么，但这并不能阻止她这么做。一旦他们开始行动，"不可能之路"的孩子就会凭本能行事，他们的本能很少会出错。

"好吧，"艾琳说，"我们出发吧。我们需要弄清楚我们在哪里，然后搞清楚我们要去哪里。"

他们在加利福尼亚州的旧金山湾区，他们都知道这一点，而且他们都知道这并不重要。他们真正所处的地方是"上下奇境"。在"上下奇境"，有时最难找到的路是带你回家的路。

那个女人真是美极了。她看起来像星期六的阳光，像巧克力蛋糕和没有家庭作业的午后。她的微笑像母亲的赞许，甜蜜温柔。齐布盯着她，只想投身进那舒适、陌生的怀抱里。

"如果你相信她，你就永远回不了家。"一个声音在她脑海中低声说。这个声音听起来很像乌鸦女孩，齐布差点就回头看自己是否被她跟踪了。那太傻了。乌鸦女孩和艾弗里在一起，寻找一把适合他们骷髅钥匙的锁。

艾弗里不能被独自留下。他太脆弱了。

脆弱从来不允许在齐布身上发生。从她出生的那天起,她就被告知要坚强勇敢,摔跤了之后要站起来,掸掸灰尘,继续跑。有时她也想知道,摔倒后躺在原地是什么感觉。

"你好,小女孩。"这个令人难以置信的女人说,"你叫什么名字?"

"齐布。"齐布说。

"他们叫我'宝剑皇后'。我非常想成为你的朋友……"

——A.黛博拉·贝克,《飞跃伍德沃德墙》

卷六
上下奇境

原谅我，我的孩子们，虽然我永远不会认识你们。

——A.黛博拉·贝克

发疯之后，长时间的清醒变得格外可怕。

——埃德加·爱伦·坡

煤尘

时间线: 2016年6月17日

太平洋标准时间: 00:01（终于迎来新的一天）

午夜, 莉·巴罗走下飞机, 第一次踏上加利福尼亚州的土地。(但又不能说是第一次, 不可能是第一次。对于她这样的嵌合体, 一个内在不断被重写的女子, 所谓的第一次少之又少。她的身心杂糅进了太多的灵魂。就在内心深处的某个地方, 某个曾经的她从无尽的睡眠中翻了个身, 开始呼喊。她忆起了飘荡在风中的桉树的味道、海风的味道, 以及加利福尼亚州海岸边洁白明亮的海鸥飞过时的啼叫。)

她不再去感受内心呢喃的幽魂, 朝照她吩咐派来的车大步走去。开车的是名炼金术士, 里德的学生。这名炼金术士早就意识到, 只有逃出他导师无时不在的监控, 自己的生存才能更有保障。另一个人一言不发地为她打开车门, 这是个用科学的小聪明以及烂泥、死青蛙组合在一起的造物。莉对他挤出一个如同掺了蜜糖的毒药般的微笑。

"它是你什么时候造出来的？"她在后座坐定, 腰间系上了安全带, 大腿边上放好手枪。停机坪上, 将她带到这里的私人飞机正在滑行。它会前往机库, 在那里等待她返回。

"六年前, 女士。"

"黏土、当地的两栖动物, 还有……？"

"修铁路用的铁, 太太。从铁轨上偷来的。为了获得额外的恢复能力, 舍弃了说话的功能。拿公交车撞他一下, 他眼都不带眨的。"

389

"嗯。"莉若有所思地说。魁梧的造物钻进前排座位,没有系安全带,反正那玩意儿也拴不住他健硕的胸膛。"很快我们就有机会验证你说的了。"

方向盘后的炼金术士和他的构造者一样沉默不语。跟詹姆斯·里德共事过或为他卖命的人没有不知道莉·巴罗的:他在哪里发现的她,以及她是什么。能活得比创造者还长的造物……这可需要强大的伟力。

"找到他们了吗?"语气如此随和,几近甜美。彼时彼刻,莉看上去就像一个无害的普通人,在打听朋友的下落。

"没有,女士。"他说。

"为什么没有?"刹那间气氛凝滞,她的声音里蕴藏着对不可避免的痛苦的承诺,让他抓紧了方向盘。

接到里德电话的时候,他就知道自己可能活不过这一夜。他无法拒绝。直到这一刻,他还抱着侥幸的希望。而现在,希望已经消失,彻底消失。

"他们弃车逃逸了。我可以带你去车子所在的地方。"

"就这么着吧,"她往后靠在座位上,"开快点。今晚我没什么耐心。"

"好的,女士。克莱德?"

造物打开汽车前排的储物箱,取出一只"荣耀之手"。这只"荣耀之手"很小,手的主人死时不超过六岁。莉没有置评。有些人拒绝使用孩子尸体做成的"荣耀之手",对于这一点,她完全无法理解。拒绝使用又不能让那些孩子复活。肉体就是肉体,其存在的意义就是被使用。任何想法不同的人都在自我欺骗。

造物点亮"荣耀之手"。车里顿时升起蜡与肉的香味。莉深深地吸了一口气。无名炼金术士猛踩油门,车开始超速,车身却在警察的眼皮底下隐了身,朝着救赎的幻觉驶去。

从私人机场到艾琳藏车的地方花了不到三十分钟。莉踏上人行道,不屑地环顾四周。这是一个有着成为大城市的雄心的小镇,仍然与创始人关系紧密。小镇居民都谨记创始人的名字,岁岁欢庆,好像建立定居点是多么特殊的伟业,而非人类的繁殖本能。真正值得纪念的,是那些在新事物诞生的蜜月期之后到来的人们,那些在洪水和饥荒中努力建立正常运转的市政当局和可维持的基础设施的人们。要支持也该支持那些为了永远不会属于自己的东西战斗并死去的人们,而非那些圣洁的、早已死去的创始人。

"上下奇境"属于艾弗里与赫弗齐芭,可流传千古的却是"权杖皇后"。这不公平,但这个世界就是这样运转的。

莉头也不回地走开了,没看到无名炼金术士在旁边松了口气。他不过是个以为自己已经成人的孩子罢了。明早之前,他就会死。她了解自己,也知道这种追踪需要炼金术、科学与谋杀的结合才能成功。他的心肝将变成上好的追踪药剂,手掌则可以成为让她不被看见的隐身道具。他的价值就是供她使用,而此刻,她既没时间也没精力让他意识到这一事实。她往前走着,如猎犬般敏捷,鼻子在风中嗅闻,寻找炼金术的痕迹。莉·巴罗的体内住着的不止一个女人,此外还有骨头、羽毛和泥土掺杂其中。让她忽略掉这里留下的痕迹,那简直比让她长出翅膀飞起来还难,尽管此时她心里的那只乌鸦正振翅欲飞。她穿梭于汽车之间,一路朝前,从不回头。

当她靠近一辆绿色本田时,空气倏地冷了下来。她再靠近了一些,一股蜡味蹿入她的鼻孔。目标出现。可这并不能解释空气变冷现象。这是她从未感受过的。仿佛空气改变了行为方式,或是分子的运动速度慢了下来,失去了原本该有的一丝活力。

车门锁上了。对她来说这从来不是问题。她用胳膊肘轻轻一拍,玻璃被击得粉碎。她钻进车里,里面更冷。某件重要的事情在这里发生过了,是连她也不知道的事情。这个想法令人不寒而栗。如果他们已经开始具现化,如果那个婊子艾琳找到了哄骗他们踏上命运之路的方法……

（他们会臣服于她吗？艾琳能找到将凤凰降格为火鸟、控制熊熊火焰的办法吗？还是说他们会失去控制，点燃并摧毁整个世界？她不会撒谎，对自己也不行。这个想法着实令人着迷，具有极强的吸引力，几乎足以盖过她对控制者的忠诚。）

她用力晃了晃脑袋，像一只猎狗甩着口中的老鼠，驱赶掉脑海中那个可怕的想法，然后弯腰拿起丢弃在车内踏板处的"荣耀之手"。蜡质仍然柔软可塑，说明几个小时前蜡还在燃烧。她从口袋里掏出一把带着银色粉末的煤尘。煤尘来自一个矿井，在那里一场灾难夺走了一百多人的生命。银色粉末则是从一个女人的珠宝里熔化的，在她丈夫与情妇偷欢之前，她被掐死在他俩的婚床上。炼金术，某种微妙而复杂的事情。里德不及炼金术大师贝克的一半，但他足够聪明，知道什么时候应该给手下自由。莉的艺术在创造她的人的指导下得到了精进，这个人认识到属于死者的炼金术最好由死者自己来实践。直到那个人死了（她甚至不会提及他的名字），她成了里德的手下，她的艺术才开始真正繁荣起来。死者在哪里，她就在哪里；她在哪里，就在哪里创造奇迹。

她把煤灰在手掌上薄薄地撒了一层，嘴里用哨音吹着一首纪念亚伯拉罕·林肯的挽歌中的五个音符。煤尘在移动，银粉没有。莉皱起眉头。根据蜡来看，那辆车到这里还不到一个小时；但根据她对周围空气的感知来看，汽车整晚都在这里，待了大半天，空气因沐浴了阳光和月光变得厚重。这种矛盾是不可能发生的。

但空气中有一阵寒意，双胞胎拥有的原理的其中一半是时间。莉捏紧拳头，指甲钻进她的皮肤，让黑暗黏稠血液渗出来。味道很甜，就像腐烂的肉。

他们正在具现化原理。

大约五分钟后，当她从车上出来时，她神色平静，肩膀放松，双手悬在两侧，手指优雅地垂向地面，丝毫没有显露出她的沮丧。她穿过迷宫般的停车场往回走。造物站在炼金术士的车外面，监视着周围，防范夜晚的危险。她知道自己是这些危险中最大的一个，想到这点她便冷冷地笑了。

她挥了挥手，炼金术士在她的示意下摇下车窗，"女士？"

"他们不久前就在这里，现在已经离开。他们没有车，在晚上的这个时候有什么交通工具可供选择？别傻看着我，我们没有时间了。他们可以去哪里？"

"再过三个小时才有火车。他们要么偷车，要么就得找一家整夜不打烊的店。"

当他们还在摇篮中的时候，莉就开始监视这些"布谷鸟"了。道奇根本不会开车，罗杰倒是会开，却也算不上有什么天赋。一丝可怖的笑意爬上她的脸庞。"很好，"她说，"这么说来，他们无路可逃了。我们可以下手了。"

炼金术士什么也没说。

彻夜未眠

时间线：2016年6月17日

太平洋标准时间：00:01（时间继续）

莉·巴罗的飞机在跑道上滑行时，道奇正快步走在人行道上，艾琳与罗杰紧随其后。肩头的背包里装着她在世间仅剩的所有家当，意义重大，却又轻似鸿毛。她的生活，她的整个世界，怎么就变成了如此不费气力就能提走的一只背包呢？

这种想法让人发疯。她忙将它甩到一边，专注手头任务。"快速公交要到凌晨四点才开，弗里蒙特也没有通宵巴士。"她边说边走，既不减速，也没回头，"我们没有车。至于偷车嘛，我肯定是不会的。艾琳呢？"

"怎么，合着我是个纵火犯，就一定也是个偷车贼咯？别指望我，我可帮不了你。"

"或许你该多花点时间学些有用的技能，而不是整天跟我哥鬼混。"道奇说，"我不知道应该去哪儿，但绝对不该待在这里。你俩谁会骑自行车？"

"都不会。另外，在现在这个时候，你也不该骑。"罗杰说。

她还是没有转身，"为什么？"

"因为你是红头发。"

道奇蓦然驻足转身，朝他蹙起眉头，"没错，我是红头发，那又怎样？"

"既然我能看见你的发色，你肯定也能感知纵深了。"他说，"我头一回看到橙色的猫时都吓傻了。至于你，没等你走多远，就会被路牙上的阴影分心，一头撞进玻璃窗里。老实讲，你能正常走路我都感到很惊讶。"

"只要有时间，你俩就会适应的。问题在于时间不等人，所以你们不能再纠结了，尽快具现化原理。"艾琳厉声说，"道奇，你必须给我们找个安全的地方。你认为那个安全的地方是弗里蒙特？"

"我都不知道要去的地方在哪儿。"她说，"你什么也没告诉我们。没错，你说了一大串关于'上下奇境'、黛博拉·贝克，还有什么致命炼金术士的废话，却没有告诉我类似'我们只需找到他们贩卖魔术咖啡的丹尼餐厅，一切就会迎刃而解'这样的信息。这就像跟一个毫无准备的地牢主人玩《龙与地下城》一样。知道这个该死的游戏规则的人是你啊。"

艾琳眨了眨眼。"说得好，"她说，"我想大概有半英里远。"她指向远方，罗杰与道奇盯着她。

"什么？"困惑地沉默了一会儿后，罗杰问道。

艾琳咧嘴一笑，"丹尼餐厅啊。走吧。"

通宵营业的丹尼餐厅内，三个恐怖的炼金术造物挤在一间卡座里，靠在红色的软胶座位上，盯着面前的菜单。"或许我真的饿了吧，现在我真的很想吃煎饼。"罗杰说。

"想吃什么随便点，但记住我们不能用信用卡。"艾琳说道，"我带了足够的现金。"

"用不着说得这么大声吧。"道奇紧张地环顾四周，"这里有些家伙看上去是那种会为了消磨时间抢劫自己亲妈的人。"

"我倒想他们试试看。"艾琳露出个疯狂的笑容，"记住，你们身上可是有着控制全宇宙的能力，而我是确保你们能走到那一步的人。我倒想看看谁敢动咱们一根汗毛。"

"你确定在这里适合提到'控制全宇宙'这样的话题？"罗杰问。

"没人会在意的。"艾琳说，"这个世界上的每个人都觉得自己顶级重要，在人类发展中不可或缺，吐出的每个字都是至理名言，但事实并非如此。从来都不是如此。或许只在审判女巫的时候除外。没人会偷听我们说话。可你俩又真的如此重要，这就是有趣的地方了。没错，我们必须隐藏行踪，必须低调，但这其中一个重要环节就是保持完全的自然与放松。如此，人们才不会对我们过分关注。深更半夜在丹尼餐厅里吃煎饼的家伙能有什么秘密。"

"这太奇怪了。"道奇说。

"这样不是挺好吗？"艾琳又笑起来——这次她只是抿着嘴，笑得正常些了——然后又看向菜单，"我要个奶昔。"

道奇的电话响了。

三人瞬间沉默，扭头看向她的背包，好像突然发现那里面装满了毒蛇。

电话继续响着，艾琳故作轻松地问道："'保持低调'什么时候意味着你可以打开手机了？要是那里面有GPS定位，我还不如立马杀了你俩，然后指望里德相信这一切就是个费时的游戏，我只是为了确认你俩离将原理具现还有多远的距离。"

"我关掉了的啊。"道奇抗议道。她翻遍背包，掏出手机，给两人展示空空如也的屏幕，然后继续在包里翻找，掏出电池，放在桌面上，"看见没？电池我都取下来了。"

电话还在响，罗杰紧张地看着它。"你什么时候买了不需要电池的高档手机？"

"这不是不需要电池的手机。"

艾琳拿起电池，在手里翻过来，然后狠狠地瞪了一眼道奇。"你没有为了安然逃脱而故意撒谎吧？"

"我对正在发生的事情毫无头绪，更别提撒谎了。"道奇卸下手机背壳，举起来给艾琳看空空如也的电池仓。铃声依旧。"从科学上说，这是不可能的。"

罗杰笑了。他什么也没说，只是无助地笑着，在座位里越陷越低，直到头部几乎和卡座靠背的顶部齐平。

道奇叹了口气，"好吧。我应该接听吗？"

"这种事情可不是每天都能遇到的。接啊。"

道奇点点头，按下接听键，将手机举到耳边。罗杰不再笑了。

"喂？"道奇说。

自打切斯维奇长大后——刚出生时她脸蛋总是红彤彤的，只要离开哥哥五英尺远便会尖叫——莉就再也没和她说过话。不过她听过录音、看过照片，在电话接通的一瞬间她就听出了"布谷鸟"的声音。她微笑着，眼睛半睁，往强占来的椅子里靠了靠。

"哎呀,道奇。"她嘟哝道,"你听起来都像个大姑娘了。你今年多大了,二十九了吧? 都是个老姑娘啦。除了一次巡回演讲和几本滞销书,就没什么成就了吧。我读了你的第一本书。你应该为自己的学术成就感到骄傲。你那个脑袋瓜子很聪明,这点我不否认。遗憾的是,你没有利用好它。"

"你哪位?"道奇的声音低沉沙哑,透着紧张。莉笑得更大声了。数学天才都是这样,当他们认为危险是针对自己时,很容易害怕。威胁他们的另一半,得到的反应却又截然不同。这就是为什么解决问题必须旁敲侧击,从薄弱环节入手。

数学的孩子会为了保护语言的孩子而死。他们中的许多人也确实这么做了,他们甚至没有能力保护自己。他们的构成材料不包含自卫的本能——莉对这一点很清楚。毕竟,她参与了他们的创造。

"我叫莉·巴罗。你现在应该跟艾琳在一块儿吧。我要你放下电话,当着她的面说出我的名字,然后看看她眼睛的变化,你就会明白我有多重要了。做完了这些,你再回来和我通话。对了,道奇,如果你让她抢走了电话,我就会立刻挂断,你就永远不会知道我做了什么。"

道奇什么也没说。莉继续微笑着,聆听着。听筒里传来艾琳的惊呼,接着是一连串无法辨析的机关枪似的急促话语。没关系,她想都不用想就知道不是什么好话,因为对于她的人或她所做过的事,人们从来没有好话。甚至连里德也没有,他本该珍视她的贡献才对。莉并不介意。被所有人惧怕、讨厌有它的好处。再说了,除了自己,她不需要任何人的陪伴。

"喂?"道奇的声音里带着恼怒与恐惧。很好,这会让事情变得容易得多。

"嗨,亲爱的。你们在哪儿?"

"不。"

直截了当的拒绝，不留半点深挖和质询的空间。莉笑得愈加灿烂了。真有意思。"我想你还是没搞明白。你已经知道我是谁了，也知道了你我之间的关系。当然，我不是你母亲——这个荣誉称号要留给那位被我拦腰劈断的村妇，哼，自找的——而是接生婆。你出生时我就在那里。是我把浑身被血迹与黏液包裹着尖叫着的你带到这个世界上来的；我也一直希望可以用同样的方式将你送走。这下，你明白了吧。想从我这里得到仁慈——不骗你，这对我来说并不容易——那就告诉我你们现在的位置。"

"不。"道奇又说了一遍，简单明了，毫不退缩。或许，如果她是先出生的那一个……但如果她是先出生的那个语言的孩子，莉就不会打给她了。在狩猎中，永远先寻找薄弱环节。

"干吗这么固执呢，咱们完全可以做朋友的嘛。"

"那是绝对不可能的。"

"哦，真的？我手上有样东西，一样你会非常感兴趣的东西。"

道奇顿了顿。她明白物物交换、讨价还价的重要性：数学崽子们总觉得，只要出牌顺序正确，他们便可以空手套白狼，或者以少换多。"什么东西？"

"不那么痛苦的死法，道奇，我会在你有机会眨眼之前就割开你的喉咙，让你还在等着我发起攻击的时候就已经流血而亡。只要我下手够快，你就感受不到任何痛苦。艾琳甚至可以让你哥活下来，是的，你可以让他重获自由。我知道你以前也为他做出过类似的牺牲。我也知道你这一辈子其实就是为了他而活的。"

沉默。

"对了，我还没有给出任何让你开口答应的理由，对吗？这个理由怎么样：你父母死了。"

"什么？"这个词是半喘着气说出的。莉能想象出那女孩脸上的表情：恐

怖、愤怒、恐惧，混成一杯美味而痛苦的鸡尾酒。她希望自己可以亲眼见证
这一切，但能隔着电话听到也不错。

"你的父母，他们死了。是我杀的，不是什么车祸之类的原因造成的。我
一直苦苦寻觅你的踪影，却死活也找不到。我猜，你肯定利用了扭曲时间的
能力来掩饰你们的踪迹。你一直这么拒绝我，而我不喜欢被人拒绝。于是我
造访了一下当初里德安置你的地方。"

道奇发现自己无法呼吸了。

"我按响了门铃，是你母亲应的门，她穿着一件粉红色的长袍，上面有蓝
色的缎子镶边，款式很老气。我的刀刺穿她的身体时，血浸透了那件长袍。"
刀片在肋骨间滑动，不分青红皂白地切断肌肉与器官。肺像一只旧气球，泄
了气，无法继续容纳空气、维持身体运转。这是一个简单的动作，莉在无数
人体上练习过。"艾琳有没有告诉过你，在你和罗杰愚蠢地要求你们的印度
朋友进行DNA测试之后，她是如何杀死她的？她那招就是从我这里学的，
而今晚，我让你妈妈见识了同样的手法。她甚至没有尖叫就重重地倒在地板
上。你听到这一点肯定很高兴：她的身体器官将被捐赠给科学研究——我的
科学研究。我总是需要更多试验品。"

"你在撒谎。"这是一个受到重创的孩子发出的低声耳语，背后藏着高呼、
惊叫与无尽的沮丧。

莉背靠着皮椅，饱经风霜的皮革如同情人的胳膊一般搂住她。她闭上双
眼：真是把好椅子，可惜上面沾了血。没办法，这世上的事总归得有个了结。
"究竟是我在撒谎，还是你不愿意面对真相？我承认，这是个令人痛苦的真
相，但却是真相。这一点是你我无法改变的。至于你哥，他可以用理性与真
相争论……但他无法起死回生。只有技艺绝伦的炼金术士才能做到这一点，
而且相信我，你不会喜欢最终成品的，它们只在极少数时候还能看得过去。

即便是在那种时候，也总要付出代价。一切皆有代价。"

"你在撒谎。"

"见你母亲下楼开门却迟迟没有回到楼上，你父亲也走下楼来，结果被我一枪崩了。男人目睹妻子死在面前就会变得疯狂，不过他那双手倒是完好无损地保存了下来，让我得以来无影去无踪。你现在相信我了吧？还需要我将在你童年的家里看到的一切都描述一遍，才能让你相信我不是骗子？说实话，道奇，我受够了你说我在撒谎。我显然不是那样的人。"

一阵轻柔的嘎吱声后，沉默降临。莉睁开了双眼。

"回家吧。"她说，"离开他们，或带着他们一起来找我。来伏击我、击垮我，寻求报复，我通通不在乎。只要你回来就好。回到我的身边，这样我就能将应许之物赠予你了。接纳你、抚养你、声称你是他们女儿的那两个人已经死了，小布谷鸟，仅仅因为你想见到'不可能之城'。你本可以放过他们的，你本可以放过很多人。回家吧，将你关心的人留在茫茫人海中。因为我向你保证，这远不是结局。"

"我不能……"

"你妈妈的血尝起来有股糖果味，小丫头。别废话了，快回来。"

莉挂掉电话，站起身来。无名炼金术士站在走廊里，身后有一个黑影。她眯起眼睛看着他们，"怎么样？"

"按照您的吩咐，我已经将那两个家伙安放在餐室了。"

"很好。"她的笑容不因幸福而生，"咱们该武装起来了，走吧。"

回到餐厅。道奇手中的电话掉到了地上。她盯着它，苍白的脸上大眼圆睁。在很长一段时间内，谁都没有开口。最后，罗杰伸出手去。触碰到她时，她退缩了，他也立刻缩了回来。

她忽然抬起头，将注意力集中在艾琳身上。"她在撒谎吗？"在说到最后一个词时,她几近破音。

艾琳更关心的是除了破音以外她其他方面的破碎。"没有。"她的声音很轻、不容置疑,"如果莉·巴罗说她杀了某人,那肯定就是杀了。她会撒谎,却很少需要撒谎。真相比谎言更令人痛苦。"

道奇站起身子。这一次动的是艾琳,她斜探过桌子,将手放在道奇的肩上,把她按回座椅。

"放开我!"

"然后呢?让你跳上快车,跑到帕洛阿尔托去自寻死路?你死了,罗杰也要死。难道那就是你想要的结果?"艾琳怒目圆睁。这是她手上的最后一件武器了。她曾为莉卖命,知道这个女人的行事风格,因为她自己同她如出一辙。真相是有力量的,是一种自成一派的炼金术。"她对你撒过的唯一的谎言就是:你可以独自死去,不带上他。事实是,在你死后,他的躯体可能会继续呼吸一阵子,但脑死亡却是不可逆转的。你若死了,他也必死无疑。再说了,无论如何,你的父母都不会回来了。"

道奇的眼睛又瞪圆了,瞳孔里重新燃起了希望,"可以的,他们可以。时间线,我们……我们可以重置时间线。我们可以回到过去,试着警告他们。"

"时间线不是这么运行的,不可能那么精准。"

"必须可以!"道奇转向罗杰,"求求你了。她说你必须告诉我该怎么做。所以就请你告诉我吧。让我改变时间线。"

"我认为我们现在需要听艾琳的。"罗杰轻声地说。

"道奇,如果真的可以的话,你不觉得我们早就重置过时间线了吗?"艾琳尽可能地放缓语气,"我知道你已经接受了地震必须发生的设定。设想一下,假如和地震的不可避免一样,你的父母也不得不在这个时刻死去呢?假如在另一条时间线里,他们会遭受更大的痛苦呢?并非每个人都能得救。"

道奇盯着她，"你他妈的是在开玩笑，对吧？他们可是我的父母。"

"他的父母是里德的手下。"艾琳指着罗杰说，"他们像训狗一样训他，以确保他成长为某种特定的样子。至少你的父母是真心爱你的。珍惜这份爱吧，然后用你的方式为他们复仇。"

罗杰什么都没说。

道奇的眼神从二人之间扫过，眼睛越睁越大。忽然，她再次站了起来，这一次，艾琳没有阻止她。"你们俩都疯了吧，"她说，"我要回家。"她离开卡座，朝门口走去。

罗杰想都没想就跳起来，扑向她，抓住她的胳膊，"不要走。求求你了。"

她扭头看着他。"可我父母。"她说。

"我知道。道奇，我替你感到难过，我——"

"真的吗？因为我们刚刚发现原来你也曾痛失双亲。或许在这件事上，有着某种对称关系？或许是为了达到某种数字上的平衡？不同的是，你本来就没有所谓的父母，损失和伤痛更无从谈起。"很伤人的话语，她自己清楚得很。他能从她的眼神中看到这一点。即便如此，那些话依旧直击他的痛处。

他松开了手。

道奇继续向前走。

艾琳看了他一眼。"看你了。"她说。

他不能再犹豫了，否则就会失去她。失去她，就等于失去了一切。整个世界也会因此崩塌。她会原谅我的。他不断告诉自己，然后嘴里发出了指令："道奇，停下来。"

道奇停住了。

"回来。"

她转过身来，脸上挂着愤怒与沮丧。三步过后回到卡座边上的她因愤怒而浑身颤抖。"不要这样。"她说。

"坐下。"罗杰说。

道奇乖乖地坐了下来。

"对不起，道奇。"罗杰说，"我不能让你离开。"

道奇扭过头去，什么也没说。艾琳在沉默中叹了口气。

"噢，可真有意思，不是吗？"还好这是个设问句，不用回答，否则，没人知道它的答案。她拿起之前扔掉的菜单，打开，说："我们得吃点东西。后面可能就没机会了。"

罗杰盯着她，吓呆了，"什么？"

"我已经说得很明白了。"她放下菜单，看着他，"这是一场战争，寒鸦。一直以来，我都竭力让你置身事外，因为我知道你需要尽可能多的准备时间与知识储备。但这场战争已经持续了上百年，这是一个不争的事实。贝克构思出了你，里德创造了你，你们理所应当为这个世界而战。现在可不是你俩说走就走的时候。斯米塔不是我遵照莉的命令杀死的第一个人，切斯维奇夫妇也不会是最后一对惨遭毒手的人。你们还不明白吗？临阵脱逃只会正中她的下怀。"

"所以我们不报警？"一个微不足道、软弱无力的问题，像来自孩子的发问。问题里不夹杂任何愤怒，因为所有的怒气都已经挂在了脸上。此刻，她的怒目足以熔化钢铁。

"让那些警察去送死？你确定要那么做？"艾琳坚定地迎着道奇的目光，"再说了，他们可能连那栋房子都找不到。'荣耀之手'一旦燃起，整个地方都会凭空消失。她可不是什么业余爱好者。我所知道的一切都是从她那儿学来的——当然，她肯定没有倾其所有全都教给我。她是个怪物，试图引诱你去到她的巢穴。所以我们不能让你走。对不起。我们不能失去你，否则我们就会失去一切。"

"她不是怪物。她是个女人,会生老病死的女人。"

艾琳摇了摇头,"她是由十几具尸体精心拼制而成的造物,半数骨头上都刻着护身符文,安全地藏在肌肤之下,无人能触。她的创造者死在了里德手上,所以这世上没有一个人知道那个女人身上藏着多少诡计。她很危险,致命的危险。想要阻止她,为你的父母报仇,并让世界尽可能地回归正轨,你们就必须尽快让原理具现。我不知道这句话我要重复多少遍。你必须找到我们身处之国的要害,无论是风信子还是番红花之国,领着我们去要害,抢在一切为时已晚之前。"

道奇正面迎上来自艾琳的凝视。"等一切结束了,"她不慌不忙地说,"我就会立刻离开,再也不和你俩说话。"

"到时候再说吧。"艾琳说,"现在,你得弄清楚想吃点什么。你需要保持体力。"

火腿与鸡蛋

时间线: 2016年6月17日

太平洋东部时间: 04:13(该死的一天)

他们一直逗留到午夜(晚餐在凌晨一点之后才送上桌。在日夜之间的阈限空间里,用词不当和不准确比比皆是)。吃完饭,艾琳看了看墙上的钟,说:"火车开始运行了。咱们应该出发了。"

"去哪儿?"罗杰问,"我们都不知道该去哪里。外面有个杀手想要我们的命,我们倒好,整个晚上都坐在这家丹尼餐厅里吃鸡蛋,坐以待毙。"

"鸡蛋在某些时候可以救你的命。"艾琳说着将目光转向道奇，"想知道该去哪里，可以问问你的乌鸦女孩，她是唯一一个知道方向的人。"

道奇已经好几个小时没说话了。她瞪着艾琳，死守沉默。

艾琳叹了口气，"生闷气不会让你的父母起死回生，却有可能让我们丢了小命。罗杰，跟你妹妹讲点道理吧。"

"像蜘蛛一样。"道奇说。

二人瞬间怔住了。

"当他下达我不想服从的命令时，我的脑子就像爬满了蜘蛛，我不能说'不'。"她几乎在一个词一个词地往外吐着词语，"无论多么不情愿，我都必须照做，就因为他下达了命令。那种感觉就像是无数只蜘蛛在我的颅内爬行。是你叫他这么做的，你叫他像对待一个木偶那样利用我。"

"道奇——"罗杰开口道。

"别以为你就能逃脱干系了。"她说，"没错，是她叫你这么做的，但她毕竟不是你，你也不必像我那样对她言听计从。所以，你也有责任。"

"很高兴知道你还能像个十几岁孩子那样发脾气，遗憾的是，这没有任何帮助。"艾琳说，"你想生我的气，我没法阻止你。只是，我希望你记住一件事：创造你的人不是我。那个家伙，那个派出杀手要取你小命的家伙，他还在那里。所有这一切都在他的计划之内。这个梦想他已经追了很久，阻止他的唯一办法就是将它夺走。"

"炼金术士能让死者复生。"道奇突然说。

"没错，"艾琳说。但她隐瞒了复生背后的其他事情，关于这种操作的成本，以及大多数人永远不会选择这么做的原因。有时，事实会开口说话，会明目张胆地说出极其美丽的谎言。"但要向炼金术士发号施令，你就必须让原理显形，必须搞清楚我们到底在哪里。"

道奇不动声色地看了她一眼，伸手从桌子另一端拿起几个调味瓶，取下盖子，将里面的胡椒粉与盐倒在塑料桌面上，用手指搅动，直到二者均匀混合。（由此产生的混合物看上去非常像莉最爱的煤粉与银粉。道奇并不知道这一点。艾琳知道，所以她哆嗦了一下。）

"要确定象限，必须先明确集合的属性。"道奇说，"你说过，这里不是水属性就是火属性，对吧？"

"是的。"艾琳说。

"如果为四种可能性各自分配一个数值，水是负二，火就是正二，首先减去空气与土……"道奇边说边用手指做着复杂的手势，在混乱中画出线条与方程式，在自己的小世界里越陷越深。

卡座四周的空气越来越冷。道奇正在做的事情并非严格意义上的数学，却是这几年来她做过的最深奥、最真实的运算。那是孩子们本能地权衡父母的反对与迅速下坠的太阳之间的关系时用到的数学，是水手们伤心不已地测算船体上的破洞与到达海岸的距离时用到的数学，是真正推动宇宙进程的数学，是超越了数字的测量与对策。这种数学深深地刻在道奇的骨髓里，指挥着手指在她面前的植物与矿物质的混合物中舞蹈，不假思索地将两者分开。一点一点地，她从混合物中解析出来的物质变得越来越苍白，失去了胡椒粉的木炭色泽。

结束后，盐与胡椒粉井然有序地分成了两堆。这本来是不可能的。她却好像没有意识到这件事的发生。道奇敲了敲最后一行难以理解的数字下面的桌面，说："水。这就是为什么我们正在遭受干旱，至少是部分的原因。不管贝克的敌人——真不敢相信我会这么说——不管贝克的敌人为了毁掉她的成果做了什么，它都仍在继续，其中一部分就是试图剥夺象限的本质。所以方程式中本该代表水的部分却被抽干了水。平衡遭到破坏，必定无以延续。"

"有道理。"艾琳说,"贝克在分割这些元素时也净化了它们,将每种元素都绑定在具体的锚点上。但自然界中的任何东西都无法永远纯洁。如果有人想摧毁'不可能之城',必定会从破坏元素的稳定性开始。鲍姆就是这么做的。他那个混乱的'奥兹国'就是这么被攻克的。那个老浑蛋。"

"我不在乎已经过世的炼金术士和他们愚蠢的计划。"道奇说着站起身来。这一次,没有人阻止她。"我们身处水的国度,只要给我其边界线的维度及其炼金术通量,我可以直接带你去它的中心。现在,我们可以走了吗?"

"还有件事。"艾琳说。

"什么事?"道奇质问道。

艾琳笑了笑,"我得先付饭钱。"

即使在这种情况下,罗杰也忍不住笑出了声。

他们步行了半英里,穿过废弃的商业公园和安静的住宅区,来到快速公交车站。艾琳走在最前面,罗杰跟在她身后,道奇在最后面。道奇一边喃喃自语,一边快速紧张地环顾四周,像是在测量周围物体。罗杰时不时地回头看道奇,确保她没有跑掉。终于,他扭过脸去,面向前方,闭上了双眼。

"嘿,道奇。"

罗杰的声音在她的颅内响起,她差点跳了起来。见他还在朝前走着,她眯起眼睛,"你会跌倒的。"

"不会的。"在如此靠近他的身体时被他侵入大脑,令他的声音在她颅内产生了一种奇怪的混响。内外叠加,创造出一种全新的感觉。"我这一招是从你那里学的。还记得吗?地震的时候,你就是这么闭上眼睛往前跑的。因为你可以透过我的眼睛看世界。真聪明。"

"说得好像我是什么天才似的。"她挖苦地说,"我们这可不是什么私人谈话。你女朋友能听到我们的话。"

"她已经不是我女朋友了,"他说,"我都不确定她是否曾经是过。道奇……我们必须找到一种法子,在渡过难关的同时不失去彼此。我受不了那种打击。"

"在被她利用来控制我之前,你就该想到这一点。"她说,"我待在你身边不安全。"

"没有你的允许,我再也不会这么做了。我保证。"他顿了顿,似乎这还不够。"我发誓。"他补充道。这句补充更加幼稚,却也因此显得更加真诚。

"你根本遵守不了这个誓言。我不想和你分开,但当你说不会伤害我的时候,我压根儿就不信。你肯定会伤害我。"

"当然。我可是你哥。我会伤害你、惹恼你、逼疯你,你也会对我以牙还牙。我有超绝的说服技巧,而你,可以扭转时间。这未免太酷了吧,道奇。只有在一起时这些超能力才能实现。那种生活中好似缺了点什么的感觉,以及无法辨别眼前苹果颜色的沮丧,我早已厌倦。别离开我。没错,我们可能会互相伤害,但没有人能再伤害我们了。"这就是她一直梦寐以求的,不是吗?没有人能再伤害她。

道奇安静了一小会儿,随后温柔地说:"如果你违背诺言,我就杀了你。我说到做到。不管你变得多么强壮,我都能做到。"

"我知道。"

她自顾自地笑了笑,点点头说:"现在,离开我的大脑。"

罗杰睁开眼睛,察觉到她的手握住了自己的手。他瞥了一眼侧面,她就在那里,在他身边,眼睛盯着前方。

"如果这个莉像你说的那样聪明,她肯定知道我们会上快速公交。"她说,

"没有车的情况下，快速公交是在湾区通行最便捷的方式了。所以，咱们得换种交通方式。"

"比如？"艾琳问道，"你还没有告诉我目的地呢。"

"因为我还不知道我们要去哪儿。"道奇说，"我只知道要去有水的地方。你身上还有现金吗？"

"我身上永远都有现金。"

"好。"道奇的笑容中几乎带着一丝狂热。让孩子们噩梦连连的就是这种笑容。罗杰暗自松了口气。只要给别人带来噩梦，道奇就不会被自己的噩梦所压倒。"我希望你有很多现金，因为我们要搭出租车。"

"去哪里？"

"很远的地方。"

"很远的地方"原来就是伯克利分校。他们回到了当初开始的地方。罗杰与艾琳共享多年快乐时光的房子留下的灰烬还未燃尽。当他们下了出租车，一时感到空气中充满静电。罗杰意识到一部分原因是他已经很久没有跟道奇待在一起了，而后者一下车就握住了他的手。上次在这座城市时，他俩杀死了一千多人，摧毁了本应再屹立百年的地标建筑。而现在，他们只是两只在逃的"布谷鸟"，两个朝着"不可能之城"跋涉的苦命儿。这个时刻本该更有分量，更加重要。但事实并非如此。它只是个中转站。本来，它也就只是个中转站罢了。

"跨湾巴士将从奥尔巴尼快速公交站出发。"道奇说，"我们会一直坐到金融区，然后从公交车站附近的自行车租赁亭骑车去要去的地方。"

"我们要去哪里？"艾琳问。

"我还是不知道。"

在道奇的坚持下，出租车在离车站三个街区的地方将他们放下。这是一个很低级的诡计，莉与她的手下花不了几秒钟就能识破。但毕竟聊胜于无。他们步行至车站，停下来看着那里明亮的灯光和现代化的线条。生活本该是这个样子才对。但他们却早已与那种生活无缘了。

"我们需要更多时间，"道奇突然转向罗杰，"命令我。"

"什么？"

"没有其他办法了，没有时间了。命令我，给我们争取更多时间。"

艾琳后退一步，叉着手看着她。他们需要这样做，以找到三人不留嫌隙，通力合作的最佳方案。她记得在其他时间线上曾发生过类似事件，原理的具现化最终都以失败告终，一切又回到了开端。她不知道罗杰在何时曾让她记住，但她记得：她知道这件事情非常重要。而且，她不会干涉。

伤痛犹在。她还记得第一次意识到自己永远不会成为他俩封闭圈子中的一员时感到的伤痛。里德或许将观想分成了两半，各自具备自己的思想、个性与欲望，但他从未强大到让两者彼此独立。他们总能聚到一起，紧密、浑然一体，不留半点裂缝，给他人可乘之机。

罗杰做了个鬼脸。"你确定？"他的声音有些不安。

"确定，"道奇说，"下命令吧。"

他深吸了一口气。"道奇，"他说，"给我们争取更多时间。这是命令。"

道奇睁大了双眼，目光呆滞，周围的空气似乎一下骤降了四摄氏度。她的大脑以双倍速度运转着，四下建立起联系，又以自己独自无法达到的速度将其抛至一边。很快，她什么也没说便走了起来，走了没几步，便开始奔跑。

艾琳和罗杰追着她跑，跟在她身后进入快速公交站明亮的露天大厅。她将手伸进口袋，掏出一张皱巴巴的二十美元钞票，塞进售票机，然后在键盘上胡乱摁了一通。可怜的机器没来得及困惑，便下冰雹似的吐出了无数硬币与三张票,上面印着去弗里蒙特的单程票价。她将硬币与其中的一张票塞回口袋,另外两张分给另外两人。

"拿着。"看他们一动不动,她说。

他们照做了。

她在车票上没有磁条的那边舔了一下,示意另外两人也这么做,然后从他们手里抢走车票,跑着穿过车站。罗杰与艾琳不解地盯着她看。

"你知道她在干什么吗?"罗杰问。

"完全不知道。"艾琳说。

道奇小跑着回来了,手上空空如也,"我把车票给了一群无家可归的孩子,他们正在寻找一个可以小睡一会儿的地方。"她说,"那些车票是我们的。它们的一切都是'我们的',从口臭、唾沫到目的地。只要它们还在快速公交系统里,任何试图通过查票找到我们的人都会徒劳无功。"她想到了什么,脸骤然垮了下来。

"莉不会……她不会为了抓到我们就让一整辆列车脱轨吧?"

"不会。"艾琳赶在道奇跑回去拿回票前答道。她说得如此坚定,如此肯定,几乎让人相信她没在撒谎。"那样太招摇了。只要可能,她都会避免这种事情。"

"很好。"道奇说,"巴士将在五分钟后启程。我们去坐巴士。"

他们乘上了巴士。

再过一个小时太阳才会升起。巴士在黑夜中滑行,空气凉爽,车里挤满了一个个昏昏欲睡的上班族。因为无法坐在一起,艾琳独自坐到了一边。她将身体放松到自然状态,在那里孤独并非结果,还是她遨游其中的水域,忧郁的美人鱼再也不用回归地面。道奇坐在靠窗座位里,身边的罗杰闭上了双眼,借她的眼睛看着窗外世界。虽然世界在他的眼中也渐渐充满了缤纷的颜色,但仍远不及在她眼中那般精致迷人。夜幕下的旧金山透过她的瞳孔显得明暗有致、冷寂幽深……美极了。

美极了。

他们在雾中滑行,紧贴着海湾大桥,道路蜿蜒延伸向远方,不协调的棕榈树在他们的左边挥舞着,扎根在漂浮于水面的土壤。(那树上、水面的土壤中、四周的空气以及巴士的内燃机里都藏匿着炼金术的力量。认识到这种力量真实存在,并非童话故事后,罗杰发现触目所及,炼金术无处不在。)浓雾散去,黑夜中的旧金山露出真容,光彩夺目,灯塔般照亮了一个个疲惫不堪、失魂落魄的灵魂。道奇握紧了他的手,罗杰一动不动。

当一座城市急需一名救世主时,当一座城市成为炼金术启蒙之路通往的地方时,它就成为了那座"不可能之城"。

"我们能活下来吗?"道奇双眸盯着窗外,问道。罗杰没有回答,或许不回答才是最好的回答。或许,有些问题从来就不需要回答。

公交车站冰冷,工业气息浓厚,被如沉睡巨兽般的金融区紧紧包裹。"灰狗长途汽车总站"就在不远处,道奇消失在车站内,片刻后拿着三张不同目的地的车票出来,并重复了"唾液与陌生人"的技巧。它们会将莉引向快速公交枢纽站,引向雷诺市、内华达市、俄勒冈州的波特兰市,甚至引向华盛顿州的西雅图市。这些地方有一个共性:都毗邻液态湖,水元素的作用更为强大。面对四个选项,她有可能推断出无一为真,但她太聪明了,知道他们会考虑到这种可能,并在它上面押宝。她至少会检查其中一条假线索。道奇履行了她的承诺,成功为他们争取了时间。

他们穿过停车场,沿街前行:沉默的"难民三人组"在逃离一场"不可能之战"。熟食店前的街边有一座全自动自行车租赁架。塞进硬币,三辆崭新的白色自行车就能骑走了——车身锃光瓦亮,连轮胎都擦洗得干干净净。

三人跨坐上车,却纹丝不动,只紧紧抓着车把。还是艾琳打破了沉默。

"现在去哪儿?"

"你不知道?"道奇问。

艾琳看着她,摇了摇头。"我只是秩序的化身。"她说,"既不具备宇宙知识,也没有改变宇宙的能力。要弄清楚去哪里,还得靠你俩。"

罗杰与道奇互看了一眼。

"从数学意义上来说,那个地方应该是水属性的才对。"她说。

"所以得是在水上或水附近的什么地方,贝克活着的时候那地方应该还存在着,否则她也不会将其作为锚点。"罗杰说,"不用考虑自然地标——令她深深迷恋的'不可能之城'就是为了探寻人类与自然共存的法则,因此她不可能选取非人造的场所。"

"还好如此,否则咱就得去圣克鲁斯岛了。"道奇说,"贝克就喜欢'天然石桥国家公园'那种地方。"

"那里的帝王蝶每年一次的大迁徙可以说是一绝。"罗杰同意道,"肯定是某种人造的场所,某种她认为能历尽风霜还——"

"所以咱要找的不是某个看上去稍纵即逝的地方。"道奇说,"金门大桥是个诱人的选项,但正因上述理由,我认为不是它。它太虚——"

"——旅游景点不宜使用,再者,金门大桥并不是水体本身,而是象征着凌驾于水面之上。若非要说它是地标,我倒认为它是火的标志,但终究不像我们的目的地,更像是——"

"更像是到达目的地的途径。将桥梁的数量相加,减去到达各座桥的平均行驶距离,还有日期……"道奇慢慢停下,睁大了双眼,"不在了。无论那地方是什么,它已经不在了。"

罗杰眨了眨眼。"展示你的演算过程。"无论发生什么,这都是她最钟情之事：她总是会停下来展示自己的演算。

"里德一直在试图撤销贝克所做的一切。他肯定知道锚点的位置，他甚至参与了锚点的建造。所以我们要找的地方必须符合参数、匹配演算结果，而且那地方已经不存在了。"

"啊。"罗杰恍然大悟。他捏了一下鼻梁，试图集中注意力。

历史是套在别种样式里的语言。它讲述一个地区、城市，甚至思想的故事（文明无外乎是被无数闪亮思想串联的产物，时而纠缠，时而磨损，但永远连续、美妙）。历史并非他所专长。虽然如此，他依旧能领会它的美，甚至有时觉得自己能直接从城市中获得信息。谁又知道？或许，他一直如此，一直，如此。

"1896年，"他说，"艾琳，1896年，贝克在干吗？"

"在一所小学任教，播下她的哲学的种子。"她说，"她当时已经有了关于'上下奇境'的构想。但彼时，她的第一部著作还尚未出版。她甚至不确定能否完成它。"

"她那个时候就指靠这些孩子充当极端思想的锚点了。"他说，"苏特罗大浴场于1896年向公众开放，曾被认为会是这座城市的永久固定设施。道奇，给我一些数据。"

她的眼睛立刻又变得闪闪发亮。或许他永远无法习惯。或许，这是件好事。毕竟，道奇首先是他的妹妹，其次才是搜寻宇宙奇迹的搜索引擎。

"1896年开放，1966年被焚为平地。爱迪生在那里拍过两部电影。它曾被认为是现代工程学、电力学史上的奇迹……人，人山人海的人。除以人数，减去溺水者数量，加上没人看时在维修棚后面怀上的婴儿……没错。"道奇不住地点着头，语速越来越快。"是的，数学很有效。苏特罗大浴场正是象限中心。时至今日，仍然如此。里德的人烧毁它时，没有挪动'上下奇境'中国家的首都,他们只想着挪动锚点。"

"要拿下'不可能之城',一步都绕不过啊。"艾琳说,"那地方远吗?"

"不远。"道奇抬腿上车,"我们去结束这一切吧。"

离太阳东升还有半个小时,只有孤零零的月亮看着他们前行。

水

时间线: 2016 年 06 月 17 日

太平洋夏季时间: 06:04（时间持续不停）

太平洋沿岸,空气温度骤降至冰点,海岸线裹在吞噬一切的大雾中。他们衣着单薄,无法控制地颤抖着,沿着最后一截短坡将车子骑到悬崖边,放眼眺望苏特罗大浴场的遗址。

浴场遗址散发着永恒的气息。巨型混凝土结构冲破喧嚣的海面,海浪拍打着延绵不绝光秃秃的地基,颇有几分古意。潮低浪矮,浴场外形清晰可见。州政府张贴的警告标识告诫着人们乖乖地待在安全的岸上,不要靠近半步,否则将会违法或者被水吞噬。

"你能领我们过去吗?"罗杰看着艾琳问。

艾琳点了点头,她能瞥见这个世界的弱点——混乱无度的所在,如同悬壁小径上松动的土壤般即将崩塌的事物。

他们依次下行。艾琳在最前面,道奇紧跟其后,这样她尚未成熟的深度感知就不会带来危险。罗杰断后,随时准备在她们滑倒或摔下去时做出保护动作。悬崖陡峭危险,尽管离混凝土地基的距离不远,但这根本就不是适合步行的路。无论对于神还是人,还是对于将浴场焚为平地的炼金术士来说都是如此。

（弗里蒙特，三个流浪少年正被无名炼金术士暗中观察。占卜板显示他们就是他一直在寻找的目标，然而，他确信三个孩子中没有一个正走在"不可能之路"上，正如他确信莉肯定会因为这三个孩子浪费了她的时间而杀了他们。给莉打电话报告时，他会说这些票没有主人，他们要找的目标不在这里。）

（一辆开往里诺的巴士被一名州巡警拦住了。巡警是他的身份之一，他以各种身份在这条路上开了六十多年的车。永生并不会顺便让你不断变换职业，特别是来自詹姆斯·里德这样的人给予的永生，让他没有多少机会去学习新知识、掌握新本领。巴士后排三个男孩手里拿着车票，他们平静地熟睡着。）

（下属的忠诚价值连城，就连他们的背叛也带着仁慈。）

他们一英寸一英寸、一英尺一英尺地向下挪动，度秒如年。他们周围的空气变得平稳，风逐渐沉寂，虽然气温仍在持续下降。与此同时，寒冷的力量渐渐式微。罗杰与道奇站得更直，走得更稳了。只有艾琳还在颤抖，回头观望时，她几乎看不清二人的脸。他们好像没有明显的五官，二人既合二为一，又彼此疏离。如此接近于世界的焦点之一，以至于两者间又没有任何差异。

浴场的大门不见了，楼梯也不见了，只剩下灰冷的地基。大火曾经烧过的地方留着黑色斑迹。艾琳踏上第一块坚硬巨石，退到一边，好让后面的人上前。道奇歪着头走上前来，看着眼前的浴场，仿佛能看到它原初的样子。没错，她代表着时间与数学，说不定她确实能看到浴场曾经的辉煌，而非眼前这一片狼藉。

"根据设计蓝图，这里应该有楼梯。"说着，她往空气中迈了一步。她没有倒下——逻辑似乎失去了作用——另一只脚也迈上了那个不存在的台阶，在氤氲的水汽中忽闪着的金银相间的台阶。她朝前又走了一步，又一步，台阶在她身后如幽灵一般隐秘却真实。

罗杰和艾琳互看了对方一眼。罗杰先开了口。

"道奇似乎走进了一栋不存在的建筑。"

"看起来确实如此。"

"大楼并不存在。"

"没错。"

"但她还是走上了楼梯，楼梯也不存在。"

"是的。"

"我们也能走进那座不存在的大楼吗？"

"只有一种办法能找到答案。"

罗杰转身看着闪着荧光的幽灵般的台阶，坚定地说："楼梯就在那里，它们是真实存在的。它们可以支撑起我们的体重。我们绝不会坠入海里淹死或冻死。"

荧然剔透的台阶瞬时失去了一丝光泽，金银色被隐约可见的混凝土色所取代，仿佛更加坚实了，仿佛那些梯级被他重新召唤回了这个世界。罗杰迈出谨慎的一步，他所召唤出的台阶像撑起道奇一样撑起了他，没有任他下落。

他的妹妹几乎快登顶了，他急忙追赶上去。艾琳紧随其后。除了海浪拍打海岸的声音，四下一片寂静。

台阶突然结束。道奇伸出一只脚，试探着前方。那里什么也没有，只有空虚，以及空虚之外的坠落，等待着又一具躯体投入它的怀抱。她收回那只脚，站在带着她走了这么远的如细缎带般的台阶上，稳住身姿，回头看向身后匆匆追赶上来的罗杰。

"楼梯到这儿就没了。"她报告道。

"后面有什么？"他停在她身后的台阶上，手搭上她的肩。色彩重新在他的眼中绽放开来，明亮而悠远。"你再找找。"

道奇转身再次望向面前的虚空，用焕然一新的眼睛开始观察——那双眼睛能清晰地看见离地平线的距离，能追踪、考量每一根线条。她用力眨了眨眼，说："这里就是入水区的所在地，是浴场的入口。入口应该很短，只为了防止咸水进去，然后是门。门就在这个位置。"

她迈步向前，走进虚空，同时伸出手去摸门把手。罗杰紧紧抓住她的肩膀，确信她会坠落……然后，他松开了手。他们历经万难走到今天，经历了太多本不可能发生的事情，再多一件又何妨？所以，他松开了手，相信虚空能托住她。

道奇没有坠落。

她伸手握住虚空中的门把手，门以此为圆心应声显形，分形体一般朝四周伸展开去。速度之快，令人目不暇接。最终与从脚底蔓延出来的固体相接，形成了托起她的地板与四周的墙面。周围的一切起先都薄亮透明，金银交辉，但很快就被灰棕色代替了，呈现出坚实真切的质感。她打开门，穿门而入，罗杰紧随其后，最后是艾琳。三人驻足远眺，不觉目瞪口呆：空间内的一切都如同分形体一般向外翻涌，墙壁、窗户、浴池逐一显现。一时间，昨日的浴场风光又重现眼前。

"哇噢。"道奇说。

"没错。"罗杰说。

"终于找到了。"艾琳说着从他们身边走过，脚下的地板坚实牢固。这地方过于真实，甚至能支撑起她。她边走边打量着周遭环境，"我们得找个安静的地方。我不知道具现化需要哪些条件，但有一点是肯定的：你们得在这儿完成，而且必须得快。"

"为什么？"道奇的眼睛没有从天花板上移开——那是一座玻璃与钢筋穿插而成的格栅穹顶，顶上的灯泡逐次亮起，像是虚幻的电极板接通了不复存在的电路。

他们站在浴场的幽魂之中。这个想法似一记重拳击中了她。他们都站在这个由她唤回、又被罗杰具现化了的幽魂里。离谱至极，却又是真切无比的现实。

"因为对于追杀我们的人来说，这件事情如此重要，就如同一个该死的信号弹。既然争取到了时间，就得让它体现出价值。"艾琳的表情冷峻无情，"你们必须让它的价值体现出来，否则一切都将徒劳无功。"

火

时间线：2016年6月17日

太平洋夏季时间：06:14（今天）

道奇身处曾经的苏特罗大浴场上方的虚空时，莉·巴罗正在与詹姆斯·里德通话。莉说着说着就停了下来，嘴巴大张，双眼盯着远处的地平线。在那里，一束金光照亮了天空。那金光看上去像城堡的尖塔，像塔楼，像一株延伸到遥远天国的豆茎。她对它恨之入骨，程度不亚于对火的憎恨。如若可能，她会徒手将它拽倒。

手机里传来里德的怒吼，她赶忙结束神游，将电话放回耳边。

"天边刚刚闪了道金光。"她自顾自地说道，根本不管里德在说什么。如果是关于原理具现化，她比他知道得更多；如果不是，他说的东西此刻便毫无意义。"布谷鸟"们已经找到了去往城堡的路。虽然那不是"不可能之城"，但那不过是迟早的事，毕竟朋辈相吸。他们身处的地方，已然能够获取"权杖女王"——也就是贝克——所知道的一切了。"他们已经找到首都了。他们正在具现化原理，里德。我知道你不想让我知道这些，但现在你必须告诉我怎么去那里。立刻，马上。"

沉默，以及不时传来的沉重呼吸。然后他说，"你忘了自己的身份，莉。"

"我是你新世界里的左右手，做你不想做的事，杀你不想杀的人。所以你的双手才得以如此干净。如果你还想让这个新世界成为现实，而不只是在那儿耍耍嘴皮子，让这两只'布谷鸟'夺走世界原理——现在你得告诉我该去哪儿。"

"当初你落到我手里时，我本可以把你拆解掉。"

"你当然可以，但你没有。你知道我能为你做什么，所以才让我留下来。此时此刻，我是你唯一的武器，唯一可以阻止这群任性孩子的人。告诉我，那个地方在哪儿？"

里德的叹息沉重、疲惫。他以前从未允许自己在她面前听起来那么疲倦。在那声叹息中，莉听到了自己的死亡：自己把事情办砸了。回到俄亥俄之日，便是她被里德手刃之时。

老家伙，谁先被手刃还不一定呢，她想道。原理尚未成熟，还锁在实验室里那些骨瘦如柴的少年体内。一个非理性的宇宙，她能驾驭得与他一样好，而她的统治必将更加有趣。她将掀起血雨腥风，让海洋沸腾，让街道上横陈着尸体。

有趣得多。

"贝克将加利福尼亚州锚定在了苏特罗大浴场周围。"他说，"她觉得那该死的东西是个建筑奇迹，一个不灭、不覆、不失润泽的圣坛，与她关于水的理念相契合。她将试图创建的圣国与一个破澡堂子联系了起来。真希望她能看到那该死的地方被烧掉的样子。"

"收到。"莉正准备挂断电话,却被里德叫住。

"莉。"

"怎么?"

"将他们的尸体带回来,我要亲手肢解。"

"他们的头能留给我吗?"她轻声问道,尽管她知道她再也不会从詹姆斯·里德那里得到任何东西,或许除了肋骨间的一把刀和一颗击中心脏的子弹。杀她不是件容易的事,但他肯定愿意付出努力。

"没问题。"

"那我也没问题。现在,请原谅,我要去拯救世界了。"她挂掉电话,想了一会儿,又把手机扔到地上,抬脚便踩。手机的屏幕与精致的电路板被脚后跟碾得稀碎。

"哎哟。"她说。

无名炼金术士回来了,不再试图继续追踪用来误导他们的快速公交车票(她知道他找到了票主,还让他们活了下来。在这种情况下,她有更重要的事情要操心)。莉走到车前,打开副驾的车门,钻了进去。

"看见没?"她指着天空中的金色光柱问。

他随着她手指的方向望去,倏地睁大了双眼,"那他妈的是从哪儿来的?"

"苏特罗大浴场,那就是我们要去的地方。你最好给我尽快开车过去。"她的声音很平静,"有几只'布谷鸟'正等着我们去杀呢。"

通勤交通开始变得拥挤,但因为他们的车是高承载车辆,所以有资格进入超车道。再加上一些令人印象深刻的防卫性驾驶,以及违反交通法规的意愿,不过一个小时,他们便到达了GPS上显示为苏特罗大浴场废墟的地方。

那里没有任何废墟,只有一个由玻璃与钢筋组成的穹顶,在初升旭日的照耀下熠熠生辉,闪着水银色泽的光。炼金术士们在百里开外都能看见。明亮而友好的灯塔就像在告诉他们一切皆已被宽恕,贝克的梦想经受住了考验。

莉对它恨得咬牙切齿。她爬出车,从夹克内衬里掏出两支手枪,靠在大腿上,避免被过路人看到。她没想到这会是一个问题。这样的事件——历史地标的重现,整个地平线的变色——应该已经吸引了数十个旁观者才对。事实却恰恰相反。她因此推断这玩意儿与"荣耀之手"有类似功能。没人聚集而来,因为没人能看到发生了什么。当然,已经加入这场战争的人除外。

"除了我,杀死里面一切活的东西。"莉看着无名炼金术士说,"里面那个长着张值得信赖的脸的金发女郎,我很想亲手宰了她。我明白这可能无法实现。如果碰上她的是你,请务必先让她受尽煎熬再取其小命。明白了吗?"

"明白,女士。"炼金术士说。

"好孩子。也许最终我会放你一条生路呢。"

他们不用也从悬崖边上走下去了,因为浴场回来了,完全显形,在阳光下闪闪发光。莉·巴罗径直穿过前门。

现形

时间线: 2016年6月17日

太平洋夏季时间07:35 (时间继续)

时间紧急，他们都来不及充分探索浴场。三人对这个地方的兴趣点各不相同：罗杰被这地方的历史迷住了，当时的人们以某种方式化文字为现实，着实令人钦佩；道奇的目光无法从完美的建筑角度及数学结构上挪开，在他们周围，数学之美变得具象而清晰；艾琳则只是想着在莉到来之前找到最好的藏身之处——因为莉迟早会来。匆忙之中，三人都感觉时间不够用（时间永远不够）。

道奇领着两人穿过浴场。道奇半闭着眼，一只手向前伸出，像一个探测器。两人紧随其后，一言不发。分散她的注意力只会浪费时间（时间永远不够）。

他们穿过满是空浴池的大房间，进入一个"L"字形的长条房间。房间里的家具时隐时现，还不稳定。这里似乎曾是间客厅。巨大的窗户可以眺望太平洋，海水拍打着岸边的岩石。道奇驻足，罗杰与艾琳也跟着停下脚步，看着她。

"就是这里。"她说着走到墙边，撕下墙纸。墙纸常年受海风侵蚀，再加上并非真实存在，所以很轻松便被撕了下来。这东西几年前就被焚毁了，现在自然松脆易碎。

罗杰朝前迈了一步，想去帮忙，却被艾琳抓住胳膊肘，于是停下脚步。他扭头去看时，发现她正严肃地盯着自己。

"假若这次搞砸了，你必须让她带你回去。"她说，"她是无法拒绝的。就说是命令，不容反驳，立即执行。她肯定会照做。这样，你或许能带回一些下次对我们有用的东西。"

"你怎么——"

"因为你告诉过我。"她脸上挂着的与其说是微笑，不如说是痛苦的鬼脸，"命令，还记得吗？我能看见那些磨损的、破碎的空间，那些伤疤。你俩不用知道我们在这条道路上挣扎跋涉了多久，我却不行。感谢上帝，我不需要记得一切细节，否则我想我会杀了你们两个，终结这一切。话虽如此，我记得的还是比你们多。有时，你甚至会明确地告诉我记住某些事情，为了下一次轮回。"

"比如？"

笑容渐渐从她脸上消逝。"别问我这个问题，罗杰。那些事情都是你自己放弃知晓的。道奇是在棋盘上攻城拔寨的棋手，但你才是在现实中说出'为了更多人的利益，舍生取义未尝不可'的人。如果我现在说出你曾命令我不要改变的事情，你就会记起那些过往的碎片，进而滋生自我仇恨。所以，不要问了。为了你自己，也为了她。过去的就让它过去。"

罗杰默默地看了她一会儿，然后瞥了一眼道奇。"有多糟糕？"他问。

"足够糟糕。"

"好吧。我不喜欢，但是……好的，我接受。"

"很好。现在，去帮你妹妹接管这个宇宙吧。我的任务是让你俩活得足够久。"

"通过什么方式？"

艾琳微微一笑，锐利如刀锋，然后从衬衫内衬里拔出了枪。"反击。"她扭身走出房间，留下他一人。

不，他并非独自一人。道奇就在那里，手持背包里拿出来的"三福牌"记号笔，在墙上写着数字公式，迷失在自己的小世界里。看着她在墙上写字是另一种形式的时间旅行：一眨眼，画面切换到校外公寓，两人一起满足地笑着；又一眨眼，罗杰透过她的眼睛看到了一块黑板，她拿着根粉笔，鼻孔被粉笔灰刺得生疼。怀旧、渴望、遗憾，这些词语他都知道。他更知道，前进的唯一途径便是突破。

他走向她。

"我爱你。"他说。

"我知道。"

"我很抱歉。"他说。

"我原谅你。"她的双眼没有从墙上移开,"我也很抱歉。"

"你不必道歉。"他说。

"再也不要离开我了?"

"再也不会了。"

"很好。数字对上了。运算很成功。"

"我能做什么?"他问。

"描述浴场。"他照做了。他越说越多,她越写越快。话语变成数字,浴场的历史与曾经的辉煌缩减为一串数字符号。

"描述加利福尼亚州。"她接着说,他照做,她继续写,填满墙面后转移到下一面墙。宇宙在此刻凝练为了数字和函数,一条可以解救全世界的方程式。如果他们有时间描述、记录每一件事物,以及它们的每一个方面,那该多好。(他们确实有时间,没错。罗杰第一次意识到,扭曲两人时间线的能力意味着他们能完成任何事情,只要他们能记得去做。)

接下来是美国;然后,全世界。房间里的空气越来越冷,水银光泽爬回墙壁,闪闪发光。她手中的记号笔没有任何变化,黑色墨水发出标准的化学气味,但它留下的痕迹却似玻璃、似银般闪亮。现实规则正在慢慢变形。

第一声枪响发生在道奇要求他描述童年的房子时。罗杰吓了一跳。道奇抬起头来,眼神锐利。

"我们不能停下,"她说,"我们离目标太近了。继续。"

"道奇——"

"继续说。"

他只得照做,描述起自己童年的房子,以及他对那栋房子的印象。接着他又聊到了自己:罗杰·米德尔顿,本是个普普通通的男孩,结果却……一点儿也不普通。枪声仍在继续,其中一些好似近在耳边。艾琳正在阻击那些袭击者。那个叫莉的女人应该就是其中一员。她还有一大票帮手,那种嘈杂不可能来自两把枪。外面是一支军队,又或者是一小群暴徒。他们越靠越近,而这些墙并不真实存在,它们薄如纸片。这种情况还能持续多久?

疑虑、怀疑、猜忌,这些词语他都知道。他熟悉它们的力量,却未忆起自己的力量。此时此地,在水银般闪亮的墙壁前,他将构建世界的话语喂给从同一颗蛋里孵化出来的"布谷鸟"妹妹。有那么一刻,他看见墙壁在闪烁。

仅仅那么一刻。

片刻足以让他开始移动,双手前伸,嘴里酝酿着那个没能说出口的词。

片刻足以长到让子弹划破长空。

道奇尖叫起来。

摊牌

时间线:2016年6月17日

太平洋标准时间:08:01(继续)

艾琳将后背紧紧靠在柱子上,绕过柱子,瞄准,开火,撤回。"一切都结束了,莉!"她喊道,"原理很快就会在他们身上具现化,你现在逃跑还来得及。或许等到他们去清理里德的烂摊子时,你已经跑得够远了。"

"你这个理想主义的傻子,"莉回道,"他们是不可能成功的。里德已经从他们那里取回了原理。你选择了站在错误的一方。我太高估你了。"

"你杀害达伦时,我才是站在了错误的一方。"她又一次绕过柱子,又一次开火。这一次,空气中杂乱的战斗气息里传来身体倒地的沉闷声响,像一袋水泥落到地面。

有那么一会儿,就那么令人战栗的一小会儿,她允许自己期待一切都结束了,她赢了。可马上,莉那充满厌恶的声音又响了起来:"你刚刚射杀了一位非常优秀的炼金术士,而我们在这儿甚至没有可以肢解他的设备。这就是为什么你是个没用的废物,艾琳。你永远都是个废物,是个工具。除此以外,你什么都不是。"

她的声音越来越近了。艾琳冲出掩护,跑向下一根柱子,闪身避开即将击中她的莉的子弹路径。这场战斗在她视野中如同可视化网格展开来,她虽看不清自己的射击轨迹——那样未免过于秩序井然——却能绕开秩序崩溃之处的那些明亮而凛冽的斑块,躲开子弹。她可以永远这样战斗下去。

她希望自己能永远战斗下去。

"别跑,面对我!"莉听上去开始生气了。很好。愤怒使人犯错和失误:让人开始忽略事物,涣散注意力,失去动力。莉已经冷静了很长时间,是时候让她愤怒起来了。

"不可能!"

"我不明白你怎么这么执拗。我可不是这样养育你的。"

艾琳停下,绕过柱子,朝莉开了两枪,被轻而易举地躲了过去。

"你根本没有养育过我!"

"谁说没有!"

太晚了,艾琳意识到自己被包围了。一只手重重地落在她的肩膀上,她抬头看见一个人偶空白的脸。她挣扎着想要挣脱。莉·巴罗一步步朝她走来,像一只狩猎的猫一样平静而残忍。就在她奋力挣扎之时，前面的墙倏然消失，变成了一块闪亮的银色屏幕。

艾琳不受控制地睁大了眼睛。

莉笑了，然后忽然一个转身，动作利索娴熟地朝着薄薄的屏幕扣动了两次扳机。

荧幕又变回了石墙。

"好了，"她扭过头，回望艾琳，脸上挂着自鸣得意、不容置疑的笑，"看来这件事已经很好地处理完了，不是吗？对了，咱们刚刚说到哪儿了？"

艾弗里向前迈了一步。他的膝盖在发抖，牙齿在打战，全身的骨骼仿佛都从关节处散开了，立刻就要散落一地。他想转身，想逃跑。他不属于这里。

但齐布紧紧抓住笼子的栏杆。他能看见黑色羽毛紧贴着她的皮肤，试图从她身上挣脱，将她变成另一个乌鸦女孩。如果他任由事态发展，她就不会再是齐布了。她会变成别的生物，更狂野、更陌生，不再属于他。他认识她的时间还不够长，按理说不足以那么在乎她。但他就是关心她，他不能让冰水侍从占有她。

"你得把她还给我，"他说，"她是我的朋友。她不属于你。"

"冰水侍从"笑了，"我为什么要那么做？"

"因为……"艾弗里深吸了一口气，"因为我要求你这么做，如果你不照做，我就把你剪成碎片。"

——A.黛博拉·贝克，《飞跃伍德沃德墙》

卷七
万物终结

现在,此数为偶数。

——威廉·莎士比亚,《爱的徒劳》

这是一个冷酷无情的时代。

——L.弗兰克·鲍姆

结果

血光漫天。

罗杰不知道这世上竟有那么多的血, 无处不在, 滚烫、殷红、苦楚。道奇跪在地上, 睁大的眼睛空洞无神, 一只手紧紧捂住肩上的伤口。这就是我们说的, 一点微小的改变, 便能改变一切。他的话语长短决定了她沿墙而站的位置。稍微缩短, 便能保证她的安全, 稍加延长, 则子弹必定穿过她的心脏。一切都太过复杂。

他们赢不了的。

他感到自己的心跳乱了节拍, 开始共感于道奇的疼痛。他会比她活得久一些——他总有一种朦胧的感觉, 觉得自己会比她后走——但如果她死了, 留给他的时间也不多了。他们一起走在这条 "不可能之路" 上, 直到尽头。

她纹丝不动地跪在地上, 任由血沿着手臂流下, 浸透了牛仔裤。他们会死在这里。

不, 不一定。他能让她带他们回去。艾琳说得很清楚。他知道如何发出指令, 他能带着二人离开。

道奇抬起头。

"哇," 她的声音因痛苦而显得苍白无力, "疼死我了。我是说, 天啊, 怎么会这么疼。我需要……把这个……加进方程式里……罗杰?"

"道奇。" 他走上前去, 扶住她。血光四溅, 无处不在。很快, 他俩就会浑身被血盖住，但他不在乎，他一点都不在乎，因为流血的是她，将一切变成跟她头发一样红的那个人也是她。（不，比头发更红；他能清晰地看见那红色，但这一次，他竟也不在意了。）

"命令我完成它。"

他怔住了，这不是他应该下达的命令。可以同时下达两道指令吗？她完成运算后还有充足时间重置时间线吗？万事皆有限制，即便于他们而言。

"求求你了。"她闭上双眼，哀求着，"太痛了。我无法专注。只有你能让我专注。求求你。太近了，离结果太近了。我能看见它的形状，能看见……我知道如何完成它，这么久了，我从来没有离它这么近过。"

罗杰顿了一顿，"你记得以前来过这里？"

"不记得。但数学记得。那些记忆藏在虚数里，会发出回声……求求你了。这次，我一定能成功。"

如果照做，无异于谋杀了她。这点他很清楚。他可能同时杀了两人，也可能同时救了两人。"好吧，"他轻声说，"看着我。"

道奇睁开双眼。

"完成运算，道奇。这是命令，不容反驳，立即执行。完成运算。"

她笑了，眼神变得更加空洞。记号笔断了，她没有伸手去拿，而是用手指蘸着自己的血，像个孩子一样在墙上用手写了起来。她的速度一开始缓慢，但随着命令与本能接管身体，她书写的速度变得越来越快。

罗杰挺直身子，站了起来。他要再给她争取些时间，虽然他也捉襟见肘，但他还有一样东西没有用。

身上滴着妹妹的血，他摇晃着走到门口，打开门走进浴场。

眼前的场景实在怪异，艾琳被一个如同小山般高大的男人控制住，地上躺着一个死人，还有一个笑眯眯的矮个子女人——看上去像是刚从选美比赛或者恐怖电影中走出来似的——正拿枪抵着艾琳的胸部。他知道艾琳看见了自己,不可能看不到。她没有背叛他,眼睛没有睁大,目光也没有动摇。她都已经将他们带到这里了,心里清楚自己的死可能是支付船费的最后一枚硬币。现在,她更不能动摇了。她的行为透着份高尚,同时又愚蠢十足。

罗杰想让她背叛他们。

显然,他得做点什么。"嘿!"他边喊边挥舞双臂,"你们在干吗呢?"

"选美皇后"转过身来。她很美,没错,但那双眼睛里却闪着死人的光,冷峻可怖。即便在这么远的地方,他也能看见里面反射出来的死星。

他见过她,还是个孩子的时候,以及恐吓他放弃妹妹的时候。直到这一刻,他都不相信自己的父母背叛了他。但她就是证据,一直都是。

她皱起眉头,"罗杰?"

(他模糊记得那个声音,一直藏在脑海中的某一个角落里。某种程度上,他记得自己听过的每一个声音,因为声音也是语言的一部分。但这个声音却是他来到这个世界上听到的第一个声音。正是这个声音将他从他母亲的子宫里拉了出来:"哦,看起来这个能成。"仿佛他是一件工具,一块肉,而非人类的孩子。他不曾忘记莉·巴罗的那部分大脑不知道接下来应该怎么做了。他却很高兴,有些事情,没有准备好的人做起来更容易。)

"对了,"他用极尽夸张的新英格兰口音配上一脸轻蔑的表情,"你手上那个是我朋友,你别开枪。"

"谁,艾琳?"莉用枪管指了指被俘虏的女人,"她可不是你朋友。多年来,她一直在我的命令下监视着你。你知道的,不是吗?她从来都不是你的朋友,从未爱过你,从未真正关心过你。她只是在等待我命令她扣动扳机的那一天。"

"罗杰,快走!"艾琳咆哮着、挣扎着。俘虏她的健壮男子紧紧抓住她,手掌似手铐,胳膊像锁链。她无法挣脱,永远都做不到,"快跑!"

(类似的桥段,他们曾经经历过:艾琳被囚禁,罗杰出面请求医疗援助——但不,剧情出现了变化。因为这次他没有开口乞求。终于,头一遭,他没有乞求。)

"我不会逃跑的,抱歉,艾琳!"他叫着,一边将精力集中回莉身上,"她似乎在某个时间点变换了立场,也许就是当你命令她跟我睡上七年的时候。即使是最好的间谍,过于靠近猎物时也会动摇。放了她,然后我们再谈谈你缴械投降的事情。"

艾琳睁大了眼睛。莉终于扭转枪口,对准了他。

"哦,你这个愚蠢的小寒鸦。"她声音几乎称得上甜美,同时扣动了扳机。

"打不中!"罗杰边喊边躲到一边,子弹从头侧飞过,没有对他造成任何伤害。莉皱紧眉头,再次开火,"打不中!"他又喊道,子弹又没有击中他。罗杰咧嘴而笑,又一次躲开了子弹。

"怎么?子弹不听话了?"他问,"我们已经具现化原理了,我劝你趁早放弃。"

"你们没有!"她厉声喝道,声音里满是愤怒与沮丧,"你不过是站在原理汪洋的边缘,随时会被淹死。你妹妹呢?如果你们具现化原理了,你妹妹又在哪里?她正在一个并不存在的房间里流血呢,她一死,你就什么也不是了。就算你能活下来——我倒是希望你活下来——也会被我一点一点地肢解掉。"莉再次开火,子弹又没有打中罗杰,却撞到墙上,穿过墙壁。

道奇就在墙的另一边。

罗杰犹豫了一下。他帮不了她,回去那里只会分散她的注意力,给她平添烦恼,况且她也没有呼唤他。尝试一下,他还是可以救下艾琳的。"为什么不现在就把我肢解了呢?"

"她不喜欢肉身的反击,"艾琳说,"这就是为什么唯一愿意同她一起工作的人都是泥做的。"她踢了踢抓住她的男人的腿。罗杰注意到他出奇光滑的皮肤,以及茫然的眼神。他是炼金术的造物,根本不是人。

道奇也是造物,艾琳更是如此。罗杰自己都是。他们算什么呢?

莉将注意力转向她的俘虏,眯起眼睛,身体因愤怒而震动,"够了。对不起,亲爱的,你被解雇了。"

她举枪瞄准,这次枪对准在艾琳的额头。那个射程内的子弹……艾琳不可能活下来。没有任何机会。除非……

罗杰闭上双眼。"道奇,我需要你的帮助,"他低声说,语速极快。他扰乱了她的思路,他知道,他很抱歉,但有些事情不能再等了,"莉将艾琳固定在了远处的墙上。她与我之间有很多水。我站在地板上的一块不同区域。我们能……让他们脚下那块地板塌掉吗?"

"让我看看。"

他睁开双眼。视野中有一处闪烁,一种别人正透过他的眼睛往外看的感觉油然而生(这种感觉是否曾如此强烈过?难道他曾经可以那么容易知道自己已经不再独自一人,而是变成了两个人?),然后,耳畔传来轻柔一声,连耳语都算不上:

"不行。抓紧了。"

墙壁并不光滑,上面满是金银丝纹路的装饰,如同嘟起的嘴唇与山脊;那是为了大众娱乐而设计的。罗杰跳起来,抓住最近一面突出的墙,紧紧抓住上面的凸起的纹路。靠手指攀缘悬在空中,那是他小时候会玩的游戏。曾几何时,他可以连续几个小时地反复跳起来,将身体悬挂在什么东西上,直到疲惫后任由自己掉下去,玩得不亦乐乎。只是这一次,他不敢任由自己坠落。道奇透过他的眼睛观看的感觉消失。

跟她一同消失的还有地板。

不是某块地板，也不是某部分地板，那需要太多技巧，现在不是展示技巧的时候。现在是发动暴力的时候。整块地板全部消失，露出了遥远的混凝土废墟。这才是苏特罗大浴场真正的废墟，寒冷、残酷的海浪在下方拍击着。艾琳尖叫起来，拘禁着她的那个男人一声不响地摔了下去。而莉……

莉在摔下去的同时转过身子看着他，眼睛里像是要喷出毒液。她迎面撞上海浪，消失不见了。所有人都消失不见了。唯独罗杰一个人，用指尖攀着墙壁，悬在遥远的、锯齿状的海岸之上。

"道奇！"他大叫道，惊涛拍岸声淹没了他的声音，但这并不能阻止他，"把地板恢复回来！他们都不见了，你得把地板恢复回来！"

水银光柱回升，上面点缀着暗淡的金色。渐渐地，金色压倒银色，地板又回来了，和之前一样，呈分形螺旋生长。光芒渐渐消失，水泥、地毯、空浴池里的深水井也都一一归位。

罗杰小心翼翼地蹲下身子，测试着地板。硬度不错。他松了手，地板依旧牢牢地支撑着他。

艾琳不见了。他应该比现在更加悲伤、更有感触才对；但相反，他只感到……麻木，仿佛那不过是一个不可避免的结果。悲伤，没错，甚至令人心碎，但并不比其他任何一件事情更悲惨。也许他是个坏人，也许一直都是，只是直到现在，这个世界才终于证明了这一点。

或者他们今天所做的一切会在一个月后的某个晚上突然造访，让他从熟睡中惊醒，让他记起自己曾经心爱的女人跌入黑暗无光的太平洋里时脸上的恐惧与痛苦。这一切都将发生在未来。而未来是道奇擅长的领域。

道奇。他瞪圆双眼，随即又闭上了，"道奇？"

没有回复。

开始逃跑前,他记得睁开了眼睛。

道奇所在的房间已经变成了一间恐怖屋。到处都是血:墙上、天花板上、地板上,不该有的地方都沾满了血。那是明亮、残暴的红色,红得令人发慌,让人的眼睛感到刺痛和耻辱,在眼睛上留下疤痕。房间的中央躺着道奇。

她从未显得这么娇小、这么苍白。浑身是血的她似乎不可能这么苍白。她应该像个玫瑰园才对,身上闪耀着一百种深浅不同的红。相反,她消瘦如骨,面色如蜡,苍白如雪,轻如鹅毛。她的皮肤几乎不见血色,一头红发与身体相比明亮得可怕。

罗杰跑过房间。放血、低血症、大出血,这些词他都认识,却从未如此真切地感受到,如毒蛇一样让他棘手、纠结。这些词汇可以安慰他,是唯一能安慰到他的东西,但其功效也仅限于安慰,因为它们无法改变事实。

或许,它们可以。苏特罗大浴场仍立在他的四周,坚固而真实。他还在这里。艾琳曾说过如果道奇死了,他也会死。他相信她,因为他清楚地记得道奇试图离开这个世界的那可怕的一天。他的视野边缘渐渐冒出癫痫发作前的那种小黑点,只是目前还很小,几乎可以忽略。她就要离开了,但又没有完全离开。命悬一线。

他跪倒在她身边。血很浓稠,像涂在吐司上的果酱,黏稠、带着余温的胶状物质,多得惊人。他强忍着呕吐,将她拥入怀里。她一动不动,浑身冰冷。

可那些墙……

墙面上写满了各种方程式。不,不是各种,而是一道公式,一长串函数符号指向的一个不可避免的总数的公式。公式很美。他虽看不懂,却能体会到它的美。道奇将整个世界、所处境况与他们自己浓缩到了一间房里,那些晦涩难懂的符号与数字于她而言总是等同于现实。

"哇,"他低头看着她,低声说,"你做到了。道奇,你完成了整个方程式。现在,请你醒来,好吗?你做到了,这就意味着你可以醒来,而我们会赢下这场战役。"

她没有醒来。

他忍不住摇了摇她的身体,"醒醒。我需要你告诉我这意味着什么。我需要你读给我听。醒醒。"

她一动不动,没有任何回应,只是默默地躺在他怀里流血。时间每过一秒,她的身体就变得更加冰冷、更加苍白一些。她还剩那么几秒钟,当她离开的时候,他也会随她而去。他必须重置时间,必须让她将两人带回去。他们可以从头再来,再试一次,也许下次——

也许下次他们又会回到这里。过去的鬼魂还纠缠在他们身边,他们所有的错误都是第二次,或者第一百次或二百次。不,他不能。即便那么做是正确的,他还是不能那么做。

道奇是数学,他则是语言。当初就是这么分配的,不对吗?他又看了看墙上的文字,那些对他来说毫无意义的数字和形式,然后吸了口气。他们以前也这样做过一次。他知道该做什么,知道可能的后果。但这并不意味着他有的选。

"光,"他读了起来,墙上的符号开始显露出它们的意义,"这是点亮黑暗的一道光,由其自身的缺失所定义,并通过定义,它幻化为黑暗;重量、质量,以及空虚之终结——"

伴随着他的念诵,大楼开始摇晃,他成为自己无休止的私人地震的震中。墙壁闪起金光,天空中竖起一道道燃烧着的水银光柱,像一座灯塔,不断飞升,向上,再向上,飞往遥远的天际。

快看。

快看。

快看这个来自马萨诸塞州剑桥市的男孩。他总是太瘦,现在累得几乎不能动弹了。他虽然毫发无伤,但这并不重要;他内心伤痕累累。他抱着气若游丝的妹妹,衣服上沾满了她的血。他的手虽然感到刺痛,但仍紧紧抱着她,仿佛通过他的动作,能救赎她,并通过救赎了她,最终救赎了自己。

看看这个来自加利福尼亚州帕洛阿尔托的女孩。她一动不动,很清楚她离从活生生的人变成过去式有多近。她缩成一团;因为过分努力,她显得筋疲力尽。她肩膀上的伤口已经结痂,不再出血。但这也帮不上忙了,已有足够的伤害把她带到死亡的边缘,等待着跨越那条界限。她准备通过墓地的路回到"上下奇境"。当她走的时候,她知道她不会是孤身一人。

罗杰继续念着,讲述墙上的故事。这种习俗可以追溯到人类诞生之时,讲故事的猿人,黑暗中燃烧的篝火。人类一直渴望解释周遭的那些符号。他看着妹妹的数学运算,他知道那些方程式描述了一整个宇宙,而他则用更为宏大的话语描述着他所看到的。他感觉她的身体在他怀里变得冰冷,看着黑点在视界边缘聚集,一点一滴地将世界从眼前抹除。

现在再去重置时间线为时已晚。就算他呼唤她,她也听不见他的声音。

现在再去从头来过为时已晚。史无前例地,他们的故事要结束了。"……他们的名字是罗杰和道奇,因为他们的名字是由那些不被允许接近孩子的人所取。"他念(描述)道。他让她紧贴着自己的胸腔,就像他想分给她一半的心跳一样,让她的血管里充满自己的血。"他们长大后有点奇怪,但也很美好。他们一遍又一遍地找到彼此又失去彼此。但这一次,当他们找到彼此时,他们尽可能地接近了'不可能之城'。他们走在'不可能之路'上。女孩把她所知道的关于宇宙的一切都写了下来,男孩大声读了一遍:一切都安好如初,一切都恬静至美。他们必须在一起。"他停了下来,满怀期待地低头看着道奇。

女孩依旧纹丝不动。

"道奇,醒来吧。我读懂了你的数学。"

依旧纹丝不动。

"醒醒。"他摇晃着她的身体,还是没有回应。绝望之中,他回头看了眼墙面,试图找寻一些之前可能遗漏、可能错过的东西。

最后那个数字边上有个指纹。在正确的情况下,它可以被看作是一个星号,一定是她在摔倒前留下的。他赶忙紧紧握住她的手,然后读出了故事的结局。

"他俩都活了下来。"

道奇睁开了眼睛。

浪花

时间线: 2016年6月17日

太平洋夏季时间: 10:32(继续)

一小时后,他们从苏特罗大浴场逐渐消散的幽灵建筑中走了出来。道奇靠着罗杰的胳膊,闭着眼睛,透过他的眼睛看世界。现在,他们无须肢体接触,只需闭上眼睛就能完成连接。现在的他们在任何时候都不再孤单;每次眨眼,对方就会出现。不再有孤独,也不再有分离的风险,也不再有隐私。对于最后一点,等到道奇变得更加强大,而罗杰也不再对周遭世界的数学语言感到力不从心时再去担心也不迟。

曾几何时,两人都觉得自己只跟自己选定的学科有关系。可那是以前,在天空变成水银之前,在世界向他们敞开怀抱、暴露秘密之前。罗杰领头时,世间一切都有自己的名字,他们能看见世界的故事悬在空中。当他闭上眼,道奇睁开眼睛时,一切又都变成了数字:角度、表面积,下意识的计算无处不在。这也需要他们去调整,去适应。

浴场在他们身后消失,回到这几十年来一直隐蔽的状态。道奇将头倚在罗杰的肩膀上,笑了。"我喜欢在那里,"她说,"我们应该住在那儿。"

"咱们不能住在一只巨型浴缸里啊。"

"好吧,那我们应该找一个类似的地方,住下来。"

"一个不存在的地方吗?"

"一个曾经存在,又消失了一段时间的地方。"

罗杰点了点头,"只要你乐意,道奇。我们可以住在一千年前被烧毁的城堡里,只要能让你快乐。"

她点了点头,半闭着眼睛,"我会快乐的。"

"那就好。"他领着她绕开岸边漂荡的浮木和碎石,朝海滩走去。很快就会有人发现他们,然后打电话给海岸警卫队。他期待着,那样他们可以乘船一路疾驰,将道奇送至可以被照顾的地方。他知道得到供血后,道奇的身体会有所恢复,而自己就是理想的献血者,他们要做的只是找到一支抽血针。

他们沿着海岸走着,任由海水拍打鞋子。突然,并不让他们感到惊讶的是,浪花冲起的泡沫里出现了一具女人的躯体,奥菲莉娅①一般直挺挺地躺在海浪中。

"道奇,你能自己站稳吗?"

"我可以试试。"说着她从他身边挪开了几步,睁开眼睛,双臂搂住自己。她看上去好多了,脸上开始有了一些血色,当他走到她够不到的地方时,她也没有摇晃。她正在自我重建,一个细胞一个细胞地自我修复着。生物学在

---

① 奥菲莉娅,莎士比亚四大悲剧之首《哈姆雷特》中的女性角色

很多方面都有数学属性,她会没事的。

艾琳的情况没有这么乐观。她脸色煞白,但和道奇因为缺血而导致的苍白不同,她的白里透着股淡淡的绿,仿佛在大海的怀抱里逗留太久。人类的声音没有唤醒她。她的衣服撕碎了,但四肢看起来依旧挺直强壮,没有明显的伤口。

"艾琳。"罗杰跪在她身边,温柔地从沙滩上抬起她的头。一旁看着的道奇终于明白了他俩曾是情侣时的样子,体悟到两人间微妙的暧昧,直到艾琳用背叛永远打破这段关系。

他用手指托住她的头,看着她紧闭的双眼,笑了。他终于能看清她的故事,理解她所作所为的来龙去脉了。

"你没事了,"他说,"睁开你的眼睛。"

没有什么能反驳他,她也没有理由不能从所经历的创伤中存活下来。他向宇宙发出指令,不出片刻,宇宙便同意了。她睁开双眼,眨了两下,然后深吸了一大口气。罗杰抽回自己的手,艾琳翻身侧卧,剧烈咳嗽,将满腔海水吐在沙滩上。

道奇歪着头,"什么,你现在竟然能让人起死回生了?真厉害。"

"你给我闭嘴。你不是十五分钟前也快死了吗?"

"是你给我闭嘴。"她傻笑着看着艾琳继续呕吐,从她嘴里吐出的海水似乎能填满半个海洋,似乎比这个女人体内本应有的还要多。至少看上去是这样的。也许,罗杰真的可以起死回生。

道奇抱紧自己,打了个哆嗦,不知道这是好是坏。

艾琳终于吐完了。她颤颤巍巍地在沙滩上站起来,又咳嗽了一下,才笑着说:"你做到了。"她的目光从血迹斑斑的罗杰看向浑身是血的道奇,"你们成功将原理具现化了。"

"现在不离开沙滩的话,咱们就只能一人买杯咖啡在牢房里度过一晚了。"道奇说,"有人会报告海岸警卫队的,说不定已经有人打电话给他们了。我们可能被判纵火,这可不是什么好事,对吧?"

"你不明白你们发生了多大的变化。"艾琳说着,将重心转移到另一只脚上,摇摇晃晃的柔弱模样看起来像一只幼猫,"没有人能逮捕你们,没有人能把你们关进监狱。只要你们不想,就再也没有人能碰你们。"

对于一个刚刚还可能被淹死的人来说,她可真够有活力的。罗杰看着她,一种不祥的责任感油然而生。他成了她的创造者。当他把她从水墓中唤醒时,他实际上重造了这个女孩。"如此说来,我们的任务结束了。"他说。

艾琳看着他,"还没有。还有一个人知道你们的身份,知道你们强大的能力。对你们的了解足以让他想要伤害你们。"

"里德。"道奇的声音像是在叹息。

艾琳点了点头,"他知道你俩已经成功具现化原理。在你们发现自我的那一刻,懂得观测的人就会收到讯号。他将集结所有部下,发动对你们的攻击。如果你们还想活着,想保持自由,必须过了他这一关。你们必须阻止他。"

"然后呢?"道奇脸色苍白,神情恍惚,声音却如鞭子抽打般清脆,"还有另外一间地牢需要我们穿过,另外一条恶龙需要我们屠杀吗?别这么看着我,我小时候是个玩《龙与地下城》的书呆子。你只要回答这个问题就好了。如果我们照做了,还会有另一场战斗等着我们吗?还是你会离开,不再他妈的来打扰我们了?"

"这是最后一次了,"艾琳说,"我们阻止了他,'上下奇境'就是安全的,至少能维持到另一个浑蛋跑来摧毁贝克建造的'大厦'之前。"

"嗯,这种情况真发生的话,那也是别人的麻烦了。"罗杰坚定地说,"我们决定照你说的做,因为我们不应该被打扰。事成之后,你也别再来烦我们了。我们将永不再会。"

"成交。"艾琳笑得露出两排牙齿,配上苍白的脸,看上去像个骷髅,"他肯定料不到我们会去找他。"

罗杰看着她,心里希望她说得没错。

艾弗里和齐布手拉手站在那里,看着"不可能之城"高耸入云的塔楼。这里的建筑和他们见过的任何其他地方的建筑都不一样。它们根据在人行道上行走的人们的需要而移动,改变形状、形态及功能,如梦一般在人群中穿梭。

他们身边的尼亚姆叹了口气。"怎么了?"齐布问道。

"我曾经在这里住过,"尼亚姆说,"但我再也住不了了。"

"为什么不呢?"

"因为被淹死的女孩是有可能存在的事物,而'不可能之城'只欢迎不可能存在的事物。像我这样的女孩有一大把,所以我永远回不了家了……"

——A.黛博拉·贝克,《飞跃伍德沃德墙》

卷七
终结之后

数学，是终极代码。

宇宙正在以我最喜爱的方式歌唱……

——玛丽·克罗威尔博士，"宇宙原理"

一切皆在一秒钟内显形。

——A.黛博拉·贝克

成本与后果

时间线: 2016年6月20日

美国东部时间: 13:01（四天后）

莉死了，"布谷鸟"们也纷纷消散于风中。里德唯一不能明白的是局势何以崩溃得如此迅速。他们弱小、分散、拒不接受现实——他们唯一的用途就是在替代品成熟前帮忙孕育着原理。所有这些都不符合计划，他没有时间去理睬他们。

如果有时间，他会遗憾莉的过世。她是个累赘，没错，他也一直计划杀了她，但她一直以自己的方式对他表示着忠诚，她应该以胜利者的姿势死去，而非……眼下这种状况。千辛万苦跋涉到"不可能之城"，却在城门打开前倒下，意义何在？真是不公平，毫无道理可言。目标近在咫尺，英雄却就此暴毙。阿斯普戴尔会说这样的叙事是无法令人满意的。

（就算在阿斯普戴尔的眼中莉算不上英雄，他也算不上英雄，那又怎样？这是他的故事，自他从自己的创造者手中夺走这一切之日起就是如此。他当然是故事里的英雄。不是英雄，还能是什么？）

他们会来找他的，他们必须这么做。他们已经成功具现化宇宙原理，满是矛盾的心不会停止寻找这座"不可能之城"。不止如此，他们还会知道，整个世界，唯有他手握可以摧毁他们的密匙。所以，他们会来找他，再通过他抵达"不可能之城"。

时不我待，要做的事情太多，没时间浪费了。

不到三个小时前刚刚从里德手中拿走的盒子出现在他的面前，表情威严的全美炼金术议会大祭司看着盒子哑光铅面上镶嵌着的铂金符文，皱了皱眉头。

"这是什么鬼东西？"他呵斥道。

"是丹尼尔斯大师的一名学徒在老主人家的墙里发现的。"将盒子带进房间的瘦高炼金术士浑身颤抖地答道。

在其他人看来，他的颤抖是出于敬畏。毕竟站在全美最伟大的炼金术士面前，谁会不感到敬畏呢？就算把全国各地的炼金术士集结到一起，也比不上此时这个房间里的威严与权势。

但如果仔细看，人们就会发现他之所以浑身颤抖不是由于敬畏，而是因为恐惧。或许他们会扪心自问，为什么他会如此低调地来投奔他们；为什么这个盒子现在才被发现，而不是几年前。

权势阶层有这样一个他们不愿公开的秘密：他们的傲慢是宇宙中最伟大的力量之一。即便是他们中最多疑的人也只看自己想看的东西，只相信自己愿意相信的东西。嫌隙由此而生，聪明人会乘虚而入，改写他们的故事。

带着这份礼物投靠这些强大、贪婪、可怕之人的炼金术士闭上了双眼。他告诉自己，他的爱人会安全的；里德会信守诺言，放他走的。只要战争爆发，无论多么缓慢，多么低调，必然会有交火。到那时，他无法保证自己的爱人免受伤害。他的爱人会活下去，而他将葬身于此地。此时此刻，这似乎是唯一的出路。

盒子的封蜡被贪婪的炼金术高层徒手毁掉。还没等他打开盒子看清里面到底是什么，盒内的万能溶剂便喷薄而出，从房间的一端飞溅至另一端。刹那间，尖叫声四起。

很快，尖叫声也消失了，只剩下寂静。

幽灵

时间线: 2016年6月23日

北美中部夏令时间 14:49（三天后）

他们如幽灵般在国内穿行，迅速、无声、不留半点痕迹。公共汽车他们没票也能坐，火车也一样。当然了，由于售票员数量众多且各有不同，两人必须保证任何时候都有一个人醒着，面带微笑地施展魔法，将二人笼罩其中。

（罗杰坚持将自己的能力称为"绝地控心术"，其实就是口头告诉售票员他们的票没有问题。道奇则会装模作样地举起一些票据——收据啦、电影票根啦、老式索引卡啦——供售票员验票，一边假模假式地点头，看着售票员把它们误当成车票。都是些小得不能再小的把戏，过不了多久他们就会嫌弃，可现在，每当奏效的时候，他们还是抑制不住内心的欣喜。艾琳曾预言过，他们每天都会变得更加强大，这便是证据。过不了多久，他们只要不想被注意，就能不被注意。空气可以变成遮蔽他们的工具，整个世界都可以成为保障他们安全的堡垒。在罗杰看来，这多多少少算个悲剧，道奇却觉得是个奇迹。他俩都没错。）

他们正变得越来越强大，却仍然克制着自己。艾琳比他们知道的多得多——即便她是第一次踏上这条时间线——却拒绝告诉他们接下来该怎么做。要弄清楚一切，他们必须靠自己。不止是这一次，每次都得这样。计划若要实现，她就必须让他们自己寻找出路。

问题是，他们的进展实在太慢。她真的担心，他们来不及变得足够强大。

最后一辆巴士在俄亥俄州放下了他们。夏日炎炎，空气中弥漫着暴雨来临前的气息。这里城镇众多——他们在车上就看到过，甚至还随着巴士路过了其中几座——但此刻二人所在的地方却是广袤无际、地形平坦的乡村。这种地方，他俩从前都没见过。没错，两人出生于此，但这并不代表这里就是他们的家。地势起伏、陆海相接的海滨区才是他们的家乡。这种一望无际、龙卷风频发的平原从来不属于他们。所以，他们要去见的那个人才坚持要在这里见面。

"不算太晚。"道奇说。她在撒谎。

"一直如此。"罗杰没有撒谎。他握住她的手，两人一齐跟着艾琳走进玉米地里。

他们具现化原理还没到一个星期，各种迹象已然清晰可见。任何长了眼睛跟耳朵的都能注意到：他们腰杆挺得更直了，动作更加敏捷，走起路来虎虎生风。道奇看上去根本不像刚刚经历了危及生命的伤害；相反，她看上去比以往任何时候都更健康，走得更快，身手更利索，每一个动作仿佛都是在对这个世界发起攻击。新获得的深度感知已经完全融入了她的视力，撞到东西的事情发生得不再那么频繁了，尽管她依旧跟从前一样，不管不顾地冲向一切——墙也好，山也罢——仿佛只要这样，这个世界就会为她让路。

与她相比，罗杰慢条斯理得多。就让道奇往前冲吧，反正他能赶得上。他就这般不疾不徐地游走于世间，所到之处，万事万物都为他让道。他生活得怡然自得，对自己所处的位置也相当满意。此两者能结合起来，实为可怕，很少有人能明白这其中的意义。艾琳的想法是，对峙完里德后，无论结果是好是坏，那些能够一眼看穿罗杰、道奇身份的人都不会再为难他们了。有些风险但凡能躲开，还是不要去冒。

玉米株沙沙作响，玉米叶互相摩擦，如同一千只昆虫的触角。道奇皱起了鼻头。

"怎么选在这种地方啊，"她说，"我不喜欢户外。一个人只有在犯错的时候才会被撵出家门到这种地方。"

罗杰知道她没说出口的话："被父母撵出家门。"他伸出手去握住她的手，捏了捏，继续朝前走。

（他可以让死者起死回生，前提是得有死者。莉死后，这样的机会就永久地失去了。跟他一样，她父母的尸首也不知去向。能找到她父母中的一个也好啊。）

"里德喜欢把自己藏得严严实实的。"艾琳说，"他喜欢把自己想象成一只蜘蛛，静坐网上，吐丝捕猎，再将猎物藏起来。他是新任'圣杯国王'。"

罗杰胸中藏着千言万语，却一句话也没说。里德必须死，这是肯定的。同样可以肯定的是，扣动扳机的人必须是艾琳。不是道奇，也不是他。三个人都有仇要报，可道奇从未杀过任何人，而他的两次杀人——莉与偶人——都是自卫行为。此次行动虽然必要，但仍是谋杀。

他们在玉米地里穿行，似乎这世上除了玉米再无他物。金黄色一直绵延到天边，仿佛那座"不可能之城"，又像苏特罗海滨大浴场。或许这才是"上下奇境"的真正本质，物质转变的本质，一切事物的本质：将提纯的土壤、天空与水等基本物质转化为金色的果实，在茎秆上长得甘美且富有耐心。

艾琳倏地朝前蹿去。玉米株中现出一座小屋。屋子是用瓦楞铁皮制成的，外层涂上了银漆，在阳光的照射下如同水银一般闪闪发光。

罗杰、道奇纷纷驻足，朝小屋眨巴着眼，满脸错愕。

"就是这儿吗？"道奇问。

艾琳打开门，一丝紧绷的微笑从脸上一闪而过，"向下还有很长的路要走。"说完便扭头走了进去，消失在屋里的那团黑暗之中。他们别无选择，只能跟着。她是他们唯一的向导。既然已经承诺要走完这"不可能之路",去见"圣杯国王",他们就不能失去她。

棚屋门在他们身后关上,顿时,世界只剩一片寂静。寂静,以及屋外一望无际的玉米地。

"向下还有很长的路要走。"艾琳说这句话的时候并没有开玩笑。小屋的地上有个舱门,门后是螺旋下降的楼梯,一直延伸到黑咕隆咚的地下。他们一路向下,向下的距离开始变得越发荒谬。道奇——她是在地震地区长大的,而非龙卷风地区——紧紧靠在罗杰边上,让他担心随时会将她绊倒,然后两人一齐滚落无尽的黑暗之中。

楼梯间里很暗。虽然每隔十英尺左右就有一处灯,但光太弱,不足以驱散黑暗。在向下走了近五十英尺之后,他才意识到光越来越亮了,让他们的眼睛又开始重新适应。这个系统能让人尽可能长时间地迷失方向,不让他们完全适应黑暗或白昼。要不是因为生气,他肯定会大为赞叹。

光线彻底亮堂起来。楼梯井的最后一段开阔起来,最后的十五英尺楼梯蜿蜒着穿过空荡荡的空间,进入一个形似飞机库的房间。墙壁是锡制的,跟头顶上的棚屋一样,地板则是工业漆布。道奇眯起眼睛,环顾四周,评估着一切。罗杰想问她看到了什么,却不敢出声说话。

艾琳加快了脚步。他们也照做,三个人不急不忙挨个走下楼梯。

"现在该怎么办?"道奇低声问道。

"现在,我们要告诉最亲爱的爹地我们回家了——别慌,罗杰。我充其量就是个领养的姐妹,最糟糕的情况下也就算个远房表亲。你和我不算近亲性交。"

"恶心。"道奇说。

艾琳咯咯地笑了,声音中闪过一丝苦楚,然后她将双手放在嘴边,喊道:

"詹姆斯·里德！我们来找你了！"

当她放下双手时，发现罗杰和道奇正盯着自己看。她嘻嘻一笑，耸了耸肩。

"他迟早会知道的。咱们就在这儿等吧，总比到处瞎溜达，撞上他以前那些实验品要好。"艾琳的脸变黑了，"这下面有些东西永远不该被人看到，我也包含在内。你们不用看到那些东西，应该感到庆幸。"

"可我觉得应该让他们看看。"一个新的声音传来，一个男人的声音，像一位教授，平静有力。这就是他听起来的样子：一位老师，一个毫无疑问值得信任的人。那种评分公正，还会花时间耐心解释考题，确保整个班都听懂了的老师。

罗杰与道奇闻声转过身去。艾琳没有，她见过詹姆斯·里德，没必要转身去看他。

里德身材高大。拥有这种声音、这种地位的男人大都如此。毕竟，贝克是个表演家，她明白身高、外貌之类要素的重要性，所以将里德造得高大英俊。他的脸上永远挂着令女孩儿的父母担心会夺走他们女儿贞洁的迷人笑容。是的，在他年轻时候的那个更质朴的年代，人们还会关心贞洁这种事情。他的头发是沙漠中的沙子的颜色，眼睛则像毒蛇，珠宝般明亮，无时不刻都在算计着。

他微笑着。两人都不傻，明白笑容后面暗藏的危险，却不知如何避开。

"你们的所作所为，我注意到了。"他佯装亲切地边说边朝他们靠近，随意得像个傍晚遛弯的普通人。"我想这世界上的每一个炼金术士应该都看到了。你们以天空为幕布画出来的那抹金色真是迷人。哦，对了，最后的方案是你俩中的哪一个想出来的？我的'小布谷鸟'们，被送往大千世界里，不得不自己照料自己的孩子们啊！我早就知道有一天你们会振翅回巢，飞回我的身边。"

道奇紧紧握住罗杰的手,十指关节摩擦着,直至发痛。"我没有自己照料自己。"她恨恨地说,"我有父母。希瑟和彼得·切斯维奇。你把他们都杀了。"

"别用这种语气跟我说话,道奇。如果你在这个世界上真有一个父亲,那就是我。小女孩儿不该这样对她们的父亲说话。"面具滑落的瞬间足以让他们窥见后面隐藏的真相:这个表面上笑嘻嘻的骗子危险极了,如果可以,他会毫不犹豫地杀了他们。刹那间,面具又回到他的脸上。他说:"不是我派人杀的,是莉自作主张杀了他们。只要你们不胡搅蛮缠,就会明白这两件事情完全不同。我的下属想要杀谁,我可控制不了。如果我可以控制的话,你也不会仅仅因为发脾气,就把我最好的三个下属扔到海里。"

"我那是不得已的自卫。"罗杰说。

"我不是你的人。"艾琳说。

"说你是我最好的下属之一对你来说还不够?"里德舔着舌头,"现在的孩子们啊。但现在不是处理你的事情的时候,对吧?没错,没错,根本不是。"他把注意力转到罗杰与道奇身上,继续朝他们走去,"你们本该是完美的,现在仍然有机会。将缰绳交与我吧。为我服务,做我忠诚的孩子,接受我的爱。相信我,我会让你们活下去。"

"不,"罗杰说,"我们不是来为你卖命的。我们不是工具。"

"哦,罗杰。可你们就是工具啊。向来如此。我是一名手工艺大师,而你们就是我的创作。"里德摇了摇头,"不为我卖命,那就是来归还从我这里偷走的东西的,这么说来,你这小子还挺不赖。"

"我们没偷过你任何东西,"道奇说。

罗杰什么也没说,只拽了拽她的后背,确保两人肩并着肩,不会突然被分开。她擅长说谎,他则更擅长区分真话与谎言,至少在听到别人撒谎时如此。他知道里德想要的是什么。

"我们没法放弃'宇宙原理'，"他说，"我们就是原理本身。唯一的放手方式就是……"

罗杰停了下来。里德的脸上慢悠悠地爬上了一丝邪笑，仿佛所有的牌都在他手上。

"没错，"他说，"唯一的方式就是你们去死。我本来还想道歉来着，但转念一想，你们肯定预先就知道的。"

道奇笑了。

所有人都转身看向她。艾琳恼火，里德困惑，罗杰则饶有兴致地看着。

"哦，伙计，你是认真的吗？"她问，"我们现在可是你梦寐以求的全宇宙最强力量的活化身。你觉得你跳个华尔兹就能制服我们吗？你打算怎么干掉我们？"

"通过分散你们的注意力。"他咕噜道。

手握"荣耀之手"的莉不知从哪里凭空冒了出来。她将"荣誉之手"扔在地上，伸出另一只手上的金属骨爪。金属爪足够长，足以同时抓住两人的后脑勺。仍是凡夫俗子、肉眼凡胎的两人抵不住金属爪的袭击，跌倒在地。艾琳咆哮着伸手要去拔腰带上的枪，却感到后脑勺已经被另一支枪管抵住，停下了动作。

"别逼我。"一个年轻女人的声音低语道。那声音像绿草，像春天，像篡位者的女儿看着自己不想要也不曾觊觎过的王位。艾琳僵住了。是另一个数学神童，道奇的竞争者。

"如你所见，亲爱的。宇宙真理的力量并不能让人变聪明，只会让人变草率。永远不要在见到尸体之前就预设某人已死。"里德优雅地跨过道奇，半跪在罗杰旁边，"他的下巴还挺像我……艾琳，谢谢你带他们过来。现在，你可以开始表忠心了。当然啦，我们不会相信你的，但听听你有什么想说的还是挺有趣的。"

"我早已背叛了你们两个。"艾琳说，"你现在所做的一切，试图去做的一切——都是错的。我不会再替你杀人了。"

"你身后的那个小女孩就没有这样的愧疚。"

那个无名女孩发出一声微弱的呜咽。艾琳暗忖——但没有说出来——她的内疚可不少，只是有苦不堪言罢了。

咔嗒一声，莉收回了金属爪。艾琳的眼神射向她。

"你怎么还活着？"她用一种近乎平淡的口吻问道。当务之急是把对话进行下去，给自己争取时间。罗杰不可能把一个脑子中枪的人救回来，虽然总有一天他能做到，但不是现在，那一天还没到来。

"你没办法淹死一个早已死去的女人。"莉的声音里带着一种之前没有的沙哑，还有一种低沉的咯咯声，像肺里积满了水。她眯起双眼，"你怎么也还活着呢？"

"你让我看到了一切事物中混乱的部分，产生的副作用便是：我痛恨这个世界。但我想那只是一个意外。没关系。落水的那一刹那，我就看清了最可能伤到我的位置，于是我绕过了它们。"那么可怕的时刻，她却描绘得如此轻描淡写。当时，她肯定吞了一肚子的水，狼狈地被海浪冲回岸边，才被罗杰与道奇发现。可她做到了，她安全逃离了大海，没有在岩石上摔成肉酱。在那种情况下，她不得不说，是一场巨大的胜利。

有那么一瞬间，莉的脸上甚至闪过了一丝佩服。"看来，除了背叛这一点外，我们把你造得还是不错的。下一个项目就照这个思路来了。她会很忠诚的。"

"想要忠诚，你就不该杀了达伦。"

"我会记住这一点的。"说罢，莉看了一眼里德，"我现在可以杀她了吗？"

"如果你愿意，可以让金伯利扣动扳机。我相信她一定等不及要从这些配不上'宇宙原理'的人身上夺走它了。"

莉皱了皱眉，"我想自己来。"

"什么事情你都想要自己来。你得学会放权。"里德松开罗杰的下巴，站起身来，任由罗杰的脸摔到地上，"把他们衣服剥掉，弄干净，再带到实验室去。是时候开始了。"说罢，他吹着口哨走开了。

看着他渐行渐远的背影，莉和艾琳的眼中都充满了仇恨。就在那一刻，她俩似乎达成了统一战线。

可惜这个瞬间很快就过去了。莉转身面对艾琳，笑着说："金姆，把她带过来。是时候让她接受惩罚了。谁叫她非要跟比自己更强的人作对呢。"

艾琳对这间实验室很熟悉：她就是在这里长大的。每一条线条，每一种颜色，每一件破旧的家具，她都如数家珍。闭上眼睛，她就能看到达伦，脸上挂着傻笑，努力装出一副看上去很酷的样子，即便两人根本不知道什么叫"酷"。

"嘿，艾琳？"

"怎么？"

"等有一天我们离开这儿，我带你去一个炫酷得不真实的地方，就像迪士尼乐园那样的地方。"

"我相信你。"

她的确相信，现在也一样。如果达伦出现在这里，如果罗杰能用灰尘与骨头唤醒他,他肯定会解救她,再带她去那个炫酷得不真实的地方。他是个信守诺言的人,包括承诺永远不会离开她。但那是个愚蠢的承诺,不是吗?他不该那么蠢的,他俩都不该。

在这里造出来的孩子脑子都不太灵光。这一点她非常确定。

她被独自一人抛弃在这里,五花大绑,像只感恩节火鸡。她环顾四周,试图寻找一丝混乱的气息。封闭环境里的空气总是趋向秩序,令她找寻不到混乱之处。风暴是只有在地上世界才会有的美景。

但这一次,艾琳的耐心得到了回报。房间中央,原本应该风平浪静的地方,不知什么原因被气流扰乱了。"我看见你了,"她的声音平静、动人,"你可以放下'荣耀之手'了。"

如她所愿,一只"荣耀之手"出现在离混乱最近的桌子上,火焰刚刚被吹灭的样子。一个十几岁白发女孩出现在那里。跟"荣耀之手"不同的是,她不是突然出现,她一直就站在那里。在此之前,她只是很难被看到。

她太瘦了,穿着二十年前流行的破旧衣服,在温暖的实验室中瑟瑟发抖。她抽搐着、眨巴着大眼睛,用幼鹿一般的眼神看着艾琳。艾琳则平静地回看着她,一丝不动。

"你怎么知道我在那儿呢?"女孩终于问道,"我可是有……有这个手的……"

"我不知道你在那儿。"艾琳说,"金姆,对吧?解开我,金姆。我跟你的创造者之间有未了的恩怨。"

"我不能。我哥在他们手上。"

里德变聪明了,知道人质比尸体更好用。要是他早些吸取教训,艾琳说不准还对他保持着忠诚。她摇了摇头。

"你不能因此就受制于他们,"她说,"你知道跟我一块儿来这里的人是谁吗？"

"篡权者。"金姆听上去好像不明白这个词的意思。极有可能她确实不明白。里德从来都不喜欢聪明的下属，她看上去也不像那种会查字典的人。

"他们是活生生的'宇宙原理'。里德就是想把你变成他们那样。他现在无法控制他们了，所以想干掉他们。如果他成功了，'宇宙原理'就会传给你和你哥哥，那样你就永远无法获得自由了。明白吗？你将永远被困在这里，他会尽一切努力阻止你逃脱。你再也见不到你哥哥了。"

金姆的脸因突如其来的愤怒拧在了一起。"哦，所以你就能让我见到他了？蒂莫西还独身一人在那边担惊受怕呢，你却只想着骗我，让他受伤，就因为你和里德先生在争夺宇宙的统治权。我只知道，只有化身观想，我们才能安全。"

"不，你们不会安全的。"艾琳努力保持平静，"一旦化身'宇宙原理'，你们就变成任人调配的小卒了，里德则会通过你统治宇宙。罗杰和道奇不想伤害你，他们会尽最大努力保护你，但前提是他们还活着，还能自由行动。解开我吧。让我来帮助他们。让我来帮助你。"

"可我哥在他手上呢。"

"道奇的哥哥也在他手上呀。道奇是个数学天才，就像你一样，能从万物之中看见数字。此外，她还是个神经质的大小姐，不喜欢任何人和她亲爱的罗杰说话，但她能克制住自己。我俩算不上朋友，但我想你俩是有可能成为朋友的。你多大了，十六？"

"十五。"金姆承认。

"一位真正的人生导师对你有百益而无一害。蒂莫西是语言天才，对吧？罗杰也是，还是个你能碰上的最可爱、最善良、最慷慨的傻瓜。他们才是值得你交往的人，而不是那个骗子炼金术士和那个穿着礼拜服的死女人。"艾琳摇摇头，"解开我。我会让你哥哥回来的。"

金姆犹豫不决地向前迈出了一步，"你保证？"

"我保证我会努力。"

金姆犹豫着。艾琳看着她，尽量不去想折断她的脖子有多容易：轻轻一个动作就能将里德的计划扔进坟墓。蒂莫西——蒂姆，他们肯定这么叫他——没了另一半肯定活不了。再也没有适合观想的第二对容器了。就算里德成功杀死了罗杰和道奇，将"宇宙原理"从肉体中解放，尝试下一组双胞胎至少也得等到十五年后。她只需杀死眼前这个孩子。至于为她报仇，有的是时间。

她只需成为莉的魔鬼女儿，而不仅仅是她的科学项目。双手挣脱束缚后，艾琳只伸展了一下双手，让血液重新循环起来，没有伸手去掐女孩的喉咙。金姆为她解开胳膊上的绳子后，艾琳开始自己动手解开剩下的绳子，没有朝金姆扑过去。还是让莉做魔鬼吧，她会找到另一种方法的。她知道，总有另一种方法。

总有另一种办法。

"荣耀之手"仍在燃烧，还能发挥一个多小时的隐匿作用。她从桌上滑下，拿起"荣耀之手"，看着金姆。"如果你愿意，我可以把你绑起来。"她说，"他们会认为是我骗了你。他们不会生气的，至少不会对你生气。"

金姆摇了摇头，"我得去找哥哥。"

"那你自便。"莉总是将火柴放在工作台上，紧挨着蔓菁盆栽。艾琳抓起一把火柴，抽出一根，点燃"荣耀之手"的主芯，然后消失不见了。

金姆站在那里，看着艾琳消逝不见的地方。过了好一会儿，她才朝着门口跑去。"我来了，蒂姆。"她咕哝道，希望他能听到自己的声音，"等着我。我来了。"

天赋之权

时间线: 2016年6月23日

北美中部夏令时间: 16:02（当天）

道奇在一间陌生屋子里赤裸着醒来。被五花大绑的她仰躺着，她眨眨眼，看向天花板，那是一张完美的夜空天文图。她又闭上双眼。

"罗杰？"

"我在。"声音又近又远。她睁开眼睛，从两人间暂时的联系中抽离出来，扭过头去——此刻她唯一能轻易移动的部位——看见被绑在一张桌子上的罗杰。那桌子肯定与自己这张一样。跟自己一样，罗杰也赤身裸体。跟自己一样，他也被绑着。他全身被涂上了水银符文，大概自己也一样吧。她眯眼细看。那些符文的语义不得而知，但她可以清晰地看见它们的数学值：无限接近于零。

"我们怎么还没死？"

"因为我们是'宇宙原理'。"

道奇沉默不语。罗杰强咽下叹气的冲动。她并非故意犯傻，她是真没弄明白。罗杰希望自己也不明白。

"我们控制着'宇宙原理'，里德的那些孩子们没有。如果他杀了我们，'宇宙原理'就会随我们而逝，他就不得不重新开始了。"全新一代——什么？科学项目？孩子？克隆人？不重要了。要不就在此时此地做个了结，要不又会有前赴后继的孩子，像他们一遍又一遍地上演这部闹剧一样，将这个剧目永远地演下去。

"哦。"道奇的声音很低,"做加法前,他需要先做减法,而不是直接把我们从黑板上抹去。"

"没错。你能看见我是怎么被绑起来的吗?"

道奇没有回答,而是回了一个问题:"我的身上也满是奇怪的符文吗?"

"是的。"他说。

"它们是什么意思?"

罗杰离得太远,道奇看不清他表情里的细节,但当他开口回答时,声音里的恐惧却明显不过,"减去、删除、提取,他们画符文的时候,我就已经醒了。"

"在我看来,它们都意味着'零'。他会用它们从我们体内抽走'宇宙原理'。"

"没错。"他没有提他们带进来的那只桶,桶里装满了所谓的"万能溶剂",它可以溶解任何东西,甚至包括通用常数。

道奇没有看到那只桶。他听不到她的想法,却知道她在想什么:失去所谓的"宇宙原理"也没那么不好,不是吗?大不了变回以前的样子,变回跟着艾琳踏进那栋不存在的建筑、解开通用方程之前的样子。她仍会钟爱数学,他仍会擅长语言,只是不会在宇宙层面上与这些东西联系在一起罢了。他们将能摆脱彼此的大脑,做任何自己想做的事情。成为真正的人,而不是某种理念。

即便这么想,她也知道那是不可能的。计算无效。他们并非以某种方式继承了逻辑与定义的宇宙力量,他们就是那种力量本身,被一个糊里糊涂、毛手毛脚的家伙赋予了人格而已。他们是梦想成为人类的理念,终于觉醒,现在只想做一个普通人为时已晚。里德打算安置的那群孩子们还有可能变成人类。她和罗杰……不,早就没有机会了。

她问都没问就知道罗杰在她醒来之前就得出了同样的结论,他只是在等她赶上他的想法。道奇闭上双眼,"我们必须离开这里。"

"有什么想法吗?"

"我们不是代表着宇宙的基本力量吗?"

"没错,但那并不自带《佩恩与泰勒入门指南》[1]啊。"

他沮丧至极的样子让道奇笑出了声。她仍闭着双眼,说:"里德想抽取我们体内的'宇宙原理',再将它灌输给我们的替代者。结局就是咱俩肯定死翘翘,而那两个替代者也不会好过。体内被活活塞进个东西,仅仅因为某个疯子科学家认为它应该在那儿。这种事情谁乐意啊。这里肯定有什么是我们能做的。"

"你的数学能帮我们松绑吗?"

道奇睁开双眼,瞪圆了,盯着天花板看了一秒钟,然后微笑着说:"这倒不是个坏主意。稍等一下。"她扭动身躯,感知着绑住她的绳子,然后回头看了看罗杰,"搞定了。这桌子宽三十六英寸,厚四英寸。这意味着除去我们,围绕桌子本身的每个绳环为八十英寸长。再加上我们——"

她的语速越来越快,直到罗杰不再试图跟上她的思路。涉及数学时,她就会这样。他从不打断,只要能理解她的大致意思就行。而此时,她的意思是:"我能让咱们摆脱困境。"他就这么看着她扭转身躯、微抬肩膀、手臂向侧面一英寸一英寸地转动。她试图将物理与数学相结合,在不触碰到绳结的情况下将其解开,重获自由。他不确定她能否做到,按理说,应该是不可能的。但话又说回来,关于他俩的事情哪一件看上去是可能的呢?

这同样是某种类型的具现化。他已经能看到眼前这一切结束后他们自由行走的样子了。所谓魔法,不一定夸张、浮华;有时,最微小的却是最有

---

[1] 佩恩与泰勒是美国著名的魔术师和艺人,他们的表演结合了喜剧和魔术的元素。

效的。

"——然后朝这个方向拉一下，哈！"道奇坐起身来，绳子松动、脱落。她仍然裸着身子，满身银色符文，但这些在自由面前都显得无足轻重了。

她朝罗杰跑去，为他松绑，整个过程中，罗杰都看着别的方向。很快，他也坐起身来，两人环顾四周，房间比之前看起来的要大，地上涂着星座图，仿佛一面反射着头顶星空图的奇异镜子。墙面是玻璃的，每一块上都画着贝克书中描绘过的场景，但每个场景又都有些细微的变化。"圣杯国王"一手持着魔杖，一手举着圣杯。"风暴乌鸦公主"仍旧是烧焦了似的死灰，却穿着敌对巫师的长袍，而且显然中了化学毒素，她从未打算偷窃的东西让她的皮肤上起了水疱。

所有的场景里都有艾弗里和齐布，他们是在大师手下学习的学生。水穿过他们的手变成血，灰尘化为空气。或许，他只需开口找他们帮个忙……那些绳子就会轻易地在风中化为无形。

"我们必须冲破一切规则。"他说。

"这些家伙真是一群疯子。我想要我的衣服。"道奇说。

"同意，"罗杰说，"门在这个方向。走吧。"

他们三步并作两步，快速穿过房间。要做到走路时不看对方其实非常容易，他们只需不停地交换着闭上眼睛即可。专注于当下，就不会看到不应该看的东西。

就要到门口时，门砰地开了。莉·巴罗手里拿着一把骨锯，微笑着出现在门后。"你们以为能逃出去？"她的声音像夹竹桃酿的蜜，像这世上每一首为人所知的毒诗，"躺回去吧，这样还能少受点罪。"

道奇扑了过去——她总是这样，乐于向世界发起攻击，乐于抓住每一个机会挑战强权，并且赢得胜利。肩膀撞到前胸，两人应声倒下。莉舞起她的骨锯,小心翼翼,既要杀死道奇,又不能伤到自己。

"停下!"罗杰大吼。他并不觉得这招会管用。此时此刻,面对这个自出生以来一直住在他心里的女魔头,这招根本就不会管用。虽然如此,他还是吼了出来。他的疑虑成真,果然什么事情都没发生。证明就是莉与道奇仍旧扭打在一起。

"快跑!"道奇尖叫道。

罗杰知道她并非在要求自己抛弃她。此时此地,这种请求更像一种呼救,叫他想办法救两人出去。虽然如此,他还是犹豫了很长时间,直到莉的骨锯沾上第一滴血,他才朝寂静的实验室深处跑去,去寻找答案。

这里的一切既熟悉又陌生。他每转过一道走廊,那种"似曾相识"的感觉就涌上心头。这些地方,他在其他时间线上都见过,甚至包括那些非育婴场所。眼前的一幕幕场景足以令他好奇:到底有多少次,他们本该"成功",结果却跟着艾琳遁入黑暗,惨死在金色玉米地下数几英里的地方。

正在此刻,他看见一个身影朝他跑来,于是赶紧停下脚步,差点撞上迎面而来的那个女孩。她的头发带着令人诧异的绿色底调,仿佛她自己就是从玉米株上长出来的一样。看见他赤裸的身体,她瞬间脸变得通红,发出一声轻微的尖叫,然后试图从他身边跑过去。

他赶紧抓住她的胳膊,厉声喝道:"你是谁?"

"金伯利。"她说,"求求你放过我,我得去找我哥哥。"

原来如此。"他叫蒂莫西,对吧?"她点点头,睁大双眼。

"我叫罗杰。我妹妹道奇正在跟一个我们原本以为已经死了的女人厮打。我必须阻止她。你能帮我吗?"

她睁大的双眼顿时警觉起来,"原来就是你们。你们就是'宇宙原理'的盗贼。"

"不，亲爱的，我们没有偷，那是我们本应得的。我们还想拯救你们，除非这就是你想要的生活？"他挥挥手，指了指着周围的隧道，"如果我们能逃出去，那说明你们也能。你还是个孩子，你的人生值得一次机会。"

"另一位女士在偷走我的蜡烛之前也是这么说的。"

另一位女士……"你看见艾琳了？她拿走了一只'荣耀之手'？"上帝，就在这一刻，一切都说得通了。两人间原本满含暗语的呓语也瞬时变成了普通日子里再普通不过的对话。

金伯利狠狠点了点头。罗杰叹了口气。

"好吧。艾琳……怎么做是她的事。现在，我们必须救出我妹妹。你能帮忙吗？"

"里德先生说过，我们成为原理化身后，就不再需要任何人的帮助了。"

"里德先生搞错了，"罗杰说，"帮助总是需要的。求求你，现在，请你帮助我，请允许我需要你的帮助。"

"好吧。"她低声道。他闻声松开她的胳膊。她伸出手，他一把抓住，一股悸动传过两人，令他微颤了一下。虽没有他与道奇在一起时的感受强烈，但足以让他确信这个女孩是同类；她和她哥哥都是他的亲人，必须不惜一切代价地保护。

"看来我们的家族渐渐壮大了呢。"说着，他领着她走进黑暗。

没走几步，两人便跑了起来。

道奇和莉在地上扭打了将近一分钟。直到骨锯在背上划出一道血痕，道奇这才挣脱，并撤到一个安全的距离之外。莉狞笑着，被计划之外的血腥弄得异常兴奋。

"哦，我的'小布谷鸟'，你真是让人感到惊奇又愉悦，同时又是个烦人的讨厌鬼。"她换了只手拿着骨锯，一滴血溅在了她的胳膊上，她将胳膊举到嘴边，一边舔舐，一边狞笑，"我会很享受将你分尸的。"

"离我他妈的远点。"道奇退得更远了。她需要时间进行运算，找到能帮自己逃脱的数字。罗杰说他们应该冲破一切规则，但规则是数学运算的基础。在她看来，规则永远存在。这应该是件好事，否则，为了取悦他，她什么事都做得出来。

墙边堆着乱七八糟的设备，之前因为匆忙逃跑，他们都没注意。长凳上胡乱放着烧杯与小瓶子，都是些炼金术工具，没有刀，更没有钢锯或斧头。她后退时抓起几只烧杯，护在胸前。见莉向她靠近，道奇将烧瓶朝她扔去，脑子里一边下意识地计算着动量与弧线。烧瓶撞在莉的胸膛与肩膀上，碎了一地，莉笑得更大声了。

"真的吗？这就是你反抗我的方式？只靠乱扔玻璃瓶，再加上满心邪不压正的信念？善恶与否从来都不重要，重要的是谁拥有力量，谁能善用力量。现在，你拥有宇宙间全部的力量，却不知如何利用。只需稍稍动用宇宙原理，就有一千种走出这个房间的办法任你挑选，可你却蠢到一种都找不到。作为宇宙之伟力的化身，你能做的却只是朝我扔东西。"

道奇继续后退，直至脚后跟碰到了某种液体。她冒险回望了一眼，发现脚差点踩进一桶透明的液体里。毫无疑问，那不是水就是清洁液。如果孤身一人，她会抓住这个机会洗掉皮肤上的符文。可她并非一个人，莉正在朝她走来。

"你的数学真差劲，我可不接受这种运算。再说了，我还有其他东西可以扔。"说着，她抓住那只桶，丝毫没注意桶身上刻着的一排排符文，径直将桶内的液体泼在莉身上。

（她是"上下奇境"的孩子。不仅如此，在神奇的奥兹城，被困女孩似乎有着将桶装液体倒在女巫身上的传统。归根结底，"女巫"不过是"炼金术士"

的另一个名字。尽管对自己的行为未必理解，她知道这个传统是确切存在的，知道自己的双手是被之前的无数个身着方格花布裙、脚踩水晶拖鞋的桃乐丝引导着的。引导她的还有那些没撑到今日的齐布们，他们头发乱成鸡窝，面带淳朴的微笑。）

炼金术三大宝藏，一是基本材料的转换，二是万能灵药的制造，三是万能溶剂的蒸馏。万能溶剂是能溶解世间万物的溶剂。贝克不仅掌握了它们，还令其变得更易产生。无论创造宇宙之力的宿主，抑或从宿主身上移除神力，这三大宝藏皆缺一不可。水桶从道奇突然间无力的手指上掉落，撞向地面。几滴溶液弹射出去。无意间，她已经绘制了它们的运行轨迹，立即后退一步，身上没有沾到一滴溶液。

从头湿到脚的莉就没那么幸运了。

她尖叫着，身体开始溶解。道奇退得更远了。她觉得自己听到了十几个女人被送进坟墓时的哀号声。

"道奇！"

她转过身去，发现艾琳站在门口，手里的"荣耀之手"刚刚熄灭，灯芯还冒着烟。她这辈子都没有因为看见某人的出现而这么高兴过。

"我杀了她。"她不知所措地说，"她……她融化掉了。我把她融化了。"说着，她突然用双臂抱紧了肚子，"我想吐。"

"先别吐，"艾琳说，"你哥呢？我们得离开这个鬼地方。"

"他去找帮手了，随时会回来。"

"非常好。我们先去找你的衣服，再离开这里。对不起，我不该让你们来这儿。我——"艾琳停了下来，嘴唇还在动，却发不出声音。

当刀尖从艾琳前胸冒出来时，道奇尖叫起来，里德博士将秩序的活化身（现在是死化身了）一把扔进房间，像扔垃圾。道奇还未停止尖叫，他已经走过门槛，冷冷瞥了一眼他的副手莉尚未僵硬的遗骸。

"你杀了莉，"他说，"真没想到啊。我从未想过你们会有这等勇气。你在某种程度上帮了我一个大忙。她开始有了越界的想法，但杀她对我来说还是有些难度。毕竟我们太像了。"

道奇停止了尖叫。里德笑了。

"这才对嘛，"他说，"我们刚说到哪儿了？"

道奇一路后退到工作台边。再发现另一桶万能溶剂的可能性太低了，于是她抓住两只烧杯，像持棒球一样拿着，准备投掷（一般来说，在同一间屋子里有两件致命武器的概率低得微乎其微。但概率这个东西可以说是她的玩物。只要扔出去，那男人必死无疑）。"有种你走近一步试试！"她咆哮道。

里德眯起双眼，紧张地看着烧杯，"你就这么跟自己父亲说话？"

"你才不是我父亲。"

"我就是你父亲。是我创造了你，一颗粒子一颗粒子，从无到有地创造了你。你的身体里有一半的基本材料来自我。哦，别装了，有必要这么震惊吗？你一直就知道自己在某种程度上是血肉之躯。不然呢？难道你是树上长的？"里德朝前迈了一步。

道奇后退一步，"我不在乎那个捐献精子的人是不是你。那并不能让你成为我的父亲。你给我滚开，在我用数学摧毁你之前。"

"道奇，道奇，道奇。"他摇了摇头，发出遗憾的啧啧声，"你的名字都是我取的。我创造了你，还给你取了名。在任何一个帝国，这都足以令你成为我的属物。你属于我，无论身体或灵魂。闪耀在你胸腔里的原理之光是我赋予的，没错，它本来并不属于你。"

"既然不属于我，它为什么又选择了我？"

他皱起眉头，"它没有选择你。你是半路杀出来的。它本该属于另一个女孩。一个好女孩，温良顺从、易于驾驭。我想你会喜欢她的。你俩有很多共同点。"

"但你却没有给我们衣物蔽体。你不是坚称我们是你的孩子吗？不给衣物穿多少有点令人不自在吧。"罗杰的声音在道奇听来如同救赎，让她面露喜色。道奇越过里德，看向站在门口的哥哥和他身边那个面色惨白、惊恐不安的女孩。他不知在什么地方找到了裤子，赤裸的胸膛上仍覆盖着水银与金色符文。

他手里还举着一把枪。

一看到枪，里德便止住了行动，举起双手，换上一副试图和解的模样，与手上那把血淋淋的刀形成了鲜明对比。"噢，我的儿子，冲动是魔鬼，千万别做会令你后悔一辈子的事情。"

"比如放掉你这种事？"罗杰走进房间，眼睛一直盯着里德博士，"道奇，你还好吗？"

"我刚刚让一个女人溶解了。除此之外，感觉棒极了。"

"没有人的双手是完全干净的，"罗杰摇摇头说，"我们来到这里就是为了拯救这些孩子。但我想让你记住，我们本可以一辈子都不知道自己身份的真相，这辈子本可以很幸福、快乐。是你强迫我们面对这一切的。这一切都是你造成的。"

"我是贝克最后一个幸存的学生，"里德说，"是唯一一个记得她所有教导、真正理解她伟大之处的人。难道你想将所有那些知识付之东流不成？"

罗杰犹豫了片刻，然后，笑了。

"既然如此，你又何必让我成为语言的活化身呢？"他说，"从来就没有过什么知识的丧失，它不过是换从另一个人的口中叙述出来罢了。至于你，很早以前就应该不存在了。你是一个没有人在讲述的故事。我们不再需要你了。"

"小子，你最好给我停下——"

"你不是真的。"罗杰说着，扣动了扳机。

理应阻挡子弹的炼金盾牌化为虚幻，消失得无影无踪。再没有什么能阻止子弹的飞行。枪声好似一声叹息。

血从前额渗出。詹姆斯·里德，那个时代最伟大的炼金术士阿斯普戴尔·贝克的学生与造物，一头栽倒下去。四下一片死寂。

裤子

时间线：2016年6月23日

北美中部夏令时间：16:51（一直，一直，持续到永远）

艾琳已经没有了脉搏：一切都太晚了。他们将她留在了原地。这里将是她的坟墓，这个想法太合适了，没有一个人质疑。他们的衣物被放在穿过三条走廊后的另一个房间里。罗杰低声呢喃，用语言抹去了覆在三人身上的符文，虽留下了些镀金残留物，但终于不那么亮眼，不会吸引不必要的关注了。

蒂莫西被锁在另一个小房间里，离放衣物的房间很近。他害羞地说自己更喜欢被叫作蒂姆。当然了，金姆与蒂姆，里德在给他们命名时，将相似微妙地隐藏在了一种须通过习得的经验之下。开锁秘诀是数学原理，道奇无须触碰就能让门锁自动打开。想把她阻挡在外，真是可笑。金姆也在房内。两人收拾着仅有的家当，为开始地上生活做准备。

"我们得带上他们。"罗杰说着瞟了道奇一眼，看她反应。

"你总是喜欢收留无家可归的动物，"她顿了一下，"老比尔…?"

"它从地震中幸存了下来。那猫死不了。艾琳在点燃房子前，把它放到了邻居家院子里。"

道奇哼了一声，"哇哦。这个世界有时真的很奇怪。"

"谁说不是呢。"

空荡宽阔的地底似乎只剩下他们四人。这里曾经住过很多炼金术士，实验室的数量就是证明。那些空房间的布局表明里面肯定关押过其他的实验对象。里德觉得就要实现目标时，或许把他们放走了……又或许，这里的玉米长得如此茂盛是有原因的。

罗杰与道奇手牵手走进两人出生的大厅，默默打量周遭的一切。他们不会再回到这个地方了。

他们走到里德办公室的门口。还能是谁的办公室呢，那么华丽奢侈，不可能属于别人。他们停了一会儿，表情凝重地看着它。

罗杰先说话了，"我们可以重新开始。"

"我们的确可以。"

"艾琳说我们轮回了至少十几次，我也感觉自己以前来过这里。既然知道最终的胜利方法了，我们可以再来一遍，创造一个可以救下她、救下更多人的结局。"

"可以。"道奇松开罗杰的手，将手向门边伸去。门上有一个密匙卡锁，不过是另一串数字密码罢了。她冷冷地看了一眼，锁上便闪起一道绿光，门应声而开，露出背后熠熠生辉的星盘。"我想先把各种可能性演算清楚，我们需要一条更清晰的道路。"

"当然。"罗杰看了一眼里德的实验室，沉默了。

黄金与青铜交相辉映，翩翩起舞，上面装点着珠宝和金银四线，精致细密，美轮美奂。星盘上的星辰旋转着，完满、和谐。有那么一会儿，光是这番景象就足以令他们目眩神迷。两人走进房间,沿着星盘边缘朝相反的方向走着,大张着嘴欣赏着旋转的行星。

道奇先走到里德的办公桌前。桌上摆着印着金色螺旋轨道的账本。她打开账本,开始阅读,脸上原本挂着的好奇渐渐变成了恐惧。"罗杰?"

"嗯?"他的目光离开旋转着的星盘,"怎么了?"

"我们只有检查了每个变量,确定这次能够完美无缺,才能重新开始。这是我们的最后一次机会,必须做到完美无瑕。"

"什么?"罗杰再也顾不上惊叹,急匆匆地冲到道奇身边,"怎么回事?"

"星盘自我们出生的那天起就开始出现反常。不是反向旋转,就是突然停止,有时还会在时间点间任意跳动。一定是因为我们的时间重置。账本中一些条目记载了我们未能成功具现化原理的时间点,而我……我记得那些时间点。"她敲了敲其中一条轴线,"这是咱俩第一次接触,看到了吗?这是最后一次,我放弃了的那一次。所有这些微小的纠正,都是我们亲身经历过的。我们一次又一次地回去,又重新开始。可问题是,没有你在身边,我是无法重设的;而在我五岁的时候,你不可能在我身边。"

(五岁那年,她在马路上被一辆卡车撞倒,昏迷了二十五年,直到一个男人被一个头发金黄、脸色阴沉的女人带到她的床边。男人在女人冰冷的指示下命令她:回到五岁。她活到了三十岁,却又根本没有活过。)

她能看出来他没有完全理解。对此她感到沮丧,但还是原谅了他。毕竟,有时她也不能理解他的意思。这就是他俩必须待在一起的原因。他们需要向彼此解释这个宇宙。

"每次我们到达大浴场,或者其他可以使'不可能之城'显形的地方,我们都又重设了一次时间线。"她说,"或许我们曾在一个很像此地的地方重来过,但它直到现在几乎都没发生过,直到我们快三十岁了。但是,罗杰,这些星辰根本没动过。艾琳说过，'宇宙原理'是一种普遍存在的力量。她是认真的。我们一直在重置整个宇宙，如果真是这样……"

"……每次我们重置时间，宇宙就往前跨越了三十年。"他带着恐惧说，"他说了多少次吗？他记录了多少次这样的错误？"

"最后一次是幸运数字十三——"

"那还没那么糟糕。"

"——一万三千次①。"

也即是说在他们有限的生命中，宇宙往前运动了快五十万年。仅仅因为他们的需要，一切现在存在与过去曾经存在过的东西都被不断地重置、反复着。罗杰盯着道奇。词汇在他的记忆中第一次没有了意义。他们所描述的数字太大；其中所包含的损害也太大，大到无法用言语形容。

最后，他用哽咽的声音说："没错，我们不能再跟时间瞎胡闹了。必须确定这次是最后一次。"

"是的。"

"咱们做点别的吧。"

"好啊。"

"开个农贸市场？"

道奇眨了眨眼，然后缓慢地、疲倦地笑了。那笑意中深藏着一种喜悦，一种他好久没在她脸上看到过的喜悦。

"听起来不错，"她说，"至少我们还能有几颗土豆。"

他也笑了，此刻无声胜有声。

瞧瞧他们：

---

① 译者注：英文中没有"万"的数位，这里是十三个千，即"一万三千"。

四个人两两一起穿行于玉米地中。哥哥紧紧握住妹妹的手，妹妹紧跟在哥哥身后。他们还不是一个家庭，现在还不是，但他们迟早会是一家人。过于相似的面部线条，以及举手投足间的某些细微的相似处都保证了这一点必然实现。他们来自同一个地方，有着任何外人都无法理解、也不该要求被理解的经历。

此外，他们还很美。他们的美没有任何傲慢或残忍之处，只是一个客观事实，就像他们脸上的鼻子或他们中的两个人皮肤上残留的水银和金漆一样明显。他们曾在"上下奇境"里畅游，是这场朝圣之旅的最后参与者，从这趟旅行中学到的东西将永伴终身。无论好坏，他们都回不到最初开始的地方了。对他们四人中的任何一个都一样。

"去加利福尼亚州。"道奇说。

"那就加利福尼亚州吧。"罗杰同意道。

"只要不在这里，去哪儿都行。"金姆的声音好似叹息。蒂姆什么也没说，只睁大了茶碟般的双眼，尽情地观赏着这个世界。

但这还不是完整的结局。你看：

在深埋地下的一间泯灭一切的房间里，一个脉搏远低于拯救所需门槛的女人抽动了一下身子，然后睁开了双眼。她很虚弱，躯体扭至几欲断裂的程度，但她还活着。

目之所及满是混乱。这并不新鲜。艾琳总能看到混乱，向来如此。但眼前这片混乱几乎是抚慰人心的，因为它意味着一切已然结束，意味着该做的都已经完成。最重要的是，意味着这次，他们真的让事情向前发展了。无论如何，他们找到了一条愿意保留一段时间的时间线，而且愿意让她休息一下了。这个想法几乎令人陶醉。休息吧。一个多么光荣、又不可能实现的目标啊。

休息吧。

艾琳拖着流血殆尽的躯体,一点一点爬到"荣耀之手"边上,然后从口袋里掏出一根火柴,点燃"荣耀之手"。她疲惫不堪、眼色昏沉,尽管如此,看到火苗蹿上木桌,吞噬之前用来捆绑罗杰的绸绳,贪婪地撕咬着木桌,艾琳还是笑了。被"荣耀之手"点燃的火焰会焚掉任何东西。最重要的是,在整支"荣耀之手"烧尽之前,没有人能看到,也就没有人会来灭火。

一切都将被焚灭。

在火焰烧到她之前,她闭上了眼睛。达伦在微笑,他伸出双手,要带她去很远的地方,一个比这里更好的地方,一个他俩可以在一起的地方。自艾琳开始明白自己的人生意味着什么以来,她第一次放了手。

火焰烧到她的时候,她早已离开了这里。

抵达玉米地边缘时,一股奇怪的热量突然从背后袭来。他们转身,却看见小屋变成了一座火焰之塔,周围的玉米株也被殃及,照亮了半边天。有那么一会儿,他们只是怔怔地盯着。

"艾琳,"罗杰的眼睛里有泪却流不出,"她还没……"他的声音消失了。他们本可以救下她的。他们仍然可以,只要找到重置世界的方式,最后一次重置世界。

但不是今天。

"她有一只'荣耀之手'。"道奇说,"她一直很喜欢火。"

罗杰笑了。他忍不住,也不想去忍。道奇瞄了他一眼,看着他脸上倒映着的跳动的火光,然后无言地向金姆伸出手。金姆默默握住,握得紧紧的,不愿放手。

他们必须发现自身的本质,必须弄清楚那意味着什么。还有那么多事情亟待解决,其中很少是确定的,清晰的,简单的。但当火光穿过玉米株丛中的间隙，世界被染成了水银色。那火焰的余烬如同一条永远不可能到达的道路，向上延展，再延展，通向那无边无际、宽恕一切的天空。

　　"我们去哪儿？"

　　"你想去哪儿，就去哪儿。"

　　"你愿意和我待在一起吗？"

　　艾弗里伸手去牵齐布的手。她任由他牵住，两人的手指树根一般缠在一起，如此之紧，似乎永远不会解开。

　　"直到永远。"他说。

　　他们信步朝前走去。那条"不可能之路"就在前面等着他们。

——A. 黛博拉·贝克，《飞跃伍德沃德墙》